广东省社会科学研究基地华南师范大学审美文化与批判理论研究中心研究成果

国家社科基金重大招标项目“马克思主义经典文艺思想中国化当代化研究”（项目编号：17ZDA269）阶段性成果

广东省哲学社会科学规划项目“当代西方文论有效性辨识与强制阐释问题研究”（项目编号：GD15CZW02）结项成果

华南师范大学文学院中国语言文学学科建设丛书

段吉方　蒋　寅　主　编

“西方”如何作为方法

西方文论反思与中国当代文论研究

段吉方　著

中国社会科学出版社

图书在版编目(CIP)数据

“西方”如何作为方法:西方文论反思与中国当代文论研究/段吉方著.
—北京：中国社会科学出版社，2023.3
(华南师范大学文学院中国语言文学学科建设丛书)
ISBN 978 - 7 - 5227 - 1427 - 1

Ⅰ.①西… Ⅱ.①段… Ⅲ.①文学理论—研究—西方国家②中国文学—文学理论—研究 Ⅳ.①I0②I206

中国国家版本馆 CIP 数据核字(2023)第 030161 号

出 版 人　赵剑英
责任编辑　郭晓鸿
特约编辑　杜若佳
责任校对　师敏革
责任印制　戴　宽

出　　版　中国社会科学出版社
社　　址　北京鼓楼西大街甲 158 号
邮　　编　100720
网　　址　http://www.csspw.cn
发 行 部　010 - 84083685
门 市 部　010 - 84029450
经　　销　新华书店及其他书店

印　　刷　北京明恒达印务有限公司
装　　订　廊坊市广阳区广增装订厂
版　　次　2023 年 3 月第 1 版
印　　次　2023 年 3 月第 1 次印刷

开　　本　710×1000　1/16
印　　张　20
插　　页　2
字　　数　271 千字
定　　价　109.00 元

凡购买中国社会科学出版社图书，如有质量问题请与本社营销中心联系调换
电话：010 - 84083683

总　序

近年来，在“双一流”学科建设背景下，中国语言文学学科发展迅速，学科研究范围不断扩大，学科内涵得到了深化，学科建设路径也日益多元；同时，随着经济的发展和社会的进步，高等教育的发展格局也对中国语言文学学科提出了更多的挑战。如何进一步夯实学科基础，积淀学科底蕴，彰显学科特色，是目前中国语言文学学科发展与建设工作的重要任务之一。

华南师范大学文学院中国语言文学学科历史悠久，早在1933年，著名教育家林砺儒创办勷勤大学师范学院，设立文史学系，就有了中国语言文学学科。88年前的勷勤大学师范学院曾有过辉煌业绩，她与当时的北平师范大学南北呼应，共同守护和延续了南中国高等师范教育的历史血脉，中国语言文学学科发挥了重要的作用。

八十多年来，华南师范大学文学院中国语言文学学科一路栉风沐雨，砥砺前行。老一辈知名学者李镜池、康白情、吴剑青、吴三立、廖苾光、廖子东等奠定了学科基础，后辈学人积极传承学科文脉，经过几代学者的薪火相传，得到健康发展，已形成了基础扎实、积累深厚、体系完备、特色鲜明的学科发展格局。

新时期以来，华南师范大学文学院中国语言文学学科取得了跨越式发展。1981 年，获批全国第一批硕士点；2000 年，中国古代文学专业获批博士学位授权点；2006 年，获批一级学科硕士学位授权点，同年，中国现当代文学、汉语言文字学获批博士学位授权点，并设立中国语言文学博士后流动站；2007 年，中国古代文学、中国现当代文学被评为广东省重点学科；2011 年，获批中国语言文学一级学科博士学位授权点；2012 年，入选第九轮广东省优势重点学科，并以“优秀”等级通过国家“211 工程”三期建设验收；2015 年，进入广东省高水平大学建设学科行列。现有学科方向有中国古典诗学与中国古代文学研究、中国现当代文学研究范式与批评、出土文献语言与方言研究、现当代西方文艺思潮与比较诗学研究、中国古代典籍与文献研究等。学科拥有国家语言文字推广基地、华南师范大学岭南文化研究中心、华南师范大学审美文化与批判理论研究中心等高端学科平台 6 个；以中国语言文学学科为基础的汉语言文学（师范）专业是国家首批“一流本科专业”。

一个学科的发展需要几代人的守护与努力，同时也离不开同时代人的奉献与投入。华南师范大学文学院编辑出版这套“中国语言文学学科建设丛书”，即是我们在有限的能力范围内推动学科建设的一种努力。这套丛书的作者基本上以华南师范大学文学院的中青年学者为主，他们是学院学科发展与建设的希望所在，其相关研究成果有的是国家社科基金、教育部社科基金的结项成果，有的是博士论文、博士后出站报告的修订成果，均展现了他们多年来在学术研究中的努力与收获。我们希望，他们的研究能够受到学界的关注，同时恳请学界同道批评指正。

华南师范大学文学院

中国语言文学学科建设丛书编委会

2021 年 6 月

目　录

下编 马克思主义文艺理论:从经典形态到当代发展

绪论 “西方”如何作为方法：反思当代西方文论的知识论维度与方法论立场

20世纪以来，当代西方文论以“语言学转向”和“俄苏形式主义”等文论的崛起为标志，开启了理论发展与转型的过程。在各种理论观念与方法的轮番登场中，文学批评理论异常繁荣，美国著名文学批评理论家雷纳·韦勒克总结其是一个“批评的时代”，① 法国学者安托万·孔帕尼翁则形容，“那一阵子，理论研究乘风破浪，让人觉得活得滋润”。② 从宏观角度看，当代西方文论研究的确成果斐然，批评理论流派不断涌现，各种新的理论观念不断抛出，甚至各种批评明星频繁出场。但是，经过20世纪晚期以来近20年的发展，所谓“批评的时代”给当代文论发展留下的并非全是取之不尽的话语资源和百试不爽的批评利器。首先，20世纪以来的批评理论尽管理论流派层出不穷，但真正涉及批评实践的内容不多，迄今为止，在实质性的批评层面有所建树的理论观念，特别是对当下批评实践能够产生持续有效影响的方法、观念仍然有限。其次，当代西方文论在西方文论话语系统

---

① ［美］雷纳·韦勒克：《20世纪西方文学批评》，刘让言译，花城出版社1989年版，第1页。

② ［法］安托万·孔帕尼翁：《理论的幽灵——文学与常识》，吴泓缈等译，南京大学出版社2011年版，第6页。

中使所谓的“理论”达到了一个前所未有的发展高峰，但也产生了“理论”之争，并为当代西方文论中“大理论”的迅速退潮埋下了伏笔，所谓“光环散去，克里斯马式的魅力也归于习常，理论成为为数不少的人日日教授和学习的材料”,[①]“理论”本身的这种遭遇与它当初产生的原生缺陷与不足有密切的关系。最后，所谓“理论”的繁荣仍然面临着方法论意识的自觉以及理论有效性的检验，当代西方文学理论知识生产、传播与接受等方面还没有出现令人可以期待的方向。

“理论的过去表明理论是有未来的”,[②] 近年来，国内学界围绕上述问题开展的当代西方文论反思研究持续升温，相关理论成果对当代中国文论的发展与建设很有启发，但也有进一步深化讨论之必要。当代西方文论反思研究既要清理把握当代西方文论的历史与现状，更主要的还是要回到知识论与方法论的层面上来，让理论反思研究成为新的话语建构的生长点与理论建设的有效参照。

一 当代西方文论反思研究的三次理论高潮

当代西方文论反思研究是中国当代文艺学与美学研究的重要问题，近年来更成为中国当代文论话语建设中的核心议题。综合来看，当代西方文论反思研究基本上是在文论研究的西/中理论思维模式及其话语张力中展开的，其主要的反思研究倾向和理论路径体现在两个层面。一个是反思“西方”，即强调大范围的西方文论的引入导致了中国当代文论知识生产与话语应用的困局，西方文论占据了当代文论与批评研究的核心话语层面，产生了对西方文论话语的严重依赖；另一个是

① ［英］彼得·巴里：《理论入门：文学与文化理论导论》，杨建国译，南京大学出版社 2014 年版，第 1 页。

② ［美］文森特·里奇：《当代文学批评：里奇文论精选》，王顺珠主编，北京大学出版社 2014 年版，第 213 页。

指向本土，认为西方文论话语的大量引用影响了中国当代文论话语的有效表达，文学理论批评大量应用西方文论的概念、范畴、理论观念，影响了中国当代文论话语的建设与发展。在当代西方文论反思的研究中，这两个层面的内容虽然有不同的阐释倾向，却是互为因果的存在，在知识论与方法论的层面可以说相互映衬，共同指向的是中国当代文论在把握当代批评经验方面的疲弱以及西方文论影响下的阐释偏差。

按时间顺序来看，当代西方文论反思研究大致形成了三次理论高潮，分别是“文论失语症”、“理论过剩论”和“强制阐释论”。“文论失语症”于20世纪90年代由曹顺庆最早提出，他认为自“五四”新文化运动以来，中国传统文论就基本上被抛弃了，继之而起的是五光十色的西方文论，“长期以来，中国现当代文艺理论基本上是借用西方的一整套话语，长期处于文论表达、沟通和解读的‘失语’状态”。[①] 此后，他的观点有所改变和修正，开始强调对中国传统文论话语进行发掘整理，并进行现代化转型的工作，他的思路是“首先进行传统话语的发掘整理，使中国传统话语的言说方式和文化精神得以彰明，然后使之在当代的对话运用中实现其现代化的转型，最后在广取博收中实现话语的重建”，并认为“这一操作与一般的传统文论范畴研究的重要差别之一，就是它不满足于在概念的表面做文章，不愿意再用一套未经反思的思维工具来重新切割传统概念，而是在整个研究工作中都贯穿着明确的‘返回家园’的意识”。[②] 由此形成了从“文论失语症”到“中国文论的异质性”再到“话语重建”的策略。

当代文论研究中的“理论过剩论”的提出，在时间上稍晚于“文论失语症”，在2005年前后，其在理论观念上比“文论失语症”提出的问题更加具体。“理论过剩论”强调西方理论话语的大量涌入导致

---

① 曹顺庆：《文论失语症与文化病态》，《文艺争鸣》1996年第2期。

② 曹顺庆、李思屈：《再论重建中国文论话语》，《文学评论》1997年第4期。

了文论话语的“拥堵”乃至“理论过剩”。“过剩”的理论概念、范畴充斥当代文论，导致理论分析过多，经验阐释不够，批评实践缺失，普遍存在“理论过剩而经验匮乏的倾向”，“作者赋予作品的意义正在被批评家用理论术语自我演绎生成的意义所湮没。当诸如此类的批评越来越热闹的时候，批评的原始对象——作品本身却越来越远离了这种批评活动”。[①] 有研究者认为“理论过剩”体现了社会思想生产中的一种批判和超越的态度，认为“理论过剩的实质乃是理论生产与运用上的过度”，是一种“越界的可能”。[②] “理论过剩论”后来还与“文艺学危机论”联系起来，其内在的逻辑是认为在西方文论话语的冲击下，文艺学研究出现了边界的位移，偏离了文学研究的初衷与愿望，从而产生了学科危机。

“强制阐释论”是进入21世纪以来西方文论话语反思研究的又一理论高潮。“强制阐释论”最早由张江提出，他认为当代西方文论的主要特征与缺陷是“强制阐释”，其主要表现在于“背离文本话语，消解文学指征，以前在立场和模式，对文本和文学作符合论者主观意图和结论的阐释”。[③] 他呼吁“面对任何外来理论，必须捍卫自我的主体意识，保持清醒头脑，进行必要的辨析。既不能迷失自我、盲目追随，更不能以引进和移植代替自我建设”，并且强调，“实现与西方平等对话的途径，一定是在积极吸纳世界文艺理论发展经验的基础上，立足本土，坚持以我为主，坚持中国特色，积极打造彰显民族精神、散发民族气息的中国文艺理论体系”。[④] “强制阐释论”并非全盘否定西方文论，而是努力寻求本土语境下当代西方文论反思研究的理论支

---

① 高小康：《理论过剩与经验匮乏》，《文艺研究》2005年第11期。

② 余虹：《理论过剩与现代思想的命运》，《文艺研究》2005年第11期。

③ 张江：《强制阐释论》，《文学评论》2014年第6期。

④ 张江：《当代西方文论若干问题辨识——兼及中国文论重建》，《中国社会科学》2014年第5期。

点。“强制阐释论”积极倡导重返本土语境的文本阐释学的理论与方法，为反思当代西方文论的知识论论域和批判实践过程提供了阐释分析框架，从而将当代西方文论话语反思的问题从一种批判性观念上升为文本阐释的理论建构方法，对中国当代文学理论批评建构问题提供了有益的启发。

就中国当代文论发展来看，西方文论的大量引入是从20世纪80年代前后开始的，但自20世纪90年代以来，关于西方文论反思研究就开始出现并不断走向深入。这也体现了中国当代文论和西方文论的一种现实上的关联特性，即西方文论在中国是短时间大量引入的，但其中消化吸收的过程是比较短的，反思研究与理论接受的过程几乎是同步的。当代西方文论在中国的这种短时间融入同时短时间反思批判的特征自然影响了反思研究的效果与方式，所以才会出现反思“西方”与指向本土的反思研究意识相辅相成的过程。从理论的层面上看，无论是“文论失语症”还是“理论过剩论”以及学界热议的“强制阐释论”，实质上都是不断加剧的西方文论“中国旅行”以及由此带来的“理论的全球化”的一部分，这三次理论高潮在将当代西方文论反思研究推到一个新的理论高度的同时，也再次提出了中国当代文论如何有效吸收和借鉴西方文论的有效经验问题。在某种程度上，这已经是当代西方文论反思研究的一种共识性判断，即反思研究并不是否定西方文论，其目的是在西方文论话语与中国语境的相关性上建立有效的联系，进而实现理论的更新与发展。特别是当我们建立起有效的反思研究的方法与路径的时候，理论话语的反思研究就是一种积极的建设性的策略，这种策略的意义体现在有效把握中西文论研究的不同语境以及理论范式上的特征，从而起到跨越中西文论阐释间隔及其理论模式间的理解应用差异的作用，这既是反思研究的起点，更是反思研究的重要内容。

二 反思什么：当代西方文论反思研究的起点与知识论路径

在当代西方文论反思中，我们经常听到的一句话是说我们的理论研究“言必称西方”。“言必称西方”的说法其实更多的是一种情绪判断，不应该成为西方文论反思研究的起点和问题，当代西方文论反思研究不应该建立在这种情绪判断的基础上，理论反思研究的起点还是要回到知识论的路径上来。知识论路径就是要排除情绪的、情感的“前判断”，更多的回到理论研究的共识性语境中。美国批评家文森特·里奇提出，“理论是一种充满矛盾和盲点却靠着当下的现状支撑起来的社会历史建构”，① 在他看来，理论是时代的一部分，当代西方文论体现了对西方社会文化语境中各种话语模式的命名方式，这种命名方式打破了长期以来存在的文学批评与哲学、历史、社会学、精神分析、政治学的分界线，以一种跨学科的形式集结于“文化研究这杆包容广泛的旗帜下”。② 虽然里奇的观点最终指向的是文化研究，但也包含了各种复杂的理论概念、范畴以及观念的知识论生产途径。这种知识论的生产途径一方面与西方既有学术建制中的学科划分、专业设置以及课程体系有密切联系，如美国学者杰弗里·J. 威廉斯在其《文学制度》中曾深入描述了这种学术建制对理论研究的影响，在他看来，当代西方文论各种流派的发展是由四种因素决定的，分别是：领军人物、重要文本、重大问题以及讨论整体领域的制度和方法，“形形色色由诸多先驱、文本、话题、制度和相关的社会文化因素交错构成的微观史”③

---

① ［美］文森特·里奇：《当代文学批评：里奇文论精选》，王顺珠主编，北京大学出版社2014年版，第210页。

② ［美］文森特·里奇：《当代文学批评：里奇文论精选》，王顺珠主编，北京大学出版社2014年版，第209页。

③ ［美］杰弗里·J. 威廉斯编著：《文学制度》，李佳畅等译，南京大学出版社2014年版，第24页。

最终融会成了一部理论史；另一方面，当代西方文论的知识论生产途径还与专业的或职业的理论家的批评实践分不开。法国批评家蒂博代曾把批评分为“自发的批评”“职业的批评”“大师的批评”三种类型，他比较看重“职业的批评”，认为“职业的批评”的价值在于照亮“将要遵循的艺术之路”。[①] 当代西方很多文论家可以说是“职业批评家”，他们的批评毫无疑问是一种“职业的批评”，当然，有些理论家还介于“职业的批评”和“大师的批评”之间。作为一种“职业的批评”，当代西方文论不仅带来了批评手段和方法的更新，更在各种批评方法的更新中蕴含了不同批评传统与理论观念的深化，这种由批评手法和方法推动开来的批评观念的深化无疑才是它最重要的知识论生产路径。

当代西方文论的知识论生产路径不可避免地与中国文学经验有一定的区别，所以回到它的知识论语境是反思研究的必不可少的工作。在这方面，杰弗里·J. 威廉斯所说的影响理论研究发展的“领军人物”“重要文本”“重大问题”在我们的理论反思中都有涉及，但“制度和方法”的问题所谈甚少，在某种程度上，这应该成为当代西方文论反思研究所要补充的内容。在“制度和方法”层面上，首先需要一种与当代西方文论知识论语境对接的思路，在与“知识论”的对接上，当代西方文论反思研究是反思当代西方文论中哪些概念、范畴和理论观念适合我们，哪些不适合我们，其中，批评方法论应该是反思研究重点关注的内容。无论哲学思想还是理论观念以及美学精神，都不能否认当代西方文论有值得借鉴之处，这种可借鉴之处当然不仅仅因为“领军人物”“重要文本”“重大问题”更胜一筹，更主要的是批评方法论的更新中所展现的批评理论思维的拓展和理论范式的更新，体现在文学理论观念切入文学研究具体问题过程中的知识论的丰富和

---

① ［法］蒂博代:《六说文学批评》，赵坚译，生活·读书·新知三联书店 2002 年版，第 76 页。

方法论的自觉。方法论的自觉体现了理论批评观念的丰富性和深入性，当代西方文论方法论自觉的一个重要表现就是在文学研究范围、对象、边界的位移、上升以及外向拓展中所展现出的批评的“客体化”。所谓批评的“客体化”就是理论和批评的概念、范畴等不仅发生在文本与批评话语的表层，而且发生在文学发展结构的内部，理论和批评选择什么概念，使用什么范畴，概括什么问题，不是理论和批评本身说了算，而是理论和批评充分融入对象、体验和经验之中，从而使批评的“客体化”起到批评方法选择、革新和规范的作用，最终影响的是批评的哲学深度和美学高度。

批评的“客体化”可以产生各种新的理论、概念和范畴，也可以激发许多原有的概念、范畴的新用法。詹姆斯·J. 索思诺斯基曾经提出一种“理论垃圾场”的概念，他说：“批评家们一旦发现理论变得‘过于老套’，便立即将其替换掉。不过，这些旧理论跑哪儿去了呢？想必存在着理论的垃圾场——至少在我们的想象中应该如此。”[①] 他以詹姆逊的理论为例，詹姆逊的《政治无意识》在“神秘叙事”（Macical Narratives）一章重新应用了格雷马斯、弗莱、普洛普等人的术语，从而使那些过时的老套的理论得以回收，重新利用，重写或重读，特别是普洛普的“情节”（Plot）这一早就被丢进理论垃圾场的“过时”概念在詹姆逊的理论中重获生机。詹姆逊用这样一个概念与普洛普的《民间故事形态学》表示了不同的意义，所以在他看来，“理论垃圾场”并不是一个贬义的术语，在当代西方文论中，这种处于“理论垃圾场”但很快又“变废为宝”的概念、范畴不可胜数，它既体现了当代西方文论在批评的“客体化”方面所取得的显著成效，同时也是批评方法论更新的理论效果。

① 参见［美］杰弗里·J. 威廉斯编著《文学制度》，李佳畅等译，南京大学出版社 2014 年版，第 27 页。

批评的“客体化”的另一显著表现是让很多个别性的理论观念和概念、范畴引发整体理论观念的策动，比如，当代西方文论中所谓的“后理论”概念。在关于当代西方文论研究中，很多学者在讨论“理论之后”“后理论”① 的问题，美国批评家文森特·里奇认为，理论之后并不是理论的消亡，而是一种理论的终结情绪，这种理论的终结情绪在当代阶段就有了，至少以以下几个重要的理论事件为标志：“弗莱的概要式《批评的剖析》一书达到顶峰的时候”，“当法国结构主义彻底战胜了形式主义的时候”，“后结构主义被文化研究取代的时候”，“当文化研究以其经典的 20 世纪 70 年代英国的形式，而不是后来的散乱无章的北美版本，在回顾中表现出一种比较有条理的政治性和规划的时候”。② 在他看来，“理论之后”是一种“悼念理论”，这种“悼念理论”绝不是以哪一个理论家出版了某种同名著作为标志和影响，或者哪一个理论家提出了理论走向所谓“后理论时代”为标志，而是“理论之后”这个概念与当代西方文论中某些内在的方法观念变革和知识论状况的变化产生了密切的联系，在这个内在的方法观念变革中，“理论之后”这个概念、范畴与理论研究的具体对象的“客体化”结合起来，从而产生批评的“客体化”与批评方法论的同频共振，并对文艺理论观念的深化和发展起到了非常重要的思想支撑作用。这也说明，在当代西方文论发展中，知识论的拓展和方法论的革新常常与批评的客体选择相呼应，如果我们忽略了这种批评“客体化”所导致的

① 理论之后的问题在当代西方文论研究中得到集中研究，相关理论著作甚多，主要有 Martin MaQuilian et al. , *Post – theory*; *New Directions in Criticism*, Edinburgh: Edinburgh University Press, 1999; Michalepayne and John Schad, eds. , *Life After Theory*, London: Continium, 2003; Terry Eagleton, *After Theory*, New York: Basic, 2003; Jennifer Howard, “The Fragmentation of Literary Theory”, *Chronicle of Higher Education*, 16 Dec. 2005, A12 – 16。见［美］文森特·里奇《当代文学批评：里奇文论精选》，王顺珠主编，北京大学出版社 2014 年版，第 212 页。

② ［美］文森特·里奇：《当代文学批评：里奇文论精选》，王顺珠主编，北京大学出版社 2014 年版，第 212—213 页。

文论研究范围和边界的变化、文学研究重心与格局的位移与拓展，类似于“理论之后”问题的反思研究就只能停留在概念和范畴层面上，其实就是在“反思什么”的问题上失去了重心。

三　作为方法的“西方”：理论的“做”与“用”

日本学者沟口雄三在《作为方法的中国》中，曾以日本近代以来的“中国学”研究来反思日本“中国研究”的方法问题。他提出，从近代以来，日本的“中国学”研究存在着一种“没有中国的中国学”，从而影响了对中国历史文化的深层结构及其文化表现特征的深入把握，导致日本的“中国学”研究最终难以深入。所谓“没有中国的中国学”指的是日本在研究中国近代以来的历史和文化过程中，始终存在着将中国置于“异文化”来思考的文化混淆现象，“一方面使我们倍感亲切，另一方面又妨碍了我们对‘异’的认识”。[①] 在沟口雄三看来，这种文化混淆现象形成了“没有中国的中国阅读”传统，“其结果要么变形为以了解中国各方面的知识为目的、或以埋头于中国本身为目的的另一种追随中国的中国学，要么就是自始至终停留在个人目的消费上的另一种没有中国的中国学，而这两者都不能算是真正自由的中国学”。[②] 他提出要“以中国作为方法”，“以中国作为方法”就是“以世界为目的”，以中国作为方法的世界“就是把中国作为构成要素之一，把欧洲也作为构成要素之一的多元的世界”。[③] 沟口雄三的思考路径值得我们借鉴，在当代西方文论反思研究中，我们也要考虑

---

① ［日］沟口雄三：《作为方法的中国》，孙军悦译，生活·读书·新知三联书店 2011 年版，第 127 页。

② ［日］沟口雄三：《作为方法的中国》，孙军悦译，生活·读书·新知三联书店 2011 年版，第 130 页。

③ ［日］沟口雄三：《作为方法的中国》，孙军悦译，生活·读书·新知三联书店 2011 年版，第 130、131 页。

如何以“西方”作为方法。

“西方”如何作为方法？在这里，正像沟口雄三说的那样，“西方”是作为榜样和超越的目标而存在的，是以世界为目的、以世界为标准来衡量当代西方文论的，因此，在这里“西方”不是“他者”的西方，不是“异文化”的西方；“方法”也不完全是作为目的而存在，方法本身是文学理论研究的内容和常识，方法不仅仅指具体的研究方法，它还应该是理论阐释分析的内在话语特征，在方法的层面上，“理论不应该被简化为一门技巧，一门教案”。[①] 法国学者罗杰·法约尔在他的《批评：方法与历史》中曾专门从“方法历史”的角度阐释现代文学理论的发展过程，强调要用当代人文科学和批评方法所提供的理解手段来阐释文学的理论与观念，并提出“如果大学生们只是一味地使用一种词语，而没有学习理解新方法的合理性的话，那么，今天进行的这些批评方法的多样性可能会带来不好的作用”。[②] 在“西方”作为方法的当代西方文论反思研究中，方法是在理论剖析与定位的具体过程中起作用的，方法研究与反思体现的是方法和理论观念发展的同一性问题，这也是为了把反思研究真正作为研究对象和批评“客体化”的内容而考虑的。

作为方法的“西方”意味着什么？作为方法的“西方”要实现从“做”理论到“用”理论的转变，这涉及理论的功用观问题。理论的功用性是复杂的，在文学理论的层面上更是如此。一直以来，文艺学研究给人的印象不是很好，说我们总是“用”很多“理论”，忽视文本，是“从理论到理论”。但实际上，我们可以看到，不仅仅是文艺理论学科，各个学科都在“用”理论。按照法国学者埃德加·莫兰的

---

① ［法］安托万·孔帕尼翁：《理论的幽灵——文学与常识》，吴泓缈等译，南京大学出版社2011年版，第7页。

② ［法］罗杰·法约尔：《批评：方法与历史》，怀宇译，百花文艺出版社2002年版，第428页。

说法，理论是一个共同体（哲学共同体或科学共同体）所认可的规则，“共同体对各种理论进行维护、激励和批判”，他还强调：“理论是开放的，因为它具有生态依赖性，它依赖于应用它的那个经验世界。理论依靠与世界的交流而生存：它通过现实来进行新陈代谢，以便生存。”① 当代西方文学理论也如此，它也是文学共同体所总结和提出的观念，既有来自文学经验方面的思考，又存在观念层面的主观创造，所以，并非“从理论到理论”就是错的。但“从理论到理论”的说法的确折射出关于理论功用说的一种矛盾，即理论的“做”与“用”的差异。德国学者沃尔夫冈·伊瑟尔有一本著作，题目就叫《怎样做理论》。他提出，有一些理论不是像某种工具那样是可以直接加以应用的，他举例说：“现象学探讨的是作品的存在模式；阐释学理论涉及的是观察者或读者与作品接触时的自我理解；格式塔理论则聚焦在观察者的各种感知功能在作品的激发下如何发挥作用。这三种理论分别建立于不同的前提之上：现象学以描述性前提为基础，阐释学理论基于历史性前提，而格式塔则建立在操作性前提之上。三者都做出特定的假设，揭示了解读作品的独特模式，尽管这些假设并不表现某种阐释技法。因此，这些理论要用做阐释技法，必须经过改变。”② 他提出理论是要“做”的，所谓“做”理论，就是要把握理论的知识论内容和方法论价值，因为理论的目的是为某种知识框架打下基础，而为某种阐释技法提供工具的理论就是方法论层面的东西。他还提出“硬理论”和“软理论”的差别，认为像物理学的理论就是“硬理论”，其特性是为观察对象提供理论模式，这种理论将各种数据归入系统从而寻找一系列的结论；“软理论”则

① ［法］埃德加·莫兰：《方法：思想观念》，秦海鹰译，北京大学出版社 2002 年版，第 142 页。

② ［德］沃尔夫冈·伊瑟尔：《怎样做理论》，朱刚等译，南京大学出版社 2008 年版，第 12 页。

恰好相反，“软理论”是一种“试探性工作”，它不接受法则的控制，而是将被详细观察的对象通过一系列的评价实现理论的闭合，“尤其是当它们聚焦艺术时，是通过隐喻或者引入所称的‘开放式概念’来寻求闭合的”。[①] 当代西方文论中的一系列理论无疑是“软理论”，在知识论的层面上，这种理论是可以“做”的，但很显然，在反思研究的层面上，就不能仅仅满足于理论的“做”，而是要体现理论的“用”，“用”理论才是作为“方法”的西方提供给当代西方文论反思研究的启示性价值。

在作为方法的“西方”中，解决理论的“做”与“用”也是解决理论的批判与建设关系的一种方式，批判地反思就是理论的“用”，否则只能是作为一种对象研究的“做”。这种理论的功用性在文学和文学理论的层面上表现得尤为明显。美国学者卡勒认为，所谓的文学理论并不是一种宏大叙述，文学理论其实是一种思维与写作的“躯体”，文学理论是思维和写作同时进行的过程，它的作用在于“它们提出的观点或论证对那些并不从事该学科研究的人具有启发作用，或者说让他们从中获益”。[②] 显然，卡勒的这种对待理论的方式是“用”理论，“用”理论不仅要把握理论的知识论内容和方法论价值，还要突出理论的思想性和超验性，这就不是普通层面上的研究了。可以说，一直以来我们是在“‘做’理论”的层面来对待当代西方文论的，所以才有了所谓的“从理论到理论”的指摘。破除所谓的“从理论到理论”的困境就是要改变理论的功用观，实现理论的“用”，特别是要实现理论与文学批评实践的“共生性”，在理论和批评之间建立思想联系和精神影响。

---

① ［德］沃尔夫冈·伊瑟尔：《怎样做理论》，朱刚等译，南京大学出版社2008年版，第6页。

② ［美］乔纳森·卡勒：《文学理论》，李平译，辽宁教育出版社1998年版，第4页。

四 “接受得怎样”：理论旅行与中国文论建构

当代西方文论反思研究也是所谓“理论的旅行”问题域中的内容。“理论的旅行”是美国文论家赛义德提出的观念，在一般的意义上，“理论的旅行”观念常常被视为贬义的，认为“理论的旅行”之后果其实就是理论的“贩卖”。但实际上，赛义德所说的“理论的旅行”是世界范围内文论发展的普遍经验，不仅仅包括理论的“中国旅行”，而且包括理论的“世界旅行”，是一种理论发展的恒常状态。就含义来看，赛义德的“理论的旅行”内涵基本明确，指的是某种理论在其他国家和文化传播与接受过程中出现的理论的增值、发展与变异的情况。在“理论的旅行”中导致理论变异的因素很多，如语言翻译的错误、理论接受的语境、理论阐释的方式、理论应用的过程与目的等。其中，如何在“理论的旅行”中避免“误读”一直是理论接受研究中争论的焦点。尽管如布鲁姆、保罗·德曼等那般曾坚持理论的误读也是一种有益的修辞，但在“理论的旅行”中，“误读”常常使“正常”的理论的“变异”过程发生重要偏差，从而导致理论接受上的错误和重要偏差。正是由于“理论的旅行”中有“误读”的情况存在，也更加深刻地提出了理论反思研究不仅仅是探究接受的历史和现状，还要考虑“接受得怎样”。在当代西方文论反思研究中，“接受得怎样”是一种深层次的追问。有研究者提出：“我们只有将文学理论与这一时代的那些决定性力量联系在一起，才能理解那些在文学理论的变迁框架中交错出现且愈发全球化的现实。”① “接受得怎样”不可避免地要考虑决定和影响理论生产与变迁的社会思想力量及其影响问

① ［印度］阿吉兹·阿罕默德：《在理论内部：阶级、民族与文学》，易晖译，北京大学出版社2014年版，第37—38页。

题，因为在“接受得怎样”的思路下自然会引发当代西方文论的“中国旅行”与本土经验的调适问题，其目标就是要解决“理论的旅行”和本土化的矛盾。

当代西方文论的“中国旅行”与本土经验的调适，其问题核心是当代中国文论的话语建构。如何有效地构建中国当代文论话语体系及其理论表达方式，已经成为当代文论话语研究的核心议题。在当代西方文论反思研究中，中国当代文论的建构其实一直在进行，可以说，自从中国文论有意识地确立自己的理论范畴及观念开始，我们一直致力于话语体系的建设。当代以来，从反映论到实践美学，再到审美意识形态论，这种话语体系建设从未中断。当代西方文论反思研究再次将这个问题提上重要日程，也使中国文论建构中的西方文论话语反思与批判借鉴的问题变得更加集中，“作为方法的西方”从根本上凸显了西方文论的“理论旅行”和中国文论本土化建构的联系，同时也蕴含着解决和推动这个问题的启发。

首先，“西方作为方法”所展现出来的当代西方文论反思研究的视角、方法与路径会更加有效凸显西方文论发展与中国文论建构之间的理论相关性，也使所谓的“中国经验”问题有了参照互鉴的理论依据与展开方式。在以往的中国当代文论建构中，学者们很容易谈到“中国经验”“中国问题”“本土性”等概念，其实，这些概念都较为宽泛，在很多时候是一种普遍经验的表达。文论上的“中国经验”是什么？文论中的“中国问题”何在？“中国经验”“中国问题”是相对于什么而言的？如何比照？如果“中国经验”是比照西方文论经验而言的，那么，西方文论的反思研究有哪些与“中国经验”不相协调的内容？这些方面的研究可以说一直缺乏知识论的拓展和方法论的提升。处于不同文化语境中的文论话语都各自具有自己的特殊性，同时也不可避免地存在本土性特征，这种本土性根植在它的社会语境、哲学语境与现代性发展的历程中，体现了社会发展在文化、哲学和美学上的变革印记。也就是说，一种理论观念的生成以及一种理论形态的确立从来不是空穴来风，而是包含了复杂的哲学、美学以及文学的精神与内涵。从“西方作为方法”的角度，可以在知识论上的深度把握和方法论上的细致借鉴层面展现这种中西文论参照互鉴的效果，从而在“理论旅行”与中国文论建构之间建立深刻的话语关系。

其次，“西方作为方法”与“作为方法的西方”的反思研究路径会让我们进一步加强中国文论建构的学理研究，突出中国文论建构的具体问题实在性和理论可行性。中国文论建构不应该是一句口号，或者是变为一种理论阐释上的需要。中国文论建构的问题本身需要加强学理研究。在所有关于文论话语的研究中，学理研究都是不可忽视的。在西方文论发展过程中，学理性是一个贯穿批评理论发展全过程的内容。这个学理性包含很多因素，最主要的是哲学、美学与批评的学理，哲学的理论、美学的理论、批评的理论这三方面的内容其实也是中国文论建构中不可缺少的内容，更是“中国经验”研究在文学理论层面上需要突出的方面。文论话语的反思研究不能替代中国文论建构的学理研究，尽管反思研究是一种研究的研究，但这种研究的研究充其量只能提供方法与路径，根本上，中国文论建构还需要在“作为方法的西方”与“西方作为方法”所提供的方法与路径上，在参照借鉴的过程中走向理论建构和体系建设，最终锤炼出中国文论建构的学理问题及其解决之道。

最后，“西方作为方法”对解决中国文论建构中的西方话语依赖问题有一定的启发。现代文学理论范式的建立是从西方开始的，所以文学理论研究与文论话语建构的“西方视角”不可避免，但是这种理论建构的“西方视角”不能走向西方话语的依赖，所谓“言必称西方”说的就是这个问题。在当代西方文论反思研究中，上升到“西方作为方法”的层面，所谓的“西方视角”就不是“言必称西方”了，而在中国文论话语建构中，“作为方法的西方”提供给中国文论的是一种思想资源，它与片面依赖西方话语不同，依赖西方话语忽视了中国文论的地方性特征和本土性实践，“作为方法的西方”则在一种非排他性的知识论参照和方法论立场中强调中国文论本土话语的特性与功能，它们的差异体现在处理“全球化语境”与“西方话语中心观”的不同。“全球化语境”是一种客观现实，中国文论建构不可避免地要融入文学理论的全球化进程，但一定要走出“西方话语中心观”。在走出“西方话语中心观”的过程中，中国文论建构中的中国问题与中国经验的树立也不是自我封闭的，中国经验体现的是中国文论研究中的中国问题意识和批判精神，这个问题意识和批判精神也不能忽略西方文论话语经验而孤立存在，这里面有一个“话语场”的建构问题。20世纪以来的西方各类文学理论家可以说构建了一个庞大的文论话语场，在这个文论话语场中，当然更多的是突出西方文学经验及其批评实践，各种文学理论研究中的文学现象和文学事件基本上是基于西方话语场构建的。在中国当代文论构建过程中，中国文论不仅要加入这个话语场，而且中国文论自己的话语场优势也亟须凸显，中国文论在漫长的历史发展中，从中国古代文论，到中国现代文论，再到中国马克思主义文论，各种文论概念、范畴和理论观念实际上已经包含了一个非常复杂的话语场，如何进一步有效凸显这个话语场的作用及其价值，是中国文论话语建构中值得进一步思考的问题。这也是从当代西方文论话语反思研究中逐步深入到中国文论话语建构的具体过程，这个过程是漫长的，同时也是艰难的，但并非不可达成。

上　编

西方文论话语反思与理论思潮研究

美学的当代性：当代西方马克思主义美学的生产转向

文化生产问题向来是马克思主义美学研究的一个重要课题。在马克思和恩格斯的美学理论中，文化生产问题是以一种“问题性框架”的理论形式展现出来的。所谓“问题性框架”是指在马克思和恩格斯的美学思考中，他们既从具体的资本主义生产过程与生产组织方式的角度探讨美学问题，同时又把商品、生产、资本的问题与资本主义社会的哲学、文化与美学批判结合起来，最终在历史唯物主义的理论视域中扩大了“生产”范畴的指涉范围及其当代属性，从而走向深刻的审美现代性批判。美学的生产视角及其理论属性研究在当代西方马克思主义美学与文化批判理论中被进一步发扬光大，在当代文化生产、文化资本、文化消费介入审美文化经验的过程与机制越来越复杂的语境下，法国学者布尔迪厄、朗西埃等将文化批判功能不断延伸到当代文化生产与审美实践领域，再度引发了当代西方马克思主义美学的“生产转向”。这种“生产转向”既是当代马克思主义美学重视文化经验的现实性与当代性的表现，同时也是当代美学内在的理论发展路径及其美学研究问题域发生重要变革的表征，其中展现的文化与社会、美学与现实、理论与实践之间的多重理论矛盾及其思想张力值得我们做出认真的考察与论析。

一　“生产”视角与马克思主义美学研究的问题域

马克思主义美学研究的基本问题域与马克思、恩格斯等理论家对资本主义文化生产方式的批判密切相关。在马克思主义美学中，“生产”的概念有效联系了劳动、文化、实践与人的感性问题，因此，关于生产问题的理论思考不但奠定了马克思主义美学重要的理论基础，而且构成了马克思、恩格斯思考现代美学问题的重要理论视角及其思想原点，关于资本主义生产方式、生产与文化的关系以及文化生产的理论属性研究也构成了马克思主义美学基本的问题形式，是马克思主义美学中最具现代性影响的内容。作为马克思主义美学的重要概念及其理论学说，生产问题曾是马克思主义美学理论集中讨论的问题之一。一方面，“马克思在身后留下了分析资本主义生产方式的严谨而成熟的经济理论”①；另一方面，“马克思许多最富于活力的经济学范畴都蕴含着美学”②。正是由于这个原因，马克思主义美学研究中的很多问题与生产问题密切相关，以资本主义生产方式、生产与文化、文化与资本、生产与人的感性意识发展等问题为核心的理论研究与文化批判也构成了马克思主义美学的基本问题域。

在这个马克思主义美学的基本问题域中，马克思没有孤立地阐释生产问题，生产问题是与雇佣劳动、资本、商品交换、价值、人的感性意识发展等问题相互融合交织在一起的。在《〈政治经济学批判〉序言》中，马克思强调：“人们在自己生活的社会生产中发生一定的、

① ［英］佩里·安德森：《西方马克思主义探讨》，高铦译，人民出版社1981年版，第10页。
② ［英］特里·伊格尔顿：《美学意识形态》（修订版），王杰等译，中央编译出版社2013年版，第190页。

必然的、不以他们的意志为转移的关系，即同他们的物质生产力的一定发展阶段相适合的生产关系。”[1] 但马克思同时提出，不能把物质生产本身当作社会中的一般范畴来看待，而要从一定的历史的形式来考察，如果离开了雇佣劳动、价值、货币、价格等与生产直接相关的社会属性研究，生产、资本等“就什么也不是”。[2] 关于生产的研究，马克思并没有简单地就生产本身问题展开思考，而是以生产为核心，将生产与资本、文化的阐释分析联系起来，着眼于资本主义社会的生产方式，深入到资本主义社会的文化生产和文化逻辑发展过程，这就使生产问题的研究具有了一种问题性框架的隐喻表达形式，不但丰富了生产概念的理论内涵，而且扩大了生产问题研究的历史唯物主义视野，从而为马克思主义美学问题域的确定奠定了重要的理论基础。

马克思主义美学基本问题域中的生产问题既是马克思主义美学研究的思想原点之一，同时也是一种理论发展与创造的新的阐释角度。卢卡奇说，马克思描述整个资本主义社会并揭示其基本性质是从分析商品开始的，“这绝非偶然”，“因为在人类的这一发展阶段上，没有一个问题不最终追溯到商品这个问题，没有一个问题的解答不能在商品结构之谜的解答中找到”。[3] 这也是艺术生产论在马克思主义美学中占据较大比重的原因。在《〈政治经济学批判〉导言》《〈政治经济学批判〉序言》《剩余价值论》《资本论》等著作中，马克思对生产问题的研究总是强调生产与资本、劳动、价格、人口等生产的社会属性的关系，在这个过程中，精神生产与艺术生产的关系问题是探讨生产与文化、文化与资本、劳动与价值等理论问题的重要内容。在《〈政治

① ［德］马克思：《〈政治经济学批判〉序言》，《马克思恩格斯文集》第 2 卷，人民出版社 2009 年版，第 591 页。

② ［德］马克思：《〈政治经济学批判〉导言》，《马克思恩格斯文集》第 8 卷，人民出版社 2009 年版，第 24 页。

③ ［匈］卢卡奇：《历史与阶级意识》，杜章智等译，商务印书馆 1995 年版，第 143 页。

经济学批判〉导言》中，马克思提出："当艺术生产一旦作为艺术生产出现，它们（指艺术形式——引者）就再不能以那种在世界史上划时代的、古典的形式创造出来。"[①] 马克思强调，艺术生产是与物质生产相区别的特殊的精神生产，它不是专指某一特定历史时期的艺术现象，一切艺术生产都是为资本创造价值的，一切艺术品都具有商品属性，只有产品进入社会文化与资本运作的过程中，艺术家的劳动才是艺术生产。通过对艺术生产问题的研究，马克思使生产问题与资本主义社会文化逻辑的思考建立了理论上的联系，正像卢卡奇说的那样："商品只有在成为整个社会存在的普遍范畴时，才能按其没有被歪曲的本质被理解。"[②] 这就意味着对商品、生产问题的理解既要走出经济基础/上层建筑的二元论理论模式，同时也要在更广泛的社会文化系统中加以考察，马克思通过艺术生产问题的研究，使生产问题连接起了资本主义社会的文化逻辑，让商品生产问题具有了文化属性与人本属性，并在这个过程中上升到了对资本主义社会文化生产关系与文化逻辑的批判，从而强化了艺术生产论的现代内涵。

生产问题作为马克思主义美学的基本问题域在马克思主义美学研究中具有重要的理论价值，马克思主义美学通过艺术生产与文化资本问题的理论阐释，有力地发展了一种唯物主义的文化生产美学。英国学者特里·伊格尔顿提出："马克思是最深刻的'美学家'，他相信人类的感觉力量和能力的运用，本身就是一种绝对的目的，不需要任何功利性的论证。"[③] 马克思强调生产问题在资本主义社会生产关系与文化逻辑中的重要作用，但他对生产问题的研究没有忽略审美感性问题，这是马克思的生产理论

---

① ［德］马克思：《〈政治经济学批判〉导言》，《马克思恩格斯文集》第8卷，人民出版社2009年版，第34页。

② ［匈］卢卡奇：《历史与阶级意识》，杜章智等译，商务印书馆1995年版，第146页。

③ ［英］特里·伊格尔顿：《美学意识形态》（修订版），王杰等译，中央编译出版社2013年版，第183页。

具有美学元素的重要标志。这种美学元素首先是通过对生产与人的感性实践能力的关系探讨中展现出来的。在《1844 年经济学哲学手稿》中，马克思谈道："动物和它的生命活动是直接同一的。动物不把自己同自己的生命活动区别开来。它就是这种生命活动。"① 在此基础上，马克思从生产视角出发对人的劳动与动物劳动的区别做出了深入探析，指出人的劳动具有实践性及其自由自觉的特征，因为在人的劳动中"劳动过程结束时得到的结果，在这个过程开始时就已经在劳动者的表象中存在着，即已经观念地存在着"。② 这是马克思对生产与人的感性意识发展的最核心的理论思考，这种理论思考蕴含着生产、劳动与人的感性经验的联系，具有丰富的审美阐释空间，也让生产、劳动与美学的关系问题获得了理论上的提升，是马克思主义美学问题域中的重要理论内容。

马克思关于生产概念的隐喻性思考构成了马克思主义美学区别于他之前的西方近代美学的一个重要标志。加拿大学者埃克伯特·法阿斯提出，马克思在界定人的本质时提出的"人有意识的劳动和生产"的概念构成了马克思向现代美学迈进中的"尼采式的要素"。③ 面对资本主义社会的文化，马克思通过生产问题的研究，不但深化了生产、劳动、资本、价值、价格、人口等与古典政治经济学密切相关的概念，还从生产视角将唯物主义的文化生产美学与人的感觉经验问题结合起来，在《1844 年经济学哲学手稿》中，马克思说："没有自然界，没有感性的外部世界，工人什么也不能创造。"④ 同时，又强调："对私

---

① ［德］马克思：《1844 年经济学哲学手稿》，《马克思恩格斯文集》第 1 卷，人民出版社 2009 年版，第 162 页。

② ［德］马克思：《资本论》，《马克思恩格斯文集》第 5 卷，人民出版社 2009 年版，第 208 页。

③ ［加］埃克伯特·法阿斯：《美学谱系学》，阎嘉译，商务印书馆 2011 年版，第 325 页。

④ ［德］马克思：《1844 年经济学哲学手稿》，《马克思恩格斯文集》第 1 卷，人民出版社 2009 年版，第 158 页。

有财产的扬弃，是人的一切感觉和特性的彻底解放；但这种扬弃之所以是这种解放，正是因为这些感觉和特性无论在主体上还是在客体上都成为人的。眼睛成为人的眼睛，正像眼睛的对象成为社会的、人的、由人并为了人创造出来的对象一样。因此，感觉在自己的实践中直接成为理论家。"[①] 在马克思看来，人的感觉经验与人的感性意识的发展与社会生产是一种对象性的关系，人的感觉意识的发展离不开社会生产提供的基本的物质条件和能力，这种物质条件和能力是人与社会发展的核心要素，但如果忽略了人的本质力量展开的丰富性，它就会成为人的感性意识发展的异化源泉。在这种理论阐述中，马克思有力地将生产研究引向了关于社会生产方式的批判，从而使马克思主义美学具有了深刻的文化批判功能，这也是马克思主义美学具有丰富的审美现代性思想意蕴的表现。美国学者斯蒂芬·贝斯特、道格拉斯·科尔纳提出："卡尔·马克思是第一位使现代与前现代形成概念并在现代性方面形成全面理论观点的主要的社会理论家。对马克思而言，资本主义生产方式的出现形成了一种新的现代社会模式，它的动力和内部结构由商品生产和资本构成。"[②] 马克思深入思考了资本主义社会文化生产的动力和结构，并通过生产、资本与人的感性意识发展的关系研究，将资本主义社会批判上升为一种文化逻辑和美学的思考，从而为后来的西方马克思主义文化批判理论及其"晚期资本主义"[③] 的文化研究提供了重要的思想资源。在马克思之后，西方马克思主义文化批判理论在不同层面上与马克思对生

---

① ［德］马克思：《1844 年经济学哲学手稿》，《马克思恩格斯文集》第 1 卷，人民出版社 2009 年版，第 190 页。

② ［美］斯蒂芬·贝斯特等：《后现代转向》，陈刚等译，南京大学出版社 2002 年版，第 100 页。

③ "晚期资本主义"的概念最早是比利时学者厄尔奈斯特·曼德尔提出的，曼德尔 1972 年发表《晚期资本主义》，从生产、文化与科技的角度剖析现代资本主义社会生产方式与文化变革的特征，认为晚期资本主义是垄断资本主义、自由资本主义之后西方资本主义发展的新阶段，并提出了资本主义生产方式与文化矛盾问题。在曼德尔提出"晚期资本主义"的概念以后，经过丹尼尔·贝尔等人的理论发展，成为概括当代西方资本主义社会生产方式与文化逻辑的典型概念与理论。

产问题的原典阐释有关，同时也从马克思的美学思考中汲取重要的理论能量。比如，美国学者詹姆逊就曾指出，马克思的生产方式的概念所提出的问题“是马克思主义理论在今天所有分支中最为有生命力的新领域”[①]，原因就在于马克思已经不是在抽象化的层面探究生产方式的概念，而是强调生产、劳动与人的感觉经验主体生成的同一性，在生产、劳动与人的感觉经验主体生成的对象化关系中强调文化生产的塑造功能，进而深入剖析资本主义社会的生产方式、资本来源与人的主体感觉相互影响的过程与方式，由此构成了当代文化生产美学研究的新的理论出发点。在詹姆逊的理论解读上，马克思主义的文化生产美学是一种“再生产模式”的研究，这种“再生产模式”既是当代西方马克思主义美学发展马克思关于生产问题研究的重要理论路径，同时也是马克思主义美学基本问题域在当代社会具有重要的理论辐射能力和思想影响的表现，它使马克思主义美学关于生产的提问方式与基本问题研究走出了传统马克思主义的经济基础/上层建筑的理论模式，进一步融合了文化、资本、人的审美感性意识发展及文化政治批判问题，并以这种理论思想为基础，展现出批判分析当代审美文化的新的理论视野。

二　从文化马克思主义到文化生产美学：当代西方马克思主义美学的生产转向

最早提出当代西方马克思主义美学理论转向问题的是英国学者佩里·安德森。在《西方马克思主义探讨》中，佩里·安德森曾提出，从20世纪20年代开始，随着西方马克思主义的出现，马克思主义理

---

① ［美］弗雷德里克·詹姆逊：《快感：文化与政治》，王逢振等译，中国社会科学出版社1998年版，第79页。

论发生了重要的转折，“西方马克思主义渐渐地不再从理论上正视重大的经济或政治问题了”，“西方马克思主义作为一个整体，当它从方法问题进而涉及实质问题时，就几乎倾全力研究上层建筑了”。[①] 在佩里·安德森看来，促使西方马克思主义美学理论发生理论转向的原因有两个方面，一方面是西方社会政治环境的变化，另一方面是当代学术气候的改变。第二次世界大战以来，随着西方文化政治形势的改变，西欧的马克思主义不同程度地陷入低谷，“在这个改变了的世界上，革命的理论完全起了变化”。[②] 马克思主义理论的主要中心随之发生了转移，“它的正式场所由党的集会转向学院系科”[③]。在被称作“形式的转移”和“主题的创新”的西方马克思主义理论转向中，虽然研究的焦点是上层建筑，但真正在理论层面上发挥作用的更多的是文化、美学和艺术研究，这种理论形态被称作“文化马克思主义”。在“文化马克思主义”中，马克思主义的理论问题更多的融合在文化与意识形态的关系之中，特别是在英国伯明翰学派和德国法兰克福学派那里，文化被视为一种重要的生产要素和意识形态功能发挥作用，美国学者丹尼斯·德沃金总结了这种“文化马克思主义”的理论特征：“一方面是对马克思主义经济决定论的拒绝”，“另一方面，他们更广义地看待文化——整体的生活方式，从这点出发，文化就是社会过程本身，就是经济和政治的组成部分”。[④] 英国学者雷蒙·威廉斯则直接将文化的整体性范畴嵌入传统马克思主义的经济基础/上层建筑的二元逻辑，坚持以经济基础、文化、上层建筑的三元关系代替经济基础/上层建筑的二元模式。

---

① [英] 佩里·安德森：《西方马克思主义探讨》，高铦译，人民出版社1981年版，第96页。

② [英] 佩里·安德森：《西方马克思主义探讨》，高铦译，人民出版社1981年版，第36页。

③ [英] 佩里·安德森：《西方马克思主义探讨》，高铦译，人民出版社1981年版，第66页。

④ [美] 丹尼斯·德沃金：《文化马克思主义在战后英国》，李凤丹译，人民出版社2008年版，第85页。

“文化马克思主义”突出地展现出了马克思主义在20世纪以来的理论处境，也是20世纪60年代文化研究兴起以后在马克思主义美学理论内部形成的重要的理论思潮，这种理论思潮的影响至今仍然鲜明可见。但“文化马克思主义”的理论缺憾仍然非常明显，它对文化与意识形态关系的倚重以及过于强调文化的意识形态的表意功能，往往也弱化了马克思主义美学对现实实践的把握能力。澳大利亚学者特纳曾指出：“文化研究为了处理文化问题，以及完成文化研究的批判与政治目标，其所遭遇的理论问题，通常都具有相当的复杂性和综合性。”① 这也意味着马克思主义美学与文化研究的理论相遇与融合也必然会在产生新的理论问题的过程中走向新的理论发展。到了20世纪90年代，马克思主义美学研究的一种新的理论局面开始出现，那就是随着马克思主义美学问题域中的商品生产与文化资本的凝结机制与展现形式空前复杂，文化和意识形态研究进一步融合了社会生产与文化经济的要素，从而促使当代马克思主义美学研究的文化生产问题再度变得重要。在西方文化研究逐渐显露理论落潮之际的同时，马克思主义文化生产美学开始展现新的理论生机与活力，由此更加推动了当代西方马克思主义美学的生产转向。

文化生产美学的理论转向是当代西方马克思主义美学在“文化马克思主义”之后的重要的理论发展，主要以布尔迪厄的文学场和文化区隔理论、朗西埃的“感知的再分配”理论和奥利维耶·阿苏利、彼特·墨菲、爱德华多·德·拉·富恩特等的审美资本主义理论为代表，是当代西方马克思主义美学面对资本主义社会新的文化语境与理论情势而展现出的新的理论思考，具有重要的理论启发。法国学者布尔迪厄的理论是当代西方马克思主义美学生产转向的重要代表。布尔迪厄

① ［澳］格雷姆·特纳：《英国文化研究导论·导言》，唐维敏译，台湾亚太图书出版社2000年版，第7页。

的文学场和文化区隔理论具有文化社会学的广泛意义，而文化社会学与马克思主义美学本身有紧密的关系，二者的紧密结合促使布尔迪厄的文学场和文化区隔理论带有明显的马克思主义生产美学的理论意蕴。在布尔迪厄的代表作《区隔》中，布尔迪厄提出了一种不同于传统社会学的文化区隔理论，这种理论融美学、社会学、心理学与文学研究于一身，强调美学研究在摆脱了经济主义重新置入文化趣味、文化需要、审美配置与社会属性之后所产生的一种新的美学理论状貌。布尔迪厄提出："文化需要是教育的产物：调查实证，所有文化实践（去博物馆、音乐会、展览会，阅读等等），以及文学、绘画和音乐方面的偏好，都与（依学历或学习年限衡量的）教育水平密切相关，其次与社会出身相关。"① 布尔迪厄考察了当代社会不同消费者的社会等级与审美偏好，包括他们的社会身份、教育程度、艺术修养及其审美偏好，这些考察对象包括大学教授、中学教师、自由职业者、工程师、国营部门管理者、社会医疗服务人员、办公室职员、技术工人、普通工人，并在对他们的社会地位及其文化资本占用与分配的详细考察中提出："消费者的社会等级与社会认可的艺术等级相符，并在每种艺术内部，与社会等级的体裁、流派或时代的等级相符。这就使趣味预先作为'等级'的特别标志起作用。文化的获得方式在使用所获文化的方式中继续存在着。"② 布尔迪厄强化了新型资本主义社会中文化、资本、习性与社会生产的复杂关系，不但在一个崭新的理论维度上复活了马克思主义美学的生产概念，而且融入了非常深刻的美学与社会批判精神，是当代西方马克思主义文化生产美学的重要理论典范。

法国学者雅克·朗西埃也在当代西方马克思主义文化生产美学中

---

① ［法］皮埃尔·布尔迪厄：《区分——判断力的社会批判》，刘晖译，商务印书馆 2015 年版，第 1—2 页。

② ［法］皮埃尔·布尔迪厄：《区分——判断力的社会批判》，刘晖译，商务印书馆 2015 年版，第 2 页。

占据重要的位置，朗西埃是当代法国“后阿尔都塞学派”的重要人物，相比布尔迪厄的文学场和文化区隔理论强调社会生产场域对审美、判断力的区隔与支配功能研究，朗西埃更强调社会文化生产语境中感知分配的主体功能及其对个体政治、审美属性的影响。朗西埃提出了一种基于民主、平等、感性、治理等哲学概念的“美学政治学”，在他看来，社会文化生产中占据重要位置的文化、经济、政治、美学等各要素从来都不是彼此孤立分离的领域，“哲学的独特对象，正是政治、艺术、科学及任何其他思想活动交会的思想环节”。[①] 在这个过程中，“政治”是核心概念，但朗西埃所说的“政治”是一个“复合概念”，他赋予了“政治”这个概念多方面的意义连接，包括语言、感知、伦理习性、社会组织、政治结构、审美趣味以及规范等，是一种稳定而同质的共同体所依循的共识结构。这个共识结构既充满歧义，同时各种话语理性又对社会秩序共识形成某种允诺与干预，“理性似乎被赋予了感性的材料（la matiére sensible），而这些材料既是对理性的体验，也是对理性的证实”。[②] 正是由于社会政治共同体中存在的歧义与各种干预机制，所以通过语言表达获得感知的区分与共享变得必要。朗西埃由此提出了他的“感知的再分配”（the distribution of the sensible）的概念。在他看来，当代社会商业生产所缔造的日常生活凸显了一种感知的再分配原则，这种原则以经验形式的再度分割的方式重构了我们的生活，席勒意义上的以“审美”作为特殊经验创造纯粹艺术世界的观念已不复存在，取而代之的是美术馆、图书馆、博物馆、电影院等具有感性实践和审美态度、个体认知模式和综合感知形式等新的体验方式及其表达形式，所以，他说：“‘审美’作为特殊经验的

① ［法］雅克·朗西埃：《歧义：政治与哲学》，刘纪蕙等译，西北大学出版社 2015 年版，第 5 页。

② ［法］雅克·朗西埃：《词语的肉身：书写的政治》，朱康等译，西北大学出版社 2015 年版，第 29 页。

这种思想能生产出纯粹艺术世界的观念，同时也能生产出生活艺术中的自我压抑的观念，既能生产出先锋激进主义的传统，同时也能生产出日常生活的审美化——这是如何可能的呢?”[①] 朗西埃不看好这种传统的审美化机制，在他看来，文化与资本、政治和美学不存在一道不容逾越的界线，先锋派对艺术自治性的坚持也面临着“再审美化”的转换，在这种“再审美化”中，新的感知机制应被独立出来，“处处都有‘可感的异质性’。日常生活的散文变成了鸿篇巨制的神奇诗篇。任何物品都可以越界重居于审美经验的领域”。[②] 以这种新的感知模式及其“感知的再分配”原则，朗西埃打破了审美经验自治性的论断，特别是将审美感知放到当代艺术生产的文化语境中考察，强调审美的革命及其引发的政治反应，代表了当代西方马克思主义文化生产美学新的方向。

“审美资本主义”也是当代西方马克思主义美学生产转向中的重要概念。在21世纪的第二个十年出版的两部美学理论著作不约而同地使用了“审美资本主义”的书名，分别是法国学者奥利维耶·阿苏利的《审美资本主义：品味的工业化》和澳大利亚学者彼特·墨菲、爱德华多·德·拉·富恩特编的《审美资本主义》。这两部著作不但书名是一致的，而且研究视角和理论方法也有异曲同工之妙，均从文化生产的角度系统观察当代资本主义社会文化变迁与审美经验变革中的文化现状问题，广泛涉及了社会生产与文化消费、审美时尚与文化经济、审美品位与审美价值等复杂的社会问题和美学问题。其中，彼特·墨菲等人编的《审美资本主义》指出，随着21世纪以来美国经济危机的发生，“资本主义在改变，再次发生改变”。“后工业时代已成往事，而知识产业的魅力也逐渐消失。我们所面临的是大规模的服务业

① ［法］雅克·朗西埃：《审美革命及其后果》，赵文等译，《东方艺术》2013年第13期。

② ［法］雅克·朗西埃：《审美革命及其后果》，赵文等译，《东方艺术》2013年第13期。

发展的现实。各种高科技的经济含量远不如它们所说得那么高。高科技以及信息科技最终被证实是一种假象，掩盖不了的是房地产业的繁荣是由低利率所推动的事实。"① 而在法国学者奥利维耶·阿苏利看来，现代资本主义一直推崇的科技进步以及信息社会来临所造成的各种文化工业发展的奇迹，其实是一种新的文化谎言，现代资本主义建基于供给创造需求这个前提已经将生产问题赋予了新的特性，"随着象征符号和神圣标识的生产，它具有了宗教性；随着自由交换是幸福的万能之源这种思想的出现，它有了思想性；因市场营销的调节能力取代国家调控能力，它有了政治性；因为消费价值和公民规则的互补性，它又具有了社会性"。② 在这种新的语境中，科技和信息已经不是社会商品生产壮大与增值的主要基础，商品生产的平均值的作用已经包含了审美的要素，"平均值的功效在于让品味成为差异品味总值的催化剂"③，而"审美，绝不再仅仅是若干艺术爱好者投机倒把的活动，也不只是触动消费者的那种无形的说服力，品味的问题涉及整个工业文明的前途和命运"。④ 因此，在审美资本主义时代，生产必须维持趣味性，"资本主义的审美导向是更为悠久也更为结构性的"⑤，当资本主义社会的审美生产周期性地从有趣走向乏味，这就凸显了商品生产领域中的审美创造的引领作用，审美创造的文化风格及其消费者的审美品味将成为推动工业发展的动力。所以，从垄断资本主义到后工业社会发展之后，资本主义的发展已经到了审美品味与社会生产高

① Peter Murphy, Eduardo de la Fuente, *Aesthetic Capitalism*, Leiden, Brill, 2014, p. 1.

② ［法］奥利维耶·阿苏利：《审美资本主义：品味的工业化》，黄琰译，华东师范大学出版社 2013 年版，第 117 页。

③ ［法］奥利维耶·阿苏利：《审美资本主义：品味的工业化》，黄琰译，华东师范大学出版社 2013 年版，第 107 页。

④ ［法］奥利维耶·阿苏利：《审美资本主义：品味的工业化》，黄琰译，华东师范大学出版社 2013 年版，第 9 页。

⑤ ［法］奥利维耶·阿苏利：《审美资本主义：品味的工业化》，黄琰译，华东师范大学出版社 2013 年版，第 8 页。

度融合的时刻，这也让审美资本主义的问题再度成为当代文化与美学研究的重要问题。

可以说，围绕当代语境中审美与生产的转换机制及其表达形式，从经典语境中的资本与生产的研究到作为一种生活方式的文化的研究，再到审美与生产高度聚焦融合的审美经济研究，当代西方马克思主义美学在学理层面上再度完成了一种理论上的转向。说是理论的转向，其实也是更深层面的理论回归。无论是布尔迪厄、朗西埃，还是当代审美资本主义研究，关注的问题都没有脱离当代美学的现实发展及其理论走向，都是在当代语境中文化与美学生产的层面上展开理论思考的，只不过这种理论发展与飞跃引起的思考更加深入当代社会的审美文化与现实处境，因而具有更加鲜明的现实实践价值。当代美学研究如何进一步从生产视角出发，结合当代社会文化生活方式的走向，对当代社会中的审美生产与文化生活作出有效的理论阐释既是一个学理问题，同时也是一种重要的文化实践。在当代语境中，无论西方还是中国，文化与资本、文化与经济、审美与生产的结合已是不可阻挡的洪流，但在这个过程中，理论与现实之间仍然存在复杂的阐释间隔和思想裂隙，理论层面上的言说如何进一步融入现实，正是我们需要批判反思的内容。

三　重提美学的当代性：马克思主义美学的生产转向及其理论意义

通过生产视角，马克思主义美学在当代资本主义文化批判中重新回到了它的基本问题域，但正像霍克海默说的那样：“仅仅依照经济去判断未来的社会形式，却是一种机械的思维，而不是辩证的思维。”① 马克思对生产问题的研究及其理论提问方式，构成了马克思主义美学的

① ［德］霍克海默：《批判理论》，李小兵等译，重庆出版社1989年版，第235页。

基本问题域，这并非意味着马克思主义美学研究仅仅围绕生产问题展开。英国学者特里·伊格尔顿强调："如果对于资本主义来说，生产本身就是一种目的的话，那么对于马克思来说，在一个相当不同的意义上，情况也是如此。"① 在马克思主义美学研究中，关于生产问题的研究既是目的也是一种辩证的思维方式。生产研究是目的，是因为从生产视角出发，能够广泛连接资本与文化问题，深入到社会文化的生产机制及其审美表达方式，从而展开深入的文化研究；作为一种辩证的思维方式，生产问题的研究则能够通过生产视角跃出经济基础/上层建筑的传统的马克思主义理论模式，在当代社会文化生产关系维度上展开新的理论思考，同时也为当代美学问题在更深层次的超越与回归创造了理论条件。

在西方马克思主义美学研究中，特别是在消费文化、大众文化研究领域，生产问题的研究向来是不缺席的，这是西方马克思主义美学研究现实关注的一个重要方面。从理论的层面而言，这种现实关注融入了深刻的审美现代性思想特征，使西方马克思主义美学自文化批判研究以来就具有了重视社会文化语境转换以及审美逻辑变化的理论倾向，正是有了这种现实关注的理论特性，西方马克思主义美学的生产转向才打开了一种新的理论视野，使美学当代性问题更加突出。

美学的当代性与西方马克思主义美学的生产转向在两个层面体现出深入的理论关联。首先，从语境的层面，生产转向提出的是美学和文化的资本化和再度感性化问题，它强调文化批判的功能不仅仅是从经济基础研究走向意识形态批判或文化研究，而是经济基础与文化生产的高度融合，进而形成文化资本研究的广泛的问题域。其次，这种文化资本又与文化生产问题有着双向链接，其中介就是布尔迪厄、朗

---

① ［英］特里·伊格尔顿：《美学意识形态》（修订版），王杰等译，中央编译出版社 2013 年版，第 186 页。

西埃等学者提出的文化区隔、审美趣味与“感知的再分配”问题，他们的理论思考使文化的区隔作用和审美趣味配置功能在当代社会越来越重要，社会生产、审美趣味与文化资本的结合更加紧密，这就从美学当代经验出发提出了当代美学基本问题的变革和呈现方式。

这个基本问题的变革首先促使我们进一步思考的是当代美学该研究什么。当代西方马克思主义美学的生产转向预示了这个问题，即当代美学基本问题的变化既是美学理论转向的体现，同时也是新的理论问题的提出。当代美学的问题域本身是美学研究的理论问题。从古希腊时代以来，当代美学的问题域经过了几次重大转向，特别是在康德美学研究中，当代美学的问题域更多的局限在审美形式领域，体现出了从审美形式与无功利出发探讨美学基本问题的理论框架。康德美学综合了英国经验论美学和大陆唯理论美学的问题形式，但正如伊格尔顿所言：“康德所处的政治社会绝不是充分发展了的资产阶级政治社会”，“说他是个资产阶级哲学家也许是个时代的错误”。[①] 在伊格尔顿看来，康德美学体现了中产阶级的自由主义理想，“康德式的想象”虽然张扬了现代审美理论的主体性立场，但“康德的主体也是分裂的”,[②] 因为这种形式化的、非感知化的审美理论提供给我们的是关于物质世界的抚慰性幻想，而无法充分对象化资产阶级文化实践，它和资产阶级文化实践的意识形态直接存在着的“既令人不安的，又必不可少的隔阂”。[③] 在西方马克思主义美学的生产转向中，具备了回避或者扭转这种理论痼疾的理论条件，特别是朗西埃提出了明确的反对席勒以来的审美经验自治论，所以，“走出康德美学”，将美学研究的基

① ［英］特里·伊格尔顿：《美学意识形态》（修订版），王杰等译，中央编译出版社 2013 年版，第 67 页。

② ［英］特里·伊格尔顿：《美学意识形态》（修订版），王杰等译，中央编译出版社 2013 年版，第 75 页。

③ ［英］特里·伊格尔顿：《美学意识形态》（修订版），王杰等译，中央编译出版社 2013 年版，第 73 页。

本问题更深入地融入当代文化实践，正是西方马克思主义美学生产转向预示的发展方向。

"走出康德美学"之所以要打上引号，即是为了说明在当代美学的理论视域中，并非康德的美学理论过时了，更不是说康德的美学思考不重要了，而是随着现代社会审美交流语境的变化及其新的文化经济时代的来临，美学研究需要进一步把握现实的审美文化经验，需要"走出"现代美学传统特别是康德美学以来确立的现代审美理论框架和美学研究问题域。这个"走出"不是简单的放弃和超越，而是美学研究深层次的守旧创新。所谓"守旧"就是还得承认康德美学对现代美学问题的触发具有鲜明的学理意义，因为在康德那里，美学的形式化和审美化的感性形式才确立了美学问题的客观性，所谓"创新"就是要兼顾当代美学的语境化特征，在一个更深广的语境中展现美学的当代性。

重视美学研究的当代性，就是要重视当代美学研究的生产语境与文化语境，这个语境就是一种审美生产、文化趣味与文化资本高度融合后产生的一种文化生活现实。法国学者居伊·德波曾将这种文化现实概括为"景观社会"，所谓"景观社会"就是融合社会再生产、媒介与文化日常生活变革的新的社会形态，这种社会形态颠倒了影像与现实、生产与消费的逻辑，影像、商品以及景观消费构成了控制社会文化生产与人们日常消费的主要方式。德波提出："以现代工业为基础的社会绝非偶然或表面的就是景观的，景观恰是这样社会根本性的出口。"① 景观是一种物化了的世界观，是"当今社会的主要生产"，② 景观的语言由主导生产体系的符号组成，在景观及其特有的形式——新闻、宣传、广告、娱乐表演中，真实的世界变成简单的影像，简单

① ［法］居伊·德波：《景观社会》，王昭风译，南京大学出版社 2007 年版，第 5 页。
② ［法］居伊·德波：《景观社会》，王昭风译，南京大学出版社 2007 年版，第 5 页。

的影像也会成为真实的存在并对社会生产产生主导作用。波德里亚也曾提出，当代社会由于电子或数字化的影像、媒介的控制，景观生活替代了“真实生活”，文化生产中的各种“超真实”和虚拟模仿的事物代替了“真实”的过程，最终的结果是“我们处在‘消费’控制着整个生活的境地”。[①] 文化消费时代的审美实践与文化悖论恰恰是当代美学研究特别是文化生产研究应该关注的问题，这些问题的研究既要回到马克思主义美学在生产问题上的提问方式及其批判立场，同时更应该融入当代思考，在当代多重叠加语境中展现美学的现实关怀和批判维度。在这个过程中，文化资本研究是一个值得重视的内容，文化资本研究本身包含了生产、审美、政治与伦理等多重的理论意涵，这种多重理论意涵从生产传播机制融入文化心理、情感与经验，已经演变为一种新的审美体验形式。在当代社会，这种审美体验形式正越来越发挥重要的作用，同时也让审美趣味及其文化区隔的作用更加明显，二者之间的关系是双向同构的，体现出了当代社会审美生产关系的新的理论走向。当代美学研究，要面对的正是这种审美生产关系的新变化。在这种新变化中，既要批判分析文化资本成为审美文化生产核心要素所带来的文化区隔方面的影响，更要发扬马克思主义美学在文化批判与日常生活批判上的重要功能，在阐释文化资本、审美趣味、审美配置与文化区隔的系统联系和运作机制中重建审美的价值理性，这也正是当代美学价值重建的关键所在。

---

① ［法］让·波德里亚：《消费社会》，刘成富等译，南京大学出版社2001年版，第6页。

重建“对话思维”：当代西方文论中的形式主义与马克思主义的理论对话

作为20世纪西方文学批评理论的重要思潮，形式主义和马克思主义分别产生了非常重要的理论影响，它们之间的理论对抗、融通与对话的过程对20世纪西方文学批评理论的发展具有重要的启示。形式主义与马克思主义的理论对话不单单是一种理论上的承继和互补，更重要的是一种深刻的思想的融通与发展，这种融通与发展在当代西方文学理论发展中有较明显的回音。由于各自的理论发展的立足点和取向不同，面对形式主义和马克思主义这两种理论思潮，不同的研究者之间会存在着复杂的阐释裂隙，但这种阐释裂隙所蕴含的思想能量无论是对形式主义文论的理论演变还是对马克思主义批评理论的发展都构成了一种重要的美学要素。在理论上把握和说明形式主义与马克思主义的理论对话过程及其思想蕴含本身也是深入这两种理论思潮的发展路径的过程，当然，它们从异质发展到理论对话的过程所涉及的问题更加对理解20世纪西方文学批评理论的发展进程具有重要的意义。

一　殊途与同归：形式主义与马克思主义理论对话的哲学逻辑

从理论层面而言，所谓形式主义和马克思主义的理论对话其实就是这两种思潮在理论方法与观念上相互批判借鉴并深入影响对方理论发展的过程，也是在理论发展中彼此吸收对方的理论资源与方法，促进自身理论提升与丰富并展现出深刻的思想影响与辐射的过程。这一过程是复杂的。由于这两种理论思潮分别具有不同的理论根源、学理逻辑及理论内容，它们各自具有较长的理论发展历史，在彼此理论内部理论家众多，有的甚至存在理论观念上的重大差异乃至分歧，这两种理论观念的发展哪一种都不是绝对单一的，都有很复杂的社会、文化乃至政治意识形态层面上的因素交融其间，常常存在各种理论支流以及思想流派上芜杂旁溢之处，因此，它们是在何种意义上、哪个层面上展开对话的，为什么会存在理论上的对话，以及究竟是怎样展开对话的，对这些问题的不同理解往往影响了对这两种理论思潮发展走向及其理论价值的分析，从不同的理论方向上来理解这两种理论可能与走向往往也会得出不同的理论路径方面的思考，更会影响具体的阐释过程。因此，尽管英国文化理论家托尼·本尼特曾认为："没有必要'要求'和'创造'形式主义和马克思主义之间的对话，这种对话已经进行。"[①] 但实际上，形式主义和马克思主义的理论对话至少在逻辑和学理的层面上还存在着很复杂的知识论和发生学基础需要认真辨析。

形式主义文论与马克思主义文论的"对话"并非理论发展自然演变的结果，这其中包含着两种不同的理论形式在哲学观念和理论逻辑内部深层次的理论碰撞和融通的过程。"形式主义"本身是一个涵盖范围比较广泛的理论流派，它既包含艺术和美学理论层面的意义，也有文学批评上的内涵。前者是以20世纪初的克莱夫·贝尔和罗杰·弗莱等为代表的艺术理论，后者则通常指形式主义文论，是以20世纪以

① ［英］托尼·本尼特：《形式主义和马克思主义》，曾军等译，河南大学出版社2011年版，第80页。

来的"俄国形式主义""语义学派""英美新批评""结构主义"等为主的注重文学的语言和结构等形式方面研究的文论派别。在历史上，形式主义文论与形式主义美学和艺术理论既有复杂的联系又有明显的区别，它们在内在的美学精神上是一致的，但由于形式主义文论较明显地受到20世纪西方"语言学转向"的影响，所以它在理论观念上又明显地表现出不同于形式主义美学与艺术理论上的语义学批评的倾向。马克思主义批评对形式主义文论的继承与超越既有美学和艺术层面上的意涵，又有语义学批评上的理论继承，其中更涉及了深层次的审美变形机制问题。从理论表现来看，无论是形式主义美学和艺术理论，还是形式主义文论，它们都内在地包含了一定的理论"自反性"的特征，形式主义美学和艺术理论对审美形式的重视，形式主义文论从语言、形式、结构等层面开启的叩问文学真谛的尝试，都没有拒斥关于文学的基本的审美感觉层面上意义，这一点也正是与马克思主义美学在古希腊神话、关于古希腊神话的研究、晚年"人类学笔记"中的人类学研究、关于"莎士比亚化"和"席勒式"的现实主义文学理论研究中的审美关切是一致的，这也是形式主义文论与马克思主义批评在审美形式问题上能够展开对话的重要的逻辑基础。苏联著名理论家托洛茨基曾经提出："形式主义却竭尽全力地在理论上把自己与马克思主义对立起来。"[①] 无论是形式主义美学和艺术理论，还是形式主义文论，它们在文学与艺术观念上对具体的社会历史语境与文本意识形态的忽视在很长时间曾经使它们成为批评界的众矢之的，但如果我们深入形式主义理论内部的哲学和美学逻辑，也可以发现类似托洛茨基的见解存在着以偏概全之处。因为在形式主义理论的内部，它们在观念和方法上并非完全是铁板一块、整齐划一的。俄国著名形式主义文论家艾亨鲍姆在回顾形式主义文论发展时说："在形式主义者出现

① [苏]托洛茨基:《文学与革命》，刘文飞等译，外国文学出版社1992年版，第150页。

时，学院式的科学对理论问题一无所知，仍然在有气无力地运用美学、心理学和历史学的古老原则，对研究对象感觉迟钝，甚至这种对象是否存在也成了虚幻。"[①] 俄国形式主义者们正是发现了当时的文学理论存在着审美感觉研究层面上的理论弱点，所以才重视审美形式研究，这非但没有与马克思主义对立起来，而恰恰是与马克思主义在美学方面的理论追求是一致的。正是在这个意义上，20 世纪以来形式美学的崛起对马克思主义文论最大的影响是从深层次的美学逻辑上为马克思主义文学理论走出"历史决定论"的外在批评的理论模式找到了理论完善的路径。所以，形式主义与马克思主义的理论对话并非各自理论本身自然发展的结果，而是文学理论思潮在理论内部思想融通和丰富发展的表征和结果。

理论对话的展开当然也包括观念与方法上的批判与更新。按英国文化理论家托尼·本尼特的看法，形式主义文论最早的理论渊源有两方面，一是索绪尔的语言学理论，二是康德的美学观念。形式主义文论的理论渊源使它具有浓重的现代美学意蕴，并在发展的早期曾被打上"为艺术而艺术"的标签。但是，形式主义文论的发展也并没有完全行进在康德美学和索绪尔的语言学理论的发展脉络上。在某种程度上，"俄国形式主义"、英美"新批评"、法国结构主义等形式主义文论体现的是文学批评内在的文本学研究特征，在这个方面，语言学层面上的语义研究特性是非常明显的。就像英美"新批评"学派的兰色姆所说："如果一个批评家，在诗的肌质方面无话可说，那他就等于在以诗而论的诗方面无话可说。"[②] 但是，很快形式主义文论的发展就证明这种理论取向是不明智的，正像法国文学理论家布尔迪厄说的那

① ［俄］鲍·艾亨鲍姆：《"形式方法"的理论》，见［法］茨维坦·托多洛夫《俄苏形式主义文论选》，蔡鸿滨译，中国社会科学出版社 1989 年版，第 22 页。

② 参见赵毅衡编选《"新批评"文集》，百花文艺出版社 2001 年版，第 108 页。

样：“形式主义反对各种历史化的雄心是建立在对其可能性的社会历史条件的无知基础上的。”[①] 这构成了形式主义和马克思主义理论对话的另一方面的重要理论基础，即正是因为形式主义文论在理论观念上存在着先天不足，才让它具备了重新“历史化”的理论阐释空间。巴赫金、卢卡奇、阿尔都塞、马尔库塞、杰姆逊、特里·伊格尔顿、托尼·本尼特等西方马克思主义者正是从形式主义文论的社会历史阐释裂隙中重新整合结构主义、符号学、意识形态等方面的理论成果，并提出了马克思主义的历史诗学问题以及基于马克思主义的审美形式批判的辩证批评理念，并以此构成了他们与形式主义文论展开理论对话的基本的哲学和美学条件。在这个层面上，形式主义和马克思主义的理论对话并不是一种单纯的理论继承和接受的关系，而是体现了不同批评方法在相互影响渗透中所形成的一种“边缘影响”。在形式主义文论发展的后期，其文本语言学研究的特征及其基于康德美学的理论来源的审美形式上的追求并没有完全限定在文本自身的范畴内，在文本研究的过程中往往在语言的层面衍生了某种沟通社会和历史的理论潜质，这也正说明了形式主义和马克思主义的理论对话其实还离不开它们在哲学美学与理论逻辑上的一些基本的理论暗合之处。在这个意义上，形式主义与马克思主义的理论对话具有明显的“文本间性”色彩，体现了二者在不同的理论语境中的理论转换所构成的理论间离与呼应的关系，这也正是形式主义和马克思主义理论对话的基本理论形态。

二 审美之维：形式主义与马克思主义对话的理论路径

正是由于形式主义和马克思主义之间存在理论上的间离色彩以及

① ［法］皮埃尔·布尔迪厄：《纯美学的历史起源》，见［法］福柯等《激进的美学锋芒》，周宪译，中国人民大学出版社 2003 年版，第 60 页。

“文本间性”特征，所以，它们的理论对话存在着理论上的多种可能性与路径。巴赫金的社会学诗学理论、阿尔都塞的意识形态批评、杰姆逊的辩证批评与马尔库塞的新感性批评分别代表了从不同理论层面上与形式主义展开理论对话的典型理论路径。

苏联文学理论家巴赫金在形式主义与马克思主义的理论对话中起到的是一种不可替代的作用。巴赫金是最早将形式主义文论提到方法论层面上而不仅仅限于语言技巧层面上来研究的文学理论家，同时，巴赫金也是最早将形式主义文论的理论遗产进行批判性整合处理的批评家。在最早以沃洛希诺夫的名义发表的《马克思主义和语言哲学》中，巴赫金抛弃了索绪尔的封闭的语言观念，强调语言符号的意义和反映的对象是一种对话性的生成关系。尽管索绪尔的语言学理论也强调语言的结构性的意义转换，但在巴赫金看来，只有意义的生成机制被正确地理解，这才是语言的结构性转换发挥作用的关键所在。《马克思主义和语言哲学》对形式主义文论最大的理论发展在于复活了语言学研究的社会语境，从而使形式主义文论走出封闭在诗歌语言和实用语言以及语言符号结构性内涵的理论状态，为形式主义尽可能多地从社会关系语境中吸取对话性理论资源奠定了重要的方法论基础，也为马克思主义能够有效地介入形式主义的语言学研究开辟了一条重要的理论道路。在后来的《生活话语和艺术话语》《文艺学中的形式方法》中，巴赫金提出：“马克思主义的方法论在文学史中已经得到运用，但马克思主义的社会学诗学却没有产生，甚至至今仍没有出现。而且甚至没有人考虑过这一问题。”① 他不认为语言存在着专属于文学或日常生活的固定领域的状况，语言的符号、结构和意义发挥作用正在于说话者和倾听者之间的对话关系，巴赫金进而将语言的这

① ［苏］巴赫金：《文艺学中的形式方法》，邓勇等译，中国文联出版公司 1992 年版，第 45 页。

种属性引向文学史以及文化史中关于文本的社会学阐释，提出了以马克思主义为基础，在承认一切思想现象，包括诗学结构及其所有纯艺术性的审美形式都具有充分的社会意义的前提下，如何才能既消除盲目崇拜作品的形式主义方法又能防止把文学变成某种意识形态的普遍形式的宏观的马克思主义的社会性诗学观念，进而从整体社会文化语境入手为形式主义和马克思主义的持续对话建立有效的话语联系。

正像托尼·本尼特所说的那样：“巴赫金不仅被形式主义遗产深刻地影响着，他还重组了这份遗产，在将它们融合进自己的理论思考的过程中积极地影响和转变着形式主义概念。”① 巴赫金的社会学诗学阐释路径也成了形式主义和马克思主义理论对话最早也最富成效的理论范本。如果说，巴赫金的研究让形式主义和马克思主义之间对话在理论的层面上成为可能，那么西方马克思主义文论家们的研究则是在理论实践的层面上使这种对话变得现实。所谓“理论对话的现实”是西方马克思主义理论家，从卢卡奇到阿尔都塞，从杰姆逊到马尔库塞，他们的理论发展在很大层面上就是行进在形式主义和马克思主义的对话过程中的。尽管西方马克思主义理论在这方面差异甚大，但有一点是明确的，那就是他们都是在英国学者佩里·安德森所说的“形式的转移”② 中有所作为的，从而实现了詹姆逊所说的“一种现代的马克思主义文学批评，应该能在形式本身之中证实它的机制”。③ 这既是形式主义和马克思主义殊途同归的表现，同时也是现代西方文学批评理论的重大理论转向。由于西方马克思主义理论强调美学与文化的特殊

① ［英］托尼·本尼特：《形式主义和马克思主义》，曾军等译，河南大学出版社 2011 年版，第79页。

② ［英］佩里·安德森：《西方马克思主义探讨》，高铦等译，人民出版社 1981 年版，第65页。

③ ［美］弗雷德里克·詹姆逊：《语言的牢笼·马克思主义与形式》，钱佼汝、李自修译，百花洲文艺出版社 1995 年版，第7页。

的哲学基础和时代症候，他们在理解“形式”概念的过程中体现了明显的意识形态倾向，他们不同程度地表现出了通过“意识形态”概念有效地解决“形式”与“历史”冲突问题的努力，进而在审美之维展开马克思主义和形式主义理论对话性的探讨。法国学者阿尔都塞的结构主义的马克思主义文学批评即属此类。在阿尔都塞看来，结构主义的马克思主义的理论关键在于要在科学的层面上实现意识形态视域与文本间的转换，阿尔都塞曾经强调：“艺术作品与意识形态保持的关系比任何其他物体都远为密切，不考虑到它和意识形态之间的特殊关系，即它的直接的和不可避免的意识形态效果，就不可能按它的特殊美学存在来思考艺术作品。”① 他的解答方式是在文学艺术、意识形态和科学的本体意义上搭起桥梁，展现文学作为一种意识形态的实践机制是如何既塑造意识形态又暴露意识形态的。在这个过程中，阿尔都塞没有忽视语言与审美形式的功能，可以说，语言和审美形式方面的考虑构成了他坚持的文学艺术、意识形态和科学的“三元关系”的重要的理论支点。阿尔都塞的理论后来在法国的马舍雷、英国的伊格尔顿那里得到了进一步发展，并成为影响广泛的“阿尔都塞学派”。在他们的理论研究中，借助于语言问题，意识形态研究的形式转换特征是非常明显的，文学与意识形态之间的关系问题也成了一个文学批评的基本问题，虽然他们都没有专门的审美形式研究的著作，但在他们的意识形态理论以及“症候阅读”中，形式的踪迹已经在包含若干空隙/空白的非有机整体的“不完全”文本中若隐若现，正是在这个意义上，阿尔都塞的理论可以说是西方马克思主义与形式主义理论对话研究的一种具有理论先导性的观念。

美国文学理论家詹姆逊对形式主义和马克思主义的理论对话研究的

① ［法］路易·阿尔都塞：《抽象画家克勒莫尼尼》，见陆梅林编《西方马克思主义美学文选》，漓江出版社 1988 年版，第 537 页。

路径也非常明确。在被称作“马克思主义的三部曲”的《马克思主义与形式》(1971)、《语言的牢笼》(1972)、《政治无意识》(1981) 中，詹姆逊对黑格尔的历史哲学、马克思的辩证法观念、阿多诺的历史转义理论以及卢卡奇和萨特的学说作出了综合阐释，其理论目的就是要复活一种基于马克思主义的“内在形式”的“辩证批评”。在詹姆逊看来，“马克思主义批评的全部运动，正是由表层到基础现实，从一种表面自主的客体到这客体证明是其一部分或接合部的更大基础的这样一种运动”。[①] 在这种观念中，他对索绪尔语言学理论坚持用言语和语言的关系替代个别与整体关系的反历史主义原则以及形式主义的“陌生化”概念作出了深入的批评，并积极寻求一种辩证思维的理论框架来“协调马克思主义批评的基本原理”。[②] 詹姆逊所谓的“辩证批评”是由形式走向历史的马克思主义的“内在批评”，以及再由历史走向形式的“诠释学”的辩证运动构成的，他认为这种辩证思维“是批判的而不是系统的，是矫正的、几乎是本体论复归的一种运作，但并不应理解成排除某种更统一的批评方法”。[③] 在这种辩证思维框架中，詹姆逊既对黑格尔历史哲学中的整体性观念予以重视，但又提出“只有通过对细节的具体把握，只有通过对一种体系依照其内在必然性所进行的逐步建构进行同情性的、内在的体验，才能获得这种辩证批评”。[④] 通过这种“辩证批评”，詹姆逊在马克思主义和形式主义之间建立了复杂的理论联系，在他的马克思主义诠释学中生长出的是基于特殊的微观

① ［美］弗雷德里克·詹姆逊：《语言的牢笼·马克思主义与形式》，钱佼汝、李自修译，百花洲文艺出版社 1995 年版，第 341 页。

② ［美］弗雷德里克·詹姆逊：《语言的牢笼·马克思主义与形式》，钱佼汝、李自修译，百花洲文艺出版社 1995 年版，第 340 页。

③ ［美］弗雷德里克·詹姆逊：《语言的牢笼·马克思主义与形式》，钱佼汝、李自修译，百花洲文艺出版社 1995 年版，第 340 页。

④ ［美］弗雷德里克·詹姆逊：《语言的牢笼·马克思主义与形式》（序言），钱佼汝、李自修译，百花洲文艺出版社 1995 年版，第 3 页。

世界的马克思主义的“内部形式”概念，而“文学在辩证过程中起了关键作用”。[①] 詹姆逊的辩证批评观念大大推进了马克思主义与形式主义的理论对话的进程，同时也深化了二者对话的理论逻辑和哲学基础。

阿尔都塞和詹姆逊都坚持把文本放到历史语境中考察，明显地强调一种“文本学”观念，正是由于这种文本学的阐释过程，形式主义和马克思主义的理论对话才落到了实处，其对话性在于文本学阐释的历史语境与文本内在形式的辩证关系。这实际上正是形式主义和马克思主义的理论对话的真谛所在，也就是说，理论对话研究的关键不仅仅是得出理论对话的过程及其结果，更重要的是展现理论阐述和描述的方式，并在这个过程中有实质性的理论推动。在这方面，西方马克思主义理论家马尔库塞遵循的则是另一条形式主义本体论的理论研究路径。詹姆逊认为，并不存在形式主义与马克思主义的对垒，而只存在形式主义与历史哲学的对立，所以他在马克思主义理论中坚持一种从外部形式向内部形式运动的辩证批评，并认为批评家在这个过程中是被“召回到自己的过程中来，象在时间中展开的一种形式一样，也反映自己具体的社会和历史境况”。[②] 相比詹姆逊，西方马克思主义理论家马尔库塞则干脆取消了这种“内部形式”的时间性和运动性，直接将审美形式上升为一种本体论的高度，并强调最终以审美形式的本体功能来构建艺术活动本身，用他的话说，“形式是艺术本身的现实，是艺术自身”。[③] 在马尔库塞那里，无论是形式主义的语言学观念还是“陌生化”方法以及马克思主义的“内部形式”的观念，最终都演化成了一种形式本体存在，“艺术正是借助形式，才超越了现存的现实，

---

① ［美］弗雷德里克·詹姆逊：《语言的牢笼·马克思主义与形式》（序言），钱佼汝、李自修译，百花洲文艺出版社 1995 年版，第 3 页。

② ［美］弗雷德里克·詹姆逊：《语言的牢笼·马克思主义与形式》，钱佼汝、李自修译，百花洲文艺出版社 1995 年版，第 340 页。

③ ［美］赫伯特·马尔库塞：《审美之维》，李小兵译，广西师范大学出版社 2001 年版，第 111 页。

才成为在现存现实中，与现存现实作对的作品"。[①] 所以，在马尔库塞那里，形式主义与马克思主义的理论对话路径更具哲学本体论色彩，艺术本体在于审美之维的构建，文本化和过程性的理论"对话"最终都消融在了本体论的"审美之维"中。也正是由于这个设想，到了马尔库塞这里，形式主义和马克思主义的理论"对话"其实已经"终结"。但"终结"并非预示着"对话"的消失，而是一种对形式内在意蕴的重新阐释。

三　形式与历史：形式主义与马克思主义对话研究的学理追求与理论意义

从巴赫金到西方马克思主义者阿尔都塞、詹姆逊、马尔库塞，他们都从不同层面上吸收形式主义有益的理论元素，并作为发展或拓展马克思主义理论的重要的思想资源。德国的布莱希特则借鉴现代主义的意识流、蒙太奇等新的理论手段，在对作为形式表现因素的"手法"与"技巧"的"内在意蕴"理解上为文学形式研究注入了"革命"的因素，使形式问题脱离了单纯的"手法"和"技巧"的含义而具有了深层次的社会内涵，这既是对话，也是改造，改变了形式主义文论的语言文本研究的单一性的理论困境，也为马克思主义文学批评找到了解决理论上的庸俗化和机械化的理论路径，体现了形式主义与马克思主义的理论对话路径的丰富性和复杂性。重视这些理论路径，是把握西方当代文学理论的发展的哲学逻辑和内在理论肌理的必备工作。正是由于存在不同的理论对话路径，形式主义和马克思主义各自的理论发展中均得到了不同程度的理论延展，当然，理论对话研究路

---

① ［美］赫伯特·马尔库塞：《审美之维》，李小兵译，广西师范大学出版社 2001 年版，第 112 页。

径的差异往往得出的是不同的理论阐释方式。

在学理追求上，形式主义文论体现了再次叩问文学真谛的尝试，它曾经雄心勃勃地要扫荡一些它自认为僵化的观念模式。在这个过程中，首先遭到质疑和批判的就是文学批评中的“历史主义”观念。“历史主义”自19世纪以来就是文学研究中一种根深蒂固的观念，是根据一定的标准并联系同时期的其他历史现象来解释和评价某个时期的文学的一种观念，坚持历史主义观念的文学批评往往把艺术品放在一定的历史背景中加以评价，倾向于把它的意义限制在产生它的那个时代。按美国学者韦勒克的观点，文学研究中的历史主义与实证主义传统有密切的联系，“即认为研究过去不需要任何理论或标准并认为当前这个时代不值得研究或者无法用学术方法加以研究”。[①] 文学研究的历史主义是一种狭隘的文学观，“产生了回避一切美学问题而无所作为的态度和极端的怀疑论”。[②] 荷兰学者佛克马和易布思曾明确地说：“历史主义取消了文学研究者独立作出判断的可能性”，[③] “新批评”学派的维姆萨特则批判它最终走向了文学研究的“传记式批评和相对主义”。[④] 形式主义文论严肃地拒斥文学批评中的历史主义倾向，它最终要在语言的层面上将文学批评变成一种科学的“裁断”，所以，形式主义文论的盛行也使一些文学研究者自然地产生了一种对历史的恐惧，以至于任何借鉴社会学批评的研究“都冒着忽视文学现象本身特征的危险”。[⑤]

---

① ［美］雷内·韦勒克：《批评的概念》，张今言译，中国美术学院出版社 1999 年版，第 247 页。

② ［美］雷内·韦勒克：《批评的概念》，张今言译，中国美术学院出版社 1999 年版，第 247 页。

③ ［荷兰］佛克马、易布思：《二十世纪文学理论》，林书武等译，生活·读书·新知三联书店 1988 年版，第 7 页。

④ 赵毅衡编：《“新批评”文集》，百花文艺出版社 2001 年版，第 257 页。

⑤ ［法］罗杰·法约尔：《批评：方法与历史》，怀宇译，百花文艺出版社 2002 年版，第 349 页。

形式主义文论对文学批评中的历史主义观念的激烈态度体现了他们对理想中的普遍的文学理论或统一标准的文学观的追寻。也正因为它的这种偏执的方式，自形式主义文论崭露头角以来，对它的批评就从来没有停止过。文学理论家们反问道：有必要建立一种统一标准的文学观和普遍的文学理论吗？这样的文学观和文学理论存在吗？作为一种价值判断的文学批评是否要受制于这样的文学观和文学理论？是否该为这种统一的文学观和文学理论作出贡献？佛克马和易布思的回答是：“韦勒克反复告诫我们要警惕历史相对主义可能产生的价值观念紊乱，可是他无视了这样的事实：相对主义本身就代表着一种重要的价值。”① 而我们“看不出标准统一的文学观能对不同文化传统和思想背景的外国文学作品（不论是现代的还是古代的）作出公正的评价”。② 在某种程度上，这也正是形式主义与马克思主义的理论对话中所要思考的问题，就是说，这二者之间的理论对话究竟体现了怎样的学理追求？在这方面，苏联著名的文艺理论家巴赫金的观点或许可以给我们提供启发。巴赫金曾说：“马克思主义文艺学与形式方法是在它们共同的主要问题和最为迫切的问题——特性鉴定问题的基础上相遭遇并发生冲突。”③ 所以，无论是形式主义还是马克思主义，都要承认一点，那就是并不存在那种统一标准的文学观和普遍的文学理论，作为一种价值判断的文学批评必然要受一定的社会历史的制约。形式主义者所重视的文学语言的声音、意象、格律、句法、节奏、押韵、叙述等形式要素必然面临着文学的相对价值的压力，像英国文学理论家特里·伊格尔顿坚持的那样：“一切文学作品都由阅读它们的社会

① ［荷］佛克马、易布思：《二十世纪文学理论》，林书武等译，生活·读书·新知三联书店1988年版，第7页。

② ［荷］佛克马、易布思：《二十世纪文学理论》，林书武等译，生活·读书·新知三联书店1988年版，第7页。

③ ［苏］巴赫金：《文艺学中的形式方法》，邓勇等译，中国文联出版公司1992年版，第54页。

‘重新写过’。”[①] 而马克思主义批评的社会历史研究要想避免历史主义的责难，就得时时回望文学的内部形式方面有哪些有价值的要素，这两方面的考虑最终还是要回到巴赫金所说的“文学特性”的问题上来。这种“文学特性”问题的研究并非等同于那种强调文学自足的封闭的形式观念，而更多地重视文学作为文化整体不可分割的一部分的阐释价值，它既要警惕传统的马克思主义在文学阐释中所犯的社会历史批评的“历史决定论”的弊端，更要避免形式主义文论的“方法论优先权”[②] 的尴尬。正是在这个意义上，形式主义和马克思主义的理论对话在深层次的学理层面上体现了一种深刻的理论反思意识，这种反思意识更多地指向文学批评的学理问题，而不是方法与观念之争，并不仅仅是这两种理论观念谁对谁继承多少，或是在哪些具体问题上有什么交叉性的理论观点，而是强调一种内在的学理融通，不是社会与历史对“形式”的粗暴僭越，也不仅仅是审美形式问题为社会历史批评提供了某种理论参照，而是思考文学研究的方法与价值如何更有效地根植在“历史”与“形式”缔结的文化“原形式”中，这也正巴赫金心目中那种理想的马克思主义的“内在批评”。[③]

四　重建“对话”思维：形式主义与马克思主义对话的理论意义

无论如何，经过了形式主义和马克思主义理论对话的警醒式理论思考，20 世纪以来的文学研究中“形式”与“历史”的关系变得更

---

① ［英］特里·伊格尔顿：《当代西方文学理论》，王逢振译，中国社会科学出版社 1988 年版，第 29 页。

② ［德］泰·阿多尔诺：《论艺术社会学》，见陆梅林编《西方马克思主义美学文选》，漓江出版社 1988 年版，第 374 页。

③ ［苏］巴赫金：《文艺学中的形式方法》，邓勇等译，中国文联出版公司 1992 年版，第 54 页。

加动态，也更加多元。自亚里士多德时代以来的文学内容与形式的关系问题也具有了一个更加宽广的思想视野与理论框架，这对于相关文学与审美问题的读解无疑是重要的。在这种理论对话中，20 世纪文学研究中的“内/外之争”问题也得到了充分的化解。更主要的是，在这种对话思维的影响下，学者们开始意识到“即使每一部单独的文学作品在它们与所谓的‘民族精神’、‘时代精神’和‘文化精神’的关系中具有某种价值，这样一种研究方法也必然导致其艺术说服力的丧失”。[①] 而另一方面，像弗莱所说的“批评必须在文学内部培育一种历史感，以补充那种把文学同其非文学的历史背景相联系的历史批评”。[②] 将这两种理论观念平衡，一直是人们所期待的，而形式主义和马克思主义的理论对话深入地揭示了这个问题，它的理论方案就是要求我们无论对马克思主义还是对形式主义，都要超越以往那种单一性理解的理论话语方式，而要寻求一种整体的文化视野与辩证批评观念，文学批评不应该再满足于历史与审美的二元逻辑，而要认识文学由不同要素组合而包含的“超意义特性”[③]。这也正呼应了弗莱在批评形式主义时所说的观点：“在学习关于文学的学术著作时，学子们会发现一个将他从文学那里拖走的回头浪。他会发现文学是人文学科的中央分水岭，他的一侧是历史，另一侧是哲学。鉴于文学自身不是一个有组织的知识结构，批评家必须在史实上求助于历史学家的概念框架，而在观点上则求助于哲学家的概念框架。”[④] 在文学研究方法上，“批评家不是使文学适应事先制定好的历史结构，而是应该视文学为一个连贯

① ［英］凯·贝尔塞等：《重解伟大的传统》，黄伟等译，社会科学文献出版社 1999 年版，第 89 页。

② ［加］诺思洛普·弗莱：《批评之路》，王逢振等译，北京大学出版社 1998 年版，第 9 页。

③ ［法］罗贝尔·埃斯卡皮：《文学社会学——罗·埃斯卡皮文论选》，于沛选译，浙江人民出版社 1987 年版，第 107 页。

④ ［加］诺思罗普·弗莱：《批评的剖析》，陈慧等译，百花文艺出版社 1998 年版，第 15 页。

的结构，它被历史地限定但却形成自己的历史，它以自己的形式对外部的历史过程作出反应但又不为其所决定”。[①] 突破了那种“社会历史决定论”和形式主义的“方法论优先权”的樊囿之后，形式主义和马克思主义的对话展现的正是文学研究更广阔的理论空间与更具理论启发的问题意识。

在20世纪文学批评理论的发展中，形式主义和马克思主义都是涵盖非常广泛的理论思潮，各自拥有不同的理论与历史、方法与观念，它们之间的理论交融与对话既体现出了复杂的理论逻辑，包含了复杂的理论路径，同时又在学理层面上深化了各自的批评理论观念，其中展现出的理论启发与理论价值是一种非常重要的理论资源。首先，值得我们再次思考的是，在理论的范围内应该如何看待这种理论的对话？二者之间“对话”的理论展开过程很宽泛，涉及的理论观念之争和方法之争也比较复杂，但有一点是确定的，那就是之所以说是理论上的“对话”，而不是简单的理论影响，就是要考虑到形式主义和马克思主义这两种文化思潮之间深入的理论联系，它们呈现为一种理论的“对话性”而不是“对话理论”，理论对话的影响和价值是在这种“对话性”中产生的，所以，就形式主义和马克思主义来说，这种“对话性”的研究是需要继续深入的。其次，我们要看到，正是由于形式主义和马克思主义之间在理论层面上存在着这种“对话性”，说明这两种理论思潮在理论观念和思想内涵上不是单向发展的，类似于形式主义的“为艺术而艺术”的说法，以及马克思主义文学批评的历史主义和相对主义观念。实际上在这种理论的“对话性”中有了不同的理论方式，这也提醒我们注意，对于这两种理论思潮以往的理解方式中其实存在着很多需要纠正的地方。这也涉及文学理论研究中一种非常重

---

① ［加］诺思洛普·弗莱：《批评之路》，王逢振等译，北京大学出版社1998年版，第9页。

要的理论思维方式的调整问题，即我们应该重视“对话思维”的理解与应用问题。那种“对话思维”之所以重要，就是因为它能够跳出文学理论研究就事论事的狭隘空间，从更辩证的方向上把握具体研究对象的理论面貌和格局。就这两种具体的理论思潮研究而言如此，就更广泛的文学理论问题的观照而言更不能忽视。从马克思主义的角度来看待这种“对话性”，正像巴赫金说的那样，马克思主义应感谢形式主义者，“感谢他们的理论能够成为严肃批判的对象，而马克思主义文艺学的基础能在批判过程中得到阐明，变得更加坚实”。①

托尼·本尼特也说：“如果我们着手开展马克思主义与形式主义的对话，重新发现形式主义的丢失遗产，那是因为我们相信这将是对马克思主义批评论的有积极意义的帮助，使其能够克服目前面临的一些困难。”② 而从形式主义的角度而言，形式主义更应该感谢马克思主义批评对之作出的理论拓展。如果没有巴赫金、阿尔都塞等西方马克思主义对形式主义文论的批判性发展，形式主义的理论命运绝不会像后来那样发展成为当代最有影响的批评模式。而通过与审美形式问题的理论联系，无论是阿尔都塞、杰姆逊，还是马尔库塞、布莱希特，他们手中的马克思主义的文化理论都得到了深入的理论拓展，他们的马克思主义文学批评因为有了审美形式要素的渗入而更加迷人，同时也更加体现出了有效把握审美问题的实践效应。

形式主义和马克思主义的理论对话遵循了不同的理论路径，正是由于这些不同的理论路径产生了马克思主义文学理论研究的很多具体的新问题，比如形式的意识形态性问题、文本间性批评问题、形式本体问题以及审美意识形态批评方法与原则问题等。由于这些问题的引

① ［苏］巴赫金：《巴赫金全集》第2卷，钱中文编，晓河等译，河北教育出版社1998年版，第343页。

② ［英］托尼·本尼特：《形式主义和马克思主义》，曾军等译，河南大学出版社2011年版，第81页。

入，马克思主义文学批评在方法、思想和观念上均体现出了很丰富的理论提升，改变了传统马克思主义批评长期以来对马克思主义的经济基础/上层建筑理论模式的简单套用的理论现状，使马克思主义文学批评在规避了传统社会学批评的一些固有缺陷和弱点后，仍然能够找到与传统的社会学研究在深层次上相互缔结进而整合的途径，能够以一种哲学反思和文化探究的视角深入到具体的文本中，并进而在与审美文化现实的联系中深入探索文学文本的意义，并在文化生产的意义上深化了传统的文学社会学研究观念。最后，我们有必要重复托尼·本尼特的话，没有必要要求和创造形式主义和马克思主义之间理论的对话，这种对话正在进行。当然，形式主义和马克思主义的理论“对话性”的研究也正在进行，其中展现出的“对话”思维的理论价值和启发对于当代文学理论研究与建设无疑也是一种非常可贵的理论资源。

意图与阐释：作者意图回归的挑战及其理论可能

作者意图问题是当代文学批评理论研究的核心问题，当代西方文论自形式主义开始，经过英美新批评、结构主义、叙事学，一直到解构主义和后现代主义，对作者意图的批评始终没有停止。在这个过程中，有些是直接反对作者意图研究的，如维姆萨特等提出的“意图谬误”说；有些是间接地批判作者意图的，如罗兰·巴特的“作者之死”和所谓的“纸上的生命”的观点；还有在理论逻辑和批评实践中完全取消作者意图的存在乃至合理性，自动放逐作者意图的，如解构批评。在以往的研究中，种种对作者意图的批评被视为当代西方文论理论转折的表征，体现了当代文学理论研究的某种“向内转”和“向读者转”的理论轨迹，这种理论转折也曾是理论发展高潮的表现。也就是说，种种反意图论还是理论“场”内的观念之争和思想之争，甚至是创新之争。这种理论论争和热潮隐藏了一种逻辑，即作者意图是值得批判的，反意图论是合理的，意图论的理论需要被反意图论的理论所替代。但是，为什么要反对作者意图？反意图论能解决意图论的理论缺陷所留下的各种理论和实践问题吗？这方面的疑问往往被搁置了。批判的合理性代替了反意图论的理论合法性的研究。中国社会科学院张江教授近期发表的论文《“意图”在不在场》，重提作者意图问题，为当代语境下的意图论和反意图论研究提供了一个难得的理论反思的契机。

无论理论与批评如何发展，实际上，文本的含义是什么？作者的意图如何在文本中呈现以及起到什么作用？读者们如何阐释一个作家作品？等等，这些问题一直存在于文学理解的具体过程中。无论是艾布拉姆斯早就提出的“文学四要素”说，还是最近法国孔帕尼翁提出的“文学五要素”论，以及艾柯所倡导的“开放的文本”观念，都是围绕作者意图与文学阐释的基本过程展开的，都是一种重要的关于作者意图与文本意义阐释的新的理念，这也说明了无论反意图论提出何种观点，文学作品意义阐释的具体性和问题性都不能被取消和悬置，这恰恰是种种反意图论难以解决的问题。

一　意图论与反意图论

当代西方文论经历了俄国形式主义、新批评、结构主义、解构主义等理论思潮的发展之后，作者意图问题被审美形式研究、语言符号研究、语义叙事研究等研究范式所抛弃，作者意图逐渐游离乃至远离文学文本批评，最终导致的是意图论与反意图论严重的理论错位。在理论发展的当下语境中，反意图论的提出与倡导并不能完全救弊意图论研究所留下的各种理论空场及其实践迷误。无论是意图论还是反意图论，都难以在理论与实践的层面上实现有效的批评阐释，作者意图研究的理论反思需要重新回到意图与阐释的普遍常识性的理解上来，要面对文学作品的意义来源问题的多元性和创造性解释的各种挑战。文学批评作为当代人文学科发展的重要思想载体，完全回归作者意图充满各种理论的调整和可能性，但不是走向那种所谓“纯粹的”文学批评和审美判断，纯粹审美主义面临形式和历史之间的阐释裂隙所带来的绝对化和专业化的理论弊端，是当代理论批评需要警惕和反思的理论倾向。

为什么反对作者意图？张江在《“意图”在不在场》中曾概括当代西方文论三种反对作者意图的理论主张，其一是英美新批评学派代表人物维姆萨特（W. K. Wimsatt）的“意图谬误”说（Intentional Fallacy），否定作者意图对文本阐释的影响；其二是英国学者克莱夫·贝尔（Clive Bell）的“有意味的形式”说（Significant Form），切断了作者与文本的生产及建构的关系；其三是法国的结构主义符号学，强调文本是符号的自行运作，作者只是操作符号的工具，符号系统的自组织与自结构遮蔽乃至消弭了作者意图的展现。《“意图”在不在场》依次从理论源流、发展及其主要影响等多个层面对这三种理论观念进行了阐释分析，探讨作者意图在当代西方文论中是如何逐渐缺席的。对“意图谬误”说，张江提出：“任何严肃的、负责任的理论家和批评家，都必须深入作者，研究生产作者意图进而生产文本的历史传统和语境，以期正确理解和阐释文本，‘意图’说又何为‘谬误’？”对“有意味的形式”说，张江认为：“无论何种艺术，无论何种形式，其创造和书写的意图总是在的，这个意图贯彻于艺术创造的全过程，贯彻于文本中的每一个细节。艺术是要有理解和共鸣的，其理解和共鸣的对象也是意图，是表达意图的全部形式，是以形式裹挟的全部内容。”① 最后提出，经典作家对书写的认识和判断，他们对自己的写作是否清醒，是否清楚地意识到自己的意图，并在书写中自觉地展开意图，这些问题不是仅仅反对作者意图就能解决的，张江援引大量文学理论史和文学史事实及案例，说明意图是在场的。《“意图”在不在场》是张江教授近年来强制阐释论研究中的一篇有重要学术分量的文章，也是他在提出强制阐释论的观点之后对当代西方文论反思的具体问题研究，有

① 张江:《“意图”在不在场》,《社会科学战线》2016 年第 9 期。

一定的理论建构性质。在进行强制阐释论研究的过程中，张江已经提出通过当代西方文论的反思研究探讨当代文论本体阐释的理论路径，[①] 在提出强制阐释论之后，张江围绕意图、作者、前见、阐释域、场外征用、主观预设、理论中心论等进行了深入探讨，交流对话频繁，学界反响热烈，明显起到了西方文论反思的理论支点作用，对当代西方文论的知识论论域和实践过程提供了阐释分析的批评框架，作者意图研究更对以往的强制阐释研究具有明显的理论推动作用。

讨论作者意图在不在场，需要说明的是，作者意图为什么是在场的？在场的合理性是什么？之所以有作者意图的在场问题，首先是由文学理论中文学创作研究的核心性和文学创造的主观功能所决定的。在以往的文学研究中，作者意图的问题都不同层面地指向作者研究，是从文学创造的主观性和社会性角度出发的。从古希腊的模仿说，到近代表现说，以及现代的浪漫主义文论、现实主义文论、马克思主义文论和当代各种阐释学理论，作者意图问题都是文学理论研究不可回避的问题。美国批评家艾布拉姆斯提出的“文学四要素”，法国学者安托万·孔帕尼翁提出的文学研究的五种要素：“作者、作品、读者、语言、指涉”，[②] 作者意图都不可或缺。在这些理论家看来，作者意图的不可或缺体现在文本阐释的系统性上。正是有了作者意图，文学文本阐释的过程和结构才能得以确立，各种“文学要素说”才得以成立。有的研究者曾经提出，在西方文论的发展历史上，作者问题研究呈现出四种主导理论范式，分别是：“作者作为制作者（maker），作者作为创造者（creator），作者作为生产者（producer），作者作为书写者（scripter）。”[③] 这些主导范式也说明了作者

① 毛莉、张江：《由“强制阐释”到“本体阐释”》，《中国社会科学报》2014年6月16日。

② ［法］安托万·孔帕尼翁：《理论的幽灵：文学与常识》，吴泓缈、汪捷宇译，南京大学出版社2017年版，第18页。

③ 张永清：《历史进程中的作者》，《学术月刊》2015年第11期。

问题在文学理论研究中处于一种理论奠基地位，“作者意图传统上是了解文学意义的学术或教学标准。复原作者意图是或者曾长期是解释文本的主要乃至唯一的追求”。[①]

其次，作者意图的不可或缺还在于文本阐释和批评实践的需要，作者意图是作家、文本和阐释者的阐释过程的确定性和有效性之需，作者意图有意无意被当成考察文学作品意义之源的主要方式。对于西方阐释学理论来说，从最早的阐释学以及后来的各种阐释批评理论，作者意图如果缺席，那阐释的源头和方向从何而来？西方阐释学理论，从作为理论滥觞和思想源头的“赫尔墨斯之学”，到现代阐释学理论的发展，都强调作者、文本以及文本“真理性”呈现之间有一个阐释的程序和过程，“以便把它与其初始意图相联系来探究如何去理解它”。[②]这个程序和过程如果完全排除了作者意图，阐释学的理论批评也就失去了目标和方向。法国学者安托万·孔帕尼翁也提出，在文学理解中，“唯有承认作者意图存在的可能并参照之，在阐释中利用一致性和复杂性标准才有意义”。[③] 在这个层面上，作者意图是阐释的过程和意义的保障，即使是作者意图被当作一种理论假设。但是正是由于这种理论假设的存在，批评的多元化和文本阐释的多角度才能成立。这意味着文学作品的意义阐释，特别是从研究和批判者的角度来说，还是应该有一个一般性的方向。无论是传记批评的，还是形式主义的，还是阐释学的，或是其他方向，都存在着作者意图和意义之源的问题。比如类似《哈姆雷特》《红楼梦》这样的作品，被阐释批评了几百年，但有一个基本的问题，即无论我们是批评研究工作者，还是批评教学

① ［法］安托万·孔帕尼翁：《理论的幽灵：文学与常识》，吴泓缈、汪捷宇译，南京大学出版社 2017 年版，第 41 页。

② ［德］沃尔夫冈·伊瑟尔：《怎样做理论》，朱刚等译，南京大学出版社 2008 年版，第 32—33 页。

③ ［法］安托万·孔帕尼翁：《理论的幽灵：文学与常识》，吴泓缈、汪捷宇译，南京大学出版社 2017 年版，第 86 页。

工作者，首先都认为它们是有作者意图的，这些文本是存在文学意义的来源的，而这种来源并非先验地取消作者意图的。所以，强调文学内部研究的韦勒克和沃伦尽管反对作者意图，但也得承认："一部文学作品的最明显的起因，就是它的创造者，即作者。"①

从理论的层面而言，作者意图与文学意义来源是文学研究中的一个元问题。元问题影响的是文学阐释框架的构成和阐释方向的走势，当然也制约了以后不同的理论取向。在当代西方文论中，自从有了作者意图研究，也就存在着各种反对作者意图的观点，这二者是一种悖论性的相互依存的存在，"即便那些竭力排斥作者的批评家，也会对文学文本进行一定的意图推定"。② 法国学者孔帕尼翁提出，一谈到作者意图问题，就有两种极端对立的立场——意图论与反意图论。意图论的缘由在于：（1）我们必须且只需在文本中寻找作者要表达的东西；（2）作者意图是阐释成立与否的唯一标准。反意图论的原因在于：（1）我们在文本中只能找到文本所表达的东西，它独立于作者的意图；（2）作者意图解释不了文本，关于阐释是否成立的标准根本不存在。③ 在文学理论研究中，特别是当代西方文论发展中，存在各种形式的反意图论，这些反意图论的观念有一个明显的理论特征，那就是各种反意图论明显是以作者意图的在场为假设和依据的。即使是反意图论最明显的代表，英美新批评学派的维姆萨特、法国结构主义者罗兰·巴特和英国批评家克莱夫·贝尔，均是如此。如强调文学内部研究的韦勒克、沃伦，他们反对文学的外部研究，但他们的理论批判首先有一个理论的标靶，就是文学的外部研究是在先的，传记批评

① ［美］勒内·韦勒克、奥斯丁·沃伦：《文学理论》，刘象愚等译，江苏教育出版社 2005 年版，第 75 页。

② ［法］安托万·孔帕尼翁：《理论的幽灵：文学与常识》，吴泓缈、汪捷宇译，南京大学出版社 2017 年版，第 71 页。

③ ［法］安托万·孔帕尼翁：《理论的幽灵：文学与常识》，吴泓缈、汪捷宇译，南京大学出版社 2017 年版，第 72 页。

是长期以来存在于文学批评实践过程之中的。提出反对阐释观点的美国学者苏珊·桑塔格认为，阐释不能完全解决文学文本的意义呈现问题，而倡导一种“艺术色情学”，其实也隐藏着对作者意图的破解的理论努力。

另外，在具体的理论呈现方式上，反意图论的具体理论表现其实不是在批评阐释中取消作者这么简单，各种反意图论的理论背后其实隐藏的是反本质主义的思想锋芒。文学上的反本质主义观念不仅仅是取消作者和反对作者意图这么简单，它代表的是文学阐释观念的变化。这也意味着所谓当代西方文论经历的作者中心论，到作品中心论，再到读者中心论的发展，其实并不是完全反对作者意图，或者说，反意图论是一种理论的解构姿态，解构的是意图本身，而不是作者，这二者之间有一种重要的理论差别。孔帕尼翁提出，意图论和反意图论是二元对立的，其实，不仅仅是二元对立非此即彼的，意图论和反意图论还是互为因果相互依存的。孔帕尼翁的解决方案是重语境研究，认为在语境研究中，意图论和反意图论的理论对立能够获得一定程度的调节和平衡，最终走向消除对抗。但这其实是一种理论的妥协，和当代西方文论曾经提出的内部研究和外部研究的问题没什么本质区别，当代西方文论中的内部研究面对作为方法论的细读和历史化的文本，最后并没有找到一种有效的理论方案，最终导致新批评之后的内部研究理论偃旗息鼓，从这个层面而言，反意图论的语境研究也必将面临这个问题。说白了，意图论和反意图论都有明显的理论偏颇甚至漏洞，反意图论最终仍然难以解决意图论的理论弊病所留下的各种疑问，这一点，正是《意图在不在场》所申明的立场。

二　作者意图与作者之死

作者意图是不是真的被否定了？在张江提出的三点理论线索中，

法国结构主义者罗兰·巴特的《叙事作品结构分析导论》所提出的“纸上的生命”的观点得到了深入的讨论。《叙事作品结构分析导论》是罗兰·巴特叙事学理论研究的奠基之作，也是法国结构主义的纲领性作品，它于1966年发表于*Communication*杂志第8期“叙事学专辑”上。在当时，它与克洛德·布雷蒙的《叙事可能的逻辑》、格雷马斯的《结构主义语义学》是法国结构主义文学批评及语义学、叙事学研究的扛鼎之作，对结构主义以及之后的文学理论产生了深远的影响。罗兰·巴特的《叙事作品结构分析导论》是叙事学研究的专门作品，主要涉及的是叙事作品的结构分析、叙事话语的符号学分析以及叙事意义单元的语义分析。这篇不算太长的研究成果，纵横捭阖，旁征博引，但又不乏理论上的条分缕析之处，对叙事作品的内在结构、叙事作品的意义组织、叙事话语的形式呈现等方面做出了深入研究。在《叙事作品结构分析导论》中，巴特借助语言学方法，探讨叙事作品的结构与形式，并将这种结构与形式作为文学科学的研究对象。在这个过程中，巴特提出了“纸上的生命”的观点。“纸上的生命”针对的是叙事学研究中的叙事者问题，也涉及作者意图。像作者所指出的那样，巴特反对传统的叙事者即作者理论，提出“叙述者和人物主要是‘纸上的生命’”，“一部叙事作品的（实际的）作者绝对不可能与这部叙事作品的叙述者混为一谈”，[①] 而强调对叙事者进行符号学分析。从“纸上的生命”的观点可以见出罗兰·巴特总的批评主张仍然是那种形式化的文本结构分析的观念，典型的是叙事学和结构主义方法，对作者意图显然持反对态度。除了“纸上的生命”的观点之外，罗兰·巴特在他的《写作的零度》中也有明显的反意图论观念。在《写作的零度》中，巴特提出，零度写作是一种直陈式的写作，这种

① ［法］罗兰·巴特：《叙事作品结构分析导论》，见张寅德编选《叙述学研究》，中国社会科学出版社1989年版，第29页。

写作摆脱了语言秩序的束缚，是一种“白色写作”，“可以正确地说，这就是一种新闻式写作”，“它不包含任何隐蔽处或任何隐秘。于是我们可以说，这是一种毫不动心的写作，或者说一种纯洁的写作”。[①] 在巴特看来，这种纯洁的写作其实是一种形式化的文本学批评，这种文本学批评有它的意义与价值，“一切‘形式’也都是一种‘价值’，所以在语言结构和风格之间存在着表示另一种形式性现实的空间：这就是写作”。[②]

罗兰·巴特的叙事作品结构分析以及“零度写作”观念在当代西方文论中具有重要的影响，在某种程度上，“零度写作”的观念比“纸上的生命”的思想受到的关注要多，反作者意图论的意味也更加明显，“零度写作”的观念也向来被视为作者理论式微文本及读者理论兴起的转折与标志。当然，由于罗兰·巴特较为强势及其明显武断的思想，他的理论也存在较为明显的缺憾。无论罗兰·巴特如何强调叙事作品的结构分析，在他的理论研究中，叙事者的问题始终是绕不过的，叙事者的研究也是叙事学理论中最复杂的内容之一。巴特曾专门谈到叙事者，当然得出的是反对以往那种将叙事者等同于自然的和社会意义上的作者的结论。在张江看来，这种反作者意图论“也是一种话语霸权”，因为“从阐释的权利来说，作者死了，读者成为最高阐释者和文本的创造者。在文本意义的多维空间中，任何阐释都可以生成，批评家和普通读者一样，随意衍生自己的结论。从阐释的标准来说，文本没有了作者，意义不再有源头，阐释就不再受单一意义的支配，各种想象和体验相互对话竞争，任何阐释都是正确的”。[③] 如果说真的像巴特说的那样，叙事者的出场就意味着作者的消亡，那么，

① ［法］罗兰·巴特：《写作的零度》，李幼蒸译，中国人民大学出版社2008年版，第48页。
② ［法］罗兰·巴特：《写作的零度》，李幼蒸译，中国人民大学出版社2008年版，第10页。
③ 张江：《“意图”在不在场》，《社会科学战线》2016年第9期。

文学叙事学的研究就成为无缘无果的东西，所谓“纸上的生命”只是一种审美的幻象或者说是叙事学研究的想象。这种结果既不符合一般的文学常识，也难以说服那些对“作者已死”的观点提出明显质疑的研究者。

在罗兰·巴特提出“作者已死”之前，法国学者福柯曾发表了著名的《什么是作者》，福柯强调，“我们应该重新审视作者消失所留下的空的空间；我们应该沿着它的空白和错的界线，仔细观察它的新的分界线，仔细观察这个空的空间重新分配的情况；我们应该等待由这种消失所释放的流动易变的作用”。[①] 在巴特那里，“作者已死”是叙事学层面上的论断，这种论断在巴特的叙事作品的结构分析中具有具体的意义指涉，但离开巴特的叙事学语境及其理论所指，就未必是一种恰当的观念了。对此，他的另一篇文章《作者能不能死》也有一定的阐释，张江提出：“不是福柯在说话，就没有这些文本；文本里没有了福柯，文本就失去意义。两者之间的关系是：福柯就是文本，文本就是福柯。文本不死，福柯不死。”[②] 在当代西方文论中，“作者死了”在某种程度上已经成为“文本科学反人本主义的口号”[③]，但这种口号在实际的理论研究中并没有获得更深入的理论阐释，也就是说，即使罗兰·巴特的观点是对的，我们从“作者已死”的理论中并没有得出对当代西方文论研究更加有益的东西，或者如福柯所说，巴特的“作者已死”的观点所留下的作者研究的理论空场仍然是虚空的。巴特的“作者已死”的观点对叙事学的理论发展有积极的作用，在某种程度上，已经成了叙事者研究得以成立以及文本叙事自洽研究合理性

---

① ［法］福柯：《什么是作者》，见王逢振等编《最新西方文论选》，漓江出版社 1991 年版，第 449 页。

② 张江：《作者能不能死》，《哲学研究》2016 年第 5 期。

③ ［法］安托万·孔帕尼翁：《理论的幽灵：文学与常识》，吴泓缈、汪捷宇译，南京大学出版社 2017 年版，第 42 页。

的理论依据，但这也恰恰是问题所在。在理论的层面上而言，巴特的叙事作品结构分析指向很明显，但为了叙事作品结构分析的理论周延性牺牲文学普遍理论研究的基本常识，或者说让理论的常识从此变得可疑，如果说这真是一种话语霸权的话，那么，这种话语霸权的指向性是非常明显的，就是指向理论的常识性挑战，所以更是值得批判的。

三　作者意图与开放的文本

在文学理论研究中，文本与作者、文本与读者涉及的是作家创作、作者意图与文本阐释、文学批评的基本理论与基本问题，作者意图研究在其中起到的是一种系统链接的作用。倒不是说作者意图本身有多么重要，而是说在文学基本理论研究中，如果完全忽略了作者意图，文学批评的阐释研究就会出现结构性的意义缺失。在当代西方各种反意图论崛起之前，对于作者意图问题，理论家没有太多的质疑。即使是在维姆萨特的“意图谬误”说等反意图论流行的时候，因为它明显的理论偏颇和绝对化的理论倾向，人们也没有完全对之奉为圭臬而全面否定作者意图。《“意图”在不在场》质疑的是，为什么在当代西方文论中的各种反意图论崛起之后，作者意图被当成了一种集中的理论批判的标靶而流行，作为作者意图被轻易否定之后，理论研究的目标是什么？在笔者看来，这样的理论反思是必要而深刻的。新批评学派的理论家维姆萨特和比尔兹利曾提出，所谓“意图”就是“作者内心的构思或计划”，[①] 但就一首诗而言，“我们并无考察哪一部分是意图所在，哪一部分是意义所在的理由，从这个角度说，诗就是存在，自

① ［美］威廉·K. 维姆萨特、蒙罗·C. 比尔兹利：《意图谬见》，见赵毅衡编选《“新批评”文集》，百花文艺出版社2001年版，第234页。

足的存在而已”。[①] 类似的理论观点还有很多，英国学者安德鲁·本尼特也说“作者的不确定性才促使人们对阅读产生诸多兴趣”，[②] 在这些理论观念的催生下，从作家表达了什么的角度阐释文本好像已经成了一种老套的观点。当代西方文论中的各种反意图论的确以此种理论逻辑否定了作者意图研究的必要性和合理性，在这种理论态势下，文本与社会，文本与作者的阐释结构发生了明显的断裂，各种各样的文本自足性研究开始盛行。其中，形式主义批评理论是一种理论思潮的代表，读者反应理论也是一种理论典型，除此之外，还有其他重要的理论观念也明显地鼓舞了那种文本自足存在的观念，文本中心论开始日益明显地在理论发展中占据重要位置。

文本中心论一方面斩断了文本与社会的关系，另一方面斩断了文本与读者的关系，试图在文本科学的层面走向批评的自主化，这种批评的自主化并不是说文本完全封闭，不需要外在的阐释因素渗入而自动产生意义，而是说文本内在地具备一种开放性，文本阐释的行为和结果不需要传统的社会批评和传记批评的介入，而在自身的开放中实现阐释意义的自主循环。在这方面，意大利学者艾柯提出的“开放的文本”概念就是一个重要的理论代表。在《开放的作品》中，艾柯提出了一种开放的作品的艺术理论，也是反意图论的重要的理论观念。在艾柯看来，所谓“开放”是为了确定作品和演绎者之间的新关系，“探讨的是艺术作品的‘确定性’和‘开放性’”。[③] 开放的作品是一种语法、句法和文字的组合意义上具有可变动性和开放性的作品，他以法国象征主义诗人马拉美的作品《书》为例，认为这是一部“运动

① ［美］威廉·K. 维姆萨特、蒙罗·C. 比尔兹利：《意图谬见》，见赵毅衡编选《“新批评”文集》，百花文艺出版社 2001 年版，第 235 页。

② ［英］安德鲁·本尼特：《文学的无知》，李永新等译，河南大学出版社 2014 年版，第 215 页。

③ ［意］安伯托·艾柯：《开放的作品》，刘儒庭译，中信出版社 2015 年版，第 3 页。

中的作品”，也是一个开放的文本。这部作品是马拉美的遗著，艾柯提出，马拉美一生都在写这部书，这部书不仅是马拉美作为诗人活动的最终目的，而且应该是世界的目的，“世界是为了一本书而存在”。[①]马拉美的这部作品，思想宽泛，意义丰富，语言、句法和结构充满变动性，甚至页码都不是按固定顺序排列，而是一些按照规律排列的不同顺序组成的独立的小册子，这些小册子内，纸页可以随意挪动，但无论怎么挪动，纸页上的文字组合起来的意思都是完整的，所以，他说：“显然，诗人并不想从每一种排列组合中都得到明确的句法含义和语义上的明确意思，而是追求，句子的组合和每个单独的词的组合——每一种这样的组合都能具有‘启示’作用，都能同其他词和句子形成启示性的关系——使每一种排列顺序都可能有价值，这样就有可能形成新的联系和新的境界，进而形成新的启示。”[②]

在文本阐释的问题上，艾柯提出过重要的文本阐释与过度阐释的概念，本身是反意图论的理论代表，开放的作品更加体现出艾柯的文本中心论的观念，这种文本观念具有明显的反作者意图的特征，但艾柯的开放的作品与反意图论中的其他理论观念有所区别，特别是与新批评学派的“意图谬误”说不同。首先，“意图谬误”坚持文本自足，在某种意义上是封闭的文本中心论，艾柯的开放的作品也认可文本的封闭性，认为“作者创作出的是一种本身就是封闭式的东西，他希望这样的东西能以他创作时的那种方式来理解，来欣赏”。[③] 但这种封闭性是文本内在的形式结构的自足性与运动性的结合，在这一点上，艾柯的开放性作品观念本质上还是一种形式化美学，开放的作品不是无条件的开放，开放性还是要回到文本形式、符号、句法的形式价值上

① ［意］安伯托·艾柯：《开放的作品》，刘儒庭译，中信出版社 2015 年版，第 14 页。
② ［意］安伯托·艾柯：《开放的作品》，刘儒庭译，中信出版社 2015 年版，第 15 页。
③ ［意］安伯托·艾柯：《开放的作品》，刘儒庭译，中信出版社 2015 年版，第 3 页。

来。其次，这种形式化美学不仅仅是坚持文本自足，而是强调文本的意义阐释是在运动中开放，开放的作品因而存在多种理解的可能性和阐释空间，“从本质上说，一种形式可以按照很多不同的方式来看待和理解时，它在美学上才是有价值的，它表现出各种各样的面貌，引起各种各样的共鸣”。①

相比新批评学派的“意图谬误”说，艾柯的开放的文本观念显然在反意图论上具有更深层次的理论指向，同时对作者意图的反拨倾向也更加明显，既然文本是开放的，作者意图的问题自然就不是文本阐释的核心，这种观点显然比“新批评”学派的“意图谬误”说在反意图论上走得更远。艾柯提出，第一次出现开放性作品的理论自觉是19世纪后半叶的象征主义，爱尔兰作家詹姆斯·乔伊斯的《为芬尼根守灵》可以视为典范。在《为芬尼根守灵》中，我们看到一种爱因斯坦式的围绕文本中心性而展开的世界——“开头的一个词同结尾的一个词相连接，因此它结束了，但正是由于结束了它才是无限的。每一个事件，每一个词，都可能同所有其他事件相联系，正是一个词出现时的语义选择决定了如何了解所有其他事件的方式。”② 这样的文本是一种典型的结构性文本，很显然，面对这样的作品，作者意图的阐释很难有所作为，更通俗地说，作者意图难以揭示文本的含义。不过，艾柯也提出，确定开放的作品这一概念，不一定能回答当代艺术作品阐释的所有问题，虽然开放的作品在运动之中，但具体仍然要看文本自身的特征，主要还是由文本的具体境况而决定的。的确，像《为芬尼根守灵》这样的作品，文本、语言与语义链接的内在结构是文本阐释的核心要素，但并不是所有的作品都具备《为芬尼根守灵》的结构性要素，自然开放的作品的运动特征就很难成立，这也说明，开放的文

① ［意］安伯托·艾柯：《开放的作品》，刘儒庭译，中信出版社2015年版，第3页。
② ［意］安伯托·艾柯：《开放的作品》，刘儒庭译，中信出版社2015年版，第11页。

本与文本阐释之间会存在复杂的情况，具体的阐释方式与方法恐怕还是要回到文本自身的境况中来，但是，一旦文本阐释的境况决定了阐释的目标与方向，作者意图就不能完全忽略，所以，在作者意图与文本之间仍然存在较多的难以片面地一概否定的情况，这也是包括艾柯的开放的文本观念在内难以完全忽略的问题。

四　回归作者意图的可能与挑战

当代西方文论为了自身理论的周延性而常常引发各种理论质疑。从20世纪初开始，当代西方各种理论思潮在思维方式、理论观念与思想批判层面各有特色，但理论层面乃至常识层面上的漏洞与弊病也比比皆是，形式主义的理论如此，“纸上的生命”的观念如此以及艾柯的开放的文本的观念同样如此。对这种理论态势与状况，很多研究者有所批判。这其中应该引起我们注意的是，尽管当代西方文论包括正在发展中的理论，有些理论观念可能在文本阐释与文学研究上有独到之处，对文学理论研究与批评发展亦有所启发，但很明显，对待这些理论观念，我们仍然需要不断反思与批判。对当代西方文学理论观念如此，对文学理论研究本身更是如此，正像有些研究者所说的，“我们深入文学理论，是要找一些对自己有用的东西，而不是让自己成为理论的奴隶”。[①] 对于当代西方文论中的反意图论主张，我们需要保持自身的理论警惕和质疑批判精神，当代西方各种反意图论的主张仍然强调自身理论的有效性，但这种有效性更多的是建立在对以往理论观念的颠覆层面上的，在理论颠覆与反叛的意义上可谓达到了反对作者意图的目的，但这不能是最终的理论目标，更不能被视为作者理论清

---

① ［英］彼得·巴里:《理论入门：文学与文化理论导论》，杨建国译，南京大学出版社2014年版，第8页。

算工程的完结，而应是另一种理论研究的打开方式，应该考虑的是它把握现实问题的方案与手段的合理性。

从理论合理性的角度看，当代西方文论中的反意图论明显的理论表征是文本阐释的自足主张，这种理论主张首先针对的是文学研究中的历史主义观念，历史主义观念把文本阐释的可靠性建立在“根据一定的标准，并联系同时期的其他历史现象，来解释和评价某个时期的历史现象”的观念之上，倾向于“把艺术品放在一定的历史背景中加以评价，倾向于把它的意义限制在产生它的那个时代”。[①] 反意图论拒斥文学批评中的历史主义观念，在某种程度上有合理之处，因为历史主义的文本批评容易走向相对主义批评，而忽视文本的具体性。但反意图论对历史主义的反叛又不可避免地陷入形式主义，相比历史主义，形式主义批评把文本阐释的可靠性放在一种统一标准的文学观和普遍的文学理论之上，并坚信这种基于文本科学的普遍的文学理论是可能的，这就明显地矫枉过正了。形式主义文论批评曾一度引发文本细读热潮，强调对文本意义的精细解释，那种精分细作式的文本批评在文本形式研究方面达到了很好的效果，但文本形式的封闭性和科学性最终仍然难以抵御新批评理论失落的命运，虽然，像伊格尔顿认为的“一切文学作品都由阅读它们的社会‘重新写过’”[②]，这未免太过绝对，但新批评的研究最终被解构主义打败，也说明了文本自足性或许真的难以长久。在这个层面上，反意图论多半在文本分析上铩羽而归。

这其中，有个别观点值得仔细辨析，即反意图论的失败并非一定预示着回归作者意图，因为回归作者意图面临明显的理论挑战。首先，

---

① ［荷］佛克马、易布思：《二十世纪文学理论》，林书武等译，生活·读书·新知三联书店1988年版，第5页。

② ［英］特里·伊格尔顿：《现象学，阐释学，接受理论——当代西方文艺理论》，王逢振译，江苏教育出版社2006年版，第12页。

作者意图不等于文本意义，作者意图和文本意义之间存在着阐释的丰富性，如果简单地将文本意义与作者意图画等号，那是批评的简约化，也取消了批评阐释的实践价值，在文学研究中，作家现身说法就是全面意义所在，这种情况肯定是不恰当的。其次，另一个层面的问题则在于，回归作者意图不是回归作者理论，作者意图与作者理论的区别在于作者意图是一种一元化的阐释，这种一元化的阐释体现的是一种批评的回溯性，这是文学批评中不能提倡的，而作者理论是多元化的存在，是多角度的阐释，也就是说，在文本阐释中，作者意图有时或许可以忽略，但作者研究并不能简单否定，这也意味着在讨论意图在不在场的问题上，也不能简单地将作者意图与作者等而视之。最后，文本阐释本身既是方法也是本体。在文本阐释中，无论是形式还是历史，其实都存在多重意义指涉，不能简单地将形式归结为语言、结构、隐喻、反讽等语言问题，形式在某种程度上还具有本体意味，形式与文学的其他要素如历史、社会、政治本身存在着复杂联系和对话关系；同样，文本批评中的“历史”也不是“作者传记”、“社会环境”和“历史背景”的同义语，而是文学意义生成的思想根源。《红楼梦》中有形式，也有历史，莎士比亚的作品也是如此，海德格尔对梵·高的《农鞋》的解释，提出的艺术的本源问题，既有形式要素，也有强调艺术的本体功能。在作者意图上，强调形式与历史的二元对立只是把问题搬了家，并没有解决它。对作者意图的理解也是如此。在文学理论上有丰富的作者意图研究理论，但也有理论上的反对作者意图的研究理论，但无论是坚持作者意图还是反对作者意图，都应该在理论本身的丰富性和观念的多层面上走出意图论和反意图论的二元对立方式，更要拒绝相对主义的阐释标准，如人们常说的“有一千个读者就有一千个哈姆雷特”，这话没错，但除了是一种文字游戏之外，恐怕没什么意义和价值。

法国学者安托万·孔帕尼翁说："整个文学理论都能与作者之死这一前提相关联"，[①] 英国学者安德鲁·本尼特也指出："一旦你开始审视作者问题的时候，你就会发现它们在当代西方文学文化中无处不在。"[②] 在文学理论研究中，对作者意图研究的适度反思是必要的，但无论是坚持作者在场还是反对作者意图，都应避免陷入非此即彼的二元对立观念中，要走出或者避免这种非此即彼的思维或是批评方法，就是要坚持无论文本如何开放，阐释如何多元，如果离开了文学作品意义的根源性的探讨，就取消或悬置了基本问题的存在。所以文学作品的意义来源还是离不开作者意图、文本以及阐释过程性和理解性，或许这又是一个新的阐释的循环，但没有这个阐释的循环，文学批评的目标与任务就失去了基本的意义依托。反意图论存在种种理论弊端，但回归作者意图肯定不是文学阐释的最终之途。文学作品的意义阐释最终还是要面对作者的意图与文本之间的复杂关系。作者意图不容忽视，但作者意图与文本阐释的可信性也存在着复杂阐释间隔和意义呈现的多种方式，这种理论的复杂性和批评实践的复杂性才决定了文本阐释的意义与价值，如何避免强制阐释，回到文本的"真理性"，或许永远没有一个固定的答案，但正因如此，文学批评实践的过程与方式才显得重要。

---

① ［法］安托万·孔帕尼翁：《理论的幽灵：文学与常识》，吴泓缈、汪捷宇译，南京大学出版社 2011 年版，第 43 页。

② ［英］安德鲁·本尼特：《文学的无知》，李永新等译，河南大学出版社 2015 年版，第 181 页。

文化研究与文化领导权：20 世纪英国文化研究中的“葛兰西转向”问题

葛兰西的文化领导权思想对 20 世纪文化研究理论的发展与更新有着显著的影响，雷蒙·威廉斯、斯图亚特·霍尔、E. P. 汤普森等理论家在 20 世纪 70 年代之后都接受了葛兰西的思想，他们积极关注现实文化经验与现存政治社会秩序的关系，强调从融合与抵抗的角度去理解文化与意识形态，深入思考“文化领导权”这个极具生产力效力的文化隐喻形式在工人阶级与大众文化研究中的作用。这既体现了葛兰西思想广泛的理论渗透力，同时也体现了 20 世纪英国马克思主义文化研究的理论接受能力与思想重组能力。“葛兰西转向”是马克思主义理论与 20 世纪英国文化研究开始实质性交流影响的过程，20 世纪英国马克思主义文学批评理论吸收了葛兰西的思想，同时也以本土文化与理论精神丰富了葛兰西的思想，这既成了葛兰西思想发展与播撒的重要阶段，同时也是 20 世纪英国马克思主义文学批评理论发展中重要的理论篇章。

一 葛兰西思想在英国的接受

澳大利亚学者特纳曾经指出，英国文化研究领域十分宽广、变化多端，它本身是一个具有批判性的领域，这个领域没有所谓理论“正统”，“在文化研究中仍旧存在着其他重要的、非英国的传统”，“文化研究的英国传统所具有的明确性与实用性，正是来自于将欧洲理论模式相当恰如其分地应用于英国特定的文化形构”。[①] 美国历史学教授丹尼斯·德沃金也坚持类似的意见。在他著名的《文化马克思主义在战后英国》中，德沃金教授以一个历史学家的严谨和一个文化史家的活泼，描述了战后英国文化马克思主义思想的发展。他指出，战后英国文化马克思主义思想之所以呈现出独特的形式，有两个原因值得注意，一个是英国的工人和成人教育传统，尤其是工人教育协会为知识分子和工人提供了独特的交流机会，也为在这种环境中创立文化研究以及形成马克思主义理论研究路径起到了很大作用。另一个原因就是，20 世纪 70 年代，“英国马克思主义致力于与欧洲文学理论，哲学理论和社会理论传统的拥护者进行批判对话”，这种对话不但对英国文化马克思主义的发展产生了不可磨灭的影响，而且起到了“扩展和更新而不是否定英国传统”[②] 的作用。葛兰西的思想在英国的接受过程正是英国文化研究与欧洲文学理论、哲学理论和社会理论进行批判性对话的典范。

葛兰西的思想在英国的接受离不开两方面因素的促发与推动：一是阿尔都塞思想的落潮导致英国文化研究理论家对欧洲其他哲学、美学理论模式的重新选择，二是雷蒙·威廉斯、斯图亚特·霍尔、E. P. 汤普森等理论家对葛兰西思想的自觉接受与思想续写。葛兰西的思想在英国的接受主要是阿尔都塞思想落潮的结果。20 世纪 60 年代，在左派文化高潮的时期，法国哲学家路易·阿尔都塞的思想曾经在欧洲

---

① ［澳］格雷姆·特纳：《英国文化研究导论·导言》，唐维敏译，台北亚太图书出版社 2000 年版，第 5 页。

② ［美］丹尼斯·德沃金：《文化马克思主义在战后英国》，李凤丹译，人民出版社 2008 年版，第 9 页。

文化理论界有着显著的影响。阿尔都塞强调意识形态的复杂性以及内在的结构性特征，他提出的"意识形态与意识形态国家机器"、"多元决定"理论、"艺术、意识形态和科学构成的三元关系"等理论，不但超越了传统马克思主义经济基础/上层建筑的理论框架，而且在学理层面上大大深化了马克思主义文学批评的理论内容，从而成为西方马克思主义文学批评理论复兴的重要旗帜。在"以列宁和托洛茨基而闻名的布尔什维克一代发现了意识形态介入文学生活的机会，但是几乎没有写下可以适应更普遍的论题的文字"① 的历史时期，阿尔都塞的意识形态理论是一种"最有雄心的理论探险"。② 雷蒙·威廉斯、斯图亚特·霍尔、特里·伊格尔顿等英国文化研究理论家曾经受阿尔都塞思想的影响，特别是伊格尔顿，在早期的《马克思主义与文学批评》和《批评与意识形态》等著作中完整地接受过阿尔都塞思想。但是，在历史推进到20世纪70年代的时候，西方资本主义社会现实也发生了新的变化，特别是随着1968年法国革命的退潮以及英国社会"撒切尔主义"的兴起，资本主义在英国以及欧洲等其他地方产生了许多新的政治力量的组合，知识分子语境中关于左派文化的争论焦点也显著地发生了变化。在这种情势下，"西方左派知识分子或是被迫地向右转，或是玩世不恭地痛恨早年幼稚的理想主义，更有一小撮知识分子在最微弱的希望中继续探测革命的未来"。③

在左派文化遭受严峻危机的时刻，由于阿尔都塞的意识形态理论过于强调意识形态内在结构性特征以及学理上的建构色彩，面对不断出现的复杂的社会现象、文化现象以及不断扩大了的审美与文

① ［英］弗兰西斯·姆恩：《英国文学研究中的阿尔都塞》，孟登迎译，载《外国文学》2002年第2期。

② ［英］弗兰西斯·姆恩：《英国文学研究中的阿尔都塞》，孟登迎译，载《外国文学》2002年第2期。

③ ［英］特里·伊格尔顿：《后现代主义的幻象》，华明译，商务印书馆2000年版，第28页。

化研究领域，日益显现出了批判性分析复杂社会现象和文化现象的功能弱化，特别是面对复杂的文化与经验领域，更显出了那种来自文化左派的学理层面上批评方法的简单化倾向。正是在这种情形下，雷蒙·威廉斯、E. P. 汤普森、斯图亚特·霍尔等纷纷发表意见，不同程度地对阿尔都塞理论产生怀疑甚至批判。伊格尔顿也对阿尔都塞进行了一种回溯式的批评，他认为，阿尔都塞思想的丰富性、复杂性和理论上的锐利影响是同时存在的，但在一种新的文化语境中，他也不得不承认阿尔都塞的思想是一种“伴随着理想主义的政治耗损和断裂而出现的文化理论”①，并提出“以反阿尔都塞的著作来保卫马克思主义是必要的，就像当初阿尔都塞曾经寻求以反人道的马克思主义来保卫马克思主义一样”。② 伊格尔顿认为，真正“保卫”马克思主义的理论方案并不是在革命现实中改写甚至悬置马克思主义，“把马克思主义装扮成一种纯粹的原始的和高尚的未被各种各样的革命污染的状态——那只能是幻想——相反它是在当代最具有启发性的潜在发展着的非马克思主义状态中思考马克思主义”。③ E. P. 汤普森发表了长达200多页的批判阿尔都塞的论文《理论的贫困》，引发了英国左翼学术界剧烈的辩论。阿尔都塞思想的落潮使英国文化研究有了更多的接触域外理论思潮的机会，同时也使英国马克思主义文学批评获得了理论更新与思想掘进的机会。在广泛的“英国左派危机”的背景下，“葛兰西而非阿尔都塞，是被左翼知识分子最热烈讨论的马克思主义理论家”，④ 从而也开启了英国文化研究“转向葛兰西”的重要理论阶段。

---

① Terry Eagleton, *Against the Grain*, London: Verso, 1986, pp. 5 – 6.

② Terry Eagleton, *Against the Grain*, London: Verso, 1986, p. 2.

③ Terry Eagleton, *Against the Grain*, London: Verso, 1986, p. 6.

④ ［美］丹尼斯·德沃金：《文化马克思主义在战后英国》，李凤丹译，人民出版社2008年版，第320页。

二 “转向葛兰西”与20世纪英国文化研究的理论更新

葛兰西思想是在“英国左派危机”、阿尔都塞思想落潮的理论背景下被引入英国文化研究的，其中离不开雷蒙·威廉斯、斯图亚特·霍尔、E. P. 汤普森等对它的批判性的理论融通，他们是促发“葛兰西转向”的关键力量。雷蒙·威廉斯与葛兰西曾有密切的联系，他在《马克思主义与文学》和《马克思主义文化理论中的基础和上层建筑》中曾专门讨论葛兰西的文化领导权观念，葛兰西的文化领导权观念也对他的“文化”概念以及“感觉结构”概念的生成与发展有重要的影响。在《马克思主义与文学》中，雷蒙·威廉斯提出，文化领导权的概念对文化理论的作用是显而易见的，它既涵盖又超越了此前两个颇有影响的概念——一个是作为“整体的社会过程”的“文化”；另一个就是“意识形态”。[①] 在威廉斯看来，作为“整体的社会过程”的“文化”概念表明“人们决定并且造就着自己的全部生活”，但只有在抽象的意义上才能说人们决定并造就了自己的生活，而文化领导权的概念强调了那种“整体的社会过程”同权力影响和分配状况密切相关，注意到了有关主导和从属的种种关系，“不仅渗透在政治活动和经济活动中，也不仅渗透在明显的社会活动中，而且还渗透在由业已存在的种种身份和关系所构成的整体中，一直渗透到那些压力和限制的最深处”。[②]

在这个意义上，“文化领导权”的概念超越了“文化”概念抽象的意旨，更加全面而深刻地表征了作为“整体的社会过程”的“文

---

① [英] 雷蒙·威廉斯:《马克思主义与文学》，王尔勃等译，河南大学出版社 2008 年版，第 116 页。

② [英] 雷蒙·威廉斯:《马克思主义与文学》，王尔勃等译，河南大学出版社 2008 年版，第 118 页。

化”。“文化领导权”的概念超越“意识形态”的概念则是因为，“文化领导权”的概念让我们更加清晰地认识到在意识形态中，具有决定性意义的不仅是观念、信仰的意识体系，而且还有种种特定的、主导的意义和价值所组成的活生生的整体社会过程。传统的“意识形态”概念往往体现或表达某一特定阶级利益的意义、价值和信仰体系，往往体现了某种思想意识的灌输、操控以及某种对抗性的文化形构，而“文化领导权”“不仅仅是指那些清晰表述出来的、较高层次的‘意识形态’，也不仅仅是指意识形态的那些通常被视为‘操纵’或‘灌输’的控制方式，它是指一种由实践和期望构成的整体，这种整体覆盖了生活的全部——我们对于生命力量的种种感觉和分配，我们对于自身以及周围世界的种种构成性的知觉体察”①。

“文化”和“意识形态”是威廉斯马克思主义文化理论的关键概念，在写作《马克思主义与文学》之前，威廉斯不但在《漫长的革命》等著作中对“文化”概念做过系统分析，而且他对马克思主义意识形态理论也有着独到理解。在《马克思主义与文学》中，面对葛兰西的文化领导权理论，威廉斯的理论视野更加丰富，同时明显表现出一定的理论修正和补充。威廉斯看重的是葛兰西的文化领导权理论对作为社会整体生活方式的“文化”概念的经验性影响，更看到了它对意识形态概念的来自生活世界的理论补充。也正是在这个意义上，威廉斯更多的从葛兰西思想中摄取了理论的实践性和经验性成分，在更为细致的理论研究中将葛兰西思想有效地融入了文化和意识形态研究中。

除了1977年的《马克思主义与文学》，雷蒙·威廉斯稍早时期的论文《马克思主义文化理论中的基础和上层建筑》（1973年）也是受葛兰西思想影响的结果。在这篇被称为最早的“威廉斯与西方马克思

---

① ［英］雷蒙·威廉斯：《马克思主义与文学》，王尔勃等译，河南大学出版社2008年版，第118页。

主义的遭遇”以及构成“《马克思主义与文学》这本书的部分基础”[①]的文章中，威廉斯最引人瞩目的理论突破就是没有重复传统马克思主义的观念，而是坚持从“文化”的整体性范畴切入经济基础/上层建筑的二元逻辑，坚持以基础、文化、上层建筑的三元关系代替经济基础/上层建筑的二元模式，他反对将经济基础/上层建筑理论模式抽象化，主张在“文化”的物质性和生产性意义上打破经济基础/上层建筑理论模式的封闭性。在这里，威廉斯展现出了重要的理论变革态势，他试图从文化的历史性与文化的经验性上突破那种决定论的马克思主义文化理论的思维限定，他所找到的理论切入点正是葛兰西文化领导权思想所提供的不同阶层文化经验之间协商建构的理论属性，从而使英国文化研究理论超越了单纯强调阶级性与对抗性的理论路径。

20 世纪 70 年代，威廉斯的《马克思主义文化理论中的基础和上层建筑》这篇文章曾经有重要的影响，他对马克思主义的经济基础与上层建筑理论的改造也引起了不同的争论。其中，作为威廉斯的学生，特里·伊格尔顿的反应更值得注意。针对威廉斯的理论观念，伊格尔顿也发表了一篇重要文章，题目是《威廉斯著作中的基础和上层建筑》。在这篇文章中，伊格尔顿认为，威廉斯对马克思主义的经济基础/上层建筑理论范式的调整策略导致了一定的理论偏差，威廉斯用文化唯物主义观念改造经济基础/上层建筑的理论模式，但过多地强调了文化的物质性，并提出“如果一切都是‘物质的’那么这个术语在逻辑上还具有什么力量呢?”[②] 伊格尔顿认为，威廉斯的文化唯物主义观念并没有提出超越意识形态的物质条件方面的限制，威廉斯试图从文化的历史性与文化的经验性上打破“经济基础决定上层建筑”的封闭

---

① ［美］丹尼斯·德沃金:《文化马克思主义在战后英国》，李凤丹译，人民出版社 2008 年版，第 207 页。

② Terry Eagleton, *Raymond Williams: Critical Perspectives*, Boston: Northeastern University Press, 1989, p. 169.

的理论限定，但在伊格尔顿看来，文化回归物质性除了使文化拥有一个历史维度之外更损伤了文化与意识形态的独特性。实际上，伊格尔顿忽视了威廉斯接受葛兰西思想的理论背景，威廉斯不仅仅要求文化回归物质性，更多的是要求文化回归经验性，回归文化领导权这个概念所提供的不同阶层文化经验的协商建构作用，从而提出超越大众文化与意识形态研究单纯强调阶级性与对抗性的理论路径，在某种程度上，这正是威廉斯后来的理论努力。英国学者约翰·斯道雷说，威廉斯正是在“拥抱葛兰西的霸权观念”时，才改变了把文化理解为一种被实现的表意系统的方法，才“把文化与权力设置为英国文化研究的研究对象”。[①] 这也正指出了威廉斯与葛兰西思想的微妙关系。

与雷蒙·威廉斯一样，英国文化理论家 E. P. 汤普森和斯图亚特·霍尔也对葛兰西思想与英国文化研究之间深刻的理论融通起到了关键作用。20 世纪 70 年代，英国文化理论家 E. P. 汤普森在他的著名的《理论的贫困》与《英国工人阶级的形成》中明显地借鉴了葛兰西的“经济基础—文化—上层建筑”的理论模式，对 20 世纪英国马克思主义文学批评的理论启发是不容忽视的。《理论的贫困》是 E. P. 汤普森批判阿尔都塞思想的结果，其中一个重要的理论支点就是葛兰西的文化领导权理论。在《理论的贫困》中，汤普森指出，阿尔都塞的理论实践是唯心主义的，“阿尔都塞的经验主义意识形态和经验主义思维方式把历史看作是一系列抽象化的理论范畴，剔除了具体历史事件的实践过程，因而阿尔都塞的结构主义确立的是机械理性的社会结构概念”。[②] 汤普森的《理论的贫困》借鉴了马克思为批判蒲鲁东而写的《哲学的贫困》，汤普森认为阿尔都塞的结构主义与“形而上学”的异

---

① ［英］约翰·斯道雷：《斯道雷：记忆与欲望的耦合——英国文化研究中的文化与权力》，徐德林译，广西师范大学出版社 2007 年版，第 7 页。

② E. P. Thompson, *The Poverty of Theory & Other Essays*, New York: Monthly Review Press, 1978, p. 12.

端蒲鲁东没什么区别。所以，在《理论的贫困》中，汤普森特别强调了历史学家以及历史理论的社会实践特征，他说：“历史学家没有理论，马克思主义的历史学家也没有理论，历史理论必然是有别于马克思主义历史理论的其他东西。”①

在著名的《英国工人阶级的形成》中，汤普森更加强调了工人阶级文化研究的历史学方法，通过对工人阶级文化经验的分析，汤普森试图说明英国工人阶级的形成并非工业革命等社会现代发展的结果，而是工人阶级在现代英国社会发展中不断形成其稳定的阶级意识与文化经验的结果。正是工人阶级的文化经验所培育的集体的自我意识和自由精神，才对工业革命时代的伟大创举起到了重要的推动作用。它不但是工业革命的伟大的精神成果，更是“针对工业革命而产生的一种裂变，而且也是一种较为古老的、较能为人性所能理解的生活方式。这也许就是 1835 年英国工人阶级形成的独特之处”。② 在汤普森看来，英国工人阶级“包含了大量的各种各样的技艺、金属、木材纺织和制陶工人，如果没有他们从上辈承传下来的‘秘技’以及利用原始工具进行发明创造的高超技能，工业革命的创举几乎不可能超出纸上谈兵的范围”。所以，“我们不应该仅仅把工人看做是永恒的失败者，他们的 50 年历程以无比的坚韧性哺育了自由之树。我们可以因这些年英雄的文化而感激他们”。③《理论的贫困》和《英国工人阶级的形成》是 E. P. 汤普森将文化领导权思想引入英国文化研究的典范作品。这两部作品尽管阐释重心与内容有很大差别，但都强调充分的社会实践，而不是阿尔都塞结构主义的抽象的理论范畴和充分理论化的方法，所以，它

---

① E. P. Thompson, *The Poverty of Theory & Other Essays*, New York: Monthly Review Press, 1978, p. 12.

② ［英］E. P. 汤普森：《英国工人阶级的形成》，钱乘旦等译，译林出版社 2001 年版，第 979 页。

③ ［英］E. P. 汤普森：《英国工人阶级的形成》，钱乘旦等译，译林出版社 2001 年版，第 981 页。

们更接近20世纪英国马克思主义文学批评理论的经验性，特别是在文化与意识形态研究中充分呼应了“回到葛兰西”的理论策动。

英国文化理论家斯图亚特·霍尔是“伯明翰学派”的奠基人，曾被称作“文化研究之父”。20世纪60年代末以来，霍尔广泛涉猎了葛兰西思想，并在葛兰西文化领导权理论的启发下综合运用文化分析、符号学、民族志等方法从事文化研究，对英国文化研究的理论更新起到了重要作用，这主要体现在两个方面。一是他在1968年发表的重要论文《电视话语中的编码和解码》和1978年的《监控危机》所体现的“编码/解码”思想；二是他独特的“耦合”概念。在《电视话语中的编码和解码》中，霍尔提出，传统上的大众传播研究已经在“发送者—信息—接受者”的线性特征上，将信息流通与传播的过程概念化了。在新的历史语境下，信息与话语流通必须经过转译或社会实践环节的改造，必须经过“赋予意义”的产品分配检验，“不赋予‘意义’，就不会有‘消费’”，[①] 因此，“必须认识到信息的话语形式在传播交流（从流通的角度看）中占有一个特殊的位置，要认识到‘编码’和‘解码’的诸多环节是确定的环节，尽管二者与作为整体的传播过程相比仅仅是‘相对自治的’”。[②] 从这种观念出发，霍尔更加重视编码/解码过程是如何在有效融入社会文化结构中展现信息接受对图像符码意义的结构性拓展的。他提出的问题是，观众如何在主导—霸权、协调符码以及对抗性符码等不同位置上从媒体信息中获取图像符码的意义，并根据图像信息的参照符码完成解码过程。霍尔的理论创造性在于“对葛兰西的创新性阅读”，[③] 他引入葛兰西的文化领导权

① ［英］斯图亚特·霍尔：《编码，解码》，见罗钢、刘象愚主编《文化研究读本》，中国社会科学出版社2000年版，第346页。

② ［英］斯图亚特·霍尔：《编码，解码》，见罗钢、刘象愚主编《文化研究读本》，中国社会科学出版社2000年版，第346页。

③ ［美］丹尼斯·德沃金：《文化马克思主义在战后英国》，李凤丹译，人民出版社2008年版，第240页。

思想，强调受众在对信息符码的生产、流通、使用以及再生产过程中以多种方式介入文化与权力的运作过程，从而剔除了他的编码/解码思想中的结构主义成分和阿尔都塞思想的残余，并充分考虑到了主导—霸权符码在解码过程中的作用，由此体现出他对现代传播理论的深刻拓展。

在霍尔的研究中，他对葛兰西思想的积极响应还体现在他对“耦合”（articulation）概念的独特性应用上。“耦合”概念并非霍尔首创，但却是经由霍尔充分应用于英国文化实践领域的。按霍尔的说法，他使用的“耦合”的概念是从拉克劳《马克思主义中的政治和意识形态》一书中发展出来的。[①] 在霍尔那里，“articulation”有了非常复杂的隐喻含义，它原初的意义来自某种特殊联动装置的链接形式，比如一种链接式卡车的驾驶室和拖车之间的链接部分所承载的特殊意义。霍尔将这样一种特殊的隐喻含义引入语言学、符号学以及文化研究，从而赋予了“耦合”（articulation）概念以发声（utter）、表达（expressing）、清晰地说出（to be articulate）等方面的含义。在文化研究中，“耦合”指向了一种特殊的文化表意实践行动，指的是社会文化以及语言系统中各种组成要素在某种链动机制的链接下，是如何把那些个别性的文化表意符码再现为文化实践活动的，它代表的是一种话语和符号的总体性统一，是一种将社会文化系统中的经验与意识形态经过某种接合机制充分实践化的过程。霍尔在文化研究实践中得以充分应用“耦合”概念，与他对葛兰西文化领导权思想的理论改造是分不开的。葛兰西提出，“不是意识形态改变结构，而是结构改变意识形态”，[②] 在一个社会中，处于社会主导位置的社会集

① 见萧俊明《新葛兰西派的理论贡献：接合理论》，载《国外社会科学》2002年第2期。

② ［意］安东尼奥·葛兰西：《狱中札记》，曹雷雨等译，中国社会科学出版社2000年版，第292页。

团建构它的文化领导权并非意味着统治阶级意识形态的全面控制，也并非意味着统治阶级价值观念的自上而下的传播，文化领导权的构建过程融合了文化与权力机制中主导阶层与从属阶层的经验互动，“所有这些因素都是整体社会理论关系发生接合性波动的具体表现”。[①] 文化领导权包含了社会主导阶级与从属阶级文化价值观的“耦合”过程，霍尔正是在葛兰西的意义上将“耦合”的概念广泛应用于文化研究，而葛兰西的文化领导权思想也在霍尔的“耦合”概念上获得了新的理论飞跃。

三　“葛兰西转向”与20世纪英国马克思主义文学批评的理论转折

20世纪70年代之前，经过了理查德·霍加特、E. P. 汤普森、雷蒙·威廉斯、斯图亚特·霍尔等的努力，英国文化研究已经取得了长足的发展，不但引发了像佩里·安德森所说的马克思主义理论的“地理位置的转移”[②]，而且“文化主义”和“结构主义”的理论范式的形成标志着20世纪英国马克思主义文学批评重要的理论进步。“文化主义”得力于理查德·霍加特、E. P. 汤普森、雷蒙·威廉斯等的理论建构，它扎根于英国大众文化研究的广阔土壤，坚持文化是整体生活方式这一主导性的理论观念，反对刻板地运用马克思主义的经济基础/上层建筑的隐喻理解。“文化主义”在英国文化研究中重构了一种传统，从20世纪50年代开始，在雷蒙·威廉斯、理查德·霍加特、E. P. 汤普森等第一代文化研究者的努力下，文化主义的文化研究深入

---

① ［意］安东尼奥·葛兰西：《狱中札记》，曹雷雨等译，中国社会科学出版社2000年版，第147页。

② ［英］佩里·安德森：《当代西方马克思主义》，余文烈译，东方出版社1989年版，第24页。

到了大众文化的生成、传播、接受与价值分析的具体过程中，提升了马克思主义文学批评深入剖析文化与社会关系的能力。但这也并非意味着文化分析是一种一劳永逸的研究范式。随着 20 世纪西方种种新的理论思潮和文化思潮的崛起，以及 1968 年后欧洲左派文化的新趋向，文化研究也迫切需要新的理论提升。在这种情形下，英国文化研究的理论范式也发生了一定程度的转变，结构主义的理论范式就是在这种转变中产生的。

“结构主义”是受阿尔都塞思想影响的结果。20 世纪 60 年代，在阿尔都塞的影响下，霍尔等人认识到，社会文化的构成不仅仅是社会生产组织中各种文化要素以及社会个体的自觉建构，文化研究在面对个体经验的过程中其实也面临着社会整体结构建构的现实，因为个体不仅仅是意识形态的构成物，而且是社会意识形态的表征，经验、文化都是意识形态生产的结果，体现了社会意识形态的编码/解码过程。这种观念启发了霍尔等人运用阿尔都塞结构主义理论观念深入社会意识形态的主要符码领域，探究社会审美意识形态的运作机制和表现形式，由此形成了英国文化研究的结构主义理论范式。结构主义理论范式为英国文化研究提供了一种关键性的理论导向，也为英国文化研究找到了新的方向。但是，到了 20 世纪 70 年代，随着社会语境的变化以及英国文化研究理论的深化发展，文化主义和结构主义理论范式之间也产生了重大的理论分歧，托尼·本尼特曾经形象地说明：

> 在结构主义的视野中，大众文化经常被视为一种“意识形态机器”，其炮制俨如法律的规则，专横统治大众的思想，一如索绪尔为结构主义提供组构范式的纲领：专横统治言语行为的“语言”系统。结构主义分析特别关注文本形式的分析，被认为是揭示了文本结构那些据信是组构了阅读或各类观照实践的方式，而

> 经常是忽略了制约着这些文本形式生产或接受的条件。文化主义恰恰相反，经常是不作辨别一味浪漫，赞扬大众文化是真实表达了社会受集团或阶级支配的兴趣和价值观。①

从托尼·本尼特的论述中，我们可以看到他对结构主义和文化主义理论范式的态度。“结构主义最集中见于电影、电视和通俗文学的研究之中，文化主义则倾向于在历史和社会学内部独霸天下，特别是关涉到工人阶级‘生活文化’或‘生活方式’的研究之中。这一分歧有时候深刻得叫人无名激动，而且毫无必要。”② 他进而说道：

> 更糟的是，仿佛根据某人的兴趣领域，我们不得不要么就是结构主义者，要么就是文化主义者——如果我们研究电影、电视剧或通俗文学，就是先者；如果我们的兴趣在于诸如体育、青年亚文化一类，就是后者。差不多好像文化天地给分隔成两个不相干的半球，各自展示着一种不同的逻辑。虽然这种状态无法叫人满意，可是同样清楚明白的是，这两个传统是无法强扭成一桩婚姻的。③

这种理论分歧也导致了英国文化研究理论发展的困境以及所面临的阻力，英国文化研究如何在自身的文化传统中突破理论与经验的矛盾是一个重要的问题，雷蒙·威廉斯、E. P. 汤普森、斯图亚特·霍尔等正是在融会葛兰西思想的基础上解决了这个矛盾。正像托尼·本尼特指

---

① ［英］托尼·本尼特：《大众文化与“转向葛兰西”》，见陆扬、王毅选编《大众文化研究》，上海三联书店2001年版，第61页。

② ［英］托尼·本尼特：《大众文化与“转向葛兰西”》，见陆扬、王毅选编《大众文化研究》，上海三联书店2001年版，第61—62页。

③ ［英］托尼·本尼特：《大众文化与“转向葛兰西”》，见陆扬、王毅选编《大众文化研究》，上海三联书店2001年版，第62页。

出的，葛兰西与英国文化研究传统理论范式的区别在于：“他强调资本主义社会统治阶级与被统治阶级之间的文化与意识形态关系，与其说体现在前者对后者的统治，不如说体现在争夺‘霸权’的斗争。这是说，在统治阶级和主要的被统治阶级即工人阶级之间，争夺整个社会道德的、文化的、知识的，因而也是政治的领导权。”[①] 在葛兰西思想的启发下，英国文化研究更加重视一定社会的权力组合关系，认识到在占优势的权力阶层与从属阶级的价值观念之间不仅仅是冲突、对抗与持久的矛盾关系，更存在着协商、再现与更新的理论联系，从属阶级的文化理想在某种程度上会成为文化领导权建构的主要浸淫形式。

雷蒙·威廉斯、E. P. 汤普森、斯图亚特·霍尔等接受了葛兰西这一理论观念，并充分扬弃了葛兰西思想中理论化的成分，极大地发扬了文化研究的经验性的立场，扩大了从阶级角度阐释权力关系的文化研究视角，并“使其包括性别、种族、意义和愉悦等”，[②] 从而为20世纪英国文化研究带来了新的理论元素，也带来了20世纪英国马克思主义文学批评的理论转折。从这个角度看，在20世纪英国马克思主义文学批评理论发展中，“转向葛兰西”不仅仅是一个新的理论研究进程的起点，同时又带来了文学批评理论的新的问题与理论更新的方向。正是由于葛兰西思想，20世纪英国马克思主义文学批评理论才超越了文化主义和结构主义的理论分歧与困境，也融合了不同文化理论之间相互影响的矛盾关系，所以，“葛兰西转向”的问题不仅仅是一种简单的理论影响问题，更是包含着不同理论模式间的丰富的思想张力和实践影响的问题。雷蒙·威廉斯、E. P. 汤普森、斯图亚特·霍尔等理

---

① ［英］托尼·本尼特：《大众文化与“转向葛兰西”》，见陆扬、王毅选编《大众文化研究》，上海三联书店2001年版，第64页。

② ［英］约翰·斯道雷：《斯道雷：记忆与欲望的耦合——英国文化研究中的文化与权力》，徐德林译，广西师范大学出版社2007年版，第111页。

论家本身处于英国文化研究阵营中，他们也把自己的研究工作融入了“葛兰西转向”的独特思想语境与发展历程中。

四　“回到葛兰西”：“葛兰西转向”的问题形式

20世纪英国马克思主义文学批评吸收了葛兰西的文化领导权理论，同时也以本土文化与理论精神丰富了葛兰西思想。“葛兰西转向”不仅仅是不同理论融通和对话所产生的新的理论范式和实践形式，同时也是西方文化研究不可忽视的理论内容，并一直以来处于文化研究的理论核心位置，这正凸显了作为一种问题形式的“葛兰西转向”的理论意义。

首先，“葛兰西转向”提供了一个理论整合的框架，让英国文化研究对文化与意识形态的意义、范畴与理论模式的分析具有了完全不同的认识形式和方法观念。在转向葛兰西之前，英国文化研究中的文化主义和结构主义理论范式都非常重视文化与意识形态实践的分析，它们对文化和意识形态的理解与理论建构差别不大，“两种范式都认为文化和意识形态实践的领域是为一种主导意识形态所支配，此意识形态实质上和整体上都是资产阶级性质，作为一种异化力量，系从外部强加给被支配阶级，尽管成功程度有所不同”。[①] 葛兰西的文化领导权思想把这两种彼此对立的大众文化研究方式带入了一种积极的关系中，它没有单纯地强调文化的经验分析，也没有局限在结构主义的意识形态理论框架中，而是更加凸显了文化和权力分析在英国文化研究中的比重，因此既避免也否定了结构主义和文化主义的二元对立，也让文化与意识形态问题的研究在英国文化研究中具有了新的理论展开方式。

---

① ［英］托尼·本尼特：《大众文化与“转向葛兰西”》，见陆扬、王毅选编《大众文化研究》，上海三联书店2001年版，第63页。

其次，“葛兰西转向”在20世纪英国马克思主义文学批评中并非仅具有方法论的意涵，更有丰富的哲学内涵和美学理论价值，它丰富了马克思主义的经济基础/上层建筑理论框架的隐喻内涵。在英国文化研究中，“葛兰西转向”不是单从思想接受层面上发生的，而是葛兰西思想有效融入大众文化经验分析的结果，因而对20世纪英国马克思主义文学批评审美实践空间的开拓具有重要的意义。20世纪英国马克思主义文学批评在马克思主义的经济基础/上层建筑的隐喻框架中都注重对文化与意识形态实践的分析，文化主义理论范式的文化研究在大众文化经验分析的立场上突出的是文化与意识形态实践的价值分析，理查德·霍加特、雷蒙·威廉斯、斯图亚特·霍尔等的文化研究对文化与意识形态的意义、范畴与理论模式的分析具有唯物主义的思想视野，但他们反对庸俗唯物主义和经济决定论的理论模式，特别是雷蒙·威廉斯，不断反思修正马克思主义的经济基础/上层建筑理论的隐喻性质。借助“葛兰西转向”的理论影响，20世纪英国马克思主义文学批评将马克思主义文化理论的发展推向了一个新的高度，标志着马克思主义文学批评理论高潮的再次出现。

再次，借助“葛兰西转向”在文化研究中的广泛辐射与影响，20世纪英国马克思主义文学批评在新的思想语境中重新塑造了它的基本问题，在这个意义上，“葛兰西转向”也是一种问题形式的展开。在英国文化研究中，正像托尼·本尼特说的那样，结构主义和文化主义的理论范式在文化与意识形态研究中“是维持在两个对立的文化与意识形态阵营中间：资产阶级和工人阶级，两者锁定在一场零和游戏之中，一方有所得，另一方必有所失，游戏的最终目标是一方消灭另一方，从而胜利者得以占据被征服一方的地盘”。[①] 雷蒙·威廉斯、

① ［英］托尼·本尼特：《大众文化与“转向葛兰西”》，见陆扬、王毅选编《大众文化研究》，上海三联书店2001年版，第63—64页。

E. P. 汤普森、斯图亚特·霍尔等在英国文化研究理论发展最严峻的危急时刻接受了葛兰西思想，从而也为20世纪英国马克思主义文学批评带来了新的问题形式，为英国马克思主义文学批评“在讨论‘复杂的结构与上层建筑、独特的形式与时代之间的关系’中指出了一种道路”。[①]

最后，葛兰西的文化领导权理论提出了另一个重要的问题，这个问题就是，在发达的西方资本主义国家，社会主义革命为什么不能以东方的俄国革命那样的形式来完成。葛兰西在《狱中札记》中提出了这个问题，“葛兰西转向”的理论生发过程则回答了这个问题。葛兰西的文化领导权理论提出，文化领导权的获得，并非理论阐释和分析的结果，也不是占优势的各种权力结构的意义的强加，而是不同阶级力量在文化与意识形态中的协商与联系的结果，这其中虽然也存在斗争与对抗，但争夺文化领导权的过程已经不完全是那种异己力量的直接争夺，而是表现为“作为一个整体的社会的普遍利益的一种认同”。[②]欧洲工人阶级的革命实践与东方俄国革命的历史形势有非常大的差别，所以不能仅仅强调革命本身的实践力量，更应该关注市民社会的文化体验，重视文化与意识形态机制的不同表现形式。20世纪英国文化研究在工人阶级与大众文化经验的研究中正是呼应了葛兰西的理论精神，并采取了自下而上的方式重构文化与权力的生产与运作机制，它所收获的是理论与实践的双重拓展。

如果说，作为一种理论转折，英国文化研究中的“葛兰西转向”有效调和了文化主义与结构主义在文化研究后期所展现出的矛盾和分化冲突，那么，作为一种“问题形式”，“葛兰西转向”则无疑凸显了

① ［英］斯图亚特·霍尔：《文化研究：两种范式》，见罗钢、刘象愚主编《文化研究读本》，中国社会科学出版社2000年版，第64—65页。

② ［英］约翰·斯道雷：《斯道雷：记忆与欲望的耦合——英国文化研究中的文化与权力》，徐德林译，广西师范大学出版社2007年版，第1—2页。

文化研究新的思想阐释形式。文化研究面向这种思想阐释空间，才能避免传统加之于它之上的根本重负，真正走向文化和生活方式研究。“葛兰西转向”使20世纪英国马克思主义文学批评理论发生了本质的变化，同时也在其发展与变迁中孕育了它的美学意义。作为一种问题形式的“葛兰西转向”超越了传统文化研究理论的思想内涵，推进了20世纪英国马克思主义文学批评的实践进程，至今仍有重要的启发意义。

作为文化批评传统的西方文论关键词研究

关键词研究既是一种文化研究与文化批判的理论方法，同时也代表了文化批评传统在当代西方文论研究中的影响与发展，这种批评方法与传统对当代西方文论研究的意义是通过关键词，发现与透析文论观念背后深广的社会文化语境，进入文化研究与文化批评的学理发展内部，实现从微观概念、具体范畴到批评观念、理论体系的把握与分析。关键词研究既是一种词义溯源，也是思想追踪，往往对某种批评观念及思想文化的发展具有深广的意义。无论是西方文论还是中国文论，这种关键词研究的方法与传统都具有积极的启发，当代西方文论关键词研究目前正在引起学界的关注，从关键词视角出发，走向具体而微的研究问题，不失为当代西方文论研究可以进一步探索和突出的方向。当然，从关键词研究走向成熟的关键词批评更需要在批评史、文化史和思想史的层面做出更加深入的研究努力。

一 “关键词”的两种意涵

关键词研究是文化研究与文化批评理论中的重要内容。在当代西方文化研究领域，以关键词研究为主要理论形式和内容的著述不断出现。[①] 关键词研究代表人物、英国文化理论家雷蒙·威廉斯认为，所谓“关键词”有两种意涵：“一方面，在某些情境及诠释里，它们是重要且相关的词。另一方面，在某些思想领域，它们是意味深长且具指示性的词。”[②] 关键词研究不仅仅是某些单一固定的词条的研究，更主要的是通过某个学科以及某种思想文化系统中的重要语汇、词条、词语和关键概念的研究，重新梳理概念史、学术史、文化史和思想史发展演变的重要问题，从而对学术问题研究和学科发展建构产生奠基性的影响。典型的关键词研究的代表作应属雷蒙·威廉斯的《关键词》，这部著作已经是当代文化研究、美学研究及文论研究不可回避的作品，它的副标题是“文化与社会的词汇”，顾名思义，威廉斯的理论目标是通过关键词的研究展现那些词条和概念背后丰富的文化与社会内涵，进而从文化与社会的角度展现那些重要概念的意义衍生、发展与变异的历史，从而让文化理论中的关键词研究起到文化分析的理论效果与功能。威廉斯的研究证明，这种研究方法与路径具有极为明显的理论价值和实践价值。

就威廉斯本人而言，《关键词》是作为他在1958年写的重要著作《文化与社会：1780—1950》的续篇出现的，而《文化与社会：1780—1950》也正是有着关键词研究的方法论特征。在《文化与社会》中，威廉斯论述1780—1950年英国近40位作家的文学创作所展现出的英

---

① 代表性著述有［英］雷蒙·威廉斯《关键词》，刘建基译，生活·读书·新知三联书店2005年版；［英］托尼·本尼特（Tony Bennett）、［美］劳伦斯·格罗斯伯格（Lawrence Grossberg）《新关键词》（*New Keywords*），Wiley，Blackwell，2005年版；［美］于连·沃尔夫莱（Julian Wolfreys）《批评关键词：文学与文化理论》，陈永国译，北京大学出版社2015年版；［英］丹尼·卡瓦拉罗（Dani Cavallaro）《文化理论关键词》，张卫东等译，江苏人民出版社2013年版；中国学者的著作如汪民安《文化研究关键词》，江苏人民出版社2007年版；胡亚敏《西方文论关键词与当代中国》，中国社会科学出版社2015年版；赵一凡等《西方文论关键词》，外语教学与研究出版社2006年版，等等。

② ［英］雷蒙·威廉斯：《关键词——文化与社会的词汇》，刘建基译，生活·读书·新知三联书店2005年版，第7页。

国18世纪晚期至20世纪中期的思想面貌，以此探究英国文化发展与社会演变的同步轨迹，他的理论视角是通过“工业”“民主”“阶级”“艺术”“文化”五个关键词加以贯穿的，这五个关键词不仅各自具有理论内涵，更主要的是通过这五个关键词，体现了英国现代文化传统、思想语境与英国文化研究某种意义同构的文化价值观，关键词研究表征的是文化与社会之间的复杂关系。通过关键词研究，威廉斯发现了这些词语之间其实具有一种关系复合体的意义属性，这对他提出并重新界定“文化”的内涵，在文化研究领域异军突起起到了重要的作用。从1958年的《文化与社会》，到1960年的《漫长的革命》对“文化”概念的阐释，再到1976年《关键词》的问世，关键词研究构成了雷蒙·威廉斯的理论研究谱系中的重要内容，对威廉斯本人的理论研究及其发展起到了非常自然的理论链接作用。就威廉斯所处时代的文化研究的理论格局及其理论拓展而言，正是由于威廉斯的关键词研究，开启了文化研究的一个重要的理论发展态势和方向，那就是文化研究的跨学科属性和侧重文化分析实践的理论品格。从关键词的角度探讨文化理论中的常用概念，剖析文学、美学与文化研究中某些重要理论观念的来源与发展，展现文学与美学思想发展的脉络及理论趋势，威廉斯使文化研究走出了传统文学研究那种过于狭窄和精细的文本研究范式，越来越重视在广阔的文化语境下考察文化文本的意义生成与展现方式，从而影响了文化研究的理论走向，这种研究格局的出现与拓展与威廉斯的文化关键词研究具有非常密切的关系，是目前人们对威廉斯的文化研究理论与实践进行回顾和总结都要认真探讨的部分。

二　文化研究中的“关键词”研究方法

在文化研究领域，雷蒙·威廉斯的关键词研究并非仅仅具有个案意义，对于中西文论和美学研究往往具有普遍性的理论启发。威廉斯强调，关键词的研究之所以重要，因为关键词“是语言社会化过程的一个要素”①。那些关键和重要的词汇既具有本身的意义与价值，同时也是语言文化的社会化赋予其理论内涵的，关键词研究是文学理论和批评走向语言文化深处的一种思想孔径。正是由于这个因素，关键词研究其实体现了一种文化批评的传统，这种传统的理论特性非常明显。

首先是比较突出的跨学科研究特征。关键词一定是含义丰富、内涵和外延都具有充分的理论和思想拓展空间的词汇，这就意味着对这些词汇的阐释，如果从单一学科内容出发是难以厘清其内涵的，而必须采取跨学科的方法。雷蒙·威廉斯的《关键词》如此，其他的关键词研究著作也具有同样的特性。英国当代文化批评家丹尼·卡瓦拉罗的《文化理论关键词》和托尼·本尼特主编的《新关键词》可作例证。丹尼·卡瓦拉罗的《文化理论关键词》以主题性介绍的体例研究文化研究理论中的关键词，他所提出的关键词，如意义、符号、修辞、表征、文本性、意识形态、主体性、身体等，既有文学与文化内涵，同时也广泛涉及了中西艺术文化、美学乃至政治学、心理学、社会学、人类学等方面的内容，跨学科的研究是其主要的理论方法。托尼·本尼特主编的《新关键词》对美学、价值、本质、主体、无意识、叙事、形式等文论关键词的阐释，既是从文化理论出发的，同时更深刻地着眼政治、伦理、美学和社会学等方面的内涵，同样是跨学科研究的代表。

其次，文化理论的关键词研究既是一种知识论，但又具有超越知识论的方法论价值。关键词研究在面对文化理论、美学与文学理论具体问题的过程中具有知识论层面的内涵，这是毋庸置疑的，因为对任

---

① ［英］雷蒙·威廉斯：《关键词——文化与社会的词汇》，刘建基译，生活·读书·新知三联书店 2005 年版，第 16 页。

一关键词的研究先要讲清楚的是它的知识论的含义是什么，这种知识论层面的意义界定会让文论和美学基本问题研究的对象性更加明显。但关键词研究又不能限于知识论，而必须在研究过程中向超知识论层面加以转换，进而生成新的意义，这就使关键词的研究又具有超越知识论的方法论内涵。这主要体现在关键词研究在词条选择及其深入其理论内涵的方式与纯粹知识论的辨析有所不同。具体而言，关键词研究不是就概念而谈概念，就某个关键词进行封闭内涵的研究，而是从关键概念和词汇出发，贯穿一种知识谱系和理论系统，是一种类似福柯所提出的知识考古学的研究。

在《知识考古学》中，福柯曾提出以一种知识考古学的方式探究人类的历史和知识系统。所谓知识考古学，就是要在时间和线性历史之外打破那种总体性的历史观和知识生成的研究方式，强调通过具有某种断裂性（rupture）和非连续性（discontinuity）的经验重构人类的历史和知识系统，通过那些被总体性历史观遗漏的历史把握对人类知识和历史生成具有内聚力的经验。在知识考古学的方法下，福柯重视那些被总体历史抛弃的经验，并提出以此回到人类知识和历史的原初形式。福柯的知识考古学对中西文论和美学的关键词研究具有积极的启发，同时也对关键词研究的方法论立场的强化具有参照意义。

在知识考古学的立场和方法论中，福柯提出，在人文社会科学领域，一种概念的形成是以一种“概念家族”的形成存在的，“概念的历史不是一砖一石构造起来的建筑”①，概念的形成是一种组织化的过程，这种组织化的过程既包含连续性的形式，即意义的假设与证明的从属关系、判断与批评的从属关系，还包括非连续性的形式，即我们借以组合意义陈述的各种不同的修辞模式。福柯以古代博物馆学为例，探讨有关博物馆研究的概念的生成和意义展现方式。他认为17、

① ［法］福柯：《知识考古学》，谢强等译，生活·读书·新知三联书店2007年版，第60页。

18 世纪的博物馆研究没有使用与 16 世纪相同的一些概念，是因为在博物馆的研究中，一些旧的概念如种、类、符号改变了用法，而与此同时另一些概念出现了，特别是在 17 世纪的研究中，那些影响和支配概念意义陈述的总体布局发生了变化，所以 17、18 世纪的博物学不是对以往的概念下新定义并引进新的概念，而是重新厘定概念的从属关系和总体规律，“那些可以起概念作用的循环成分在这个总体中得到分配”。①

福柯的知识考古学研究启发我们，在中西文论和美学的关键词研究中，我们不能把关键词仅仅理解为一个概念，不能把关键词研究仅仅定位在概念的解释和分析上。关键词首先具有复杂的理论内涵，其次这种理论内涵在某种社会思想历史中会发生延展性和变异，有时这种延展和变异还是超出那种线性的历史观和总体性的历史观的，是在时间之外的空间内涵的变化，这就需要我们在中西文论和美学的关键词研究中要重视小历史、小角度、细孔径，这决定了中西文论和美学的关键词的研究不是作为一种普遍的知识论研究，而是作为方法和思想的研究，作为方法和思想的关键词研究在具有的批评实践应用中会有不同的影响与表现。

三　作为文化批评传统的“关键词”研究

作为一种文化批评传统的关键词研究还兼有学理性与实用性特征。在既定的学科范围内，关键词研究一般有学科指南和理论入门的特征，所以在一般研究者看来，关键词研究突出的是概念的历史，这种概念的历史有它的实用性，可以作为学术研究的工具书与入门著作。

---

① ［法］福柯：《知识考古学》，谢强等译，生活·读书·新知三联书店 2007 年版，第 61 页。

在理论形态上，关键词研究往往是以点带面，主线鲜明，通过关键词条内涵的厘清与疏通，在把握某种理论流派及思想脉络方面清晰明了。但值得注意的是，真正意义上的关键词研究绝不能仅限于理论指南和入门研究的层次，它还需要深刻的学理支撑。关键词研究表面看来是对词条的解释，其实更主要的是揭示词条和概念的外延发展，关键词研究的背后是概念史、思想史、理论史和学术史。这方面的研究既是文论和美学研究的初始工作，是基本的学术训练与思维能力的体现，更是展现理论建构与发展研究不可或缺的内容，处于问题研究与学理研究的核心层次。

文论关键词的这种学理性诉求在文化研究中如此，在中西文论和美学研究中有更加明显的表现，特别是中国古代文论和美学中的某些关键词，如意境、意象、神思、兴会、风骨、缘情、风教、气韵、形神、妙悟、感兴、格调、神韵、比兴等，这些词汇兼有知识论和本体论内涵，说白了这些概念和范畴的研究本身就是问题和学理所在。这些关键词毫无疑问具有它们本身的析出背景，对这些概念和范畴的研究，除了知识论和方法论层面的把握外，还需要学理层面上的文化思维研究和哲学语境层面上的理论化用研究。谁提出了这些概念，在哪部中国古代文论和美学著作中使用了这个概念，后来是如何发展的，这种线性历史的研究是初步的，但仅限于此还不够，还需要更深刻的文化思维方式和哲学本体研究，这就上升到了学理层面。冯友兰先生在概括中国哲学的思维特点时说："中国哲学的语言何以是提示性的而并不明晰。它不明晰，因为它不代表用理性演绎得出的概念。"① 冯友兰将这种不明晰的哲学语言概括为"文约意丰"，而在宗白华先生看来则能够体现生命律动和美学精神，如何从关键词的研究见出生命律动和美学精神，恐怕除了概念和关键词本身的研究之外，思维空间

① 冯友兰：《中国哲学简史》，生活·读书·新知三联书店2014年版，第36页。

的历史拓展和哲学思想通透把握仍然是关键，这一点相比西方文论和美学的关键词研究更加具有特别的理论难度。

作为一种文化批评传统的文论关键词研究不仅对中西文论和美学的基本问题研究具有普遍性意义，同时，对批评史和美学史的重新建构也具有积极的价值。文化研究与文论批评的关系本身比较紧密，西方文化研究的理论与方法有很多直接涉及了文论与批评。从理论的形态和发展变化的角度而言，文学理论是社会文化系统及其思想发展中的一部分，在社会思想的演进中，关于文学的观念、概念、范畴以及形成的系统化规律化的认识，即我们通常所说的“理论”，离不开社会思想的生成性和审美化的表达。正像华勒斯坦所说，“知识是通过社会而构成的，这意味着更有效的知识也将通过社会而成为可能”。[①] 文论和美学研究更是如此。在这个意义上，批评史和美学史的重新建构也涉及了关键概念和范畴的重新梳理、研究。特别是在当代语境和当代问题视野下，作为一种文化批评传统的文论关键词研究对于批评史和美学研究的意义在于它有助于破除那种过于体系化和系统化的文论话语研究，对美学和批评回归具体问题研究具有积极的引导作用。在以往的研究中，人们往往习惯于那种遮蔽了具体概念和范畴的体系性话语，导致的结果是美学和批评悬浮在各种宏大叙事理论之后，但具体问题和概念系统阐述往往被忽略。引入关键词研究的美学和批评的目的就是要弥补文论和美学研究的这种理论高蹈态势，促使文论研究回到具体文学问题。关键词研究本身不是目的，关键词的研究在方法论的层面上最终展现出的是以词带论、以词考论、以词论辩的过程，其研究主旨是呈现词语背后的思想和文化。作为文论和美学的基本问题，每一个关键词的研究都内在地指向了一种概念

---

① ［美］华勒斯坦等：《开放社会科学》，刘锋译，生活·读书·新知三联书店1997年版，第100页。

史的生成过程，这种概念史的生成背后又是复杂的社会文化意义与价值的形塑过程，在对这些基本概念的清理与重新梳理的过程中，会重新贯穿起中西文论和美学的问题领域，引发的理论探讨空间也必将是丰富的。

创伤与记忆：文化记忆的历史表征与美学再现

自从美国社会学家、文化理论家杰弗里·亚历山大提出他的创伤理论以来，关于文化记忆与创伤研究就成了当代文化社会学研究中的焦点之一。亚历山大认为："创伤并非自然而然的存在；它是社会建构的事物。"① 亚历山大的创伤理论强调文化创伤建构中的社会属性，创伤研究具有融入一定社会思想文化的文化记忆特征，他的这一理论观念对文学叙事中的创伤体验与创伤研究具有重要的理论启发，文学叙事中的创伤体验毫无疑问也无法忽略或剔除某种社会建构的属性特征，特别是某些具有个体体验续写特征的创伤叙事，更是一种受社会文化建构制约的文化记忆形式。因此，从创伤叙事入手，探讨文学叙事层面上文化创伤建构的社会属性，超越个体文学书写的经验现实，才有可能重构文化记忆的历史与现实，走向具有人类属性的文化创伤研究。

一　从创伤叙事到文化记忆

在文化研究理论中，文化记忆和文化创伤研究是一个重要的理论方

---

① Jeffrey C. Alexander, "Towards a Theory of Cultural Trauma", Jeffrey C. Alexander (ed.), *Cultural Trauma and Collective Identity*, University of California Press, 2004, p. 2.

向。文化创伤理论的代表人物是美国社会学家、文化理论家杰弗里·亚历山大。2004 年，在他编辑出版的论文集《文化创伤与集体认同》中，亚历山大提出："当个人和群体经历了可怕的事件，在群体意识上留下难以磨灭的痕迹，成为永久的记忆并且无可逆转地改变了他们的未来，文化创伤就发生了。"① 相比人类历史发展的前现代现实，20 世纪人类社会发展毫无疑问凝聚了太多亚历山大所说的创伤记忆，"奥斯维辛""南京大屠杀"等战争创伤早已将这种文化创伤理论映照进现实，关于"文革"的政治创伤记忆也长久地成了几代人不可磨灭的文化记忆。面对这些文化创伤记忆的反思有多种角度，像奥地利著名社会学家康拉德·洛伦茨在他所著的《文明人类的八大罪孽》中，从现代社会和文明发展的角度进行反思是一种形式，他强调现代社会发展中的"文明罪孽"，认为 20 世纪威胁人类生存的种种危机，包括生命系统的机能障碍、人口爆炸、生存空间的破坏、追逐金钱过程中的恐惧性忙碌、"快乐刺激"中情感的暖死亡、否定传统后的文化危机、现代大众传媒的"灌输危机"等，这些"文明罪孽""不仅使人类的现代文明出现种种衰竭征兆，而且使整个人类'物种'面临着毁灭的危险"。② 俄国思想家别尔嘉耶夫的内在思想反省也是一个重要的角度。面对 20 世纪的社会文化，别尔嘉耶夫曾这样表达他的体验："孤独是我生命的基本旋律，我时感自己十分孤独。但依从自己的积极性和战斗性，我又周期性地进到现实的众多领域中去。然而现实总那么令人沮丧，幻灭感总时时折磨着我。"③ 在 20 世纪中国文学叙事的层面上，对文化和历史的创伤体验，可以说像康拉德·洛伦茨的关

---

① Jeffrey C. Alexander, "Towards a Theory of Cultural Trauma", Jeffrey C. Alexander (ed.), *Cultural Trauma and Collective Identity*, University of California Press, 2004, p. 1.

② [奥] 康拉德·洛伦茨：《文明人类的八大罪孽》，徐筱春译，安徽文艺出版社 2000 年版，第 224 页。

③ [俄] 尼古拉·别尔嘉耶夫：《人的奴役与自由》，徐黎明译，贵州人民出版社 1994 年版，第 10 页。

于“文明罪孽”的外向反思和别尔嘉耶夫式的内省式反思兼而有之，正是在这个意义上，文化创伤与文化记忆研究成了中国文学研究中的一个崭新课题。

在20世纪中国文学经验中，关于战争、杀戮、饥饿、死亡、苦难等创伤叙事文本屡见不鲜。20世纪初鲁迅的“幻灯片”事件可以说是中国现代文学创伤叙事的代表，稍后萧红的《生死场》也具有个体和族群意义的创伤叙事特征，20世纪七八十年代的“伤痕文学”“文革文学”更是将创伤叙事引向高潮。90年代以后，无论是世界范围内，还是中国文学艺术中的创伤叙事更是屡见不鲜，《辛德勒的名单》《美丽心灵》《金陵十三钗》《归来》等一批艺术作品再度引发文化创伤和历史创伤创作和研究的高潮。在这些创伤叙事文本中，既有民族创伤的伤痛，也有政治的悲剧，当然更不乏表征历史和政治悲剧的个人化的创伤叙事维度。确实，中国现代文学的很多文本叙事似乎都能归结到创伤叙事上来，但在这些创伤叙事中，可以说叙事的过程与结果最终大同小异，难以真正深入到文化记忆的层面。关于战争、杀戮、饥饿、死亡、苦难等文化创伤记忆的历史该如何被书写，历史创伤该怎样表达，或者说，在今天该如何被记忆，一直以来都是中国文学的叙事研究没能很好解决的问题，同时也是在思想和文化层面有待深入的东西。

一个个体乃至群体的创伤从它发生，到成为永久的记忆，到最终产生不可磨灭或用亚历山大的话说成为“不可逆转”的文化记忆，这其中个体以及群体书写该如何有效恰当地表达？社会文化起到了怎样的建构作用以及传承作用？又如何让它跃出纯粹的创伤书写的层面而真正在一个社会的知识、理论、文化构成中起到历史和政治警醒的功能，这是我们应该认真思考探究的。比如说，在中国文学叙事中，其实并不是所有的创伤体验都能成为文化创伤的内容，也不是所有的创伤体验最终都能够上升到文化记忆的层面。创伤叙事如果没有经过一个充分的社会化和公众化的过程，个人的创伤经验不但无法得到群体性的认同，更无法得到恰当的政治评价，像莫言在《蛙》中所说：“写作时要触及心中最痛的地方，要写人生中最不堪回首的记忆。”[①]这种书写人生不堪回忆的“苦难史”叙述，如果不经过社会美学和公共文化的中介表达机制，是无法得到时代和群体认同的，更无法发挥应有的政治和文化价值。另一个值得关注的文本是当代作家虹影的小说《饥饿的女儿》。在这部作品中，社会个体的记忆因素在文本叙事中连续呈现，但它是一种有选择的创伤记忆，基本停留在讲述“苦难家史”的层面上，还没有深入涉及文化和思想的记忆语境，只满足了文本书写层面上的创伤叙事的必要。类似《蛙》《饥饿的女儿》这样的作品，都有点儿对文化创伤记忆“反过来讲”的意思，它们都不同程度地停留在历史如何造成了不堪回首的创伤记忆的层面，也就是说，它们都是在一定规范中讲述创伤的故事。作为一种文化记忆的内容，在一定规范中叙述苦难与创伤固然重要，但更重要的还是历史语境的再现与反思。正是在这个层面上，亚历山大的理论对文学的创伤叙事有重要的启发。在亚历山大看来，从自然的创伤到文化的创伤记忆，二者有很大的区别，无论是《饥饿的女儿》还是《蛙》，这些作品基本上还是停留在自然创伤的书写层面上，还没有上升到亚历山大所说的群体记忆与文化认同层面，更缺乏某种权力架构下的政治悲剧反思。从这个角度，我们可以说，创伤叙事引发的个体自然创伤体验正体现了中国文学叙事的危机，即创伤叙事体现了一种有选择性的文化记忆方式，缺乏群体性的认同和文化记忆层面上的政治反思，缺乏从自然创伤到文化创伤的文化、政治、制度等方面的中介表达机制的洗礼，这样的叙事惯性造成了一种极为恶劣的叙事影响，那就是在这些文本

---

① 莫言：《蛙》，作家出版社2012年版，第185页。

中，好像每个时代的创伤记忆都来自历史宿命与偶然伤害，从创伤叙事到文化记忆，仍然缺乏能够触及一个时代的心灵烙印和灵魂深处的全面反思。

二　文化创伤与苦难叙事批判

苦难叙事毫无疑问具有文化创伤的思想特征，它是一定历史时期文化记忆重要的历史表征和美学再现方式，在文学叙事中，通过苦难叙事，有利于将某个特定时代和历史中的创伤记忆以审美化的方式再现出来，从而构成了审美维度上最富有感染力的文化记忆要素。苦难叙事更容易引起人们的同情与回忆，它所蕴含的叙事张力曾是很多优秀的文学艺术作品竭力表达的主题，正所谓幸福的故事好听但难写，不幸的遭遇更容易让人印象深刻。正是在这个意义上，很多经典之作秉承“幸福的家庭是相似的，不幸的家庭各有各的不幸”的叙事美学，从而使苦难叙事一而再再而三地成为作家艺术家笔下屡试不爽的叙事武器。但是，从文化记忆的理论来看，仅仅从苦难层面上展现某种创伤是不够的，在苦难层面上建构创伤记忆在叙事伦理中或许是恰当的，但在文化记忆的层面上，缺乏政治伦理考察的苦难叙事则极有可能简化创伤，最终使苦难叙事仅仅构成了文化记忆的浅表层诉说，而缺乏深刻的美学再现仪式。典型的如，电影《一九四二》提供给我们的就是这样一种苦难叙事模式。在这部电影中，关于一群饥饿的人的苦难叙事收获了大量观众的热情关注，但仔细思量，这种苦难叙事的最终指向是苍白的。因为它仅仅从一种历史再现的层面上诉说苦难事件，而淡化乃至过滤掉了更深刻的历史和政治反思，饥饿是天灾还是人祸不但毫不涉及，而且以极为浓烈的片段化的饥饿场景化解了历史反思和政治批判。在这个意义上，这部作品是缺乏政治伦理的。在电影中，也表现以蒋介石为首的南京政府如何救灾不力，国民党军阀如何趁火打劫、巧取豪夺，但这些政治层面上的叙事目的是增添叙事中的苦难成分，而不是这部作品的真正美学表现，说白了，电影还是停留在苦难叙事的历史偶然层面，缺乏关于文化、政治和思想的反省层面，更缺乏亚历山大所说的“永久的记忆”的内容，它是被简约化和过滤后的苦难叙事，是一种缺乏政治伦理而直面阐释背景的困难叙说。

与电影《一九四二》中的苦难叙事相得益彰地简化苦难和文化创伤记忆的则是时下文化艺术发展中的某些极端个案，典型是各种“抗日神剧”和“鬼子片”。如果说类似电影《一九四二》的作品是以简约化的苦难叙事规避文化和政治批判与反思的话，那么，各种“抗日神剧”则千篇一律地在简化苦难甚至逃避文化记忆。时下各种“抗日神剧”叙事仅仅在于满足感官而造成了非常严重的文化创伤缺失的结果，在各种“鬼子片”中，普通民众很容易在快感消费中走向创伤记忆的“一体化”观感，即从“鬼子片”对中国人的杀戮到日本军人被神奇的中国军人“手撕”的观感，其创伤体验是从咬牙切齿地恨到痛快淋漓地虚假释放的过程，最后被简化的是战争的创伤、民族的创伤乃至人类的创伤，被消解的是民族与文化的政治批判。这与鲁迅当年的“幻灯片”事件何其类似，鲁迅聚焦的不是杀人的日本人，也不是被砍的中国人，而是无意识地麻木的民族魂魄，现在来看这就是一种典型的文化创伤的缺失；时下各种“鬼子片”聚焦的是被“手撕”的“日本兵”，体现的是一种对文化创伤消费需求而导致的“围观效应”。

20 世纪的一百年充满了战争、杀戮、饥饿、苦难，在这个危机动荡的百年中，中国文学不缺乏苦难叙事的历史症候，但从苦难叙事向文化记忆迈进，仍然需要更深刻的政治伦理方面的思考。所谓“政治伦理方面的思考”就是要辨析哪些创伤事件是自然的个人创伤事件，哪些创伤叙事是政治和制度的悲剧。在个体创伤和群体文化记忆之间，超越个体乃至民族层面的那种有选择的苦难和创伤书写才是值得被铭写的文化记忆。文化记忆区别于苦难叙事，就在于苦难叙事更多的体现社会个体艰难时世层面上的“有选择记忆”，如何避免这种“有选择的记忆”，是文化记忆研究值得借鉴和反思的内容。特别是在今天，苦难叙事和创伤叙事几乎成了文学的主流话语，这种主流话语在很多层面上是为了感官消费的需要，而不是文化记忆的责任，而真正意义上的文化记忆一定是那种超越创伤叙事和感官化和视觉的“围观效应”的。

三　超越建构性的文化记忆：文化创伤与“见证”

从文化研究的视野来看，文化记忆研究包含的问题非常广泛，苦难叙事和创伤叙事既是文化记忆的一种重要的文化样式，同时又是它的内在建构的起点。但文化记忆研究如果仅仅停留在建构性的层面上仍然是不够的，建构性的文化记忆形式很可能将文化记忆陷入某种情感主义状态之中，从而过滤掉来自政治、制度和社会演进层面更为丰富的文化面相，这也正是文化记忆理论需要更深刻地引入哲学、社会学、心理学和政治学等文化要素的原因。在引入这些文化要素的过程中，关于文化创伤和文化记忆研究有一个很重要的理论维度或思想维度不容忽视，那就是文化记忆研究中的“见证”理论。“见证”理论同样来自亚历山大，在亚历山大看来，在某个特定的历史时期，由于构成文化创伤和文化记忆的要素极为复杂，有时甚至是变动不居，社会属性的参与有时不一定完全能够把握每个时代的文化记忆的主体特征，这就需要某些特殊的主体、事件或场景再现创伤记忆，从而构成某种“见证”。“见证”是形成永久记忆的必要形式，同时也是文化创伤研究的重要内容。

在文化记忆和文化创伤的研究中，由于“见证”理论的引入，使文化创伤和文化记忆研究具有了超越简约化叙事化的延展空间，同时也会避免由于某种“集体遗忘”而造成的某些重要的文化事件遭到政治的粗暴抽离。正像有的研究者说的那样，“创伤记忆通过创伤见证、讲述和倾听的方式在家庭、集体中传播，社会因素为创伤记忆塑造了社会框架和文化语境，并引发或内在地塑造了个人记忆和身份”。[①] 在文化创伤和文化记忆的视野中，关于奥斯维辛、南京大屠杀、抗日战争等世界性的文化创伤记忆都离不开这种“见证”的功能。“见证”文化的意义就在于使文化创伤与记忆能够有效地突破某种区域限制、政治抽离以及主流意识形态的遮蔽，历史的真实景象可以通过“见证”的过程而揭示出来，从而还原关于文化创伤的真实面目。

在创伤叙事的文学研究层面上，“见证”文化同样不可缺失。陶东风先生就指出：“从文化记忆的理论看，见证文学即是创伤记忆的一种书写形式，是通过灾难承受者见证自己的可怕经历而对人道灾难进行见证的书写形式。”[②] 在他看来，这正是“见证文学”对文化记忆所起到的重要的政治伦理和制度悲剧的反思功能。从创伤叙事到文化记忆，需要见证文学的引入，这其实也是一个创伤叙事不断“被见证”的过程。因为在“见证”文学的有效引入下，文化创伤和文化记忆研究需要破除的正是那种简约化的创伤叙事形式，再拿时下的各种“鬼子片”而言，在“见证”文学的引入中，就是要深入思考，在某种历史表征下，民族的创伤究竟是怎么形成的？有没有文化的要素值得深刻反思？如何在深刻的文化反思的层面上再现民族创伤？从这个角度而言，“叙述”创伤显而易见远不如“见证”创伤更具有集体认

① 王欣：《创伤叙事、见证和创伤文化研究》，《四川大学学报》2013 年第 5 期。

② 陶东风：《文化创伤与见证文学》，《当代文坛》2011 年第 5 期。

同的效应。所以，无论是“南京大屠杀”的民族灾难的创伤记忆，还是时下各种“鬼子片”中的文化创伤书写，如果缺乏“见证”文化的维度，就缺失了文化记忆必要的记忆载体，也失去了来自历史表征和美学再现的矛盾和冲突，没有了这种矛盾冲突，文化记忆就会产生很大的断裂感。

四　文化记忆：从创伤美学到跨学科文化

“见证”文化为超越建构性的文化记忆研究提供了重要的记忆载体，使创伤记忆有可能超越个体化、建构性的文化形式而凝定为永恒的记忆。但在创伤叙事面前，值得我们进一步追问的是，当这些“见证”的资源或者说个体已经不在了之后，我们如何去表达文化创伤进而形成有效的文化记忆？这对中国目前文化界或者说思想界来说，是一个非常具有警示价值的问题。就“南京大屠杀”的个案而言，在当下文化记忆的“见证”资源越来越稀薄之后，它有可能被简约成中国现代历史政治巨变的一种“遗迹性创伤”，而不是文化记忆。这种“遗迹性创伤”承载的更多是民族国家层面的历史伤痛和仇恨之感，进而引发民族国家层面上的集体认同。不排除这些是中华民族关于“南京大屠杀”的文化记忆的当然内容，但是，过于强化这种民族国家层面上的记忆内容，也会使它的文化记忆中的某些复杂的历史和政治内容被稀释，比如身体创伤的隐私、个体的尊严以及民族、文化层面上的必要反思，一种文化记忆如果缺乏这种最起码的民族与个体尊严的反思，即便在有效的“见证”文化之后，这种文化记忆也有可能是片面的，甚至是狭隘的。

正是在这个意义上，文化创伤和文化记忆需要立体呈现。所谓“立体呈现”就是思考，如何在充分吸收多角度多层面的历史背景、知识背景和记忆方式之后，不断跨越民族、地域、阶级和国家限制，走向人类视野的文化创伤记忆研究。就像我们面对“南京大屠杀”，仅仅满足于民族、国家层面的文化创伤研究，甚至是某种地域性的文化记忆研究，那肯定是不够的。这种跨越民族、国家、地域限制，走向人类视野的文化创伤记忆研究，正是目前文化记忆理论的跨学科研究方向。这种跨学科方向强调对某种文化创伤事件的全面叙写和立体讲述，要在破除线性历史叙说模式的基础上，借助媒介发展，综合融入历史学、社会学、人类学、情报学、考古学等多学科的历史，真实呈现文化创伤与文化记忆，特别是通过某些战争遗迹的发现、当事人讲述以及历史档案的重新发掘，增加文化记忆的历史厚重感和历史现实感，更重要的是通过媒介文化的引入，特别是媒介史研究的新发现，跳出线性叙述的历史视角，更深刻地展现某种文化创伤事件的历史文化表征，从而“把一般意义上的历史研究上升到历史文化的系统观照”。①

跨学科的文化记忆理论展现了文化记忆研究的纵深视野，呈现出多重思想资源影响下创伤叙事的政治伦理的回归，它让某种创伤记忆超越纯粹个体层面和苦难叙事层面，上升到人类学反思的高度。在这个过程中，媒介文化的引入，特别是媒介史的研究成果起到的作用是不可忽视的。首先，媒介文化的发展与媒介史研究视角的引入，会让文化记忆的传播途径更加丰富，特别是借助某些特定文化事件的反思感受，媒介史研究成果的发现可以让文化记忆超越某些意识形态厘定的叙事框架，走向“反抗叙事”；其次，新兴媒介文化的引入，使文化创伤和文化记忆本身成了一种不可或缺的文化资源，借助媒介，在种种“见证”文化的影响下，人们对某些创伤记忆的过程更加立体，不仅仅在历史曾经发生了什么的层面上记忆，而且不同媒介记录的见证差异增加了文化创伤和文化记忆的政治伦理层面上的反思。这种跨

① 陈卫星：《战争·记忆：媒介史研究的方法论》，《中国社会科学报》2015年3月9日。

学科的文化记忆方式既是一种重要的文化资源，同时也是一种新的文化理论。

在很长的历史时期内，我们对于文化创伤和记忆更多地停留在线性历史叙述的层面上，满足于一种凝固的历史述说。要打破这种“凝固化”的视角单靠苦难叙事和个体创伤呈现是不够的。文化记忆理论的跨学科视野可以很好地弥补这种文化记忆研究的缺陷，它的意义在于超越创伤美学而走向文化记忆的跨学科文化。比如关于抗日战争、南京大屠杀、“文革”的研究，在创伤美学的层面上，线性历史叙述简化文化记忆的痕迹是非常明显的，这种线性历史叙述更多的告诉人们历史曾经发生了什么，而对于历史事件是如何发生的，现在我们该如何反思、如何批判？线性历史叙述要么走向历史的说教，要么走向民族国家的情感聚集，而很难达到群体性文化记忆的层面。那种凝固化的创伤美学研究的缺陷则是容易流于个体化的文化记忆，这种个体化的文化记忆常见于个体创伤“抢救性”的“现身说法”，但是，当这种个体记忆的资源日趋稀薄之后，那种永恒的文化记忆仍然是难以留存的。正是从这个层面考虑，当代文化创伤和文化记忆研究需要进一步超越既往苦难叙事的简约化叙事路径，更需要超越审美化的记忆方式，在文化记忆的层面上，简约化和审美化的叙事对于文化记忆而言只可能是一种潜在的激发性因素，但如何从这种激发因素中发现更深层的批判和反思的空间，恰恰是当代文化记忆研究需要深入思考的难题。正是在这个意义上，对中国当代文化研究而言，走向跨学科文化的文化记忆研究是我们所期待的。

中　编

当代文论研究中的“中国经验”与问题

文论“失语症”与当代中国文论的价值重估、原创推动

在当代文论研究中，文论“失语症”的讨论是受到较多关注的问题。从1995年曹顺庆教授提出这个问题以来，相关学术讨论与论争已经持续了二十多年，引起了强烈的反响。这个问题的提出恰逢20世纪末中国文论研究的全球化视野逐步打开之际，也是对20世纪以来中国文论进行价值重估的重要契机，可以说，问题的提出和讨论的初衷具有较为明显的理论前瞻性和总结性。如今二十年过去了，文论“失语症”所触及的问题及其相关思考仍然值得进一步深入，在当代，中国文论如何吸纳中国优秀传统文化资源，实现中国传统文化的创造性转化与创新性发展，仍然是我们的一项重要的理论任务。如何有效批判借鉴西方文论，吸收西方文论的有效潜能，走出当代文论研究的原创焦虑，这也是摆在我们面前的一项艰巨任务。当代文论“走出去”、文论对话的愿望虽然强烈，但无论是“走出去”，还是理论对话，都要依赖我们自身的学术研究资质和理论对话能力，面对中国传统文论的文化资源和美学精神，面向全球化时代文论研究中的本土性论争，中国当代文论研究需要有恰当的思路、切实的理念和有效的方案，重提文论“失语症”的问题，也应该具有更加具体有效的文论研究方向和观念。对待

文论“失语症”的问题，应该走出那种诊断式的情绪判断和“如何以及是否可能将中国古代文论的范畴概念直接应用于现代批评”的简单思维，应该思考如何凸显文论“失语症”研究作为一种反思话语和价值重估的策略方式，让文论“失语症”讨论所展现出的本土情怀、实践导向与理性意识融入当代文论大发展和大格局，打破传统文论与现代文论、中国文论和西方文论以邻为壑的状况，消除阐释间隔，这是影响当代中国文论价值重估、原创推动和阐释深化的重要问题。

一　文论“失语症”与反思话语的出现

从“失语症”的角度重估当代中国文论是当代文论研究中的重要问题。作为一种反思话语，文论“失语症”所提出的问题不仅仅是一种阐释的焦虑，更包含了当代文论研究在价值重估、原创推动和阐释深化方面的努力。这种研究努力不是追求一种“直接应用式”的概念再生或范畴再生，而是强调传统文论精神和美学要义与当代文论话语的融通。由于历史和现实的原因，中国文论、西方文论和当代文学批评实践的阐释裂隙不可避免，文论“失语症”的反思研究不能停留在全球化或本土化的单一维度的论争上，价值重估的目的和目标是促使当代文论话语更具批评实践意义和更加令人信服。在学理上和评判基点上，要避免让文论“失语症”所提出的问题仅仅变成一种原创推动的焦虑和设想，推动文论“失语症”的讨论从“焦虑论”向“原创论”、“应用论”向“融通论”、“建构论”向“实践论”的转变，避免当代文论话语重复抽象化的理论建构，是文论“失语症”研究的关键所在。

文论“失语症”的问题最早是作为一种反思话语出现的。我们可以看看这种观点最早出现的状况，1995 年，曹顺庆教授发表《21 世纪中国文化发展战略与重建中国文论话语》，提出21世纪即将来临，“如果说20世纪是东西方文化剧烈冲突、碰撞的世纪，那么21世纪或许将是一个东西方文化对话、交融的世纪。世界在走向多元化，中国也正在走向世界”。① 基于这样的认识，他提出，在东西方文化交流不断发展的21世纪，中国文论融入世界文化的大发展，必须重建中国文论话语，这个重建，就是要走出过度依赖西方文论话语的状况，“清理并正确认识中国传统文论话语，认识中国文论所独具的话语模式与特色，并从中发现其生命力和理论价值之所在”。② 在这篇文章中，曹顺庆教授还没有明确提出和使用“失语症”的概念，但已经提出了中西文论的差异和重建中国文论话语的主张。1996年，他发表《文论失语症与文化病态》，正式提出文论“失语症”的问题：“当今文艺理论研究，最严峻的问题是什么？我的回答是：文论失语症！长期以来，中国现当代文艺理论基本上是借用西方的一整套话语，长期处于文论表达、沟通和解读的‘失语’状态。”③ 在他看来，中国现当代文坛，没有自己的理论，没有自己的声音，“我们根本没有一套自己的文论话语，一套自己特有的表达、沟通、解读的学术规则。我们一旦离开了西方文论话语，就几乎没办法说话”④。他指出，造成这种失语的原因在于中西方文论剧烈碰撞中对传统文化的否定所造成的民族心态上的失衡，“由于长期的文化虚无主义和长期的文化话语的失落，使人们习惯于用西方文化与西方文论的价值标准来判断中国文学与文论，产生了价值判断的扭曲”。⑤ 此后，在一些论著中，曹顺庆教授不断深

① 曹顺庆：《21世纪中国文化发展战略与重建中国文论话语》，《东方丛刊》1995年第3辑。

② 曹顺庆：《21世纪中国文化发展战略与重建中国文论话语》，《东方丛刊》1995年第3辑。

③ 曹顺庆：《文论失语症与文化病态》，《文艺争鸣》1996年第2期。

④ 曹顺庆：《文论失语症与文化病态》，《文艺争鸣》1996年第2期。

⑤ 曹顺庆：《文论失语症与文化病态》，《文艺争鸣》1996年第2期。

化和完善他提出的文论“失语症”的问题[①]，文论“失语症”的问题也成为当代文论研究中一个重要的“话语事件”。[②]

文论“失语症”引发了学界的热烈讨论，各种观点不一而足，其中不乏针锋相对的讨论意见，曹顺庆教授也适时做出了理论回应。[③]在讨论中，较为集中的问题主要在三个层面：一是如何有效吸纳中国传统文论资源，如何激活中国古代文论的生命力以实现文论传统的更新；二是如何对待西方文论的有效参照问题，特别是如何在中西文论的不同阐释理路和方式中找到合理的路径，使中国现当代文论既有效吸收西方文论资源又走出片面依赖西方文论的状况；三是如何重建中国文论话语，实现中国现当代文论话语的合理有效的建构。可以说，每一个层面所涉及的问题都很多很复杂，问题之争、策略之争和方案之争错综交织，难以形成普遍性的共识，很多问题有进一步探讨的空间，到今天一直都在学界的关注视野之内。

作为一种反思话语，文论“失语症”提出的是对当代文论发展的整体性发展的问题，有进一步深化阐释以形成理论共识的必要，其中对中国传统文论资源的继承发展问题是焦点。曹顺庆教授在回应相关讨论时指出，中国古代文论在现当代文论中处于一种“非话语”的状态，“中国文学理论之所以创造乏力，并不在于中国人不敢创造或不能创造，而正在于它中断了传统，被人从本土文化精神的土壤中连根拔起；而传统中断的内在学理原因，则在于传统的学术话语没有能够随着时代生活的发展变化而及时得到创造性的转换，因而在新的时代

---

① 曹顺庆、李思屈：《再论重建中国文论话语》，《文学评论》1997 年第 4 期；曹顺庆：《再说“失语症”》，《浙江大学学报》2006 年第 1 期；曹顺庆：《当代西方文论话语反思与中国文论话语建设》，《人民论坛 · 学术前沿》2017 年第 22 期；曹顺庆、靳义增：《论“失语症”》，《文学评论》2007 年第 6 期，等等。

② 李艳丰、段吉方：《再论中国文论“失语症”问题——一个“话语事件”的理论反思》，《中国文学研究》2014 年第 4 期。

③ 曹顺庆、靳义增：《论“失语症”》，《文学评论》2007 年第 6 期。

条件下失去了精神创生能力，活的话语蜕变为死的古董，传统精神的承传和创新也就失去了必要的手段，这就是我们所说的当今文论的严重'失语症'"。[①] 在后来的几篇文章中，他仍然在重申，之所以提出中国文论的"失语症"问题，是基于中国文论发展中传统的中断以及本土文化精神的缺乏所造成的理论困境。从文论"失语症"的提出，一直到今天的中国当代文论建设，这一理论认识仍然具有积极的价值，较为鲜明地指向了中国现当代文论发展的具体问题。中西文化与美学研究对待传统的方式不一而足，既有像法国文学理论与批评"年鉴学派"那样的方式，也有英国文学理论批评对待马修·阿诺德和李维斯主义那样的方式，即使是中国现当代文论，像宗白华、朱光潜、李泽厚等学者，都把中国传统文论和美学精神作为一种重要的学理资源，并在具体的文艺理论批评实践中深化和发展了这种传统。在文论研究层面，传统既是一种影响的焦虑的来源，也像艾略特说的那样是一种特有的"历史意识"，这种历史意识不仅是历史的，也是"一个批评的原理，美学的"，[②] 所以艾略特提出，对于传统"不但要理解过去的过去性，而且还要理解过去的现存性"。[③] 无论学界对文论"失语症"持什么看法，在对待中国传统文论资源上它提出了一个重要的问题，并展开有效的探索方案，这一点对中国现当代文论建设是有启示意义的，在讨论文论"失语症"的问题中，曹顺庆教授强调通过传统文论精神与审美风尚的有效结合，在话语实践的层面上展现能够有效把握当代文学经验和批评现实的理论话语，这无疑是一种值得思考的方向。

在文论"失语症"的讨论中，较为集中地涉及了西方文论的评价

---

① 曹顺庆、李思屈：《再论重建中国文论话语》，《文学评论》1997 年第 4 期。

② ［英］T. S. 艾略特：《传统与个人才能》，卞之琳译，见赵毅衡编选《"新批评"文集》，百花文艺出版社 2001 年版，第 29 页。

③ ［英］T. S. 艾略特：《传统与个人才能》，卞之琳译，见赵毅衡编选《"新批评"文集》，百花文艺出版社 2001 年版，第 28 页。

与有效参照问题，但并没有完全否定西方文论，而是强调警惕西方文论话语的全面移植与套用，重在如何清理话语，接续资源。曹顺庆教授在提出文论“失语症”的问题时指出，中国现当代文论话语系统中西方文论话语的概念、范畴及其话语太多了，缺失了我们自己的概念和范畴，所谓“失语”不是“不会说话”而是“说了西方的话”，他所提出的问题是如何“合理地过滤掉西方话语的偏激成分，建立起超越西方、符合本土语境的新话语”①，强调要抓住中国与西方在跨文化对话中产生理论成果的良机，“失去了文化的‘杂交优势’，这是中国文化发展的重大战略失误”。②

中西文论的阐释间隔及应用障碍向来是中国当代文论研究中的一个焦点，也是不可回避的现实。传统文论的继承与发展，中西文论的融通，也成了中国现当代文论研究的重要问题，一中一西，中国的，西方的，都包含在文论话语原创推动的问题之中。“原创”不是无中生有的人为制造，更不是闭门造车式的话语封闭，根植于自身的文化与思想传统，有效吸收外来思想文化资源，实现中国古代、西方古典和中西方现当代文论资源的整体融通才是理论原创的合理途径。原创也并非一种理论的发明，不是一提到理论的原创，就一定要发明一种人人认可的普遍理论，原创是从具体问题中展现出来的实践效应。可以说，在文论“失语症”的研究中，这种理论方向和目标是具备的，也是得到较为充分的理论探讨的，在这方面，文论“失语症”作为一种反思话语，也体现出了由“焦虑论”向“原创论”，由中西文论的“应用论”到“融通论”的转变，展现出理论研究的原创推动意识和努力，也体现了文论“失语症”研究作为一种反思话语的及时性。

---

① 曹顺庆：《当代西方文论话语反思与中国文论话语建设》，《人民论坛·学术前沿》2017年第22期。

② 曹顺庆、靳义增：《论“失语症”》，《文学评论》2007年第6期。

二　“古代文论的现代转换”与当代文论的价值重估

文论研究的价值重估包含的问题很复杂，中西文论理论呈现形态及当代价值究竟该如何厘定？内在的价值如何评价？评价的标准是什么？从不同的理论视野与阐释角度会有不同的结论。就文论“失语症”所触及的问题而言，当代文论话语的价值重估有一个重要的基点不容忽视，那就是，继承弘扬中国古代文论传统也好，吸取西方文论资源也罢，要解决及要展现的问题，都在于当代文论话语的生命力问题，在于当代文论话语把握当代文学批评现实与格局的有效性。所谓价值重估，就是重估当代文论话语的现实效力，就是重估当代文论话语理论思维和实践方式的有效性。就中国传统文论而言，它的当代价值在于它的哲学底蕴、思想底色对中国现当代文论发展的内在价值支撑，也在于它的概念、范畴、思维方式对现当代文论发展的有效启示，包括美学的、哲学的、批评的实践发展，这也是它的当代生命力所在，文论“失语症”提出的当代文论话语的价值重估就是评判分析这种生命力的根源、路径和实践方案及其可能。

在文论“失语症”的讨论中，“古代文论的现代转换”成为当代文论话语价值重估中的一个建设方案，曹顺庆教授提出的重建中国文论话语的思路也是基于这个基本方案。在《重建中国文论话语的基本路径及其方法》中，他提出：“首先进行传统话语的发掘整理，使中国传统话语的言说方式和文化精神得以彰明；然后使之在当代的对话运用中实现其现代化的转型，最后在广取博收中实现话语的重建。”①很多学者对“古代文论的现代转换”有一定的质疑，认为古代文论的

① 曹顺庆、李思屈：《重建中国文论话语的基本路径及其方法》，《文艺研究》1996年第2期。

现代转换难以实现，甚至是不可能的。为此，曹顺庆教授做出了理论上的回应，他指出，失语的“语”，“实际上指的是失去了中国文化与文论的学术规则”，他进而用“风骨”“神韵”等概念范畴来说明这一学术规则的重要性，认为这个学术规则“并不会随着‘风骨’、‘文气’、‘妙悟’、‘神韵’等范畴在现当代的消失而消失，它依然有着生命与活力，是完全可以进行现代转换，并进而发扬光大的。在当代文学艺术中，这套话语仍然可用，例如用‘虚实相生’来指导当代文学创作，指导绘画艺术、影视艺术甚至广告设计；用‘意境’理论来指导诗歌创作、环境艺术设计，为什么不可以呢？”① 中国古代文论资源和文论话语有它特有的语言、哲学和美学上的特征，像妙悟、神思、意境、意象、比兴、风骨等概念范畴，由于历史的和现实的原因，不一定完全在直接应用的层面上展现出理论概念的现实效力，但这些理论概念范畴并非没有价值。童庆炳先生就强调：“中国古代文论中的‘气’、‘神’、‘韵’、‘境’、‘味’、‘意象’、‘意境’、‘神思’、‘情采’、‘风骨’、‘比兴’、‘夸饰’、‘隐秀’、‘吟咏’、‘涵泳’、‘以意逆志’、‘感物言志’、‘睹物兴情’、‘情以物兴’、‘物以情观’、‘气韵生动’、‘形神兼备’、‘虚实相生’、‘韵外之致’、‘弦外之音’、‘景外之景’、‘情景交融’、‘物我交融’、‘独抒性灵’、‘杂而不越’等等一整套的范畴、概念，不正是与文学的价值根据——人与自然契合——相匹配的吗？我现在的理解是，中国文化是素朴的、自然的、有生命力的，其核心价值是‘天人合一’，人与自然的和谐，这难道不是现代的吗？”②

将“失语症”的问题和“中国古代文论的现代转换”联系起来在理论逻辑上是没有问题的，关键是如何将文论“失语症”所提出的问

① 曹顺庆：《再说“失语症”》，《浙江大学学报》2006 年第 1 期。
② 童庆炳：《试论中国古代文论的价值根据》，《文艺理论研究》2006 年第 5 期。

题落到实处，如何将文论“失语症”的反思落到批评实践和文论研究的具体过程中，笔者认为，这是值得当代文论研究进一步推动和发展的问题。价值重估和原创推动最终的目标和立场也应该是实践的理论和理论的实践，在这个意义上，文论“失语症”才具有价值重估的意义或者价值重估的效力。文论“失语症”与“古代文论的现代转换”所提出的问题归根结底还是中国现当代文论研究中理论话语的有效性问题，所谓理论话语的有效性，即中国现当代文论在发展中如何才能具备有效的话语阐释方式，如何改变理论言说的尴尬或者自说自话的现象，在理论与批评、理论与文本、话语与阐释的层面建立有效的联系，说得直白一点，就是文论话语如何在面向文本、批评以及阐释的过程中让人信服，真正做出有价值的思考。文论“失语症”与“古代文论的现代转换”所提出的“失语”表面看来是古典与现代、中国与西方的阐释间隔问题，但问题的实质还是指向当代，指向当代文论阐释深化的可能框架和具体过程，并进而涉及了重建中国文论的可能与方向。

三　重建中国文论的可能

文论“失语症”对当代文论话语价值重估和原创推动涉及的是当代文论研究中的“三面一体”。这个“三面”即指中国传统文论、西方文论和马克思主义文论的基本理论层面和内容，“一体”就是如何实现中国现当代文论研究的原创推动，如何展现当代文论研究把握现实问题的能力和经验。

在当代文论研究中，过去有一句说得很雄心勃勃的话，叫作“打通中西马”，很多人把它当作一句玩笑话。现在看来，这并非一句玩笑话，而确实内在地指出了当代文论研究与发展的深层次问题。当代文论研究同样面对诸多困境，实施起来有很多意想不到的难题，而且文学理论与美学研究话语如何建构，尚需进一步探究。在文论“失语症”讨论中，曹顺庆教授提出的重建方案是通过激活传统文论话语资源，重建中国文论话语。“重建”的思路包含古代文论的现代转化等一系列方案，尽管这个方案引起了一定的质疑，但正像有的研究者说得那样，古代文论的现代转化有它特定的学术文化思想方面的价值目标，即“重新建构当代中国文学理论体系，实现文论话语的本土化”。[①] 至今，这个“本土化”目标仍然是当代文论建设的有效方向，也是文论“失语症”推动中国当代文论话语价值重估的目的。

目前，文论“失语症”和当代文论的话语重建仍然吸引着学界的关注，笔者的看法是，在阐释方向和实施路径上，不一定要完全强调“重建”和“建构”，“重建”和“建构”存在某些主观的成分，要推动“建构论”向“实践论”的转变。所谓“实践论”是尽量将文论研究在理论层面上的构想和学理层面上的建设引向批评实践的具体过程，在面对具体实践过程和问题中体现当代文论话语“重建”或“建构”的思路和策略。

就当代文论研究而言，文论“失语症”与“古代文论的现代转换”的讨论都难以回避当代文学批评实践中的某些具体问题，比如理念与经验的矛盾、本质与现象的矛盾等。如何避免当代文学理论研究只从理念层面上着眼，而忽视了文学经验方面存在的弊病，是若干学术讨论都意识到的突出问题。即使暂且不论当代文论多大程度上忽略了中国传统文论资源或受到了西方文论的影响，单从横向看，当代文论研究中普遍存在体系性和实践性的不足，文学理论的诸种观念、各种概念、范畴大多成了一种文学理念的图解，而微观意义上的批评实践经验，包括曹顺庆教授提出的当代文论中仍然“活着”的“虚实相生”[②]等概

---

① 党圣元：《传统文论范畴体系之现代阐释及其方法论问题》，《文艺研究》1998 年第 3 期。
② 曹顺庆、靳义增：《论“失语症”》，《文学评论》2007 年第 6 期。

念的具体实践性批评，被严重忽视了。无论是中国古代文论的现代转换还是当代文论的话语重建，当代文论研究都要切实面对和改变这种过于强调体系性和抽象性的话语困境。理论的抽象本身无可非议，德国文学理论家伊瑟尔认为：“每个理论都包含对自己试图归类的素材进行的抽象”①，笔者认为，这种观点有一定的道理。但是，如果这种抽象的方法成为文论话语的阐释核心，特别是经过了古代文论的现代转换以及当代文论话语重建之后，文学理论研究仍然停留在各种文学理念的研究层面，理论探讨还停留在抽象话语的演绎层面，那么，这种话语重建的策略和目标就有可能是失败的。文论话语的体系性和本质性问题不可或缺，特别是作为一种理论形态的存在，当代文论话语不可避免地与哲学、美学、文学等本质主义话语有一定的思想依附的关联，因而存在着一定的体系性，这种体系性依附关联的背后是复杂而漫长的文学、哲学和美学观念的演进，是有理论依据的。但当代文论话语在批评实践的层面上不一定非得采纳和应用这种纯体系性的内容，无论是中国的孔子、老子、庄子，还是西方的苏格拉底、柏拉图、亚里士多德，他们的文学观念有对文学、哲学、美学思想的体系性依附关联成分，但在遇到具体的批评实践问题，他们的观点都是具体的、实在的，是能够在批评实践的文本分析、话语阐释中展现出来的，所以，体系性的文学思想和美学思想不能代替具体的文论话语本身，文论话语只有在具体文学现象和文学问题阐释中，才能展现出是何种话语，是否有效。也就意味着当代文论话语无论在理论层面上的研究多么周延，如果在批评实践的入口处和实践性的检验环节存在问题，文论话语的研究与建设就会陷入某种困难与阻碍。

文论“失语症”提出的问题是当代文论价值重估、原创推动的一

① ［德］沃尔夫冈·伊瑟尔：《怎样做理论》，朱刚等译，南京大学出版社2008年版，第11页。

种自我反思，这是一项涉及传统文论资源与现代批评观念的继承、整合，需要在批评实践层面上予以呼应和检验的工作；也是一项涉及理论、学理、观念、方法、批评、实践等各种研究内容充分协调完善的系统研究工程。文论“失语症”与中国古代文论的现代转化，除了是一种文论话语的反思研究之外，主要还是解决当代中国文论建设“三面一体”中的“体”的问题，即当代文论话语的有效性，这个“体”也是中国文论话语如何面向“当代”的问题。在当代社会生活发生重大变化的情况下，文论研究也多多少少呈现出一种理论失落的情绪，“理论”为什么会“失落”，归根结底在于理论的形而上特性与文论话语研究的根本目标出现了分裂，如何解决这种分裂的境况是当代中国文论话语价值重估、原创推动需要进一步研判的问题。杜绝和防范理论上的空疏与浮泛，防止各种理论资源与理论元素间的矛盾与阐释断裂，是当代中国文论话语研究的原创推动的关键所在；理论研究的在地化、话语实践的批评化、经验阐释的当代性，是当代中国文论话语研究原创推动的基本问题，也是文论“失语症”讨论给我们提供的重要启发。

理论旅行与话语归置：中国当代文论中的后现代主义话语批判

“后现代主义”（Postmodernism）是20世纪最重要的社会文化思潮之一，对当代西方文论发展产生了非常重要的影响。中国当代文论从20世纪80年代开始大范围接受西方文论，从此开始了漫长的各种西方文论在中国文论中“理论旅行”的历史。在这个过程中，后现代主义从不缺席，而且是一个非常重要的“拿来理论”，后现代主义使当代中国文论迅速加入了“理论的全球化”过程，当代中国文论则以“介绍式”“概念式”“套用式”“运动式”等话语归置方式迅速与后现代主义话语对接，使后现代主义顺利地在当代文学理论研究中实现话语应用和知识传播。在本文中，笔者使用了“话语归置”这样一个略带中性的概念，“归置”的原意是整理、归纳，所谓“话语归置”就是后现代话语与中国当代文学理论批评发展之间的某种关系的重新梳理和反思，并试图在这个层面上引入批判反思。

一 中国当代文论在何种意义上应用“后现代主义”

后现代主义最早被引入中国当代文学理论批评是在曾经引领中国

当代文化界思想界风气之先的20世纪80年代。近40年过去了，世界范围内的文学理论研究发生了重大变化，按英国文化理论家特里·伊格尔顿的说法，包括后现代主义在内的理论的黄金时代已经过去了，世界范围内的文论研究已经走向了“理论之后”。这个说法同样被中国学界广泛接受，并一度引起小范围的研究热潮。但另一方面，无论理论落潮的声音如何甚嚣尘上，我们始终没有丧失对理论的热忱。正像伊格尔顿所说：“毫无疑问，21世纪终将会诞生出自己的一批精神领袖。然而眼下，我们还在利用历史。”[①] 后现代主义就是如此。西方的后现代主义研究者早就指出：“并不存在什么统一的后现代理论，甚至各种立场之间连基本的一致性也没有。”[②] 但这并不影响中国学界在各种学术问题研究方面仍然广泛应用后现代话语。在相关的学术文章中，动辄冠以“后现代主义视野下的某某问题研究”“某某作品的后现代主义风格探究”“后现代主义背景下的某某写作”，等等。熟悉中国当代文学理论批评的学者都明白，这种研究因缺乏基本的问题意识早已过时。这种话语状况之所以存在，说明中国当代文学理论批评中，后现代主义话语已经充分符码化、学科化了，美国后现代主义理论研究者道格拉斯·凯尔纳就曾指出，后现代主义理论追随后结构主义获得了某种“话语优先”的地位，这种“话语优先”理论发展出了一种“用符号系统及其符码和话语来分析文化和社会的话语理论”，这种话语理论“把所有的社会现象都看成是依照一定的符码和规则建立起来的符号性建构物，因而适合用指意模式（model of signification）和指意实践（signifying practices）进行语言学分析”。[③] 在某种程度上，

① ［英］特里·伊格尔顿：《理论之后》，商正译，商务印书馆2009年版，第4页。

② ［美］道格拉斯·凯尔纳等：《后现代理论：批判性的质疑》，张志斌译，中央编译出版社2001年版，第2页。

③ ［美］道格拉斯·凯尔纳等：《后现代理论：批判性的质疑》，张志斌译，中央编译出版社2001年版，第33页。

中国当代文论中的后现代主义正在实践着这样一种话语理论，这种话语理论不是以问题性研究为基础和目的，而是以某种现象、话语、观点和立场的描述性为目标，最终的结果是，无论研究对象的实际意义如何，总会在一种相对较为周延的论证中赋予其某种后现代的符码意义，以这种方式，后现代话语不是具体的研究性结论，而是某种话语阐释的符码化建构的结果。

如果说，这种符码化建构是后现代主义“话语优先理论”的结果的话，那么，在中国当代文学理论批评中，导致这种符码化表征的则是后现代理论的具体应用方式。那么，后现代主义究竟是以什么样的方式应用到中国当代文学理论批评的呢？大致有“介绍式”的、“概念式”的、“套用式”的以及“运动式”的四种话语应用方式。

第一，是介绍式的。“介绍式”的话语应用方式大概是在后现代主义初步引入中国当代文学理论批评时期明显地表现出来的，但又不仅限于这个时期，即使是今天，我们仍然可以看到某些研究成果仅仅是满足于某个后现代主义理论家的观点和思想介绍。我们不否认在后现代主义理论开始引入中国时，这种“介绍式”的话语应用方式有它的理论价值和功能，特别是一些从事外国文学翻译的研究者，他们最初的理论贡献是值得肯定的。比如，最早向中国介绍后现代主义的汤永宽和董鼎山先生，他们都是非常优秀的翻译家，他们对后现代主义的介绍不是一种理论式的，而是文学评析式的，这种文学评析更多的是从文学体裁和文本的角度向中国介绍后现代主义文学的基本精神和思想风格，这种介绍是有意义的，与后现代主义的“话语优先”无关。但是后来随着后现代主义在中国被大量引进，某些“介绍式”话语就乏善可陈了，这种“介绍式”话语往往围绕某一个后现代主义理论家或理论流派的观点展开，在充分研读的基础上把某种后现代主义观念照搬进来，学界俗称“理论贩卖”，既缺乏深层观念和理论谱系的考古分析，又没有文本或作品的详细研读作为支撑，当然谈不上什么批评效果。

第二，是"概念式"的。"概念式"的话语应用方式重在有关后现代主义相关概念、范畴的清理，特别是围绕后现代的来源、背景及其理论特征做相关的理论定义，如否定性、非中心化、破碎性、不确定性、非连续性、多元化、反权威、反基础主义、反人道主义、非理性主义、非中心化，等等。做的是后现代主义的惯用语史的清理工作，这样的话语应用方式往往有失浮泛，具体性有余而问题性不足。对于中国当代文论来说，应用后现代主义不可能不涉及各种后现代主义概念、术语、范畴，但同样值得思考的是，"后现代的概念主要是概念的建构，旨在从事一定的阐释和解释工作，而非中立的描述用语"。[①] 各种理论概念应用过多而且不加辨析和学理阐释，往往造成理论研究的"夹生"。

第三，是"套用式"的。用后现代主义的各种概念术语来套用到具体的研究对象上，把后现代主义用来涵盖"从某些建筑风格到某些哲学观点的一切事物"。[②] 这种后现代话语应用方式重在描述分析，突出思想风格研究，但往往忽视具体现象的实际意义，是后现代主义理论滥用的最典型表现，无论对具体文学现象的后现代分析多么周延，但实际上"没有本质上就是'后现代的'现象"[③]。

第四，是"运动式"的。所谓"运动式"话语就是后现代研究的"一窝蜂"现象。纵观当代中国文论研究的基本格局，各种冠以后现代主义的研究是中国当代文学理论批评中最时髦的问题之一，各种专著、学术论文、博士、硕士学位论文不可胜数，出现了后现代主义话语的极度繁荣，大家一股脑地涌入后现代主义研究中，但往往即使是

---

① ［美］斯蒂芬·贝斯特等：《后现代转向》，陈刚译，南京大学出版社2002年版，第29页。
② ［英］特里·伊格尔顿：《后现代主义的幻象》，华明译，商务印书馆2000年版，第1页。
③ ［美］斯蒂芬·贝斯特等：《后现代转向》，陈刚译，南京大学出版社2002年版，第28页。

对同一个文本同一个研究对象，却又出现不同甚至是截然对立的评价。所以，表面上是后现代主义话语的繁荣，但缺乏基本的学术探讨和学术研究的一致性结论，最终是只见理论，不见文本的有效性，更缺乏统一的批评立场，结果造成各种冠以后现代主义的阐释研究不断出现，但真正的杰作寥寥无几。

值得思考的是，后现代主义话语应用的这四种方式并没有因问题意识缺乏遭研究界抛弃，而是在一个不短的时期内产生了后现代主义研究的“理论景观”。但话语的时髦与繁荣却不一定意味着批评话语的有效。所谓“批评话语的有效”指的是某种理论观念或思想观念在应用到具体批评实践的时候，确实能起到鞭辟入里的效果，无论是文本解读，还是深层观念和方法论的构建，或者是形成某种批评传统，理论观念的应用和批评实践之间取得了明显的平衡，实现了批评思想的创造，也就是蒂博代所说的“批评应该在这种创造中意识到自己是一种具有独创性的顽强的创造力量”。[①] 要实现这一点其实是困难的，这需要批评本身是自觉的，话语应用的角度、方式以及最终呈现的效果都要恰到好处才行，这也就意味着以什么样的话语方式应用某种理论，可能就会产生什么样的批评效应。对于中国当代文论中的后现代主义研究也是如此，正是存在着以“介绍式”“概念式”“套用式”“运动式”等话语应用方式，后现代主义在中国当代文论研究中更多的以一种理论介绍、概念分析、理论套用和批评运动而存在，也同样是以这些话语应用方式实现与后现代主义的话语对接，真的出现了“理论为后现代主义文化服务，那么，后现代主义文化似乎也桃李相报”[②] 的现象，在这种“理论景观”中，中国当代文论从后现代主义文化思潮中究竟收获了什么？中国当代文学

① ［法］蒂博代：《六说文学批评》，赵坚译，生活·读书·新知三联书店 2002 年版，第 197 页。

② ［英］史蒂文·康纳：《后现代主义文化——当代理论导引》，严忠志译，商务印书馆 2002 年版，第 13 页。

批评实践在哪些方面与后现代主义有话语相契合之处？在接受和传播后现代主义话语的过程中，中国当代文学理论的理论、方法与观念有了哪些改变？这些问题不但被掩盖了，而且在越来越多的研究中被稀释了。在某种程度上，这四种话语应用方式也是一种“话语归置”的过程，它使当代中国文论在理论旅行和“话语的平移”[①] 中自觉降低问题性水准的要求，在符码化的旨意实践中走向了后现代话语的建构，出现了越是对后现代话语应用得多，越是应用得熟练，就越是步入了后现代主义的概念化、符码化和建构性的理论圈套。经过近 40 年的理论旅行与话语传播之后，这种理论话语的应用既是一种自觉的话语归置，同时也是一种方法、观念至上，问题和思想淡出的研究窘境，在这个层面上，“话语归置”不是被迫的，而是自觉的，越是自觉，就越是展现出后现代主义与中国当代文论话语关联的尴尬之处。

二　后现代主义与中国当代文论话语的关联

英国文化学者史蒂文·康纳曾分析了后现代主义话语在西方得以确定并迅速传播的学科内部制约因素，在他看来，“后现代主义”这一术语在 20 世纪五六十年代就已出现，大概在 70 年代成型，是不同文化领域、不同学科发展的内在原因，包括某些跨学科发展的动因才使学术界逐渐认可并推行这一概念的。史蒂文·康纳提出了两个重要的观点：“首先，每个学科提供了在各自文化实践中越来越多的后现代主义存在的证据；第二，实际上更为重要的是，每个学科越来越多地利用其他学科的发现和定义。”[②] 这其实是另一种后现代主义的“话

① 盛宁：《人文困惑与反思：西方后现代主义思潮批判》，生活·读书·新知三联书店 1997 年版，第 1 页。

② ［英］史蒂文·康纳：《后现代主义文化——当代理论导引》，严忠志译，商务印书馆 2002 年版，第 12 页。

语归置”，也就是说，对于“后现代主义”这一概念，是多个学科、多种文化领域共同提供存在证据、相互使用并实现概念上的“立体观测”的结果，其最终的表现就是后现代主义并非为哪一个学科、哪一个研究领域所独有，而是多个学科、多种文化领域共同将理论话语并置应用到“后现代主义”这个概念上来。这一点，也是后现代主义与中国当代文论话语关联的主要形式，因为在具体的概念使用及其理论传播中，中国当代文论也是处于对“后现代主义”概念的多学科“立体观测”过程中的。后现代主义在中国当代文论中被广泛应用，也并非文论研究一家认同和单独推行的结果，仍然是一种跨学科、多种文化领域共同催生的结果。

中国当代文化界和思想界如何“共同催生”乃至实现后现代主义的“立体观测”呢？后现代主义在中国当代的话语应用不仅指文论界，而是涉及了多个学术领域，最主要的有社会文化、哲学思想研究和文论批评三个领域。这三个领域的后现代主义研究多有交叉重复，在后现代主义话语应用上正是“相互提供存在证据”，最终实现概念使用上的“立体观测”。社会文化领域是最早引入后现代主义话语的，后现代主义理论在中国最早流传的著作，如杰姆逊的《后现代主义与文化理论》、丹尼尔·贝尔的《资本主义文化矛盾》，其实都是针对西方当代资本主义社会的文化分析和文化研究，这里面虽然涉及文学和艺术研究，却不是最主要的对象。中国学界接受他们的著作也是从资本主义的社会文化研究层面有所吸收，反过来再影响文学和艺术包括文论研究的，这也让中国当代的后现代主义文论研究总脱不开社会文化分析的方法论影子。哲学思想研究领域是对后现代主义话语接受最热情的，杰姆逊、利奥塔、福柯、德勒兹、德里达、波德里亚、哈贝马斯等，往往被冠以哲学家的称号，他们的思想中哲学研究占了很大比重，即使是他们强调的文化批判往往也与反基础主义、反本质主义、反宏大叙事等哲学基本问题联系起来，这也构成了后现代主义在中国当代文论话语应用中主要的哲学基础和问题形式。相比社会文化领域和哲学思想领域，文论批评领域中的后现代主义话语应用是后发的，这主要也是因为后现代主义中的文论批评往往是建基于后现代主义哲学研究与后现代主义文化理论基础之上的，尽管从后现代主义的理论谱系而言，后现代主义的文学研究起源较早，但在中国，文艺批评领域的后现代主义研究则“起了个大早赶了个晚集”，即使是写过典型的后现代批评之作《乔依斯，贝克特和后现代想象》的美国文学批评家哈桑，在中国的名号也远没有德里达、福柯、杰姆逊、利奥塔、哈贝马斯响亮，更不用说后现代主义文学批评的肇始者——20 世纪 50 年代的美国诗人 C. 奥尔森、I. 豪、H. 列文了，他们早已被文论批评界遗忘了。

虽然后现代主义在中国当代文学理论批评中分别涉及社会文化、哲学思想和文论批评三个主要领域，但中国当代文论界对后现代主义从一开始就体现了整体接受的特征，我们是把后现代主义作为一种整体观念加以接受的。这一方面是由于后现代主义文化思潮本身的复杂性，后现代主义整体上包含了多种理论视域及其思想内涵，难以具体细分各个领域的理论内涵与特点，其次还与中国当代文学理论批评并没有细致消化后现代主义理论内部具体的理论内容与差异相关，所以，就文学理论批评而言，后现代主义与中国当代文学理论的话语关联既体现在整体观念、思维方式、理论方法上，还体现在文学形式、文体特征及文本叙事的各个层面上。我们基本上是把后现代主义当作一种整体的混搭风格加以使用，后现代主义就好比一个概念的、方法的、理论应用的“大筐”，中国当代文学与理论研究的各个问题都可以装在里面；它还像是一个符码化的标志，各种接近它的整体风格的作品都可以贴上后现代主义的标签。这种整体接受的现象现在看来对中国当代文论研究具有明显的理论弊端，主要体现在三个方面。

首先，是生硬的理论催生。在对后现代主义话语的整体接受中，更多的是后现代主义理论的标签化，什么内容的研究都可以往后现代主义上靠，实质上仅仅是打着各种理论旗号，对具体的文学文体特征和形式技巧等打上后现代主义研究的印记，最终起到“理论催生”的作用，催生出的是后现代主义理论旅行中的各种有关后现代主义的话题和话语，造成各种后现代主义理论的滥用。

其次，是理论研究跨界现象明显。特别是文学理论批评中，各种问题、各种理论思潮都可以在文学理论批评中加以展现，文学理论的泛化、文学理论研究边界的变化、消费文化、大众文化、日常生活美学等都可以与后现代主义扯上关系，理论的跨界一个不好的后果就是学理性的丧失，造成真正围绕具体文学理论批评与后现代主义学理研究的作品不多，精品更少。

最后，是理论的“强制阐释”特征突出。“强制阐释”是当前我们反思西方文论有效性最重要的理论观念，特别是近年来在中国当代文论研究界更引起了强烈的反响。中国当代文学理论批评对后现代主义同样存在“强制阐释”，或者说是“强制阐释的阐释”。某些后现代主义理论已经具有强制阐释的意味，而当我们将后现代主义话语应用到某些问题研究中，就造成了这样一种效果：不是文本本身具有后现代主义思想特征，或者说某位作家是后现代主义的风格，而是我们在文学文本研究中强制将其说成是后现代主义的，这种文论研究不但脱离了中国的现实语境，而且造成了思想话语空间的混乱、空疏、简单和重复；不但忽略了真正的后现代主义问题研究，而且也使后现代主义研究本身成了中国当代文论界的一大问题，造成一种颓败而且强横的逻辑循环，是一种思想的板结状态和一种“理论腔”。目前，这种“理论腔”或者说“理论主义”是影响中国当代文论深入中国文学现实肌理的一大因素，它导致了后现代主义与中国当代文论研究的一种糟糕的“互相创生”。其表现是，一边是各种后现代主义文论和批评研究著述、文章铺天盖地，另一边是问题的回避和搁置，从而产生了更严重的问题危机，然后再以这种问题危机为研究对象，从后现代主义那里寻求答案。可以说，这个层面的后现代主义话语就仅仅是一种话语归置的结果，是各个学科、各种研究领域不约而同地在学科内部将后现代主义的概念推演出来，然后以自身学科研究内容为后现代主义概念提供存在证据。由于后现代主义话语应用与中国文论研究的具体问题之间还存在着一定的固有缺陷，中国文论界在后现代主义研究上具有明显的理论冒进姿态，所以才有了从西方“进口减肥可乐的同时一起进口德里达”[①] 的尴尬现实。

三 我们有过“后现代话语”吗

伊格尔顿在谈到后现代主义时说：“也许对最新流行的无论什么东西抱有一点怀疑态度总是可取的：今天激动人心的真理是明天的陈腐教条。”[②] 伊格尔顿关于后现代主义的说法恐怕早已被人遗忘，人们现在只记得他不断推出关于“后理论”“文化与上帝之死”等新的观点。实际上，伊格尔顿是西方严肃批评后现代主义的理论家。就伊格尔顿此言而论，却不乏合理之处，无论后现代主义的概念如何多变，内容如何丰富，但作为一个理论概念，不可避免地与它产生的思想传统与文化语境有密切的关系，这就意味着在我们使用或者研究所谓“后现代主义”的时候，头脑中笔头下一定要牢记这样一个前提，即

① ［英］特里·伊格尔顿：《后现代主义的幻象》，华明译，商务印书馆 2000 年版，第 139 页。

② ［英］特里·伊格尔顿：《后现代主义的幻象》，华明译，商务印书馆 2000 年版，第 2 页。

作为一个文化概念和理论概念的“后现代主义”不是凭空产生、人为制造的，在这个概念的背后及其理论内部，具有复杂的政治、经济、意识形态、文化与社会心理方面的内容做铺垫、做支撑，在它的背后，是一片复杂的“概念丛林”和难以厘清的“意识形态的崇高客体”，我们使用或研究它时，不一定能够完全还原或考虑这些内容，但一定不要轻易下判断或贴标签，这样的后现代话语其实是不存在的。

美国学者艾尔伯特·鲍尔格曼强调，对于后现代主义，“我们必须大胆走到大千世界，发现它的界标，审视它的特点”。[①] 但对于大多数书斋型学者来说，这样谈何容易，大部分研究仍然是隔空喊话。但鲍尔格曼的话仍然具有很大的启发性，它让我们想到，发生在1996年春夏之交的“索卡尔事件”其实已经让西方后现代研究在学界开始退避三舍，但为什么在中国文论界，经过了几十年的理论发展，各种后现代主义研究仍然层出不穷？有研究者曾经不无严肃地说，在中国文论界，十五年乃至更长时间不参加学术会议，再出来听听会议发言，仍然不会感到跟不上形势。后现代主义研究就是如此，不妨做个试验，拿一篇十五年前研究詹姆逊、波德里亚、福柯的文章参加时下的学术研讨，恐怕仍然会收获无数赞许。这体现出了中国学界在话语研究上超长时期的延续性，其实是一种对话语更新与理论发展不利的表现。就后现代主义研究来说，更是如此。西方学者在各种研究后现代主义的著作中，具有以下几方面的特点。

首先，往往不是从后现代主义开始讲起，而是历数浪漫主义、现实主义、现代主义、超现实主义等这些概念的源流，把克尔凯郭尔、马克思、尼采这些理论家的思想梳理一遍，然后过渡到波德里亚、利奥塔、詹姆逊等理论家的身上，先做漫长的概念的谱系学研究，再提

① ［美］艾尔伯特·鲍尔格曼：《跨越后现代的分界线》，孟庆时译，商务印书馆2003年版，第5页。

出后现代主义的概念，展开具体研究，这种研究的特点是学理性强，往往从表面来看读了很大的篇幅还没讲到主要内容，但是学理性和知识性的奠基是融合在问题分析过程中的。

其次，重视语境分析和作品分析，虽然是后现代主义的理论研究，但仍然把概念的文化语境剖析清楚，引出具体案例，比如，杰姆逊的后现代主义研究就引述很多电影甚至建筑、绘画作品。

再次，引经据典的论证较少，个人的观点较为明显。典型的如美国学者艾尔伯特·鲍尔格曼的《跨越后现代的分界线》，这本书的内容简单易懂，是一本普通的西方后现代主义研究著作，但他的方法对后现代主义研究很有启发。鲍尔格曼提出，要跨越现代主义和后现代主义的分界线，那么，怎么看到从现代主义地平线上升起的后现代主义的分界线呢？他提出，就好比后现代主义是一片峰峦叠嶂的山脉，我们不能对它进行一平方英尺、一平方英尺的细致考察，而必须仔细查看山的主要峰峦与溪流，然后选择其中一些山峰、河流当作我们路程的标志，最后对这些标志进行分组分类，描绘一条“围绕着经济与文化、劳动与闲暇、科学与技术，以及历史与哲学之间的曲折迂回的路径”。[①] 然后他从漫长的现代主义的概念兴起的历史讲起，对“Modern”这个词做了拉丁文的词源学考察，分析了“现代”这个词在中世纪的变化，认为中世纪是现代主义的分界线，现代主义源于中世纪的地方色彩，查理曼大帝把三种因素融合在一起：古希腊和古罗马时代的文化和学问、德意志传统的封建秩序、基督教的精神信仰。在理论上的表现则是现实主义、普遍主义和个人主义的出现。接着，他辨析了后现代主义对现实主义、普遍主义和个人主义的批评，说明后现代主义是如何在对这三种理论的批评中呈现出来的，然后在这部书中他再展开内容的具体研究。

---

① ［美］艾尔伯特·鲍尔格曼：《跨越后现代的分界线》，孟庆时译，商务印书馆2003年版，第5页。

对于西方学界来说，后现代主义话语应用不是目的，在鲍尔格曼的《跨越后现代的分界线》中，他主要是想探究后现代主义是如何在超越现代主义的过程中体现出某种文化和思想的跨越的，这种跨越在经济、文化中有何影响？可以说，这本身就是一个宏大叙事的研究，但他在使用后现代主义的时候，或者说进行后现代主义研究的时候，并没有将后现代主义直接加以应用，而是先做较为系统的概念谱系学和问题性整理，当然这种整理要跟他研究的内容有关。这跟中国当代文论中的后现代主义话语应用完全不同。在中国当代文论中，后现代主义在每个人的手上，几乎都是一个不用做概念整理的东西，是一种自明的概念，直接拿来用就是了，即使是所使用的后现代主义概念与所谈论的问题非常有学理辨析和概念谱系整理之必要。在这种语境下，后现代主义话语在中国基本上缺乏概念与问题方式上的同一性，仍然处于一种理论旅行和阐释比较的状态，这主要表现在以下三个方面。首先，从话语形态上看，中国当代文论中的后现代主义话语其实更多的是一种整体思潮接受的结果，是一种理论的“大概念”而不是“小零钱”。中国当代文论中的后现代主义研究仍然着眼于后现代主义的整体精神和风格，至于是谁的后现代，何种后现代思想，尚缺乏明确指征。在这种后现代话语应用中，往往没有明确的批评立场，有些文章尽管是批判性的，但批判性与保守性同时存在。其次，从话语表达方式来看，中国当代文论中的后现代主义话语好像没有明确的指向，更缺少一贯的批评风格，经常形成关注焦点或热点的跟风式批评、垄断话题的圈地式批评、热衷名词命名的泡沫式批评等，结果造成一种浮躁的批评现状。再次，世纪之交，伴随着后现代主义思潮的兴起，当代中国文论中的文化情结和文化心态是复杂的：一是西方文化和西方文论的强势登陆，不排除有艳羡趋同的心态，好像不谈谈后现代主义、后殖民主义就不是学术前沿；二是就后现代主义而言，仍然有巨大的文化心理落差，其中交织着认同与疏离、兴奋与犹豫、无奈与抗争以及最终仍然是迷茫和困惑，最终导致当代文论中的后现代主义话语是一种非常矛盾和暧昧的东西，也是一种不进行价值判断的平面话语，不管后现代主义是方法还是思想，是中学还是西学，反正大家都在用，这种话语使用的特点造成了中国当代后现代主义研究的明显的先天不足，使中国当代文论中的后现代主义研究成了一个前现代语境中的“现代性”事件，在一个社会和文化远没有进入后现代的语境中，理论层面上的后现代思维比西方还要后现代；三是文化上中心与边缘的问题更严重、市场经济与价值转换的节奏更快、文化观念转型与道德伦理建设任务更深重等人类社会发展的现代性问题不断突出，而这个时候在理论层面上引用各种后现代主义理论话语，实际上是一种文化和思想断层的表现。这种断层来源于文化与社会发展的历时/共时的矛盾，也来源于自我/他者的纠葛。在一个社会的现代性发展中，不可能不受到外来文化思潮的影响，但如果一受影响就全然失却本土文化和思想资源的立足之地，甚至“拿来”为主，主动顺应，这就陷入了思想传承上的拿来主义窠臼之中，理论话语的应用自然也是以“拿来”为主。在这种情况下，话语归置的过程其实就是一种自然的理论认同过程，无论是哪一种理论话语其实都不是自己的。

四 后现代主义给我们带来了什么

西方文论中的后现代主义具有明显的社会语境特征，与 20 世纪 60 年代以来的西方社会文化现实，特别是 1968 年的“五月风暴”事件有密切的关系，具有明显的“拥抱微观政治学”① 的文化理论色彩，

① ［美］道格拉斯·凯尔纳等：《后现代理论：批判性的质疑》，张志斌译，中央编译出版社 2001 年版，第 31 页。

它更多的把“注意力转向了诸如女性主义、生态学团体及同性恋组织等政治运动”，[①] 伊格尔顿称之为“保持激进政治生机勃勃的一种方式”。[②] 后现代主义基本承续了后结构主义的理论方法，“赞同后结构主义对现代理论的批判”。[③] “微观政治学”、后结构主义的理论方法、符号和符码化的话语理论、符号学建构等这些特点，使后现代主义话语更趋向于一种指意模式（mode of signification）和指意实践（signifying practices）。这样的说法仍然太过玄虚，通俗一点儿说，后现代主义理论与方法其实是指向理论的“外在”现实，它自身的理论建构成分不多。但这种理论确实是一种西方社会和文化的产物，与 20 世纪 60 年代西方激进政治现实的发展演变又有密切的关系，再加上西方资本主义社会确实发展到了一种社会现实中的权力和不同意识形态霸权力量相互胶着的状况，正好需要后现代主义作为一种话语理论起到边缘肢解作用。这是后现代主义在西方产生的语境，也意味着后现代主义是一种地道的“西学话语”，它的背景、方法以及批判应用的场域都是作为一种“西方”的方法存在的。

作为“西方”的方法的后现代主义其实是一种边缘突进的思想策略，是一种符码化非常强的理论话语，本身缺乏明确固定的内涵，“通常被笼统地归并到一起的各种‘后现代’理论与后现代立场——它们彼此之间经常是冲突的——之间的差异，足以令人震惊。在那些接受了‘后现代’或被归属为‘后现代’的理论中，对‘后现代’概念的纷乱使用以及理论上的薄弱，也同样使人震惊”。[④] 后现代主义就

---

① ［美］道格拉斯·凯尔纳等：《后现代理论：批判性的质疑》，张志斌译，中央编译出版社 2001 年版，第 31 页。

② ［英］特里·伊格尔顿：《理论之后》，尚正译，商务印书馆 2009 年版，第 45 页。

③ ［美］道格拉斯·凯尔纳等：《后现代理论：批判性的质疑》，张志斌译，中央编译出版社 2001 年版，第 32 页。

④ ［美］道格拉斯·凯尔纳等：《后现代理论：批判性的质疑》，张志斌译，中央编译出版社 2001 年版，第 2 页。

是一种考虑问题的方式，是一种思想的原形式。这种思想的原形式有某种哲学传统方面的来源与依据，所以才有了各个国家各个流派的后现代主义，但有时也是一种知识分子话语，是"80 年代的一时狂热或一种副现象，是知识分子在面对 60 年代乌托邦希望之破灭、面对他们在新的媒体和技术社会中可能会被淘汰出局以及面对他们在 80 年代期间的绝望的、犬儒式的处境时，所表现出的无力感和异化感"。[①] 但作为"方法"的西方后现代主义就不一样了，这种理解把后现代主义仍然作为一种实在的理论来接受，这种应用方式过滤掉了后现代主义的符码化色彩以及知识分子话语，抽象地保留了它在理论话语层面的内容，这让后现代主义在某种程度上成了一种"理论"，让后现代主义的"方法"作为一种横向的普遍性观念被接受。但问题是，这种作为"西方"方法与作为"方法"的西方在中国当代文论话语中被极大地混淆了。在某种程度上，这恰恰是中国当代文论话语中的后现代主义的接受特点。这种接受特点让中国知识界在接受传播后现代主义的时候，既缺乏那种思想原形式的理论创构，同时又缺少"接地气"的批评呼应，这种理论应用的现实状况使中国当代文论话语中的后现代主义研究长期以来停留在理论阐释和重复介绍的层面，缺乏确定的批评观念和深入的批评实践剖析。在中国当代文学批评中，所谓的后现代批评其实仅仅是某些后现代主义理论概念的一般应用，如反崇高、反宏大叙事、解构、平面化等，在面对具体的文学作品分析时，缺少一种稳定的后现代主义文学观念。究竟是在什么意义上使用这些概念的？文学文本中是否真正表达出了后现代主义的思想蕴含？批评阐述是否尊重文本基本的叙事？这些问题往往被忽视或搁置，这样就使批评阐述成了一种理论概念在文本中的自明存在，同时也使后现代主义话语成了一

---

① ［美］道格拉斯·凯尔纳等：《后现代理论：批判性的质疑》，张志斌译，中央编译出版社 2001 年版，第 378 页。

种普遍性的过度阐释对象，成了艾柯所说的“神秘主义符指论”①。

在这种情形下，我们不禁要问，后现代主义究竟给我们带来了什么？是一种过度阐释的“神秘主义符指论”的批评样本，还是一种批评话语材料的实验性文字？美国学者大卫·格里芬曾对中国学者说：“中国可以通过了解西方世界所做的错事，避免现代化带来的破坏性影响。这样做的话，中国实际上是‘后现代化’了。”② 这提示我们注意两个问题：一是我们如何面对“西方国家所做的事情（包括后现代主义）”；二是我们如何面对中国问题与中国经验，而问题最终症结在于，包括后现代主义研究在内，中国当代文论研究一直在努力追求“现代化”，努力融入一种理论上的全球化，我们一直以为我们的文论研究不够“现代”，所以，当后现代主义理论被引入中国当代文论时，中国当代文论研究界几乎是不假思索地开始寻找它与中国文学的“相似性”，而根本没有思考如何避免“现代化”的弊端，更来不及思考中国问题与中国经验。从这个意义上说，后现代主义在中国当代文论话语中不仅仅是一个学院派批评的问题，而且是一个现实社会中正在经历着的文化问题和思想问题，面临着“中国经验”“中国问题”的严肃考量。

在中国当代文论话语中，后现代主义研究究竟有何意义和价值？这样的问题值得重新思考。在西方文化语境和思想范式中，后现代主义更多的是作为一种思考问题的思维形式，可以说它并不具备问题性的阐释任务，这是与20世纪60年代以来西方文化理论的发展相关的。特别是西方文论发展到20世纪80年代的文化理论阶段，那种问题性的理论研究已经被解构式的和身体性的理论研究取代，“结构主义、解释学等令人头晕的抽象理论，已让位于更可感知的后现代主义和后

① ［意］安贝托·艾柯等：《诠释与过度诠释》，王宇根译，生活·读书·新知三联书店2005年版，第47页。

② 王治河：《后现代主义与建设性》，见［美］大卫·雷·格里芬《后现代精神》，王成兵译，中央编译出版社1998年版，第20页。

殖民主义的现实”。[①] 这是西方资本主义进入后形而上学阶段以及后冷战时代的结果。但在中国当代文论研究的现实中，却不一定具备这样的理论语境。生硬的理论跨越只能产生越来越多的构建理性主义，而忽视了具体经验分析。当代中国文论不需要太多的构建理性主义理论，需要的是那种问题式和实践性的理论研究和文论话语。所谓问题式和实践性的理论研究其实就是要以类似后现代主义以及所谓的“后现代主义问题”为批判标靶，提出具体的文学批评问题。在某种程度上，中国当代文论话语中的后现代主义研究仍然停留在知识论和方法崇拜的层面上，仍然受到某种理论主义的思维禁锢和构建理性主义思维惰性的制约，而缺乏面向问题、面向现象与实在的批评阐释。在中国当代文论中，后现代主义传播影响仍然较为广泛，后现代主义在中国文论界仍然不算过时，但恰恰是这种不算过时的理论更应该让我们警惕。我们仍然需要盘点一下，中国当代文学理论批评是否真的有过后现代话语，还是一种后现代主义理论的“再叙事”？经过了几十年的理论热潮之后，中国文学理论界还在谈后现代主义，在这个过程中，确实存在良莠不齐、泥沙俱下的状况，这种状况影响了批评阐释的品质，更影响了中国后现代主义研究的效力。为此，我们或许还可以从艾柯那里得到启发，他在《诠释与过度诠释》中说，我们可以借助波普尔的“证伪”原则来避免批评阐释中的“神秘主义符指论”的过度蔓延，即“如果没有什么规则可以帮助我们断定哪些诠释是‘好’的诠释，至少有某个规则可以帮助我们断定什么诠释是‘不好’的诠释”。[②] 确实，当我们难以衡量哪种后现代主义研究是“好”的时候，我们只能首先断定哪种研究是“不好”的。

① ［英］特里·伊格尔顿：《理论之后》，尚正译，商务印书馆2009年版，第52页。

② ［意］安贝托·艾柯等：《诠释与过度诠释》，王宇根译，生活·读书·新知三联书店2005年版，第54页。

“中国经验”与当代中国文论话语体系构建问题的理论思考

文论话语的讨论及文论话语体系的构建比较复杂，既涉及文论资源与研究传统的继承整合问题，又需要批评实践层面上的呼应和检验，是一项理论、学理、观念、方法、批评、实践等各种研究内容充分协调完善的系统工程。此外，文论话语体系的构建还需要杜绝和防范理论上的空疏与浮泛，防止各种研究元素间的矛盾与阐释断裂，不单纯追求某种体系，不能为构建而构建。毫无疑问，这些问题也是当代中国文论话语体系构建的关键所在。笔者认为，理论研究的“在地化”、话语实践的“接地气”、经验阐释的当代性，是当代中国文论话语体系构建的基本问题。在这个基本问题层面上，“中国经验”的探讨应该回到具体的文学批评实践以及文学理论研究与学科拓展的具体命题之中，认真谈论究竟什么是中国文学研究的“中国经验”，中国文论话语在何种意义上需要面对当代的“中国经验”，当代中国文论话语体系构建所面临的主要矛盾与问题是什么，等等。对这些基本问题的探究是当代中国文论话语体系建构的必备工作与可能路径。

一　何为中国文论话语的"中国经验"

当代中国文论话语体系构建的"中国经验"问题是近年来文学理论研究中经常谈论的话题。之所以被经常讨论，一方面，是因为当代中国文论在理论研究与深化中确实需要"中国经验"的有力支撑与话语描述，文论话语体系的构建离不开中国语境与中国问题；另一方面，是因为当代中国文论话语体系及其构建过程还缺乏恰当有效的"中国经验"。话语体系的构建既需要中国经验的提炼与表达，同时，中国经验的提炼与表达的内容与方向又决定性地影响着话语体系的构建过程，这已经成为当代中国文论研究中亟待解决的瓶颈性问题。这个问题的出现与当代中国文学理论批评的现实境遇及其所面临的问题有密切的关系，综合来看，当代中国文学理论批评所面临的问题可以概括为以下几个方面：一是中国当代文学理论如何有效面对西方文论话语的理论旅行与影响问题；二是中国传统文论话语资源的现代转化及其路径困局；三是中国现代文论研究如何有效与当代衔接；四是马克思主义文论话语如何进一步展现出时代化、中国化的积极影响；五是文学理论研究如何与批评实践有效契合；六是传统文学理论研究在当代文化语境中如何更纯洁地保持自身学科自律问题。在理论与批评的层面上，这些问题相互联结错综交融，这种理论格局造成了当代中国文论话语处于一种体系不明、学理不清、话语拥挤和交流不畅的状态，文论话语的多重理论资源与现实批评应用、理论研究传统与文论话语体系构建之间出现了明显的阐释间隔，"在文学理念、思维形式、研究方法、话语体系、表达方式等方面面临着时代与自身理论生命力的双重挑战，由此出现了知识生产与知识建构的危机与焦虑"，[①] 从

① 段吉方：《中国当代文艺学知识建构中的焦虑意识及其价值诉求》，《文学评论》2009 年第 6 期。

而导致学理分析与经验阐释的差距不断扩大，文论话语体系构建的“中国经验”问题由此变得非常突出。

当代中国文学理论批评所面临的问题不是新近时期才出现的，文论话语体系构建的“中国经验”问题在中国当代文论研究中也不是新话题。纵观以往关于中国文论话语体系“中国经验”的讨论，有两个特点。首先，在“中国经验”讨论中，批评领域的声音明显多于理论研究的声音，体现了“中国经验”研究中“批评先于理论”的现象。其次，在“中国经验”的定位上，一般会将中国文论话语中的“中国经验”问题纳入广义上的“中国道路”“中国模式”等宏大叙事中，认为中国经验“本身就是一个流变着的事实”，中国经验“核心的主要的是中国改革开放以来的经验”。① 对于这两个特点，前者给我们提供的启发非常重要，值得进一步借鉴，后者则需要我们进一步反思，正像有的学者所说：“单单研究或重视宏观的‘中国经验’是不完整的。”② 先说前者。在当代批评领域，“中国经验”的问题已有较为充分的讨论，③ 在“中国经验”研究中，批评走在了理论的前面，这不仅正常，而且是当代中国文论话语体系构建的一种需要重视的路径方向，或者说，关于当代中国文论话语的“中国经验”研究应该就是更多的回到批评上来。只有在批评中，中国文学的经验，特别是当代文学发展中的经验才能够给“中国经验”讨论提供直接的参照及其批评言说的动力，当代中国文论话语构建才会落到实处。从中国文学批评发展的历史来看，其实“中国经验”的问题古已有之。在中国古代文论的发展历程中，从先秦时代到魏晋南北朝，一直到王国维时期，这个“中国经验”就是文学研究如何切实有效地回答文本创造的历史及

---

① 马俊峰：《“中国经验”与中国化的马克思主义》，《现代哲学杂志》2008 年第 6 期。

② 周晓虹：《“中国经验”与中国体验》，《学习与探索》2012 年第 3 期。

③ 2007 年，《芳草》杂志组织当代文学与文学批评研究界学者专门讨论文学批评中的“中国经验”问题，产生较大影响，对中国文学的中国经验研究有较大的促进。

其所展现出的规律，“中国经验”是从“文本学”与“批评论”的层面上升到美学理论的提炼和话语方式的表达的。中国古代文论中的“诗文评”，就是一种综合的批评评判，既包含文学基本概念、范畴和理论，又包含广义的文学文化、审美政治、人文思想内涵的引申和发展，中国古代“诗文评”的一个基本路径，就是从文本出发的充分批评阐释，“最突出的意思是‘品评’、‘品说’、‘赏鉴’、‘赏析’、‘玩味’、‘玩索’”，[①] 这种批评阐释既是中国古代文学阐释学的基本逻辑理路，同时也是中国古代文学批评实践得以发生发展的方法论依据。这里面的“中国经验”就是在“都倾向于‘无’，倾向于‘形而上’”[②]，在文本批评中体现了中国古典诗学的民族特色。中国传统文论如此，中国近现代文论中的“中国经验”也如此。从理论形态上看，中国近现代文论是一种作家和思想家的文论。从“五四”时期到三四十年代，鲁迅、胡适、周作人、胡风、朱光潜、宗白华、李健吾等的文论，基本上是作家经验的总结和批评实践的考察，这里的“中国经验”就是中国的当代人以自己的话语评价中国自己的文学作品，文论话语仍然是从批评实践层面上着眼与发展的。即使是中国近代文论中受西方理论影响较大的王国维，他的《人间词话》之所以能够确立自己的理论体系与批评经验，就是因为《人间词话》中有“中国经验”，就是因为他没有忽略具体的批评实践之于理论体系建构的要义。所以，当代中国文论话语体系构建中的“中国经验”应该重在“批评”，“中国经验”研究中的“批评先于理论”是应有之义。

其次，为什么不能将当代中国文论话语体系构建中的“中国经验”与那种广义上的“中国道路”“中国模式”宏大叙事相提并论？

---

① 杜书瀛：《论“诗文评”》，《文学遗产》2011年第6期。

② 童庆炳：《中国古典诗学的民族特色》，《学术月刊》1992年第7期。

从中国当代文学发展来看，当代文学中的"中国经验"其实已经表达得非常明显，中国当代文学有很多优秀作品直接展现的是在当代中国已经发生的和正在发生的各种故事，这些故事的主体、内容和风格都是"中国"的，是中国当代审美文化、生活方式、人情世态及其当代精神的凝聚和表现。比如莫言的小说《蛙》，描写了中国计划生育制度对近半个世纪以来中国当代民众生活经验的影响；阎连科的小说《受活》，以中国偏远边地农村村落"受活庄"为场景，展现一群残疾人在中国社会特殊角落中荒诞离奇又激情澎湃的故事；王安忆的小说《匿名》，以一个失踪者的离奇遭遇为故事叙事线索，展现了一个失去现代文明庇护与污染的卑微个体的顽强生命及其生存悲哀；刘震云的小说《我不是潘金莲》，则描写一个来自社会底层承担莫须有罪名的妇女的故事，将一个普通的家庭离婚案引向中国社会复杂的政治生态与生存困境的反思。可以说，这些作品都是典型的用"中国经验"讲述"中国故事"，这里面的"中国经验"既有中国社会政治生态与文化现实发展与困境的批判，也有现代文明发展与人的精神危机的思考，还有城乡差距的扩大导致新旧生活交替的困苦，以及底层生活的艰辛导致生死难题的书写。但这种"中国经验"是"文学"的，它区别于那种广义的"中国道路""中国模式"的地方在于它以文学的方式体现人的内在的精神情感和心理现实的困顿与无奈，指向的是人性的本真存在的丧失与当代中国社会变革、文化剧变及其道德伦理变迁的关系，这种"中国经验"相比那种广义的"中国道路""中国经验"更具有力透纸背的反思性与批判性，它的当代性价值也更为明显。从文学表现方式上来看，这种"中国经验"也有着特殊的手段，既有现实主义，又有现代预言，还有后现代精神反讽。

正是这种来自精神、情感与心理层面的"中国经验"的书写，让当代语境中的中国文学变得复杂多元，也更突出了当代中国文学发展语境的复杂性以及精神属性上的特殊性。当代中国文论话语体系的构建不能忽视这种复杂的文学与文化语境同构并存的特征，当代文论话语如果想要深入把握这种"中国经验"，就需要在更深层次上面对这种多重叠加的语境特点。这也就意味着，当代中国文论话语中的"中国经验"研究应该区别于那种广义上的"中国道路""中国模式"，而具有更深广与具体的批评社会学眼光与人文情感论胸怀，避免让"中国经验"问题在脱离文学经验层面上走向抽象化的理论建构。

这也提示我们，无论是"中国经验"研究中的"批评先于理论"，还是"中国经验"中的多重叠加语境，所谓当代中国文论话语的"中国经验"首先必须是面向中国文学与批评现实，特别是当代语境中复杂的政治生态、文化生态与文学书写。当代中国多重叠加语境下人们的生存经验，无论文学符号层面上的能指话语如何滑动与漂浮，都是当代文学书写中的最终所指，也是当代中国文论话语构建中的"中国经验"的最终旨归。其次，当代中国文论话语中的"中国经验"，还是基于当代文学经验书写与理论概括的批评总结与美学提升。通俗地说，当代中国文论话语体系构建中的"中国经验"必须是"文学"的，它不是经济的、政治的、意识形态与文化的。虽然文学话语表达不可避免地会涵盖经济、政治、意识形态与文化层面的内容，但当代中国文论话语的凝练与体系构建不能离开文学肌理的塑造以及文学经验的本真阐释，只有在具体文学经验的本真阐释上，当代中国文论话语的"中国经验"才具有探讨的空间与可能。

二 中国文论话语体系构建如何面向"当代"

中国文论话语体系构建为什么要面向"当代"？这涉及文学理论

研究当下有效性的考虑，中国文论话语体系构建的“中国经验”问题只有在当下有效性的层面展开才具有学理探讨与实践研究的价值。“当代”是一个含义非常广泛的概念。面向“当代”的中国文论话语，指的是面向当代的问题、面向当代的经验。那么，当代的问题与经验是什么？笔者认为有三个层面上的考虑：首先，“当代”的问题有一个明确的内涵指向，那就是中国文论话语所置身的中国当代社会的属性特征与语境特征，中国文论话语的“中国经验”指的是“中国”的当代，区别于西方的“当代”和作为“文化他者”意义上的“当代”；其次，“当代”的问题应该有一种历史意识和发展眼光。我们谈当代中国文论的“中国经验”应该与传统的中国文论有一种区别意识，当代中国文论的“中国经验”与传统的中国文论相比，它具有不同的问题域，也与中国近现代文论话语具有不同的意义指涉，“当代”的问题更多指的是中国文论话语的“当代性”；最后，“当代”的问题还与中国文论话语的经验有效性问题密切相关。我们讨论当代中国文论话语的“中国经验”，最终还是要用这个“中国经验”去说明当代的问题，阐释当代中国文学发展以及文论话语建构中的具体经验。所以，“中国经验”研究不应该是一种纯理论性的建构，更不能走向一种纯粹的中国经验理论研究，“中国经验”研究的目标是回归具体文学经验，呼应批评现实，使文学理论研究更加有效，更加“接地气”，更加具有“在地化”立场的问题，“理论不能建筑在语录之上，而应该建筑在现实的实践之上”。[①]

之所以存在当代文论有效性问题，首先在于当代文论话语在理论应用的自觉性与自洽性上还需要进一步完善。理论应用的自觉是一种面对理论的态度与方式，理论应用的自洽则指的是理论研究的有效证实与证伪的特性。英国哲学家波普尔曾经提出“理论的证伪主义”的

① 高建平：《理论的理论品格与接地性》，《文艺争鸣》2012 年第 1 期。

观点。在波普尔看来，科学与非科学的界限就在于科学可以从逻辑上用经验证伪，能够被证伪的理论既是大胆猜测的过程，也是能够对具体经验进行有效观察的理论。理论的证伪一旦出了困难，理论的有效性就面临逻辑有效性的难题。对于某种理论来说，可证伪性是理论自身具有研究合法性的标识。波普尔的“理论证伪主义”可以为我们把握当代文论话语有效性问题提供思想参照。当代文论话语各种“危机”不断增多，理论本身的反思如此迫切，在某种程度上都与理论研究缺乏深入的理论“证伪”意识有关。当代理论的危机以及理论本身的反思批判都在不同层面上试图走向文学理论的“证实性”，而缺乏理论的证伪意识。证实性的研究强调的是“应该怎样”，证伪性强调的则是“为什么不能这样”“除此之外，还会怎样”。就当代文论话语体系的构建来看，我们需要的是后者，这也是中国文论话语面向“当代”的基本缘由。

就当代文论话语的有效性而言，其“证伪性”的理论诉求显然不是理论本身的演绎和归纳，或者说，不是理论本身去证“伪”，而是一种具体的文学批评实践层面上的参照和验证意识。也就是说，只有走向具体的文论话语应用及话语实践的维度，才有可能在“证伪性”的维度深化当代文论话语的反思研究。在理论“证伪性”的参照中，我们不能忽视当代文论话语的基本知识现状，这种知识现状不是来自各种层面的“研究”，而是具体的实践应用的效果。比如，无论各种文学理论研究如何热火朝天，在具体的文论话语所置身的学科现实中，其实际的情形却是文学理论的教学，文论话语的知识传播与接受，都面临着举步维艰的困境，这是影响当代文论话语体系建构有效性的首要困难。我们努力建构一套文论话语，但这种文论话语在文学知识生产与接受中究竟能起到什么作用，文论话语的建构是人为地创造出一套理论体系，让它作为一种知识论起作用，还是作为基本的实践应用方式融入话语表达与知识经验之中，很显然，这是我们应该重视的问题。

很遗憾，无论是中国还是西方，目前这个困难都比较明显。西方早在20世纪60年代，就有美国学者保罗·德曼提出的“对理论的抵抗”，并广为人知。德曼考察了当时美国文学教学和文学理论传授的深层次关系并提出，作为文学研究方法证明的文学理论一直正确地证明了它与文学教学的和谐共存，但是，随着它内部不断出现的危机、争议和辩论，希望凭借合理论说而演进的文学理论却在文学和语言教学长期复杂的历史中显露出深刻的危机征兆，从而展现出理论和人们获取知识的方法与手段之间的不确定性，正是在这个意义上，文学理论成了学术的也是教学的障碍。在德曼看来，之所以会出现这种情况，是因为在文学教学与研究中，往往使文学的“理论”成了某种概念性的普遍性系统，“在理论学科的严肃游戏中成了某种百搭牌的东西”①。保罗·德曼提出的观点当然有他的依据，但从20世纪60年代以后，随着文化研究理论与批评范式的出现，西方文学理论逐渐摆脱了德曼当初的困惑，文化研究的出场促使文学理论学科在深度变革中摆脱了理论研究的危机，其表征体现在两个方面：一是各种文化研究理论对传统文论那种纯粹思辨理论的颠覆与变革，文学理论研究日益走向各种各样的大众文化研究；二是文学理论话语逐渐走出那种体系性构建的宏大叙事，不断回归基本的文本阐释学和文学经验研究视角。当然，文化研究的这种成绩今天是否依然如故，这值得研究，但西方文化研究促使西方文论话语发生重要话语转型，进而影响文论话语构建方向和效果，都是不争的事实。而当代中国文论话语体系的构建无疑还处于德曼当初所担忧与抵抗的理论状况之中，这不能不引起我们的重视。

其次，中国当代文学理论研究中理论与思想的原创性缺失，也是促使文论话语必须认真面对“当代”问题的主要原因。当下，文

---

① ［美］保罗·德曼：《解构之图》，李自修等译，中国社会科学出版社1998年版，第99页。

学理论的教学与研究在不同层面上均体现出理论课程体系高度复杂，理论内容极度深奥抽象的现象。所以，要说到理论的危机，真正的危机恐怕在于这种知识传播和接受的困难，这其中，学院派的研究是一回事，而现实上对理论的接受与理解则是另一回事。无论书斋里的文艺学研究如何如火如荼，但真正意义上的文学影响与知识传授却举步维艰。

以往，关于中国文论话语体系的构建研究曾有两种典型的路径倾向，一是主张回到古典，二是学步西方。现在看来，这两种理论路径都存在非常大的难题。回到古典是回不去了，美国华裔学者林毓生在他的《中国传统的创造性转化》中有一个观点曾引发讨论，他提出：“要解决未来的问题，必须由我们开始，因为问题非常大，所以必然需要很多时间才能解决，但是从现在起，我们要产生新的东西，而这些东西，只有自传统中转化得来才能解决我们的问题（包括新问题与过去遗留到现在的老问题）。”[①] 这种理论观点说来容易，道理也正确，但真正落实起来恐怕不轻松。就文论话语的建构而言，中国传统文化资源要想真正成为理论建构的基点和原点，并以此出发走向建构过程，其中面临的难题是所有业内人士都心知肚明的，近二十年来的中国古代文论的现代转换就说明了这一点。学步西方现在看来更是不靠谱，中国当代文论在接受西方文论话语时缺乏原创立场与思想坚守等问题，已经引起了学界的关注，这说明当代中国文论话语在理论原创性方面缺乏更有效的创造力。无论是中国文论中的“中国经验”还是当代文论话语的体系建构，如果没有原创思想，那么，“中国经验”是一种什么经验？理论建构要建构什么？

具体而言，当代文论话语体系构建要面向“当代”，它要“面向”什么？直接地说，就是要面向理论研究严重脱离具体文学现实与经验

① 林毓生：《中国传统的创造性转化》，生活·读书·新知三联书店2011年版，第435页。

的难题，面向理论与批评的断裂的残酷现实，其目的就是要走向具体的批评实践，用文学批评“打捞”“中国经验”。当代中国文论话语体系的构建，不能是空洞的理论概念演绎，不是像有的学者说的那样是“关于词语的词语的词语”[①]。“中国经验”研究不能脱离具体的文学经验，但如何“打捞”出文学经验，就需要显示文学批评的效力和品格，这是其一。此外，文论话语体系的构建光有文本批评还不行，批评还需要理论，这就意味着，在当代中国文论话语体系的构建中，理论与批评是同生共在的，“批评的理论”与“理论的批评”是浑然一体表里如一的。“批评的理论”意味着文学批评中不能仅仅围着文本转圈圈，走向感觉式的经验主义批评，更要警惕那种“文本诺斯替主义”[②]（textual gnosticism），还需要理论的创造与发展以及文学思想的深化拓展，力争打造多个层面的蒂博代所说的“大师的批评”。在这方面，中国古代、中国近现代文论话语、西方文论话语都对我们有所启发。像托尔斯泰、别林斯基、巴赫金、毛姆、茨威格的批评理论，既是文学批评的典范，又是一种批评的理论。“理论的批评”区别于“批评的理论”，在于理论的研究中包含批评精神与批判维度，在这方面，中国当代文论话语比较薄弱。可以说，20 世纪 90 年代中后期以来，各种理论的批评反思，如“文艺学的前苏联体系问题”“反本质主义”“消费文化与日常生活”等，争论声此起彼伏，但都局限在理论话语层面，深层次触及批评实践的内容还欠深入，这是缺乏批判精神的理论反思，也是理论与批评断裂的表现。这些问题的出现无论是对于一个学科的发展而言，还是对于当代中国文论的话语建构而言，都是不正常的，自然文论话语体系的建构也难以奏效。正是在这个意

① ［美］莫瑞·克里格：《批评旅途：六十年代之后》，李自修等译，中国社会科学出版社 1998 年版，第 223 页。

② ［意］安贝尔·艾柯：《诠释与过度诠释》，王宇根译，生活·读书·新知三联书店 2005 年版，第 41 页。

义上，当代中国文论话语的“中国经验”研究要面向“当代”，面向“当代”就是面向问题，面向批评的实在。

三 当代中国文论话语体系建构中的主要矛盾与问题

在当代中国文论话语体系构建中，文艺学学科可以说是一个问题和任务较为集中的学科。文艺学曾经是文学研究的一个重要领域，对其他学科的发展与建设有很大的促进作用。在这个学科中，曾聚集了许多极有才华的学者。从20世纪80年代开始，直到今天，中国文学界最热点的话题几乎都与文艺学学科有关，如形象思维、文学主体性、人道主义与异化、美学大讨论、文学研究方法论（所谓“老三论”与“新三论”）、中国古代文论的现代转换、审美文化研究、日常生活审美化等，现今流行的各种后现代理论、现代性、审美现代性、消费文化、网络文学、文化研究等，也与文艺学研究密切相关。但这也是问题所在。文艺学学科范围太大，学科的界限不容易把握；研究对象模糊，不容易确定；研究主题、话题及各种概念、范畴太活，给人的感觉是喜欢搞些文字游戏，玩一些概念，生造一些名词，特别是有些研究总是在理论上绕，脱离文学批评现实。在当代语境下，这些情况仍然存在，文艺学在其学科内部仍然存在很大的学科发展困境，这也自然影响了当代中国文论话语体系的构建过程，所以，当代中国文论话语体系的构建必须认真辨析当前文艺学学科发展内部所存在的主要矛盾与问题，这主要表现为以下几点。

第一，理念与经验的矛盾。这主要体现在理论的宏大叙事与微观研究之间的矛盾，具体说就是理论研究往往只从理念层面上着眼，忽视了文学经验方面的存在，文学理论的诸种观念、各种概念、范畴成为一种理念图式，而微观意义上的文学经验研究被严重忽视。在这种矛盾中，文论话语的抽象化色彩是非常明显的，甚至“每个理论都包含对自己试图归类的素材进行的抽象”。[①] 理论的抽象本身无可非议，但是，如果这种抽象成为阐释方法的核心，那么久而久之，所谓的理论研究就变成了各种文学理念的研究。当代中国文论话语体系构建如果完全踯躅于理念层面上的高空作业，这个体系肯定是不接地气的。进入20世纪90年代，文艺学学科发展这种困顿也为人们所熟识，各种“反理论”声音的出现也正说明了当代文论话语体系建构在宏大叙事与微观研究之间出现了瓶颈性的限制。但所谓“理论之后”或“后理论”研究并非解决这一问题的良方。所谓“理论之后”其实只是当代文论话语中的一种比较单一的判断，它是描述，不是问题解决方法，也有着“强制阐释”的味道，本质上仍然是一种宏大叙事。这也说明，理论与经验的矛盾还是出现在理论研究的内部，是当代中国文论话语体系建构从始而终都要关切的问题。

第二，整体与过程的冲突。主要体现为文艺学学科在整体知识格局与价值取向上的变化多端的趋向，理论话语的建构没有一个“主流”。没有“主流”的文论话语在知识形态上是要从多方面来看待的，不排除是一种理论和思想的常态，但同时也反映了文论话语建构的一种尴尬处境，那就是理论研究中各说各话，文论话语建构究竟是一种什么方向？具体过程如何落实，价值取向如何？等等。这些悬而未决的问题一直以来让当代中国文论话语的构建存在着理论融通的困难。比如，中国古代文论话语资源、中国近现代文论话语资源如何有效地纳入文论话语构建的知识框架和理论体系之中，文论研究中的古典与现代、中国经验与西方参照的问题如何解决？在这些问题面前，当代文论理论见解迭出，各种理论流派轮番出场，甚至出现严重的话语拥

---

① ［德］沃尔夫冈·伊瑟尔：《怎样做理论》，朱刚等译，南京大学出版社2008年版，第11页。

挤，但在具体的理论构建过程中却缺乏深入细致的考虑，文论话语一味求新追新，各种新潮理论淹没了批评实践层面上的设计与追求，导致了文学理论实践功能的严重弱化。

第三，本质与现象的矛盾。主要表现为文论话语构建中往往受本质主义观念的影响，体系性的追求过于明显，但对文学本质的界定无法回答具体的文学现象问题。在这个问题上，文艺学学科在理论体系上明显依附于哲学、美学等本质主义话语特性非常明显的学科，缺乏从文艺学学科自身出发的本质主义论述的依据。比如，在文学理论学习与研究中，首先介入的问题就是"文学是什么"，现在一线的教学人员已经普遍认识到，从这个问题开始介入文艺学学科知识系统不但是困难的，还对文艺学知识话语的构建有明显的弊端。据说，有很多青年学子在文学热情高涨与勃发的青葱时代就是因为接触了这些大而无当的问题，从此断了以文学为业的念头。这种说法难以认真考证，或许是说得严重了，但绝不是空穴来风。在美学史上，由于美学学科在知识话语和知识格局上的特点，确实存在从本质主义美学到认识论美学，再到反本质主义美学、后现代主义美学的发展理路，在这个过程中，本质主义开启美学的思辨之门，主体论、语言论美学导致美学的认识论转向，以维特根斯坦为代表的分析哲学加速了反本质主义美学的理论进程，这种理论发展的背后是复杂而漫长的哲学观念的演进，是有理论依据的。但文学研究、文论话语的研究未必如此。无论是中国的先秦时代还是古希腊时期，孔子、老子、庄子、苏格拉底、柏拉图、亚里士多德，他们的文学观念更多附着在哲学、美学、历史与文化之上，本质主义和反本质主义的主导性文学立场是非常模糊的。到了中国近现代文论发展过程中，无论是王国维还是鲁迅、周作人、胡适、李健吾、朱光潜、宗白华，他们都没有"文学本质"这一说，当然更没有什么反本质主义文学观念。所以，所有的本质主义/反本主义文学理论都是依附在哲学、美学观念上的，这种观念的出现或许是认为文学作为一种意识形态也是需要哲学基础的，但这种说法似是而非。因为它不是就文学话语本身而论，更不是针对具体文学现象而言，这也就意味着无论理论层面上的研究多么周延，但只要文学话语的入口存在问题，文论话语体系的构建就会陷入本质与现象之争的无谓争端，这无论是对文论话语体系的构建，还是具体文学现象的研究，都是严重的阻碍。

第四，体验与读解的困难。当代中国文论在知识结构与话语传承上体现出了明显的体验与读解的困难，是当代文论话语在知识生产与接受方式之间的矛盾。文艺学学科所包含的研究内容非常复杂，既包括哲学史、文学史、美学史的内容，又广泛涵盖文学与社会、文学与历史、文学与政治、文学与心理、文学与性别、文学与经济、文学与意识形态等维度，这给从事文学理论研究的学者提出了非常高的要求。文学理论的跨学科特性也非常明显，哲学、文化学、心理学、社会学、政治学、信息学、传播学等学科的内容都与文学理论研究有明显的交叉。这种知识格局也决定了文艺学学科所包含的内容非常深奥，名词术语层出不穷，概念范畴变化多端，理论观念佶屈聱牙，在文论话语的生成与表达方面，明显体现出理论研究与读解体验之间存在普遍囫囵阐释的弊病。很多理论观念，特别是当代西方理论，没有被充分阐释，不排除某些研究者，某些教材的编写者对某些概念理论也是一知半解，往往在很短很有限的篇幅中蜻蜓点水地提一提，点到即止，展开分析就是长篇大论，一个名词概念就可以用上万字的内容来说明，况且，各种理论概念与范畴之间还存在不可忽视的理论谱系关系，在这种情况下，无论是大学本科生、硕士生乃至博士生，他们的读解与体验的困难可想而知。久而久之，这种情形还导致文论话语的建构缺乏基本的明晰性的表述要求，这不但加剧了文论话语体系构建的难度，同时更使文论话语中的“中国经验”被冲淡，变得非常模糊。因为文论话语中的“中国经验”最基本的要求应该是在面对具体文学现象与文学经验中用中国自己的话语表达自己的观点，说自己的话，阐释分析自己的故事，让一般的读者和接受者都能够听懂、看懂，这是基本的目标，也是当代中国文论话语体系建构的主要目的，而不是以理论概念上的晦涩莫辨、理论话语的逻辑繁复以及语言表达的佶屈聱牙为能事。在这方面，有效消化吸收西方文论话语的概念、范畴及其基本理论，强化中西文论的基本理解能力是一方面，而另一方面，研究者、表述者的思路清晰，语言晓畅，把理论讲清楚，把思想阐述明白，更是不可或缺的。当代中国文论话语体系构建迫切需要知识伦理上的自洽性，让人看得懂是关键，这就需要文学理论研究还得从那些具体性的问题开始，而不是从宏大概念、生僻理论入手，更应该重视文学理论研究的“小角度”“小历史”和一些细节问题，把具体问题研究落实扎实了，将理论的学习与研究根植在现实关注之中，充分尊重感性与感觉、个案，将阅读分析、审美文化批判、文学批评方法、文本个案解读联系起来，并以一种晓畅通达的语言传达出来。这虽不是一朝一夕就能实现的，却是决定当代中国文论话语体系构建能否有效的内功所在。

四 中国当代文论话语体系如何建构、是否可能

在当代社会生活发生重大变化的情况下，当代文论研究也更多地呈现出一种失落的情绪，值得我们思考的是，“理论”会“失落”吗?在当代整体文学精神萎靡的境况下，传统人文学科的形而上特性与文艺学研究的学理追求不可避免地会受到冲击，但如果从这种社会整体思想格局的变化引申出所谓理论的危机，不但找错了方向，更会失去

理论建构的重心。毋庸置疑，当代中国文论话语体系构建存在着较大的困难，但无论如何，有效把握“中国经验”，恰当表达“中国经验”，合理言说“中国经验”，仍然是当代文论发展中的重要问题。在诸多困境面前，当代中国文论话语体系究竟如何构建？是否可能？具体而言，需要考虑如下几个方面的内容。

首先是文论话语构建的方向与理论资源的整合原则问题。当代中国文论话语如何构建？建构的方向在哪里？这些问题尽管不断被讨论，但仍然悬而未决。原因是多方面的，首先，文论话语的构建确实是一个漫长复杂的过程，不可能一蹴而就；其次，文论话语的构建是一个虚实结合的过程，之所以说虚实结合，是说文论话语的构建既不是某种主导性话语占主流的结果，包括主流话语的自上而下的构建形式，也不是文论界和理论界一厢情愿的事情，这里涉及文论传统、文论资源的继承与整合，也存在文论话语体系的合理性、合法性与实践有效性问题。用什么样的理论话语言说文学经验与事实，理论言说是否与具体文学经验、文学实践相契合，这是一个新的理念与经验、整体与过程、本质与现象、体验与读解的二律背反，如何避免文论话语构建重蹈当代文论话语的弊端，是决定文论话语构建方向与方式的核心要素。在这个过程中，文论传统与话语资源的整合之所以重要，是因为它们作为一种传统资源和思想参照甚至是制约因素在起作用。中国古代文论资源、中国近现代文论资源、西方古典文论资源、西方现代后现代文论资源、传统马克思主义理论资源、西方现代马克思主义理论资源，可以说既缺一不可同时又不能面面俱到，“现代转换”“合理再造”等说法其实都难免挂一漏万。在面对这些理论资源的时候，以往总是以那种“口号式”“列举式”“陈述式”“旅行式”的理论引用与转述来“做”理论，这就是缺乏整合与创造的表现，更难以将有效的话语资源落实到具体理论研究的问题中，最终的结果往往是文论话语隔断了传统，阻断了历史，即使是有某种话语体系，但这个话语体系也是一个空的理论架子，装了中西文论的很多概念、范畴以及各种“名人名言”，完整系统意义上的批评观念还是缺乏的。

“口号式”“列举式”“陈述式”“旅行式”的“做”理论的方式，最终展现出的是理论推演的凌空蹈虚与话语操练的不断重复，这是当代中国文论话语中的突出问题。为避免这种状况，迫切需要加强对当代中国文学发展所面临的历史情境与理论共生张力的分析。从中国当代文论话语的现实处境来看，文论话语体系建构的目标与方向应该是强化文论研究呼应现实的问题意识与理论责任，其实就是文论话语的构建要落实到具体文学经验与文学阐释的过程中，文论话语真正做到有的放矢。在这个过程中，难点是理论层面上的言说是否与中国当代文学的现实情形即“中国经验”相契合。

在一个较长的历史时段，现有的以及要构建的文论体系与当代文论话语格局会存在一定的“理论共生性”。文论话语体系的构建触及的是理论话语在功用范畴上的有效性对话，“理论共生性”则关涉理论研究的时代性。无论是中国当代文论话语体系的建构还是中国当代文论的未来发展，都有一个“理论的共生性”问题。从文论话语演变的历时性发展而言，中国传统文论、西方古典文论、西方现代文论在当代文论话语中的定位、功用及其实践应用就是一个理论的共生性问题，“中国古代文论的现代转换”之所以遇到困境与瓶颈，就是难以解决由于文化传统的阻断、语言与文学生活方式的变革以及当代审美文化现实发展所带来的理论的共生性，“守正”与“创新”难以落到实处，继承与发展失去基本的文论话语依托，导致中国传统文论的概念如形神、言意、神思、意境等与当代文学经验与审美感受融通出现困难。文论话语构建中的“古典与现代”的阐释间隔如此，“自我与他者”“中国与西方”的难题就更加严重。这是一个新的理论构建的共生性维度，这个维度涉及当代中国文论话语在世界文论面前究竟是一个什么位置，是否需要对话？如何对话？等等。那种"口号式""列举式""陈述式""旅行式"的文论话语体系构建方式很显然与这种"理论共生性"背道而驰。在这个过程中，当代中国文论话语的"中国经验"之所以重要，就是因为"中国经验"阐释清楚了，路径合理有效了，古典与现代、自我与他者、中国与西方的阐释困境才能找到有效融通的方式，理论的共生性难题才能得到解决。在当代中国文论研究与话语建构中，学者们往往谈到中西理论研究对话的种种不畅，现在看来，这种不畅是不是语言造成的、传统造成的、国情造成的，还是理论话语本身造成的？恐怕这些因素都存在，但关键的问题恐怕还是"理论共生"的问题，也就是说，理论研究没有在话语一致性上展开，理论对话不是在一个理论共生性的层面展开的，中西文论各说各话，何来理论的对话？

打铁还需自身硬。理论对话不仅需要勇气，更要看自身的实力。增强理论的共生性既要考虑文论发展中的古典与现代问题，更要考虑中国与西方的问题，在这方面，需要在凸显"中国经验"的过程中强化当代中国的文化表征与当代文学生产范式的研究，特别是深化对20世纪90年代以来的文化经济时代的文学艺术生产方式的研究。20世纪90年代以来，随着市场经济的发展以及消费文化语境的凸显，当代审美风尚的感性化、娱乐化、消费化趋势不断增强。科学技术改变了世界，日益发达的传媒改变了社会现实，也影响了审美交流的方式，影响了审美体验的过程，文学研究也迎来了全面的审美泛化与泛滥的时代。这些问题应该被纳入文论话语体系构建的过程中，应该思考在当代社会生活发生重大变化的情况下，文论话语的构建如何对文学与社会、文学与人生进行定位，如何对社会文化定性。当代文学艺术生产方式的变革影响的不仅仅是文学审美体验方式的变化，更主要的，它是文论话语体系构建的文学土壤和思想地基，更是理论对话以及“理论共生性”的基本决定要素，是当代语境下的“中国作风”和“中国气派”。

最后，在当代中国文论话语体系构建中，还需要在把握当下文学经验与文化语境变化的同时重塑文学批评的理论品格与美学精神，用文学批评“打捞”“中国经验”。文论话语体系的构建并非说我们就需要一个体系，用一套理论、一堆概念、一批著作、大量论文构建一个所谓的体系，放在那里就可以了，更关键的是这个话语体系构建之后应该起到什么作用？在这样的问题层面上，方向与目标、过程与方式、话语内容与实践考量应该是同一的，话语体系的构建最终还是要回到以理论研究有效把握文学经验的宗旨上来，而要实现这一点，理论研究恰当地融合文学批评是不可忽视的。这个文学批评不是作为文学理论研究内容一部分的文学批评，也不是形形色色的文学批评理论，而是能够对具体文学作品发问、对具体的文学文化现象展现出充分理论阐释能力的文学批评。这就要强调文论话语体系构建的过程与效果，不是为了构建而构建。文学批评“打捞”“中国经验”之所以在文论话语体系构建中具有重要的作用，是因为它既是一种实践过程，又具备实践检验的能力和标杆作用。因此，当代文论话语体系的构建本身既是目标也是过程，话语体系的构建最终还是要落实到理论研究的具体过程。用文学批评“打捞”“中国经验”，走向包含着具体化、经验性、问题性文学理论研究的文学的批评实践，是当代中国文论话语体系构建不可忽略的环节。可以说，这个过程任重道远。

公共阐释与中国当代文本阐释诗学的理论拓展

自2000年前后，汤一介先生先后撰文《再论创建中国阐释学问题》《三论创建中国阐释学问题》《论创建中国解释学问题》[①]，建立中国阐释学就是中国当代阐释学理论研究中的核心问题之一。汤一介通过对郭象注《庄子》的方法的系统挖掘，整理中国传统哲学在注释经典传统上的“寄言出意”、“辩名析理”、“章句详解”、用“纬”证“经”等独特的阐释方法，并在阐释方法论上强调“六经注我”和“我注六经”之不同。他认为：“如果能对中国历史上对经典注释的方法加以梳理，也许可以总结出一套中国解释学的方法和理论来，这样才可以形成并有利于与今日流行的西方之解释学（Hermeneutics）的平等对话和交流。”[②] 中国阐释学的研究与建设是一个长期的过程，若想真正达到汤先生当初的理论构想——总结中国阐释学的方法和理论，建立能够与西方阐释学平等对话的中国阐释学理论，无论是阐释的方法论层面，还是对中国阐释学的哲学、思维和观念层面的总结和凝练，都需要更加深入和细致的工作。“中国阐释学”不能简单等同于“中

① 分别刊于《中国社会科学》2000年第1期、《中国文化研究》2000年第2期、《学术界》2001年第4期。

② 汤一介：《辩名析理：郭象注〈庄子〉的方法》，《中国社会科学》1998年第1期。

国传统哲学中的阐释方法”，中国阐释学的学派观念和理论宗旨观念的建设才是基础和观念，创建中国阐释学的问题需要首先在文本阐释学的理论与实践等基本阐释学目标任务方面做出扎实的研究，然后再谈创建中国阐释学的路径与规划。

一　文本阐释与阐释学研究的哲学普遍性

在阐释学理论发展中，文本阐释的问题是最早进入阐释学理论核心问题的。西方的阐释学理论有一个复杂的发展过程，从施莱尔马赫、狄尔泰，到海德格尔、伽达默尔（也作加达默尔），西方阐释学理论经历了一般阐释学、作为人文科学普遍方法论的阐释学、作为本体的阐释学，最终推进到哲学阐释学。哲学阐释学充分展现了阐释学研究的哲学普遍性，将阐释的问题从一种理论、方法、观念上升为关于阐释的实践哲学，伽达默尔认为，这种阐释“并不是要为科学或生活实践制定规则，而是试图去纠正对这些东西究竟为何物的某种错误的思考”。[①] 西方阐释学理论发展的现实似乎也预示了，随着阐释学理论的不断向纵深发展，阐释的行动和哲学囊括了人类社会生活的整体，只要人类社会和人类文化发展存在理解、认识的行为，就离不开阐释。在这个过程中，阐释的对象、范围、论域以及行动实践本身也不断扩大，最初作为“赫耳墨斯之学”是《圣经》阐释的学问已经走向了更广泛的广义阐释学。阐释学理论的纵深发展已经不见了《圣经》的踪影，似乎不需要文本了。这种阐释学理论发展的状况，既是一种基本的理论事实，但同时也是太过笼统的认识判断。如果深描阐释学理论的发展，我们会发现，在阐释学理论发展中，并没有忽视支撑和促进

---

① ［德］汉斯－格奥尔格·加达默尔：《真理与方法》上卷，洪汉鼎译，上海译文出版社2004年版，第20页。

其发展的基础性的理论研究，其中如何对待文本，如何恰当地进行文本阐释，恰恰是阐释学理论发展中不可逾越的理论起始工作。无论阐释学理论与阐释行为如何走向更丰富更深刻的理论创造，其最初以及后来的理论研究都没有忽略文本以及文本的阐释，文学与文本阐释的传统与方法由来已久，文本、阐释、对话、融合、意义、真理、价值，这些关键概念与范畴的提出和论证不断出现在各种阐释学理论与阐释学批评中，而且构成了阐释学理论体系中的基本问题。

在阐释学研究中，文本以及文本阐释是一个理论起源性的问题。可以说，阐释学理论的发展自文本开始，经过文本阐释的各种不同方向理论发展，最终才走向阐释的哲学。西方阐释学理论曾经不同程度地重视文本和文本问题。阐释学理论的起始阶段，施莱尔马赫的一般解释学曾强调解释学的普遍任务就是以文本为核心的对作者意图的揭示，他论述的“解释学的循环”“理解的艺术”等概念是阐释学研究的基本理论范畴，均是以文本为中介的，所以有研究者说施莱尔马赫的一般解释学“关注的是文本”①，这丝毫不为过。当然，施莱尔马赫把解释学的文本局限在《圣经》上，曾引发狄尔泰和伽达默尔的质疑。在施莱尔马赫之后，狄尔泰发展了施莱尔马赫的一般阐释学，强调作为方法的阐释学，认为阐释学能够为其他的人文学科提供一个完整的方法论基础，为此，狄尔泰强调理解的方法，强调文本阐释中历史经验的重要性，在他的阐释学理论中，文本被扩大了，文本从施莱尔马赫的直觉和感觉的对象，变成了历史经验的阐释载体，并内化为人类生活客观化的体验形式。这种基于文本和文本阐释的阐释学研究思路一直影响了海德格尔和伽达默尔，他们也正是从如何正确对待《圣经》等文本阐释、如何有效推动人的阐释和理解的角度，才把阐

① ［美］帕特里夏·奥坦伯德·约翰逊：《伽达默尔》，何卫平译，中华书局2003年版，第14页。

释学的研究推向深入的。可以说，在伽达默尔之前的阐释学理论中，文本的阐释与方法问题是阐释学的核心。西方阐释学的理论经过了海德格尔的存在论的转换，特别是在海德格尔引入语言、存在问题的阐释研究之后，文本阐释的问题逐渐淡出解释学的核心，而在伽达默尔的阐释学理论中，文本被广义的语言、理解等哲学解释学的问题化约为隐形的阐释学研究的基础，但在《真理与方法》中，伽达默尔仍然强调：“理解文本和解释文本不仅是科学深为关切的事情，而且也显然属于人类的整个世界经验。”① 所以，伽达默尔的阐释学理论并没有忽略文本与文本阐释，他所强调的“视域融合”、阐释学的“效果历史”及其最终之理论的检验，其实都包含一个隐形的文本的概念，他的哲学解释学不断谈论的艺术、游戏、语言哲学等问题的背后仍然有一个基础性的阐释学的文本的观念存在，只不过这种文本不是“一个”文本，就像他说的经验，也不是“一个”经验，而是作为整个哲学解释学的普遍性的文本与经验。

对于阐释学的研究而言，阐释学以及文本阐释诗学的问题也并不一定仅限于施莱尔马赫、伽达默尔等西方阐释学的理论传统。阐释学是当代哲学与思想发展中的重要问题，是广泛涵盖了中西文化与哲学发展历史的思想原生问题，阐释学研究中的文本与文本阐释问题也是如此。除了施莱尔马赫、伽达默尔之外，中国传统语言文化以及文论中某些重要的阐释学的观念与方法，“文以载道”“以意逆志”等，也广泛涉及了阐释学研究的文本和文本阐释的问题。相比西方阐释学理论，中国阐释学在系统化的理论表述上有不同的表达方式，但在文本阐释的层面具有明显的理论表现。首先，从先秦时期对《诗经》的阐释，到汉代对楚辞的阐释，以及宋代文论对唐诗的阐释，其中均蕴含

① ［德］汉斯－格奥尔格·加达默尔：《真理与方法》上卷，洪汉鼎译，上海译文出版社2004年版，第17页。

着深刻的文本阐释的观念。其次，中国阐释学中的文本阐释具有非常明显的美学和艺术特质，与伽达默尔等人的阐释学将艺术和美学问题作为阐释学的一般问题加以论析不同的是，中国古代阐释学的方法与观念是在阐释行为的内部发生的，是就文本本身的阐释发散而得出结论的，很多阐释行为是在文本的美学和艺术层面发生的，这一点可以从中国美学史中获得结论，如中国古典美学中的“意境”理论，强调的就是文本阐释的一种美学特征。对阐释而言，意境在哪里？如何体验？要从具体的文本上见出，这也正是文本阐释的结果与目的所在。由于中西哲学、文化、美学在语境、背景、传统等理论生成上的差异，以及理论思维、理论判断与表达上的不同形式，关于阐释学研究存在较为明显的差别，在阐释的方法、本体以及表达方面，走向了不同的阐释学研究的道路，并最终影响了作为一种理论和思想的阐释学基本问题的存在及表达方式，这种理论差异自然也影响了阐释学中的文本阐释的不同方向与特征，但无论如何，在阐释学中，文本构成了阐释研究的理论基础和可靠性来源，无论是西方的阐释学还是中国的阐释学，在理论发展的基本依据及其理论建构的层面上，都不能忽略文本与文本阐释的基本功能及其始源性价值。

二　阐释的公共性及其文本视野

阐释的公共性问题是中国学者张江教授在《公共阐释论纲》中着重提出并论述的。张江在《公共阐释论纲》中提出：“阐释是一种公共行为。阐释的公共性决定于人类理性的公共性，公共理性的目标是认知的真理性与阐释的确定性，公共理性的运行范式由人类基本认知规范给定，公共理性的同一理解符合随机过程的大数定律。”[①] 阐释是

① 张江：《公共阐释论纲》，《学术研究》2017 年第 6 期。

否公共的以及在何种意义上是公共的？阐释的公共性对阐释学的研究以及阐释的意义与价值有什么影响？这是当代阐释学研究需要进一步探讨的问题。在《公共阐释论纲》中，张江着重从认识论的角度，论述阐释的公共性，他提出了公共阐释的六个特征：“第一，公共阐释是理性阐释；第二，公共阐释是澄明性阐释；第三，公共阐释是公度性阐释；第四，公共阐释是建构性阐释；第五，公共阐释是超越性阐释；第六，公共阐释是反思性阐释。”① 这六个方面的特征可以说是阐释的公共性的认识属性的规定，在阐释学的意义上，由于阐释、理解与人的认识、实践乃至本体存在具有高度的一致性，从认识论的角度探究阐释的公共性其实也是在理性、价值等层面上对阐释活动做出了明确的说明，因而，从阐释学的基本问题研究层面上，公共阐释论提出了当代阐释学研究中的一个核心问题，那就是，阐释以及阐释的行为如何以它对人的认识行为、理性活动与哲学实践的系统观照，走向社会公共文化与公共领域。阐释是公共的，阐释是理性的，也就意味着阐释行为是公共的文化，公共的理性，是公共的文化创造的一部分。

在西方阐释学理论中，至少有两方面的重要因素与阐释的公共性问题有关。首先，在西方阐释学漫长的理论发展中，从施莱尔马赫、狄尔泰、海德格尔到伽达默尔，形成了一般阐释学、作为方法的阐释学、本体阐释学、哲学阐释学的连贯而有明显理论呼应的学术传统。但平心而论，无论是施莱尔马赫、狄尔泰，还是海德格尔、伽达默尔，他们的阐释学研究都不是当代的“显学”，当代哲学以及美学、文论研究中最受关注的学者不一定是他们。那么，为什么在当代，阐释学的研究能够不断引发新的讨论，不断走向理论研究新的进展呢？关键就在于阐释学是一个有学术传统积淀和思想传承的理论，用伽达默尔

① 张江：《公共阐释论纲》，《学术研究》2017年第6期。

的话说就是："它启发了人的创造、生产和构造活动对于其所受制的必要条件的现代态度。"① 伽达默尔面对阐释学研究，曾慷慨陈词："当科学发展到全面的技术统治，并因而导致'在的遗忘'的'世界黑暗时期'这种尼采曾预言的虚无主义时，难道我们要目送黄昏落日那最后的余晖，而不欣然转身去期望红日重升的第一道朝霞吗?"② 很显然，伽达默尔希望从阐释学中看到现代哲学的希望，所以他将阐释学上升到哲学的普遍性即实践哲学高度，而任何这样的学术研究都离不开公共性的哲学问题的探讨以及进入社会公共文化领域的问题可能性。阐释学的学术积淀与思想传承更是让它以一种公共性、普遍性的哲学理论不断深入当代学术前沿，阐释学本身就是公共的学术。其次，阐释的公共性问题在伽达默尔后期强调的阐释学的一般性中有十分明显的理论呼应。伽达默尔曾经谈到，阐释学不仅仅是方法或本体，而且追求阐释的哲学或阐释的一般性，"方法论问题是完全由对象所规定的"③，而阐释学只有"被扩建成为一门关于本文理解和解释的一般理论时，它才获得其真正的规定性"。④ 在哲学上，阐释的一般性与阐释的公共性问题紧密相连，阐释的公共性既是阐释行为、阐释活动的公共性，也是阐释学研究的理论内部所涉及的问题普遍性，阐释活动的公共性与阐释学研究中的"效果历史"即阐释的有效性等问题有着理论上的互文性。从阐释学的意义上说，这也是历史真实和阐释真实的统一，说明了无论是阐释的行为、阐释的过程，还是阐释的理论，

---

① ［德］汉斯－格奥尔格·加达默尔：《真理与方法第 2 版序言》上卷，洪汉鼎译，上海译文出版社 2004 年版，第 14 页。

② ［德］汉斯－格奥尔格·加达默尔：《真理与方法第 2 版序言》上卷，洪汉鼎译，上海译文出版社 2004 年版，第 14 页。

③ ［德］汉斯－格奥尔格·加达默尔：《真理与方法》上卷，洪汉鼎译，上海译文出版社 2004 年版，第 406 页。

④ ［德］汉斯－格奥尔格·加达默尔：《真理与方法》上卷，洪汉鼎译，上海译文出版社 2004 年版，第 421 页。

都蕴含着公共性的问题。

阐释的公共性问题同样重视文本及其文本阐释，张江教授提出的公共阐释论具有开阔性的文本视野。在阐释的公共性角度上，文本的价值在于阐释的无限性和开放性，阐释有了开放性和公共性，对于文本阐释而言，同样是一种意义的再造过程，是一种新的视域融合。张江强调：“公共阐释的内涵是：阐释者以普遍的历史前提为基点，以文本为意义对象，以公共理性生产有边界约束，且可公度的有效阐释。”[①] “以文本为意义对象”是指，“承认文本的自在意义，文本及其意义是阐释的确定标的”。[②] 以文本为核心让公共阐释论具有了一个明确的理论立足点，在这个立足点上阐释的公共性问题不仅呼应了西方阐释学中的文本阐释观念，而且深入总结了中国传统哲学与文化中的阐释的文本问题。这也是张江在提出他的公共阐释论之后着重探究的理论内容。在提出公共阐释论的过程中，张江教授沿着公共阐释论的基本思路，以文本阐释为核心，对阐释学研究的一般问题做出了知识考古层面上的研究。在《“阐”“诠”辨》中，张江从汉语言文字造字之法的特征，辨析“阐”“诠”的词源学和语义学特征，追溯“阐释”之“阐”与“诠释”之“诠”各自深厚的哲学和历史渊源。强调：“‘阐’之公开性、公共性，其向外、向显、向明，坚持对话、协商之基本诉求，闪耀着当代阐释学前沿之光。‘诠’之实、‘诠’之细、‘诠’之全与证，其面向事物本身，坚守由训而义与意，散发着民族求实精神之光。”[③] 并强调中国古代阐释路线，一条重训诂之“诠”，一条重意旨之“阐”的“两条理论路线”的差别与意义。在《“理”“性”辨》中则在文字与语义学的

---

① 张江：《公共阐释论纲》，《学术研究》2017 年第 6 期。

② 张江：《公共阐释论纲》，《学术研究》2017 年第 6 期。

③ 张江：《“阐”“诠”辨——阐释的公共性讨论之一》，《哲学研究》2017 年第 12 期。

意义上，辨析中西“理”“性”各自的意义分野及其对阐释学研究的不同影响，强调“中国之理，是实践理性之理，乃实践智慧的直观表达；西方之理性，是理论理性之理，乃理论智慧的逻辑表达”。[①]《“阐”“诠”辨》《“理”“性”辨》有效承袭了《公共阐释论纲》中关于阐释的公共性研究的理论思路，在文本阐释的具体性上做出了深入的理论辨析，这种研究思路和内容不但广泛涉及了公共阐释论在中国文化语境中的表现，而且本身就是文本阐释的有效例证。相比西方阐释学研究中的一些核心概念，如“前见”“解释的循环”“视域融合”等，阐释的公共性或是公共阐释论不是作为一个“概念”或“范畴”而提出的，抑或不是一个阐释学的“理论”而出现的，而是代表了一种阐释学的立场和观念，对于中国阐释学研究而言，这种阐释的立场和观念具有积极的意义，它不是对西方阐释学的一般问题作出解说或者注解，更注重从中国传统文化以及思想中找寻阐释的公共性理论依据或说观念佐证，追求的是“基于中国古代文化与哲学传统，借鉴西方哲学及理性方法，可为当代阐释学基本规则的重要根据”。[②] 我们可以发现，这种阐释规则和理论不但有文本，而且发展了文本；不但强调文本阐释，而且不拘泥于既定的文本，同样从文本阐释走向了更加广泛的阐释学理论，这种阐释学理论的初衷与目标是：“以中国话语为主干，以古典阐释学为资源，以当代西方阐释学为借鉴，假以对照、选择、确义，由概念起，而范畴、而命题、而图式，以至体系，最终实现传统阐释学观点、学说之现代转义，建立彰显中国概念、中国思维、中国理论的当代中国阐释学。”[③]

---

① 张江：《“理”“性”辨》，《中国社会科学》2018 年第 9 期。

② 张江：《“理”“性”辨》，《中国社会科学》2018 年第 9 期。

③ 张江：《“阐”“诠”辨——阐释的公共性讨论之一》，《哲学研究》2017 年第 12 期。

三　公共阐释与当代中国文本阐释诗学的理论构建

早在强制阐释论的研究中，张江等学者都强调，面对当代西方文论的发展，实现与西方平等对话的途径，一定是在积极吸纳世界文艺理论发展经验的基础上，立足本土，坚持以我为主，坚持中国特色，积极打造彰显民族精神、散发民族气息的中国文艺理论体系。公共阐释论更明晰地展现出中国阐释学研究与建构的理论导向性，在阐释的立场与观念上，展现了当代中国解释学理论的内容与价值，具有了建立中国阐释学研究的理论视野与观念特征。中国阐释学的建设与发展如何考虑中西阐释学理论发展的不同特征，如何有效借鉴西方阐释学的理论成果，整合和发扬中国阐释学的资源与理论传统，特别是在中西阐释学的不同理论传统中找到能够相互融通促进的阐释学理论研究的支点，以推动中国阐释学的发展，在这方面，公共阐释论给我们提供的启发是积极而明显的。

公共阐释论给我们提供的启发首先在于，阐释学的理论研究若走向更丰富更深刻的理论发展，需要从阐释学研究的基本概念、范畴和理论原则的清理、梳理及建构出发。建构中国当代阐释学需要扎实推进中国当代文本阐释诗学，因为文本是阐释的起点，文本阐释是阐释学研究首先要经历的理论关口。英国学者伊格尔顿认为，随着伽达默尔的主要论著《真理与方法》（1960）的出版，“我们需要对一直折磨现代文学理论的一些问题进行争论”①，如“文学的文本是什么意思？作者的意图与这种意思怎样联系？我们是否有希望理解那些从文化上和历史上都与我们相异的作品？‘客观的’理解是否

① ［英］特里·伊格尔顿：《现象学，阐释学，接受理论》，王逢振译，凤凰出版传媒集团、江苏教育集团2006年版，第64—65页。

可能？或者是否一切理解都与我们自己的历史处境相关？”[①] 伊格尔顿所说的文本与阐释学中的文本概念有一定的差别。伊格尔顿是在美学和文论的层面上强调文本阐释的意义，这个文本概念区别于“作品”，强调的是符号学、叙事学、批评学意义上的“复数的作品”，就像法国符号学家罗兰·巴特曾经提出的，文本不是作品，文本“是一种方法论的领域”，是“对符号的接近和体验”。[②] 这样的文本概念拒绝了作品—作者联系链条上的作品概念，突出了符号化、生产性的文本概念，也让文本阐释批评能够更多的围绕文本的生产与意义特性展开。阐释学意义上的文本当然不能完全重复美学或文论层面上的文本概念，但有明显的重合。在阐释学意义上，文本的概念不仅仅是符号化的，而且是对象性，《圣经》的文本、神学的文本、文学的文本，这些文本既是阐释学的对象，同时又对阐释学理论具有反向建构作用，即意味着没有文本的阐释的基本依托，阐释学就失去了理论上进一步展开的空间和依据，更失去了理论的承继关系。阐释学意义上的文本还是创造性的文本，是视域融合中的文本，文本被阐释，文本被理解，同时也在创造新的文本，产生文本对话，而且阐释学与其他学科的融合对话大多也是从文本出发的，所以，阐释学的意义生成与发展离不开文本，在文本的基础上建立的阐释的主体性与主体间性也是阐释学研究中的重要问题。张江提出的公共阐释论也强调：“阐释生成的确定语境要求，尤其是交流主体间的共享理解。在确定语境下，阐释不是任意的。无论对象词语包含多少衍生意义，确定语境规制语义的有限性。共同语境下的历史主体，理解的历史性，不能脱离自在话语的本来意义。同一主体的不同理解，

① ［英］特里·伊格尔顿：《现象学，阐释学，接受理论》，王逢振译，凤凰出版传媒集团、江苏教育集团2006年版，第65页。

② ［法］罗兰·巴特：《从作品到文本》，杨扬译，《文艺理论研究》1988年第5期。

是不同语境下的不同，如此理解不被共享，则应归属私人理解而失去阐释意义。”① 要做到这一点，在阐释的过程和实践中，围绕阐释的对象不断创造阐释的“视域融合”是一个关键问题。在不断的视域融合中，文本意义的丰富性和不确定性以及文本的开放性获得极大的发展，文本阐释的过程与意义也日益彰显，在这个层面上，文本阐释的公共性本身也是文本形式的重塑，是阐释的主体性和主体间性的呈现，这恰恰是以文本为意义对象的公共阐释活动得以落实到阐释行为中的核心。

以阐释的公共性研究为切入点，以文本阐释为意义对象，建立中国阐释学，还需要充分挖掘中国阐释学的资源与方法。西方的阐释学曾被视为当代人文学科中最重要的学问，阐释学理论的发展和更新均是围绕文本和读者的视域融合等核心问题而展开，其中涉及许多阐释学的关键问题。西方阐释学理论经过几个理论轮回的发展，到了伽达默尔那里走向了集大成的理论意义。相比西方阐释学，中国阐释学的建设与发展的历史更加悠久，但分歧尚多，特别是在理论建设的路径与方向上仍然有很多争论，走向中国阐释学的理论集大成仍然需要更多的努力。面对中国阐释学的研究，学者们给出的方案或者路径大多是在以西释中和化古通今上的踟蹰论争。毋庸置疑，在阐释学不同理论资源的选择和中国阐释学理论建构的路径上，中国古典的阐释学资源和西方阐释学理论均能发挥积极的作用，如何有效吸收中国阐释学的资源和方法是关键。这个关键不能只停留在总结、梳理和个案挖掘上，这些是启示性工作，重要的是形成关键概念、范畴、理论观念、体系建设上的理论标识，达成理论共识，并真正走向中国阐释学研究的理论和学术内部，改变疲于跟进西方阐释学理论研究的发展路径，切实推动中国阐释学研究与理论建构的具体过程，进而落实重建中国

---

① 张江：《公共阐释论纲》，《学术研究》2017 年第 6、5 期。

阐释学的系统理论方案。

对中国阐释学的建设而言，西方阐释学理论是一种重要的思想资源，中国当代的阐释学研究已经较为系统地关注了西方的阐释学理论，这里面有理论研究的合理选择，也存在阐释学研究的片面冲动，理性地认识西方阐释学资源之于中国当代阐释学研究与发展的启发，在西方阐释学的理论反思中，走向中国阐释学的理论建构，在这方面，公共阐释论的研究做出了很好的理论探索。一般说来，由于学术研究与学理判断的时效性影响，越接近当下理论发展与理论变革的观念越能引起人们的关注，公共阐释论的研究也是如此，公共阐释论的研究迅速进入了当代学术界的视野，主要原因是对中国阐释学的学科体系、学术体系、话语体系的构建基础提出了积极的规划。在《公共阐释论纲》之后，张江教授就阐释学的研究与西方很多权威学者展开了对话交流，其目的是在对话中为中国阐释学寻找建设的有效路径和话语策略，张江教授通过与美国现代语言学会主席米勒、杜克大学教授哈派姆、欧洲科学院院士西奥·德汉、德国著名学者哈贝马斯的对话，在积极交流中不断深入探讨中国阐释学研究与建设过程中的问题，并提出新的解决思路和构想，对中国阐释学的研究及其话语体系建设产生了积极的影响。在阐释的公共性研究打开中国阐释学研究的理论视野和空间的同时，仍然要重提中国当代的文本阐释诗学的建设。

“文本阐释诗学”是一种扎实的基础性的阐释实践，是一种阐释学理论建设的准备和预期工作。什么是“文本阐释诗学”？文本阐释诗学强调阐释学的理论研究或是中国阐释学的理论建设首先要在文本层面上清理阐释学的有关问题，强化阐释学批评的文本实践，重在概念、范畴及理论基本规则层面上的原初发动，进而在文本阐释的基础上走向中国阐释学的理论体系建设。从这个层面上说，文本阐释诗学也可以看作一种阐释的诗学或美学，这种阐释的诗学或美学不一定就要将中国阐释学的研究局限在文论或美学范围，而是文本阐释自带的一种美学和艺术特质，特别是对中国古代经典的阐释，如何深入挖掘这种美学和艺术的特质，中国阐释学的研究还没有系统性完成这种工作。

最后，以公共阐释论的研究为标志，中国阐释学的研究仍然需要在阐释的公共性、哲学普遍性上继续努力。伽达默尔最终强调阐释学走向实践哲学以及阐释学的普遍性，就是因为他认识到一般阐释学、普遍人文社会科学方法论的阐释学、存在论意义上的阐释学，最终都难以将阐释学上升到统摄人类所有认识活动和理解活动的高度，只有作为实践哲学的阐释或哲学阐释学才有这个可能。因为走向哲学的阐释学，才能够在哲学的普遍性上使阐释学在人类的精神生活领域发挥更有力的作用，才能化解“效果历史”的矛盾。对中国阐释学研究也是如此，阐释的公共性、哲学普遍性问题的研究仍然需要深化和推动。对阐释学而言，仅仅停留在知识论意义上的“理论”与“学问”的阐释学研究，仍然没有破除阐释的“前理解”的困境。而就中国阐释学的建设路径而言，什么是中国阐释学的核心概念、范畴和基本的哲学问题等，仍然需要进一步加强。缺乏核心概念、范畴以及基本理论原则的中国阐释学研究，仍然是值得我们注意的方面。此外，中国阐释学研究的本土化和中国化的问题仍然值得进一步思考。在这方面，公共阐释论研究的意义与价值就在于，已经着眼于中国阐释学研究的现实，开始提出中国阐释学研究的核心概念、范畴，努力探讨中国阐释学建设的理论框架和理论范式，努力在西方阐释学理论与中国阐释学研究的观念与资源中做出理论自洽性的反思，这对中国阐释学如何走出单向接受西方阐释学研究的困境，规避西方阐释学的理论旅行的弊端，进而深化中国本土的阐释学研究具有一定的现实意义。公共阐释论仍然是一门发展中的学问，也是值得深入探究的阐释学的基本问题，对于目前的公共阐释论研究以及中国阐释学的建设而言，充分的理论前期的准备是必要的，有效总结西方阐释学研究的有益经验，系统观照中国阐释学理论发展的方法与观念，提出建设中国阐释学的合理路径，仍然是一个长期的过程，需要包括公共阐释论研究在内的阐释学理论不断加强价值重估与原初推动的工作。

在批评实践的“召唤”中深化当代文艺理论与美学研究

——颜芳博士的访谈记录

颜芳：段老师，您好！近来您在中西审美文化理论与批评、西方马克思主义美学、比较诗学、中国当代文学理论与批评等领域深耕不辍，主持了多项国家级和省部级重大项目，发表了多篇影响广泛的重要论文，能首先请您谈一下您的研究体会吗？

段吉方：从一般的意义上而言，人们谈到当代的研究，喜欢用“新时期”这个说法，大致从改革开放以来算起，有近四十年的时间。可以说，这期间文艺学美学研究取得了长足的发展与进步，理论观念的更新，方法论的进步，批评话语的繁荣，都非常明显，这是几代理论研究者和学人共同努力的结果。当然，这期间经过非常复杂的理论、学术、思想和社会文化的影响和动荡，有很多挑战，也面临着非常复杂的问题。现在大家都在讲创新，文艺学、美学等学科的理论研究创新是比较困难的，无论是审美文化理论还是批评理论、诗学理论、马克思主义美学理论，这些理论在某些程度上都是一种思想的参照，人为建构的内容及其成效比较微弱，理论不是创造出来的，也不是随便就可以创新的，它是哲学智慧，是思想的积累，其次才是个人创造。

如果讲到研究体会，首先，我感觉在目前大的社会文化语境和理论格局之中，从事理论研究比较有挑战，困惑也比较多。文学理论研究和美学研究既有相对固定的学科规范、学科限制，但又不完全明晰，这样就给理论研究、批评研究造成非常大的困难。所以我们经常遇到的一种问题是，你是研究什么的？这个问题不好回答。因为我们的学科研究范围比较宽泛，不好划定，这样容易造成研究的空泛，重复性的命题比较多。这是我目前从事理论研究所面临的一个比较大的困惑，理论研究究竟应该对现实发生什么作用？理论研究的生命力在哪里？我常常考虑这方面的问题，但很难有清楚的回答。

第二方面，我刚才谈到，就是感觉理论的创新比较难。这也是整个人文学科面对的比较大的困境。我个人理解得不一定对，包括文学和美学，人文研究哪里能够做到天天都创新？时时刻刻创新？但是不创新、没有新的理论话语，就难以凝练出新的理论范式、对批评实践没有新的感受和体会，那么理论研究的有效性、活泼性就比较难获得。歌德说过，理论是灰色的，生命之树常新，生命之树一定有一个非常长的思想积淀，衬托、对比出理论是灰色的。这也是我认为目前学术界比较难以面对的问题，我们的话语体系、我们理论研究范式、批评实践的有效性，都面临比较大的挑战。

另外，就我自身的研究而言，我感到文学理论、美学研究的问题意识还不够。特别是面对中西纷繁复杂的理论流派和理论思想，在西方与中国、古典与现代、理论与现实等多个维度上，问题意识、问题性的研究很容易被淹没在各种理论话语的喧嚣当中。这也是我最近不断思考的问题，做一个项目也好，做一个研究也好，究竟在哪些方面发问，在哪些方面展现出你的问题意识，这是关键。总而言之，目前的文学理论研究、文学和美学的研究，确实不能按照传统理论话语和脉络展开，如果理论研究变成了单纯理论学派的研究、理论话语的重复研究或批评阐释的叠加，那么这样的理论是没有生命力的、这样的学术研究也是很难有发展的。

颜芳： 谢谢您分享的研究体会。您在英国马克思主义美学研究方面有系统性的研究成果，对特里·伊格尔顿、雷蒙·威廉斯、托尼·本尼特等有持续的研究。您曾提及英国马克思主义美学不同于德国理论和法国理论，有着理论与经验结合、理论与现实性结合的独特传统。能请您谈一下 20 世纪英国马克思主义美学和文学、文化批评理论的理论传统及其在当代世界马克思主义美学中所处的位置、所作出的独特贡献以及它对中国马克思主义美学和文论当代建设所带来的独特启发吗？

段吉方： 国内在西方马克思主义文艺理论研究方面，伊格尔顿研究是一个持续的热点，热度至今未减，最近还有学者谈到，国内在西方马克思主义美学研究方面，关于伊格尔顿的研究论文每年都有十几篇，甚至更多。我们可以将目前的研究情况与 20 年前的伊格尔顿和西方马克思主义文化理论研究做一个对比，我个人感到国内文艺学界在这个领域的研究成就还是比较大的。比如说，我们对伊格尔顿的研究已经比较立体了，有些当时忽略了的维度现在已经展开了，如伊格尔顿的美学研究的伦理的维度、政治的维度、宗教文化的维度，现在都已经展开了，这些是 20 年前没有完全展开的。我当初关注伊格尔顿的研究还是在比较传统的文论和马克思主义批评视野中展开的，选取的是意识形态和审美话语的角度，他的伦理、宗教等内容当时没有涉及，现在看来这是一个缺失，以后应该不断补充。最近几年，关于伊格尔顿研究的成果不断涌现，特别是批判性的研究成果多起来了，这是好事。目前，我正着手研读和翻译他的《批评与意识形态》，合同已经签了，译稿初稿已经完成，正在校对。20 年过去了，现在看《批评与意识形态》这样一本伊格尔顿年轻时的著作，还是有很多收获。伊格尔顿写作此书时才 30 多岁，马克思写《共产党宣言》也是这个年纪。

可以发现这确实是一个年轻的、笔力非常雄健的学者的著作，也是一个非常有才华的年轻理论家的重要著作。我在《意识形态与审美话语——伊格尔顿文学批评理论研究》（人民文学出版社 2010 年版）中曾提出伊格尔顿的批评理论有过于依赖文学研究的本质主义观念的缺陷，他在马克思主义文学批评的基础性的理解、方法论的理解上也有不足，观念时常变化，左右摇摆，在《批评与意识形态》中表现得更加明显。这实际上符合一个理论家、符合一种重要理论固有的惯性特征，那就是最有创造性的东西必定是有缺陷的，这是因为理论、思想不是绝对真理，再伟大的理论家提出的理论都是有缺陷的，而且在最有创造性的理论思考中其缺陷暴露得越明显。我认为伊格尔顿最重要的三部著作，是《审美意识形态》、《文学理论导论》和《批评与意识形态》——这其实可以做一个问题来研究，即伊格尔顿究竟对中国产生最大影响的著作和内容是哪些——上述三本著作其实把伊格尔顿在文论方面的思想都概括出来了。伊格尔顿的后期研究，如《后现代主义的幻象》《文化的观念》《甜蜜的暴力》《陌生人的烦恼》《人生的意义》，是从传统的文论和美学研究拓展到伦理、文化、政治、宗教问题以及对形而上学的思考，我认为这也是他有创造性的地方，如果伊格尔顿的研究永远停留在《批评与意识形态》等传统文论美学的层面上，那么他的影响肯定不会那么大。这也是一个有创造力的理论家不断进行理论突破的结果。

恰恰是这样一个研究对象可以作为个案来探讨。伊格尔顿个人的鲜明的创造性以及在鲜明的创造性中所体现出的理论缺陷，对我们理解文学、美学、马克思主义文学批评的具体问题有所启发。他的理论观点，在审美话语和意识形态的间离结构之中根植于文学批评的实践性，打破原来的美学理论和文学理论单纯性的审美性主张。“后康德主义”视野在伊格尔顿理论中表现得非常明显，而且他有具体的理论观点。此外，伊格尔顿持续性的理论思考，会把他的问题带到一个更广阔更大的问题范围之中，现在看来确实是这样，文学和美学理论如果不与更为广泛的政治、文化、宗教等思想结合起来是很难展现更深广的价值的。而且现在确实有这个趋势，当代最重要的、最新的理论家朗西埃、巴迪欧、阿甘本、齐泽克等，他们的研究已经脱离了纯审美的范围或传统美学学科的范围，进入审美与政治、审美与宗教、审美与伦理、审美与文化、审美与经济的范围，这也就是我说的伊格尔顿自身研究范围的拓展也会带领他的阐释者和研究者进入一个新的领域，这也正是伊格尔顿对文学理论、美学理论研究的贡献所在。

从伊格尔顿这样一个个案出发，我确实首先对这个研究对象本身有一定心得、有较长时间的关注，但是更重要的是超出这个研究对象，而进入它带给我的更大的美学、文艺理论的研究范围，这也迫使我关注文艺学、美学更为复杂的问题，不仅是文论、马克思主义文艺批评。因此我最近的研究也涉及审美与政治、文化与资本、艺术生产论方面的思考，尝试在美学政治学方面有所推进。最近发表了几篇文章，学界反响还可以。这些问题实际上都是针对此前思考的演绎性研究。我虽然一开始是研究伊格尔顿的，但我没有停留在一个伊格尔顿的专门研究者的身份上，努力随着伊格尔顿提出的问题领域、美学问题域的变化，拓展研究领域。

我做完伊格尔顿的个案研究之后，确实包括伊格尔顿在内，整个20世纪英国马克思主义文化理论具有非常明显的理论特色。与伊格尔顿相关的理论家，如早于伊格尔顿的理查德·霍加特、雷蒙·威廉斯和差不多与伊格尔顿同时代的托尼·本尼特，多少都与英国文化研究和经验美学传统有关系，与伯明翰学派的文化研究传统也有非常复杂的学理联系。这种学理联系确实不同于德国理论、法国理论。不同于德国的严谨的、极具思辨性的、通常有着复杂的形而上学倾向的理论；

不同于法国理论的新潮、法国学派崭新的理论拓展；也不同于美国理论的综合性，不管德国、法国、英国理论，一经过美国的思想转换，就变成综合性的世界性的思想。

在雷蒙·威廉斯、理查德·霍加特，或者还包括斯图亚特·霍尔的身上，我确实发现英国文化理论比较注重理论研究的现实性。在威廉斯《漫长的革命》、霍加特《识字的用途》等著作中，他们对理论、对文化本身的研究，确实打开了一个不同于英国之前的 F. R. 利维斯、马修·阿诺德的传统，另外，在研究思路上，也区别于世界范围内的文论研究。他们对工人阶级文化的理解也不是我们通常理解的工人阶级文化，他们在大众文化的研究上确实是有开创性的功劳。在这个过程当中，我从伊格尔顿的研究拓展到对整个 20 世纪英国马克思主义美学。在对 20 世纪英国马克思主义美学的研究中，我发现一个很重要的理论特点，我把它概括成“理论研究的经验性”。这种“理论研究的经验性”一直延伸到现在，与英国马克思主义美学的核心理论命题密切相关。英国马克思主义美学的核心命题，如霍加特的《识字的用途》，特别着重讨论的是工人阶级对文化的感知和体验，特别是社会底层的孩子对文化的最初的感知、最初的理解是什么样的？但霍加特对这种最初的感知的讨论绝对不是就事论事、只讨论识字，而是认为识字是与文化、环境、习得、经验、家庭、父母受教育程度、生活的区域等因素结合在一起的，不同的文化环境和习得经验影响着人们的生活环境。我们从小长大的生活环境、风土人情、社会习俗、文化阶层的构成，都会对人产生很大的影响，这就是布尔迪厄后来提出的“区隔”，实际上与霍加特不谋而合，所以，霍加特的所谓识字的用途，就是把文化根植于社会的感觉经验之中。

雷蒙·威廉斯的核心概念就更加明显了，他提出了“文化唯物主义”“感觉结构”概念，强调文化的物质性，强调文化不是抽象的，而是具体的生活方式。威廉斯在《漫长的革命》中提出“主导”、“留存”和“新兴”等三种文化观，反对对文化的精英性理解，而强调文化就是生活实践、生活关系、生活环境，威廉斯的文化唯物主义理论对整个20世纪英国马克思主义的文化理论起着非常重要的联结性作用，把英国马克思主义文化理论串联、概括起来了，而且有很好的适用性。从“文化唯物主义”发展到“感觉结构”，威廉斯就把感觉、情感、经验与社会的、政治文化的结构性属性贯穿起来了。情感经验通常被认为是私密性的东西，如看一部小说、看一部电影、对一部文学作品的解读，一般认为是个人感受，但是威廉斯认为不是，个人的感觉如果没有社会文化和经验的介入，是很难展现出来的。伊格尔顿对意识形态概念的界定是受到了威廉斯、霍加特等人的影响的，伊格尔顿后来对威廉斯的批判比较多，对英国经验主义的批判也比较多，但是唯独认同威廉斯、霍加特对文化、对意识形态的理解，认为他们打破了对意识形态概念的传统的理解，将意识形态上升到整个社会生活方式，围绕我们日常生活的方方面面，这恰恰是霍加特讲的识字的用途、威廉斯讲的文化的物质性和情感结构的观念。

霍尔、托尼·本尼特仍然贯穿着这一传统。本尼特讨论文化治理与社会，他认为文化治理不仅是通过意识形态、通过自上而下的控制，而是靠文化经验、靠社会个体和社会群体感受和情感经验的总结和提炼，是自下而上的文化治理。本尼特还重视博物馆的政治，博物馆一般被认为是历史记忆与教育的场所，但在本尼特看来，这不是博物馆最突出的功能，其最突出的功能是承担对社会个体公共文化经验的型构，当我们一进入博物馆，我们就将对自我的感知与现实系统连接起来了，将文化的历史因素和现实因素连接起来了。他还讨论了文学批评、阅读问题以及对艺术体制有新的理解，对文学场域有新的阐释，这都是一脉相承的文化经验主义的理论。从这个线索发展下来，我发现英国马克思主义文化和美学理论开辟了现代审美理论的一个新的范式、一个新的理论传统。这个范式不同于杰姆逊，也不同于齐泽克、阿尔都塞。所以伊格尔顿最初作为阿尔都塞的追随者最后与阿尔都塞分道扬镳，我认为是必然的，受这种理论传统的影响必然会做出这样的选择。伊格尔顿在牛津和剑桥接受的传统就和阿尔都塞不一样，当然这里面还有葛兰西转向的因素，英国文化研究理论从威廉斯开始有一个从阿尔都塞转向葛兰西的过程，这是学理方面的转向，但更重要的还是现实文化的影响，才造就了英国马克思主义文学批评和美学理论上的特征。但是我感觉我在《意识形态与审美话语——伊格尔顿文学批评理论研究》上还研究得不够，关于文化主义和现代美学方面还没谈深谈透，很多东西非常值得进一步总结，特别是伊格尔顿与中国的联系部分还是非常不够的，后来在《文化唯物主义与现代美学问题——20 世纪英国马克思主义文学批评理论范式与经验研究》（中山大学出版社 2017 年版）中加以补充了。

那么，是什么因素造就了英国马克思主义文学批评的这种特色，这种“理论的经验性”呢？我认为有三方面很重要。第一，马克思主义传统在英国根深蒂固，霍加特、威廉斯、伊格尔顿、霍尔，真正做到了将马克思的思想和方法充分本土化了，他们是从马克思传统中成长起来的，吸收了马克思主义最优秀的方法论因素。第二，离不开这些理论家自身的文化经验和感受，与他们的文化习得有很大关系，他们都是工人阶级出身，他们自身的文化感受和体验对他们的理论建构有很重要的影响。第三，就是他们的马克思主义方法论的自觉与创新，他们真正把马克思主义与现实文化经验结合起来了。我们常说的理论和现实经验结合，他们是真正做到了。这方面对我们中国马克思主义文论确实有很大的启发。中国马克思主义美学和文论的建设也是非常独特的，它在语境上不同于英国，不同于西方，我们处在一个更高的现代性发展飞跃的关键时期，这个时期，美学与文化、思想与政治、审美与经济等问题融合在一起，需要我们在这种复杂的语境中梳理出核心问题、关键性概念、标识性主张。我们现在需要的就是类似于威廉斯的“文化唯物主义”“感觉结构”、伊格尔顿的“审美意识形态”、本尼特的“博物馆的政治”这样一些概念。倒不是说片面地向他们学习，不是要人为地、生硬地硬造出来这样一些概念，而是要深入文化语境之中、深入思想文化现实之中，做出深入的理论总结和概括，在社会生产方式不断地更新和发展、在向更高的现代性文化思想跨越的阶段，概括这个阶段的问题形式、这一阶段的感觉结构特征，形成一些新的概念。这是我认为我们需要从英国马克思主义美学中学习的方面。

颜芳：追溯您的学术脉络，我感到“文学理论研究的现实性”问题始终是您所关注的。无论是强调理论与现实交互影响、强调经验性和实践意识的英国马克思主义美学研究，还是您一直关注“理论的终结”所带来的文学理论研究的合法性危机和文学研究的深刻变局，您始终关切文学理论的合理性、有效性、有限性问题以及文学理论是否可能以及如何把握现实经验和文本经验的问题。能否请您谈一下这方面的感想和观点？

段吉方：首先，我认为文学理论研究需要有经验意识、实践意识，这才是文学理论研究最重要的归宿。曾经在理论研究中有一个探讨：究竟什么是文学理论的实践性？文学的实践性是很明显的，诗人、小说家的创作就是文学实践，文学理论的实践性在哪里呢？我把文学理论研究的实践性理解为思想阐发的有效性与启发性。思想阐发的有效性和启发性是指理论研究一定要包含对自身研究对象和内容的反思性思考，理论的研究要做到对自我、对自身研究内容的自反性审思是非常不容易的。文学理论研究很容易受到一些传统的思维惯性的影响，很容易被理论本身牵制，因而导致通常所说的从理论到理论，这是理论方法不自觉、问题意识不明晰、反思批判意识不强烈的表现。优秀的文学理论研究的不同之处在于不断地在进行自我反思和批判，既批判他人，又在反思自己。当我们哪一天能够走出理论思维的惰性、理论思考的瓶颈，那么理论的实践性就展现出来了。康德在谈物自体的时候，最后他承认其实物自体究竟是什么，他没有谈到，这是康德对自己理论的自我反思。但我并不认为康德没有谈到什么是实践理性、没有谈到物自体，就意味着康德的思想没有实践性。

其次，我感到文学理论的现实性也与具体的时代文化语境有关。中国的文学理论研究在这方面更加明显。时代大的思想文化语境的确会对理论和思想的有效性形成重要的影响，如果思想和时代文化氛围不活跃，理论也很难有现实性的主张。文学理论的现实性问题还涉及西方的“后理论时代”或所谓“理论之后”的问题。很明显，所谓后理论的时代、理论之后等说法，正是文学理论研究在不断地回到现实性问题所引发出来的思考。为什么伊格尔顿、保罗·德曼、斯坦利·费什等会提出“后理论”的问题，就是认为文学理论、美学理论再这样走下去是没有生命力的，典型的就是文化研究，文化理论如果这样走下去，就没有现实性了。伊格尔顿的“理论之后”就是针对解构主义之后的文化研究所言的，文化研究被学科化之后，重新走向规范性的道路，文化研究就失去了现实性了，就没有活泼有效的理论思考了。不过，在“后理论”这个问题上，我仍然坚持“理论之后”不是一个非常严谨的说法，它更多的是一种情绪判断或情势判断，不是一种具有学理性的、严谨的说法。我好像也反对“理论之后”了，文学理论就不存在了，不能把“后理论”作为文学理论发展的必要方向来思考，“后理论”也不能变成一种新的“理论”。我写过《理论的终结》的论文，我反驳了这种误解。在某种程度上，中国的理论，无论是马克思主义文论也好，古代文论也好，现当代文学理论也好，实际上我们远远还没有达到"后理论时代"本身所包含的问题的高度。某种意义上我们还处于"前理论"时代，因此现在要谨慎使用"后理论"的说法，不要被"后理论时代"过早地干扰，理论和思想一旦被解构，一旦当解构成为理论的时尚和时髦，对基础理论研究是有弊端的。

颜芳：今年（2018）是马克思诞辰200周年和《共产党宣言》发表170周年，能否请您谈一下经典马克思主义对伊格尔顿、朗西埃、巴迪欧等新马克思主义或后马克思主义理论家的启发和意义？

段吉方：是的，在马克思诞辰200周年纪念的时刻，马克思重新热了起来。但我认为，具体人，具体理论家，还要具体分析。在西方，有的理论家，如阿尔都塞，在1968年"五月风暴"后仍没有走出左派的旗帜性精神，很难融入大的时代变化，所以慢慢地他的理论就显得不合时宜了。伊格尔顿相对比较灵活，能够根据理论的和现实的变化及时调整研究的方法论，朗西埃、巴迪欧、阿甘本、齐泽克被认为是最新的激进的西方左派理论家，他们看到了当代资本主义社会，资本主义生产方式之中融合了某些复杂的因素，包括很多社会主义的因素，他们就在这二者之间寻找激进的替代性方案，而伊格尔顿一直是批判这种替代性方案和思想策略的。所以在某种程度上，他们的思想特征现在很难用他们是不是马克思主义者来判断，斯图尔特·霍尔曾自称是"不作保证的马克思主义者"，认为自己尽管从事马克思主义研究，但不一定是马克思主义者，类似地，伊格尔顿、本尼特也谈到这种观点，这在巴迪欧和齐泽克那里也是适用的。这也说明，现在马克思主义美学研究确实多元化了，无论是语境、范式、话语，都走出了经典马克思主义的路子。我现在从事的这个国家社科基金重大招标项目"马克思主义经典文艺思想中国化当代化研究"确实有这个感受。首先我们强调，马克思主义经典文艺思想是有生命力的，但是这种生命力并不体现在似乎只要抱着马克思的"本"和"经"，固守经典就可以打通一切问题，并不是在这个意义上说马克思主义经典文艺思想的生命力是取之不竭的。马克思主义经典文艺思想的生命力在于它在对现在的文化、思想、美学问题研究产生新的启发。为什么要有"当代"的维度？其价值就在这里。

朗西埃、巴迪欧、齐泽克、阿甘本、布尔迪厄等人的著作可能没有多少马克思的原话、不是连篇累牍地引述马克思的著作，但是马克思当年思考的问题在他们的著作中无处不在，只不过思考问题的角度、阐释的路径、得出的结论变化了。马克思当年绝对预计不到，当代资本主义社会会发展到这样一个格局，巴迪欧、朗西埃、阿甘本、布尔迪厄，还有我们自己，生活在这样一个时代，但同样面临着马克思当年所提出来的问题，只不过解答的方式肯定不能一味地照搬马克思的原话了。雷蒙·阿隆提出存在着一种"想象的马克思主义"，即认为马克思主义是从一个神圣家族到另一个神圣家族，当代马克思研究的很多思想在想象之中，我认为这个问题的提出是很好的，但是他和朗西埃、巴迪欧、布尔迪厄等人的差别在于，雷蒙·阿隆仅仅是就批判而批判，而朗西埃等人则确实在思考马克思理论中对当代问题没有解决的一些方案。就像达尔文的进化论一样，进化论在当代仍然有价值，它是对人类社会发展的判断方式，但你拿进化论去看待全球资本主义、社会主义文化发展肯定是不对的。马克思主义也是同样的道理。马克思主义经典文艺思想的总体性判断是纲目，不断支撑我们重解、回归、提出新的阐释，但是阐释的思路、解答的方案和研究的路径，绝对不能抱着马克思主义的经典不放，朗西埃、布尔迪厄等人尽管没有很多地引用马克思的原文和论著，但是他们谈的问题仍然还是马克思主义的问题，只是在问题性上和阐释的过程性方面是有差异的。马克思在他的时代没有预见到金融资本、文化资本以及二者合力的重要性，但他对资本主义文化思考的启发一直延续到今天。

颜芳：在您的文章中，我发现您对后现代主义文化理论批判较多，一直提出超越后现代主义理论中的某些理论局限，在回到文学研究的根本命题或“元问题”中还原或更新理论与经验、文学与现实的动态关系，提倡在具体文学批评实践中展现文学理论把握现实文学经验的能力，并提出用中国当代文论批评研究“打捞”“中国经验”。能否请您谈一下为什么要批判后现代主义？您理想中的文学批评实践是怎样的？中国当代文学理论研究需要怎样的批评实践？

段吉方：后现代主义对中国当代文学理论研究影响是非常大的，从80年代到现在，这方面的研究文章太多了。后现代主义对中国文论的影响超过了古希腊以来任何一种西方文艺理论流派的影响，但是有什么实质性的影响成果和接受成果吗？后现代主义与中国问题、中国经验的时空距离非常大，它虽然对我们产生了非常大的影响，但这个影响建设性的东西不多。所以我的基本主张是：在中国语境中，在对中国问题的思考中，就是要对后现代主义进行批判。批判后现代主义，不是说它不好，不是说不可以接受它，而是说，后现代主义与我们的语境、问题域、基本经验没有直接联系。中国当代社会既有后现代，也有前现代和古典的文化因素，用类似于新的宏大叙事来涵盖中国的文学问题是不适合的，而且会产生非常明显的水土不服。很明显，我们从各种各样的角度应用后现代主义，但是唯独缺少对后现代主义和中国问题的直接相关性的研究。究竟我们目前哪一种文学经验、文学批评话语是后现代主义的？后现代主义文学批评话语对我们哪一个文学创作类型、批评实践有影响？表现在哪里？这些都是阐释不清的，在这种情况下笼统地运用后现代主义，只能陷入概念运用的复杂歧义理解之中。与此相关，对类似于后现代主义这样的概念应用过多，就影响了我们的文学批评实践。文学批评也好，文论研究的具体经验也好，还是要立足于我们本土的文化经验、文学传统、文学现实。什么是本土？我们的作家是在我们的经验大地上写作，在我们文化思想的感染熏陶下写作，在我们的情感结构经验中突出人性、情感的复杂性。这就需要我们的文学批评从文本出发、从我们的文学情感现实出发、从我们文化和社会的复杂性出发，把文学研究、审美经验研究阐释出来。批评后现代主义，不是说后现代主义或西方文论都不好，而是不适合。我也关注并探究西方当代文论，有很多理论观念我是认同的。比如说，在文学批评理论中，我特别引申应用“召唤”一词提出“召唤式批评”的观念。我把这个概念应用到整个文学批评的过程之中，我的看法是不仅普通读者是被“召唤”的，理论和批评也是被“召唤”的。理论和批评是被文学研究的基本问题召唤的、被情感和经验召唤的。我认为这是强化文学理论研究的经验性的一个角度。不被召唤的文学理论、不被召唤的文学批评就没有体现出文学理论的经验性，就不会对我们情感经验生发的大地和土壤产生情感的共鸣。有学者提出批评的理论，理论的批评，我同意这种观点。批评不关心理论、理论不关注文本批评，批评的实践性就不能充分展现。严格意义上的美学理论、文学理论和批评实践还是有差距的，在思维上、在方法上、在问题性的把握上，美学和文学的理论研究更多受学理性因素、受理性思考的规范制约多一些，但这不影响美学和文学的理论研究更有效地融入文化经验的现实性中，融入批评实践中。我们刚才谈到，目前中国的文学正处于向更高阶段的现代性发展的过程中，在这个过程中，人们的情感经验、文化理想与生存状态的现实性召唤着理论家、批评家去应答。

颜芳：我觉得“召唤式批评”是一个非常精彩而且重要的观点，

这也进一步体现了您一再强调的文学理论研究的“现实性”，能否请您对此再多作一些阐述？这和您之前的文学理论研究有什么关系？

段吉方： 举例来说，朗西埃、巴迪欧、布尔迪厄等法国文化理论中有一种明显的社会学倾向，马克思主义的因素也比较多，他们的理论并不是严格意义上的思辨和形而上学研究，他们的理论展现出来一个很重要的因素就是在理论本身思考上的“递进性”。这种“递进”，我个人感觉恰恰就是我所理解的现实文化对理论的“召唤”所带来的新的理论创造。无论是对马克思还是对康德、黑格尔、拉康，他们没有在这些理论家的原有的理论范式上打转转，而是不断产生出新的话题，新的思想路径。但这种新的思想路径绝不是个人的一时兴起，不是信口开河，朗西埃就非常明显，他谈普鲁斯特、巴尔扎克、华兹华斯、兰波，不是在谈这些作品的主题、思想，而是在谈其中的转喻、声音，谈其中的真理、战争等问题，这些问题充满了隐喻性，充满了对文学和文本理解的开放性。在英伽登看来，文本对读者的召唤是想要读者更深刻地理解、生发、创造、拓展文本的意义。而现实对理论的召唤同样具有这种意思。现实文化经验的发展、具体文化领域中的问题，促使理论家不断打开新的理论视野，站在以往的理论基础上，如马克思的“生产”概念、弗洛伊德－拉康的“无意识”概念等，与新的问题性融合在一起，与叠加的文化现象产生出新的思想碰撞。这就是一种新的理论实践性，理论研究是与具体问题高度融合的。我们的文学批评也好，文学理论研究也好，恰恰需要“召唤式”的理论创造、“召唤式的文学批评”。朗西埃、阿甘本、齐泽克谈的问题，在中国目前的文化语境中其实都存在这样一种类似和雷同，比如，我们现在的消费文化与个体情感经验问题，全球化语境中，中国社会个体的情感和感受问题很值得关注。很多电影、小说都表达了这样一些问题，如果我们的文学理论、美学和批评在这方面有所开掘，一定会有充满现实性的东西能够被阐释出来。从中国当代文学文本中，有效地提炼出我们的情感结构和感情经验，展现我们的文化阐释的方式，这样的理论、这样的文学批评实践，正是体现了作家是被历史情感召唤，批评家是被文本召唤，文学理论是被批评实践召唤的。在这样一种交叉融合当中，文学也好、批评也好，美学和理论研究也好，就会有我们的标识性概念，就有我们自己的理论创造了。现在有一种说法，理论都是西方的或中国古代的，中国现代和当代缺乏理论，原因就在于缺乏一种对现实和情感经验“召唤”的有力的、有效的反思。“召唤式的文学批评”就是对现实问题的有力回应，批评家不仅是对文本、文学理论研究，不仅是对文学作品中展现出来的具体问题发言，更主要的，是通过自己的发言，对当前的社会、历史、政治、文化问题展现出阐释的角度与方式，对文化的本土性、自身的文化经验发言，这样的批评和理论才是实践的，理论的现实领域才能得到进一步的拓展和发展。

另外，在今天的语境中研究文艺理论和美学，包括马克思主义美学研究，绝对不能割裂我们自身的文化、文论传统和文论经验。如何将古代文论的批评经验和传统有效地纳入文本“召唤”批评当中，这方面的探究其实是不够的。当然与其他国家的理论经验和传统相比，我们面临一个更加复杂的状况，就是古代文论的语言转换问题，由于历史发展的因素，古代文论传统中概念、范畴很难在现代直接应用，但这并不意味着古代的、传统的东西对现代没有启发，古代的审美风尚、审美精神可以作为一种思想资源、哲学精神、审美力量、感觉结构而起作用。“召唤式批评”也好、马克思主义美学理论建设也好，还是要立足于我们现在的文化语境，但是文化语境是有传统的，是不能与中国传统的思想境界、哲学思维方式完全割裂的。这不是说把古代文论的概念、范畴直接应用到现代文学批评这么简单，而是要继承它的思想，创造性地把握它的思想精髓和文化传统，这才是我们在当前的文化语境中需要吸收的东西。如果忽视或缺失了中国古代传统的经验和美学精神，我们当下的文论、美学理论建设则缺失了一个关键性环节。

下　编

马克思主义文艺理论：从经典形态到当代发展

马克思主义经典文艺思想中国化当代化研究的学术史视野与基本问题

马克思主义经典文艺思想中国化是马克思主义中国化的有机组成部分，是我国马克思主义文艺理论家在中国历史、现实和文化语境中对马克思主义经典文艺思想的选择、接受、融合、发展、阐释、创新过程。这一过程既面向过去又指向当下和未来。就过去而言，它已经产生了马克思主义经典文艺思想的中国形态和中国范式；就当下和未来而言，在面对当下中国经济社会转型与文化发展现实的过程，它在不断融入中国当代文学艺术实践的过程中，产生了新的理论问题与实践观念。相比马克思主义经典文艺思想的中国化，马克思主义经典文艺思想的当代化则是一个开放性的过程，它与马克思主义经典文艺思想的中国化既存在部分重合，又有不同的理论侧重和问题指向。马克思主义经典文艺思想的当代化研究要求对当下文学艺术发展现实作出理论反应与概括总结，在这方面，它是马克思主义经典文艺思想中国化的延续发展。但它的问题性又不仅限于此，还要求马克思主义文艺理论研究在共时维度上与马克思主义经典文艺思想的历史发展相联系，在继承与反思以往马克思主义经典文艺思想中国化研究成果的基础上，批判借鉴国外学者对马克思主义经典文艺思想的阐释，实现当代马克思主义文艺理论研究的理论更新和范式转换。从这个角度而言，马克思主义经典文艺思想的中国化与马克思主义经典文艺思想的当代化是一种相互联系互为表里的关系。本文从一个世纪以来马克思主义经典文艺思想中国化当代化的学术史发展历程出发，探究马克思主义美学与文艺理论研究从经典形态到当代发展的学术思想迈进及其呈现出的理论问题，以期为当代马克思主义美学研究提供一种学术扫描与理论归纳的路径。

一　选择、接受与萌发：马克思主义经典文艺思想中国化的早期历程

整体来看，马克思主义经典文艺思想的中国化大致经历了“五四”时期与20世纪20—30年代“左联”时期的“选择、接受”阶段；20世纪40年代毛泽东《在延安文艺座谈会上的讲话》（以下简称毛泽东《讲话》）时期的“融合、发展”阶段；20世纪60—70年代艰难前行阶段；20世纪80—90年代“阐释、创新”阶段；21世纪以来“综合、超越”阶段。在不同的学术发展阶段，马克思主义经典文艺思想的中国化在面对具体语境的过程中产生了不同的问题形式。“五四”时期与“左联”时期是马克思主义经典文艺思想中国化的萌发时期，这一时期，马克思主义经典文艺思想中国化基本上是以译介和介绍为主。鲁迅、瞿秋白、李大钊、陈独秀、恽代英、萧楚女、冯雪峰等一批知识分子最早将马克思主义思想介绍到中国。这一时期，他们接受马克思主义文艺思想主要有两条路径：分别是“日本路径”与“苏联路径”。李大钊、陈独秀、鲁迅、郭沫若、成仿吾以及之后的胡风、周扬等留日学生构成了“马克思主义中国化历史进程的重要主体，在1927年至1936年间对马克思主义文艺理

论中国化作出了突出的贡献，推动了马克思主义文艺理论中国化的历史进程”①，如鲁迅从日文转译了卢那察尔斯基的《艺术论》和《文艺与批评》、普列汉诺夫的《艺术论》、藏原惟人编译的《文艺政策》；郭沫若翻译了日本马克思主义者河上肇的《社会组织与社会革命》；林伯修翻译了藏原惟人的《新写实主义之路》；夏衍翻译了罗莎·卢森堡的《俄罗斯文学观》；何思敬翻译了耶考芜莱夫的《文学方法论者普列汉诺夫》；周扬翻译了卢那察尔斯基等著的《高尔基创作四十年纪念论文集》；任钧翻译了华希里可夫斯基的《社会主义的现实主义论》等。② 此外，成仿吾还推介了福本和夫的带有马克思主义色彩的文艺思想，钱杏邨接受了藏原惟人受苏联影响而提出的“无产阶级现实主义”理论。由“苏联路径”引进的则包括“无产阶级文化派”“拉普”“社会主义现实主义”等马克思主义文艺理论思想，这一时期被引入的马克思主义经典文献有郑振铎译高尔基的《文学与现在的俄罗斯》，沈雁冰译卢那察尔斯基的《俄国文学与革命》，郑超麟译托洛茨基的《托尔斯泰和当代工人运动》，陈望道译马克思的《共产党宣言》等。这些理论著作的翻译和引入，开启了马克思主义经典文艺思想中国化的早期历程，也体现了中国现代知识分子对马克思主义经典文艺思想的接受特征。

从选择方面来看，就像荷兰学者佛克马、易布思提出的，中国选择马克思主义文艺思想与苏联相比，存在着一个明显的不同之处，中国不像苏联那样纠缠于如何努力吸取欧洲文学遗产的问题，而是体现了中国现代社会发展特殊的政治和意识形态诉求。③ 对于这种理论上

---

① 黄远声、李国兴：《留日生对马克思主义文艺理论中国化的贡献》，《兰台世界》2013 年第 34 期。

② 参见黄远声、李国兴《留日生对马克思主义文艺理论中国化的贡献》，《兰台世界》2013 年第 34 期；张宝贵《马克思主义文艺理论中国化的早期历程》，《中国社会科学》2008 年第 2 期；代迅《马克思主义文艺理论中国化的内在逻辑》，《文学评论》1997 年第 4 期。

③ ［荷］佛克马、易布思：《二十世纪文学理论》，林书武等译，生活·读书·新知三联书店 1988 年版，第 116 页。

的特征，中国马克思主义文艺理论研究和马克思主义美学研究界有着深入的探讨。这方面的研究整体上分为三个层面。

第一，对马克思主义经典文艺思想中国化早期传播的理论历程和整体状貌的探究。朱立元教授在他的论文《马克思主义文艺理论中国化研究》中，紧密结合中国文化、文学发展的现实语境，着力思考“中国”问题，他立足于马克思主义文艺理论中国化，深入辨析了马克思主义文艺理论中国化与21世纪中国文艺学建设与发展的关系。[①] 张宝贵在他的论文《马克思主义文艺理论中国化的早期历程》中曾指出：“中国的马克思主义文艺理论，一开始就是应中国的社会实际命运而生，它绝非一种单纯的文艺理论现象。”他认为：“文艺对现实的介入，是马克思主义文艺理论最富生机的部分，不应以强调文艺的自身规律为由，对之进行忽视、漠视、消解甚至否定。”[②] 董学文在他的《马克思主义文艺理论中国化问题的反思》中主张：“马克思主义文艺理论的中国化，同其他学科马克思主义理论的中国化以及整个马克思主义的中国化是紧密地联系在一起的。没有整个马克思主义的中国化，马克思主义文艺理论中国化就没有可靠的根基。”[③] 确实，在当时的历史条件下，如果仅从审美的角度出发，是无法理解与把握马克思主义经典文艺思想的中国化这个事实的，对马克思主义经典文艺思想中国化的探究，必须首先回到它的特殊的历史语境中。

第二，在马克思主义经典文艺思想中国化的早期历程中，学者们还具体探究了中国早期马克思主义者对马克思主义经典文艺思想中国化的贡献。张艳国在他的论文《李大钊、瞿秋白对俄国道路的认识》中提出，李大钊和瞿秋白是新文化运动时期马克思主义和俄国道路的

① 朱立元：《马克思主义文艺理论中国化研究》，《中山大学学报》2006年第3期。

② 张宝贵：《马克思主义文艺理论中国化的早期历程》，《中国社会科学》2008年第2期。

③ 董学文：《马克思主义文艺理论中国化问题的反思》，《文艺理论与批评》2008年第1期。

重要宣传家与理论家。他们运用唯物史观研究、阐释俄国道路，针对革命道路、革命手段和革命目标，俄国国情与革命和社会建设关系，在理论指导、思想基础与价值认知相同的前提下，他们的认识又各具特点，存在差异，但共同展示出早期中国共产党人探索中国道路的思想睿智与科学认知。[①] 孙郁在他的论文《鲁迅与列宁主义的几个问题》中，从鲁迅与列宁主义的相似点：社会学的批评眼光；“不断进击”的思想；国际主义情怀方面，展现鲁迅在马克思主义经典文艺思想中国化早期阶段的重要贡献。[②] 艾晓明的论文《胡风与卢卡契》是探究早期马克思主义经典文艺思想中国化的重要成果，她从胡风与卢卡契共同的美学信念出发，提出他们在同一时代、同样的思想背景下开始对社会主义现实主义的追求，都是马克思主义文艺理论在本国的阐发者、实践者，都是自觉应用这一理论建构了自己的文艺思想体系，从而在世界文学的广阔背景中重新估定了胡风的理论贡献。[③] 刘中望在他的论文《文学与政治的博弈——瞿秋白译介俄国马克思主义文学理论的纠结》中指出，瞿秋白译介的俄国马克思主义文学理论是由俄文向中文的直接翻译，很大程度上消除了马克思主义文学理论向中国传播初期“阐释文本的混杂”“译介的双重间接”[④] 等不良倾向和影响，为中国现代文艺批评观念、原则和方法的确立直接提供了思想资源和理论范式。但他也指出，瞿秋白在“文艺大众化”思路的总体框架中，其编译即“撰述”翻译方式带有极大的政治功利性，体现了瞿秋白作为政治家的理论家和作为文学家的理论家之间的深刻矛盾。李标晶的论文《茅盾对马克思主义文艺理论中国化的贡献》从文学

---

① 张艳国：《李大钊、瞿秋白对俄国道路的认识》，《中国社会科学》2016 年第 10 期。

② 孙郁：《鲁迅与列宁主义的几个问题》，《中国现代文学研究丛刊》2013 年第 8 期。

③ 艾晓明：《胡风与卢卡契》，《文学评论》1988 年第 5 期。

④ 刘中望：《文学与政治的博弈——瞿秋白译介俄国马克思主义文学理论的纠结》，《文史哲》2012 年第 6 期。

的本质、文艺批评论、文艺民族化等方面，探究了茅盾在马克思主义经典文艺思想中国化上的贡献[①]；黄念然等的系列文章则分别阐释了周恩来、周扬、冯雪峰等对马克思主义经典文艺思想中国化做出的理论探索。[②]

第三，马克思主义经典文艺思想中国化早期传播的理论形态研究有明显理论收获。季水河把马克思主义文艺理论在中国当代的研究分为三个阶段：一是经典著作评注期，二是理论体系探讨期，三是当代形态建构期。认为马克思主义文艺理论在中国百年的传播与研究具有三个方面的积极意义：一是促进了中国化马克思主义文艺理论的产生与发展，二是推动了中国文艺理论批评的转型，三是影响了中国文艺的发展方向。但同时也存在三个方面的问题：一是缺乏创新精神，二是二元对立思维，三是研究方法和思想资源单一。他指出，马克思主义文艺理论在中国的传播与接受，经历了从三途并行向一途独进，三足鼎立向一家称雄的转移，这种转变既是历史的必然选择，但同时也有其失误：经典文本与阐释文本的混杂性，翻译传播中的双重间接性，注重政治功利的实用性。[③] 赖大仁提出，马克思主义文艺理论中国化既是一个历史过程，也包括这一历史进程中所形成的理论形态，即具有中国特色的马克思主义文艺理论成果。这种理论成果包括原典性"译介话语"、毛泽东文艺思想等"领袖话语"以及理论界的"学术话语"等基本形态[④]。理论形态的研究非常必要，它是对马克思主义经

---

① 李标晶：《茅盾对马克思主义文艺理论中国化的贡献》，《茅盾研究》1988 年第 5 辑。

② 黄念然等：《周恩来与马克思主义文艺理论的中国化》，《华中师范大学学报》2017 年第 4 期；《周扬的马克思主义文艺理论中国化探索评析》，《武汉理工大学学报》2017 年第 2 期；《冯雪峰的革命现实主义理论与马克思主义文艺理论的中国化》，《吉首大学学报》2017 年第 3 期。

③ 季水河：《百年反思：20 世纪马克思主义文艺理论在中国的传播、发展与问题》，《湖南师范大学学报》2005 年第 1 期。

④ 赖大仁：《马克思主义文艺理论中国化的理论形态》，《中国人民大学学报》2008 年第 6 期。

典文艺思想研究在理论上的深化，这些研究成果对理解马克思主义经典文艺思想中国化的具体表现方式有积极的启发。

二　融合与发展：毛泽东《讲话》与马克思主义经典文艺思想的中国化

1942年，毛泽东《在延安文艺座谈会上的讲话》（以下简称《讲话》）是马克思主义经典文艺思想中国化研究中的一个重要文本。毛泽东在《讲话》中回答“文艺如何为人民大众服务”时，提出了不同于之前“普罗文学”论争和“大众文学”讨论所关注的问题。在《讲话》中，毛泽东将“文艺大众化”概念置于经济基础和上层建筑的“社会地形学”结构之中，在上层建筑的意义上提出了艺术和审美领域的“文化领导权”问题，同时又把这种“文化领导权”的确立过程融入人民大众审美经验的现实需要和历史变化之中，从而展现出了一种全新的理论形态。这样一种理论形态在学理层面将马克思主义基本原理与中国革命的现实融通考量，显示了马克思主义经典文艺思想中国化的理论探索成绩。

《讲话》的发表至今已有70多年的历史，在这70多年里，马克思主义文艺理论与美学研究取得了突出的成果，马克思主义经典文艺思想中国化的进程也在不断推进，其中毛泽东《讲话》给中国马克思主义美学与文艺理论研究的理论资源、思想资源方面的影响是多方面的，对此，学术界不断涌现新的研究成果，综合起来，可以概括为以下四个方面。

一是，《讲话》与马克思主义经典文艺思想中国化的理论关系研究。《讲话》对马克思主义经典文艺思想中国化的影响是深远的，陈涌在《有关中国化的马克思主义文艺理论的一些问题》中提出，毛泽东的《讲话》特别重视从理论上解决政治和艺术、生活和艺术的关系问题，对文化艺术传统的继承和创新的问题提出“古为今用，推陈出新”，毛泽东对文艺问题的思考，说到底，一个重要的原因也是为了中国产生无愧于我们的民族和我们的时代的伟大作品。[①] 赵炎秋指出，毛泽东《在延安文艺座谈会上的讲话》标志着有中国特色的马克思主义文艺思想正式形成，《讲话》创立了中国文艺工作的工农兵方向，它要求文艺工作者深入工农兵群众，深入实际斗争，学习马克思列宁主义，把立场转移到无产阶级和人民大众方面来，在思想感情上和工农兵打成一片，创造为工农兵服务，表现工农兵，并为工农兵所需要和便于接受的作品。[②] 宋建林强调，从1935年10月到中华人民共和国成立前的延安时期，以毛泽东《讲话》为表征，是马克思主义文艺理论中国化进程的成熟期，也是近百年来马克思主义文艺理论在中国传播、发展、探索与创新过程中具有承前启后意义的重要转折点。[③]

二是，《讲话》与中国马克思主义文学批评的理论形态研究。胡亚敏认为，“人民”是中国马克思主义文学批评的核心概念，是中国马克思主义文学批评的出发点和归宿，文艺与人民的关系构成了中国马克思主义文学批评的理论基石，围绕这一根本问题，中国马克思主义文学批评从作家、作品和读者以及批评标准诸方面总结和提炼出一些富有特色的理论观点，而这些理论观点是与毛泽东《讲话》的理论启发分不开的。[④] 冯宪光认为，《讲话》以来建构的中国马克思主义美学是一种“人民美学”[⑤]，这些理论研究成果至今仍有积极的意义。

---

① 陈涌：《有关中国化的马克思主义文艺理论的一些问题》，《文艺理论与批评》2008年第3期。

② 赵炎秋：《重视普及与呼唤精品——读毛泽东〈在延安文艺座谈会上的讲话〉和习近平“在文艺工作座谈会上的讲话”》，《中国文学批评》2015年第2期。

③ 宋建林：《延安时期马克思主义文艺理论中国化的理论创新》，《文艺理论与批评》2012年第3期。

④ 胡亚敏：《中国马克思主义文学批评的人民观》，《文学评论》2013年第5期。

⑤ 冯宪光：《毛泽东与人民美学》，《文艺理论与批评》2003年第6期。

三是，《讲话》中的“文艺大众化”观念的集中研究。文贵良的论文《大众话语：对20世纪30、40年代文艺大众化的论述》围绕毛泽东的《讲话》，探讨了从20世纪30年代的文艺大众化到40年代延安根据地的文艺大众化发展中形成的大众话语模式，从生成机制、言说方式和话语主体三方面描述了大众话语的生成史①；马建辉提出，毛泽东在《在延安文艺座谈会上的讲话》中，文艺大众化思想真正形成了科学、系统的理论形态，其中“为人民大众”是其根本出发点和立足点，“文艺工作者的思想感情和工农兵大众的思想感情打成一片”是其基本内涵；② 杨向荣探讨了毛泽东《讲话》中的“文艺大众化”思想与30年代左翼文学思想中的“文艺大众化”之间的关系，认为《讲话》沿袭了“五四”以来关于革命文艺与文艺大众化的讨论，将文艺运动作为革命工作的枢纽，对文艺服务的对象以及如何创造大众文艺作了更明确、系统的回应，完成了从大众文艺向工农兵文艺的过渡，在延续文艺为革命服务的线索上进一步强调了文艺的阶级、政治和意识形态属性。③

四是，《讲话》与中国马克思主义美学研究经验的探讨。陆贵山提出，作为人民文学的旗帜和马克思主义文艺理论的经典，毛泽东的《讲话》至今仍然焕发着旺盛的理论生命力。将《讲话》放到当时世界文艺理论的宏观格局里，更能看清它的原创性与超越性，理解它的理论优势和历史价值，更能积极地推动马克思主义文艺理论中国化、时代化、大众化。④ 王杰提出，毛泽东的《讲话》以理论的形式提出

---

① 文贵良：《大众话语：对20世纪30、40年代文艺大众化的论述》，《文艺研究》2003年第2期。

② 马建辉：《毛泽东〈在延安文艺座谈会上的讲话〉中的文艺大众化思想》，《中国浦东干部学院学报》2012年第4期。

③ 杨向荣：《复调语境中的〈在延安文艺座谈会上的讲话〉》，《文学评论》2015年第6期。

④ 陆贵山：《原创与超越——〈在延安文艺座谈会上的讲话〉的理论优势和历史价值》，《求是》2012年第11期。

了中国马克思主义美学的基本问题，这就是“半殖民地半封建的中国要成功地实现社会主义的革命，走跨越‘卡夫丁峡谷’的另一条现代化过程的道路，文艺领域的领导权是非常重要的，这种领导权的实现不是通过技术的进步导致审美模式的变化来实现，而是通过对艺术家情感和内心世界的改造和进步来实现的”。[①] 在历史进步要求的整体格局中，这种要求和转变有其合理性和必然性。李心峰探讨了《讲话》中所提出的“艺术科学”的概念，并讨论了《讲话》作为“艺术科学”的经典文本对于中国文学艺术经验的影响。[②] 这些研究成果从不同层面涉及了中国马克思主义美学研究的理论经验问题，虽然角度有所不同，但都强调毛泽东的《讲话》与现代中国马克思主义美学理论发展的内在联系，是马克思主义经典文艺思想中国化研究中不可忽视的内容。

从毛泽东《讲话》的发表，到中华人民共和国成立后的一段时间，我国的马克思主义文艺理论研究在《讲话》精神的启发下取得了鲜明的理论成绩，这一时期也是马克思主义经典文艺思想与中国社会历史和文学美学经验的融合与发展时期，体现了马克思主义经典文艺思想中国化研究的重要的理论进步。但由于受到极“左”思潮等复杂因素的影响，这一理论发展的脉络在20世纪六七十年代被打破。20世纪六七十年代，马克思主义经典文艺思想的中国化是在艰难中前行，尤其是“文革”时期提出的“三突出”“三陪衬”“文艺黑线专政论”等，对马克思主义经典文艺思想的中国化发展造成极大伤害，马克思主义经典文艺思想研究也带有明显的简单化、片面化和庸俗化倾向。这种状况一直到20世纪80年代才得到改善。

---

① 王杰：《中国马克思主义美学的基本问题与理论模式》，《文艺研究》2008年第1期。
② 李心峰：《毛泽东的〈讲话〉与艺术科学》，《马克思主义美学研究》2003年第6辑。

三　阐释与创新：新时期马克思主义经典文艺思想中国化当代化的理论发展

20 世纪 80 年代以来，马克思主义经典文艺思想中国化与当代化的问题出现合流的理论态势。20 世纪 80 年代是马克思主义经典文艺思想中国化当代化发展的重要时期。这一时期，我国的马克思主义学者开始通过对马克思主义经典文艺思想的重新解读，在面对社会政治现实和文艺创作现实发生新变的情况下，开始了马克思主义经典文艺思想的反思研究。这一时期，也是马克思主义经典文艺思想的中国化研究开始融入“当代化”的时期，是马克思主义经典文艺思想的中国化之“阐释、创新”阶段。从这一时期开始，许多学者从马克思主义哲学与美学立场出发，以一种明确的当代意识从中国和世界的社会历史境况探讨马克思主义经典文艺思想中国化当代化问题，努力建构基于中国当代文学实践的马克思主义文学理论，从而使中国马克思主义文艺理论研究在学理性和实践性上有所促进。

20 世纪 80 年代以来，国内马克思主义经典文艺思想中国化当代化研究不仅仅是一个纯粹的理论问题，它与中国当代文学理论研究的意识形态环境和整体思维观念仍有着密切的联系。一方面，它涉及了中国当代文学理论研究所面临的复杂语境，它的提出关乎文学理论研究的时代症结，即文学理论有效地发挥它的实践性问题；另一方面，它引发的本土理论思考比较明显，涉及的是如何有效地将马克思主义经典文艺思想深入中国当代文艺批评实践这一重大问题，从而产生的理论成果与影响是多方面的，具体表现如下。

第一，是注重马克思主义文艺理论基本原理及经典文献研究，强调马克思主义经典文艺思想的导读研究，在马克思主义经典文艺思想的理论阐释和应用中取得较多成果。主要成果有陆贵山、周忠厚的《马克思主义文艺论著选讲》（中国人民大学出版社 1982 年第 1 版，至今已 5 次再版）；杨柄的《马克思恩格斯论文艺和美学》（文化艺术出版社 1982 年版）；董学文的《马克思恩格斯论美学》（文化艺术出版社 1983 年版）；北京大学中文系文艺理论教研室编《马克思恩格斯列宁斯大林论文艺》（人民文学出版社 1986 年版）；中国艺术研究院马克思主义文艺理论研究所《文艺研究》编辑部编《马克思主义文艺理论著作选读》（文化艺术出版社 1990 年版）；刘庆福主编《马克思主义文艺论著选读》（人民出版社 1991 年版）；陆贵山、周忠厚主编《马列文论导读》（作家出版社 1991 年版）；中国作家协会、中央编译局编《马克思恩格斯列宁斯大林论文艺》（作家出版社 2010 年版）；刘方喜等编《马克思、恩格斯、列宁、斯大林论文艺与文化》（中国社会科学出版社 2012 年版）等。这些成果都是新时期以来马克思主义经典文艺思想研究的重要著作，这些著作重视对马克思主义经典文艺思想写作背景、基本观点和方法原则的注释、理解和阐释，同时强调马克思主义经典文艺思想的当下意义。就其理论价值而言，这些理论著作以辩证唯物主义和历史唯物主义解读马克思主义经典文艺思想的基本方法，在对原典的解读中讨论了文艺的产生、文艺的社会本质、文艺在社会中的地位和作用、文艺发展与社会发展的关系、文艺作品的构成、文艺掌握世界的特殊方式以及文艺创作、文艺批评和欣赏等重要问题，成为接续马克思主义经典文艺思想与当代中国社会历史语境、文艺创作现实的重要著作。

第二，是马克思主义经典文艺思想的理论观念、理论精神与基本理论原则研究有突出成果。代表性成果有陆梅林的《唯物史观与美学》（光明日报出版社 1991 年版）；李春青的《美学与人学：马克思对德国古典美学的继承与超越》（法律出版社 1991 年版）；朱立元的《历史与美学之谜的求解：论马克思〈1844 年经济学哲学手稿〉与美学问题》（学林出版社 1992 年版）；黄世瑜的《马列文论与文艺现实》（华东师范大学出版社 1992 年版）；鲁越等《马克思晚年的创造性探索："人类学笔记"研究》（河南人民出版社 1992 年版）；陆贵山的《唯物史观与文艺思潮》（中国人民大学出版社 2008 年版）等。这些理论著作均强调回到马克思主义经典文艺思想的基本原理和理论精神研究。马克思主义经典文艺思想的基本理论研究方面较为扎实，对马克思主义经典文艺思想的美学精神有着深刻的理解，在唯物史观与马克思主义美学、辩证唯物主义与文艺批评、唯物史观与文艺思潮等方面的研究取得了重要的成绩，是当前马克思主义经典文艺思想中国化当代化研究不可忽略的成果。

第三，是立足当代，强化马克思主义经典文艺思想研究的反思意识，加强对马克思主义文艺思想史基本经验和理论形态的总结研究。在这一时期，我国学者开始有意识地梳理和总结中外马克思主义文艺理论研究的历史经验，并进行深入的理论反思。代表性成果有苏绍智的论文《立足当代，把马克思主义推向前进》（《马克思主义哲学研究》1983 年第 1 期），总结了战后世界经济、政治、科学、文化诸方面发生的急速的变化对马克思主义提出的一系列挑战，强调马克思主义要在改革和发展中适应、面对、解决这些挑战提出的问题。重要的著作还包括陈辽的《马克思主义文艺思想史稿》（四川文艺出版社 1986 年版）和樊篱、袁兴华的《马克思主义文艺思想发展初论》（湖南文艺出版社 1987 年版），这两部著作对马克思主义经典文艺思想的历史反思较为明显，既展示出马克思主义文艺思想的发生与发展状况，又凸显出不同时期因所面临实际问题的差异而造成的马克思主义文艺理论形态的差别和转换，对马克思主义经典文艺思想史研究的基本经验和理论形态做出了充分的理论总结，为马克思主义经典文艺思想的中国化当代化研究提供了重要的启发。

第四，是中国当代马克思主义文艺理论发展研究与理论建构的努力成效明显。从20世纪80年代开始，中国当代学者陆续开展了文学与政治的关系、文学的人学观念与人性立场、文学的主体性精神、文学的审美意识形态属性等问题的讨论，体现出明显的当代视野，这些理论探究都是建立在对马克思主义经典文艺思想中国化当代化理解的基础之上的。钱中文、王元骧、童庆炳等提出审美意识形态理论，钱中文提出的文学新理性精神是这一时期重要的理论成果，体现了中国当代文学理论家的集体理论创新。中国当代学者还以敏锐的意识、开阔的思想史视野、扎实的学科史背景，对马克思主义文艺理论的当代发展做出理解阐释，在理论建构方面收获了很多重要的研究成果，代表性的成果有季水河的《回顾与前瞻：论新中国马克思主义文艺理论研究及其未来走向》（中国社会科学出版社2009年版）、金元浦等《继承与反思：马克思主义文艺美学观念对中国当代文艺学建设的影响》（群言出版社2015年版）、赵凯等《马克思主义文艺理论中国化论纲》（安徽文艺出版社2016年版）、程镇海《全球化语境下马克思主义文论中国化研究》（上海三联书店2014年版）等。

第五，是马克思主义文艺理论的当代形态研究极具规模，马克思主义经典文艺思想当代化问题的研究成为学界普遍讨论的问题。1988年前后，董学文、蒋培坤、陈辽等学者开展马克思主义文艺理论的当代形态研究，发表了一系列文章。如董学文的《建设当代形态马克思主义美学体系的设想》（《文艺争鸣》1988年第4期）、蒋培坤的《也谈当代形态马克思主义文艺学的建设》（《文艺研究》1988年第6期）、陈辽的《论马克思主义文艺学的当代形态和民族形式》（《苏州大学学报》1988年第3期）等。这些文章都明确提出马克思主义经典文艺思想的当代化问题。董学文界定了马克思主义文艺学的当代形态，认为马克思主义文艺学的当代形态必然不同于马克思、恩格斯创建的原初形态（历史形态），它是呼应全球化改革浪潮和当今时代精神和审美意识的产物，是对历史形态的马克思主义文艺美学的继承和发展。蒋培坤不主张从认识论的角度建构马克思主义文艺学的当代形态，提出建设当代形态的马克思主义文艺学，不仅有赖于认识论方面的突破，更有赖于本体论方面的突破，而且后者是带有根本性的。陈辽提出了马克思主义文艺学当代形态研究的五种情况：一是对马克思主义文艺学的某些基本原理的发展以及对某些新的基本原理的发明；二是马克思主义文艺学的某些具体结论的发展；三是马克思主义文艺学的构架上必须有所更新和发展；四是研究文艺问题的方法上也要有一个发展；五是在语言表述上也要有所变化。

马克思主义经典文艺思想的当代化与当代形态研究既有其现实语境的影响，同时也是马克思主义文艺理论历史发展的产物，作为人类的一种重要的思想学说，马克思主义经典文艺思想不会固守传统，必然会随着历史语境的变化而发展，这是马克思主义经典文艺思想的当代化与当代形态研究的思想前提。在这个前提下，探讨马克思主义文艺学的当代化与当代形态主要还是立足马克思主义经典文艺思想的基本理论现实。在这个现实性上，马克思主义经典文艺思想在当代形态与历史形态、经典文献与当代发展、理论原典与中国现实等方面表现出一系列的理论张力，并产生持续性的理论问题，例如，审美与生产、文化与资本、空间生产与文化批判、审美意识形态、大众文化和文化工业研究、实践美学观念与文化主体性论争等，都是这种理论张力影响的结果。正是由于这种理论张力的影响，马克思主义经典文艺思想的当代化与当代形态才是一个常新的理论追问，也显示出“当代化”问题的复杂性以及与“中国化”问题的复杂纠葛。

经过20世纪八九十年代关于马克思主义经典文艺思想当代化的探讨，到了21世纪，党圣元、胡亚敏、张永清、谭好哲等学者继续探讨马克思主义经典文艺思想的当代化问题。党圣元提出，在社会文化语境发生整体性变化、文艺理论批评本身观念及话语方式新变的当下，传统的马克思主义文论研究在观念和方法两个层面都受到严峻的挑战。如何参照现实发展所需，通过对思想和话语两种资源的重构，促进马克思主义文论研究的学术创新和话语转型，使之更加有效地因应现实，从而增进马克思主义文论对于整个文艺理论学科发展的引领作用，是马克思主义文论中国形态化的关键问题。为此他提出五个方面的问题：学科间性问题、系统整合问题、问题意识重塑问题、阐释学对话问题、本土视域与世界视域并重问题。[①] 胡亚敏提出了中国马克思主义文学批评的理论形态问题，认为要建构马克思主义文学批评的中国形态，需要对“民族”及其相关问题作重新审视和辩证研究，赋予中国形态的民族观以新的理论特质。[②] 张永清提出，在新的生活现实、新的社会变革与时代要求面前，中国的马克思主义文学批评理应具有自身鲜明的时代性、民族性、现实性，理应具有属于自身的独特理论品格与实践品格。他认为批评理论、批评方法、批评文体、批评实践、批评风格、话语方式等是构成马克思主义文学批评当代形态的几个核心要素。[③] 谭好哲提出了“马克思主义问题性”的观点，认为“认真思考和分析当代文艺所处的具体历史语境及其时代特征，由现实的历史语境和独特的时代特征中提炼出自己的理论问题，并借此对当代文艺实践做出马克思主义的阐释和评判，是当代马克思主义文艺理论研究应该承担、无所逃避的一项时代任务”。[④] 马克思主义经典文艺思想的当代化是一个复杂而重要的问题，既是马克思主义文艺思想历史化的产物，也是马克思主义文艺思想经典化的过程。学者们提出的问题，从

---

① 党圣元：《马克思主义文论中国形态化的问题意识及其提问方式》，《贵州社会科学》2012年第9期。

② 胡亚敏：《论马克思主义文学批评中国形态的民族之维》，《中国人民大学学报》2016年第3期。

③ 张永清：《马克思主义文学批评的当代形态》，《学术月刊》2011年第10期。

④ 谭好哲：《马克思主义问题性与文艺理论创新》，《文学评论》2013年第5期。

不同层面揭示了马克思主义文艺学的当代形态的建构要以马克思主义文艺理论的历史形态为根基，适应当代社会历史文化的发展状况，建构一种新的马克思主义文艺理论范式。同时，还要立足中国的社会历史文化现实，并考虑世界社会历史文化发展的潮流，在对世界社会历史文化发展趋势的考量中建构中国当代形态的马克思主义文艺理论。

第六，是马克思主义经典文艺思想中国化的讨论重新成为研究焦点。2006 年前后，中国学界再度兴起马克思主义文艺理论中国化的讨论，《学术月刊》《东方丛刊》两个杂志开辟专栏，刊载了一系列讨论马克思主义经典文艺思想中国化的文章，在《学术月刊》讨论的主要有朱立元的《马克思主义文艺理论中国化与当代文艺学的创新建构》、王振复的《当下文化传播：马克思主义文艺理论的中国化》、汪涌豪的《古代文学研究与当代文艺理论的建构——兼论马克思主义文艺理论的中国化问题》（以上文章参见《学术月刊》2006 年第 12 期）。上述研究成果也是朱立元教授主持的教育部哲学社会科学研究重大课题攻关项目“马克思主义文艺理论中国化研究”的阶段性成果。这些研究成果就何为“中国化”、马克思主义文论中国化建构的基本思路和所面临的问题、中国古代文论研究与马克思主义文论相结合的可能性、西方马克思主义视域中的马克思主义文论中国化、马克思主义文论中国化与世界化等问题进行了深入探讨。在《东方丛刊》杂志上的讨论主要有孙士聪的《“西马”视域中的马克思主义文论中国化》、张弓的《何为“中国化”？——试论马克思主义文论中国化中的“中国化”问题》（以上文章参见《东方丛刊》2006 年第 4 期）。这些讨论是新时期以来马克思主义文艺理论中国化研究的重要成果，展现了马克思主义文艺理论中国化进程中的理论探索和具体实践，也包括 20 世纪马克思主义文艺理论中国化历程的回顾和反思，马克思主义文艺理论中国化与 20 世纪中国文论研究，马克思主义文艺理论中国化与当前文艺理论重大问题研究，信息化、消费化时代的审美文化与艺术产业问题研究等，视野开阔，立论扎实，体现了当代语境中的马克思主义文艺理论中国化研究的积极探索。

第七，是国外马克思主义美学与文论研究方兴未艾。国外马克思主义美学与文论研究开始于20世纪80年代，在20世纪90年代达到高潮，在近20年间仍方兴未艾。国外马克思主义美学与文论研究的兴盛也体现了马克思主义经典文艺思想中国化当代化发展的多元化特征，但也意味着马克思主义经典文艺思想中国化当代化面临着古典与现代、中国与西方的挑战。20世纪90年代，国外马克思主义美学与文论的接受、介绍、阐释成了重要的研究内容。20世纪90年代前后，徐崇温主编的“国外马克思主义和社会主义研究丛书”相继出版，这套由重庆出版社出版的丛书，既包括国外马克思主义的经典著作，如霍克海默、阿多诺的《启蒙辩证法：哲学片段》(1990)，葛兰西的《实践哲学》(1990)，阿格妮丝·赫勒的《日常生活》(1990)，卢卡奇的《关于社会主义存在的本体论》(1993)，施密特的《历史的结构：论黑格尔马克思主义和结构主义的历史学说》(1993)，马尔库塞的《理性和革命：黑格尔和社会理论的兴起》(1993)；也包括一系列研究性著作，如欧力同、张伟的《法兰克福学派研究》(1990)，陈学明的《哈贝马斯的“晚期资本主义”论评述》(1993)，冯宪光的《“西方马克思主义”美学研究》(1997)，等等。此外，介绍和研究国外马克思主义文论思想的重要著作还包括连铗等主编的《国外马克思主义文论家文论选评》（中国人民大学出版社1991年版）、廖惠和的《当代国外马克思主义研究六大思潮初探》(国防大学出版社1992年版)、奚广庆等主编的《西方马克思主义辞典》(中国经济出版社1992年版)、朱立元主编的《法兰克福学派美学思想论稿》（复旦大学出版社1997年版）、李青宜《当代法国“新马克思主义”》（当代中国出版社1997年版）、陈永国《文化的政治阐释学：后现代语境中的詹姆逊》（中国社会科学出版社2000年版）

等，研究成果非常丰富，本课题将在第三子课题中对其展开专门研究。

第八，是马克思主义文艺理论与当代西方文艺思潮对话研究成效显著。自20世纪后半期以来，各种当代西方文艺思潮不断涌现，包括形式主义、精神分析、结构主义、女权主义、解构主义、后现代主义、后殖民主义、文化研究等，这些文艺思潮主要产生于欧美国家，相互之间有着千丝万缕的联系。马克思主义文艺理论与这些理论思潮处于同一种思想共振的格局之中，因而不可避免地产生复杂的联系，如何在与当代西方文艺思潮的对话中展现马克思主义文艺理论对当代社会文化思想的理论把握能力，是马克思主义文艺理论与美学研究的焦点之一。中国当代学者曾繁仁、高建平、杜卫、姚文放、汪正龙等敏锐地认识到了这一问题，积极开展马克思主义文艺理论与当代西方文艺思潮的对话研究。曾繁仁提出，新时期近30年来西方文论影响下的中国文论在对西方现代文论的认识上历经突破、发展与走向建构三个阶段，中国当代文论需要紧密结合我国建设和社会实际，探索“综合比较”途径，建设有中国特色的当代马克思主义文艺学。① 高建平强调一种发展的艺术观，提出无论是消费社会和媒介科幻主义，都是发展中迷航的表现。对此，还是应该回到马克思的思路：物质财富生产的发展，并不一定就有精神产品的生产与之直接对应；但是，物质财富生产所带来的社会变化需要精神产品的生产来对它进行相应的调整、制约和平衡。② 杜卫强调以问题转换的方式促进马克思主义美学在当代中国的理论发展、知识增长和学术进步。③ 姚文放提出通过症候阅读的方式更新马克思主义的艺术生产论。④ 汪正龙则强调通过马克思

---

① 曾繁仁：《新时期西方文论影响下的中国文艺学发展历程》，《文学评论》2007年第3期。

② 高建平：《发展中的艺术观与马克思主义美学的当代意义》，《文学评论》2011年第3期。

③ 杜卫：《建设马克思主义文艺学、美学体系——体系、问题及其提问方式》，《学术月刊》1991年第10期。

④ 姚文放：《症候解读：文学批评作为艺术生产》，《文学评论》2016年第3期。

主义与形式主义的对话研究提出建设当代形态的马克思主义文艺理论的重要理路[①]。这些研究成果，通过对话思维，运用宏观、辩证、综合、创新的思维方式，批判继承西方现当代文论中有价值的思想理论资源，批判其不足，在创构当代形态的马克思主义文艺理论方面均作出了有益的探索。

第九，是马克思主义经典文艺思想研究方法论的回归。21 世纪以来，马克思主义经典文艺思想研究开始注重方法论的回归。主要体现在两个方面。其一是回归马克思主义文艺理论的文本文献学研究范式，从文献摘编、历史考证、研究状况、当代解读等方面，强调马克思主义理论的原典文献研究，研究成果注重文本解读方法和思想史的当代构型。主要成果有中央编译出版社出版的马克思主义经典著作研究读本系列，包括曹典顺的《马克思〈人类学笔记〉研究读本》（2015），林进平、杨金海的《马克思〈论犹太人问题〉研究读本》（2016），聂锦芳、彭宏伟的《马克思〈资本论〉研究读本》（2015），姜海波、杨金海的《马克思〈哲学的贫困〉研究读本》（2013），裴晓军、李惠斌的《马克思〈哥达纲领批判〉研究读本》（2013）；此外，张一兵的《回到列宁：关于哲学笔记的一种后文本学解读》（凤凰出版传媒集团 2016 年版），胡大平的《回到恩格斯：文本、理论和解读政治学》（凤凰出版传媒集团 2011 年版）等，也取得了较为突出的成绩。其二是通过对马克思主义文艺思想的原典阐释，深入联系现实，并对马克思主义理论研究所面临的问题以及国际文艺理论界的热点问题进行讨论和阐释。代表性的研究成果有李应志的《全球化与帝国主义的危机控制：斯皮瓦克的后马克思主义文化批评》（人民出版社 2014 年版）对帝国主义、后殖民主义、文化政治问题进行了讨论，范永康的《文化政治与当代西方文论的政治化》（云南大学出版社 2012 年版）对美学

① 汪正龙：《马克思主义与形式主义对话的可能性》，《文艺理论研究》2008 年第 3 期。

革命和实践存在论的阐述，王杰的《现代审美问题：人类学的反思》（北京大学出版社2013年版）对审美人类学的关注，等等。

四　当前马克思主义经典文艺思想中国化当代化研究的理论任务

自马克思主义经典文艺思想在中国开始被选择接受、传播发展以来，国内学者根据中国所面临的社会现实、文艺创作状况和理论自身的逻辑发展，在马克思主义经典文艺思想中国化当代化研究中积极探索，共同推动了马克思主义经典文艺思想原典研究，使马克思主义经典文艺思想与社会现实和文艺创作关系更加紧密，也推动了马克思主义经典文艺思想的发展和革新，产生了很多重要的研究成果，这是值得肯定的。具体而言，国内学界在马克思主义经典文艺思想中国化当代化研究中已经取得了重要成绩，这些成绩可以分三方面。

首先是学术史方面的研究成效显著。马克思主义经典文艺思想中国化之历史经验的反思以及对其当代形态建构的理论探讨较为充分，学术史研究成果比较丰富，极大地推动和促进了当代马克思主义文艺理论的发展。这方面的成绩主要沿着两个线索展现出来，一是对马克思主义经典文艺思想中国化历史经验的总体梳理、阐释和反思研究较为深入明显，二是对具有代表性的理论成果，例如毛泽东的《讲话》，李大钊、瞿秋白、鲁迅、冯雪峰、胡风、周扬等具体的马克思主义经典文艺思想中国化的阐释和反思取得较好效果。这两条线索相得益彰，较为完整地将中国马克思主义文艺理论的历史形态召唤到当代视野之下，在赋予马克思主义经典文艺思想的发展历程以当代意义的同时，也凸显了中国社会历史文化语境和文艺创作现实的独特性，为当代中国马克思主义文艺理论建设提供了重要的基础。同时，从当代视野、中国语境、中国问题出发，对马克思主义经典文艺思想中国化当代化研究历史经验进行深入理论反思，在问题性上有效衔接了中国当代文艺批评实践，构成了马克思主义经典文艺思想中国化当代化的鲜明的学术史脉络。

其次是方法论研究的成果较为突出。综合以往的研究，马克思主义经典文艺思想中国化当代化研究离不开方法论的更新与推动，在方法论的层面，马克思主义经典文艺思想研究注重原典阐释和经典文本研究，在马克思主义的文艺观、美学观、文化观方面取得了较大的进步，而这种理论上的进步更进一步强化了马克思主义经典文本研究中的“回到马克思”的方法论立场。在这个过程中，文献精读、原典导读、历史考证、历史分析等方面均显现出明确的方法论变革的意识，凸显了马克思主义经典文艺思想的文本文献学研究范式的成效与实践功能，在对马克思主义经典文艺思想的原典阐释中，“回到马克思”不再是一个口号，而是取得了扎实的文本研究成果，值得肯定。

最后是学理研究不断丰富。学理研究是实现马克思主义经典文艺思想中国化当代化的基础，在以往的研究中，国内学者突出马克思主义文艺理论的文本文献学研究范式，强调马克思主义理论原典文献的当代研究，研究成果注重文本解读方法和马克思主义文艺思想史的当代发展，借助马克思主义经典文艺思想的原典阐释，在学理研究层面体现出较为明显的成绩。审美意识形态理论研究、艺术生产论、马克思主义悲剧美学理论研究、马克思主义与审美形式、全球化与世界文学等重要的当代马克思主义美学观念不断涌现，消费社会与文学生产、大众文化与文化工业批判、后现代主义与文化现代性、文化研究与日常生活审美化、强制阐释论与公共阐释论、文化资本与审美经济研究、空间理论与文化生产等影响中国当代马克思主义文艺理论深入发展的理论观念得到了认真讨论，这些理论成果均展现出了较为深入的理论意义和现实意义，对马克思主义经典文艺思想中国化当代化的研究有重要的启发。

在综合以往取得的成绩的基础上，我们也可以发现，在马克思主义经典文艺思想中国化当代化研究中，有些问题还需要进一步深入，主要表现在以下几点。第一，马克思主义经典文艺思想中国化与当代化研究之间的分裂与理论融合问题需要进一步明确。在理论层面上，马克思主义经典文艺思想的中国化与当代化具有不同的问题形式与解答方案，这二者之间在历史发展的思想脉络上存在交叉融合，在理论研究和思想辨析以及成果展现上，如何进一步明确相互的研究侧重，展现马克思主义经典文艺思想中国化与当代化研究的区分标准与理论界限方面，还需进一步做出理论上的说明。第二，马克思主义经典文艺思想中国化当代化研究在基本概念、基本范畴、核心思想的研究方面有待突破。“马克思主义经典文艺思想中国化”“马克思主义经典文艺思想当代化”概念的内涵、所指以及理论探讨的基本问题有哪些，需要进一步从学理上予以明确。第三，如何有效批判国外学者对马克思主义经典文艺思想的阐释，需要更加深入辩证的分析。在聚焦国外马克思主义文艺理论形态，加强具体观点的系统阐释方面，需要更加深入的宏观研究与微观举证。第四，在马克思主义经典文艺思想的基本阐释与当代形态研究方面需要加强，马克思主义经典文艺思想当代形态研究的对象是什么？什么是当代形态？从经典形态到当代形态的发展，在学理层面上如何呈现？需要更进一步的论证说明。第五，在马克思主义经典文艺思想的中国化当代化研究如何更有效地把握中国文艺批评实践，马克思主义经典文艺思想如何更有效地发挥对当代审美文化现实发展的引领作用方面，需要进一步加强研究。这也说明当前马克思主义经典文艺思想中国化当代化研究仍然面临着重要的理论任务。

一是，需要从马克思主义文艺理论经典文本阅读与原典阐释出发，系统表述马克思主义文艺理论的基本概念、原理、理论方法，对马克思主义文艺理论的经典性、系统性和科学性做出深入的学理研究。马克思主义经典文艺思想在马克思主义理论内部产生了基本问题和理论形式，马克思、恩格斯等的一系列重要的原典著作蕴含着马克思、恩格斯等马克思主义经典作家对文艺美学问题的深入阐释。在这些著作中，马克思主义理论在人的主体观念、审美自由、美的规律、神话、意识形态、审美形式等问题研究中具有重要的思想启发，并且不断将审美问题的批判性思考引向深入，由此展现了马克思主义文艺理论范式的思想框架及其实践特征。这就需要从马克思主义文艺理论经典阅读与原典阐释出发，通过系统整理、文本分类及个案研究等综合研究，深入挖掘马克思主义原典文本的理论价值及其当代意义，在马克思主义文艺理论的经典性、系统性和科学性上进一步有所突破。

二是，需要突出马克思主义文艺思想从经典形态到当代形态的理论走向与关系，把握马克思主义经典文艺思想中国化当代化的历史生成过程及其理论体系特征，确立马克思主义经典文艺思想中国化当代化研究的理论阐释框架和问题解析方式，从而为当代中国马克思主义文艺理论研究提供理论参照。如何从理论形态研究的层面，对马克思主义文艺思想的经典理论形态做出全面把握和概括，结合原典文献的文本学研究，突出经典形态的马克思主义文艺思想的理论统摄能力和思想指导意义；同时，在把握中西马克思主义美学与文艺理论发展的不同历史语境的基础上，强调中国化当代化的具体问题研究，以理论形态方面的研究有效融入具体问题，在马克思主义文艺思想从经典形态到当代形态的理论走向与关系研究上强调宏观视野与微观个案相结合，实现马克思主义经典文艺思想的中国化当代化的理论提炼与总结，可以说这是当前马克思主义经典文艺思想中国化当代化研究的重点之一。

三是，通过马克思主义经典文艺思想的原典阐释与当代发展研究，批判当代研究中对马克思主义文艺理论的怀疑、误解和片面理解的倾向，需要重点解决当前马克思主义文艺理论研究忽视经典文本、机械套用观念、理论方法混乱以及批评实践失效等问题。马克思主义经典文艺思想对人类审美意识、美与艺术的本质及其发展规律等问题的整体性论述，对现实主义文艺的真实性和倾向性问题的深刻见解，对悲剧和喜剧等问题的深入辨析，对人性价值和人类审美活动复杂性的探究，对现代生活审美关系的辩证思考，这些理论问题，在当代研究中并没有全面深入下去。马克思主义经典文艺思想在何种意义上能够展现对中国当代文艺批评实践的导引功能，中国当代马克思主义文艺理论发展与建设的方向如何厘定，中国当代马克思主义文艺理论建构的有效路径是什么，需要当代马克思主义美学研究在这方面做出深入探究。

四是，马克思主义文艺理论原典阐释研究还需要进一步积极呼应当代问题，通过马克思主义文艺理论原典阐释深入当代文艺批评实践的具体过程，推动中国当代马克思主义批评进程。马克思主义文艺理论从建立到发展，在面向具体文艺批评实践中展现出了鲜活的生命力，深入地融入文艺批评实践，有效地指导文艺批评实践，这是马克思主义经典文艺思想的理论品格和实践品格，也是马克思主义经典文艺思想中国化当代化研究的理论归宿。在对马克思主义经典文艺思想的历时发展与共时问题的探究中，努力探究理论的实践应用性问题，特别强调在马克思主义经典文艺思想的文本文献研究方法论的指导下，在不断回到马克思主义经典文艺思想的基本问题域过程中，积极呼应当代中国文艺批评实践，努力凸显中国经验、中国声音、中国问题，在原典阐释、问题介入与批评实践的融合中，展现马克思主义经典文艺思想中国化当代化研究的实践价值，在很长的一段时间，这将是马克思主义经典文艺思想中国化当代化研究中的重要任务，也是当代马克思主义美学与文艺理论研究中值得重视的方向。

马克思主义经典文艺思想中国化与当代化：理论内涵与阐释立场

马克思主义经典文艺思想是马克思主义文艺理论研究的问题之源和理论之源。无论当代马克思主义文艺理论的理论形态与美学观念如何发展变化，马克思主义经典文艺思想研究仍然是当代美学与文艺理论研究的重要内容。马克思主义经典文艺思想蕴含着对人类审美意识、美与艺术的本质、美的规律、文艺的真实性和倾向性、悲剧、喜剧等问题的综合研究，展现出对文艺活动的价值属性和人类审美活动复杂性的探究，包含了对现代社会审美关系的辩证思考，在理论研究与文化批判的维度上对当代文化与美学发展有持久的深刻启发。自《共产党宣言》《德意志意识形态》《资本论》等经典著作问世以来，各种西方马克思主义文化理论思潮风起云涌，但无论世界范围内马克思主义文艺理论的发展格局如何变化，都没有冲淡或者减弱马克思主义经典文艺思想研究的力度与影响，而是成为发展21世纪的马克思主义更加重要的来源。特别是自2008年末以来，"关于全球经济危机的报道充斥了媒体的头版头条，并重新唤起了人们对马克思著作的兴趣"。[①] 一时间，"马克思归来""回到马克思""马克思的春天来了""马克思

① ［瑞典］克里斯蒂安·福克斯、［加］文森特·莫克斯主编：《马克思归来》（下），"传播驿站"工作坊译，李慎明主编，华东师范大学出版社、重庆出版社2017年版，第1054页。

回来了”“理解马克思”等呼声不断出现，《马克思靠谱》（东方出版社2017年版）、《马克思的家常菜》（北方文艺出版社2017年版）、《马克思主义使用说明书》（红旗出版社2017年版）、《马克思主义：赞成与反对》（东方出版社2017年版）等指南性导读性的著作在马克思诞辰200周年之际相继推出，“伴随着新一轮全球资本主义危机的爆发，我们似乎也进入了新的马克思主义时代”。[①] 现实视野中的马克思热是一方面，理论上的深入探究和推进却更加复杂艰辛。所谓“回到马克思”，在理论上一方面展现了马克思主义经典思想研究的活跃态势，但也绝非意味着那种对马克思的浅表性阅读就真正体现了马克思热的影响效力，此时，恩格斯晚年所提出的：“马克思的整个世界观不是教义，而是方法。它提供的不是现成的教条，而是进一步研究的出发点和供这种研究使用的方法。”[②] 则更有一番新的意味，在导读马克思之后，马克思主义美学与文艺理论的深入的学理推动更加必要。就中国语境而言，马克思主义经典文艺思想在中国的影响与价值，比西方国家更加鲜明，也更有积极的理论导向意义和鲜明的实践意义，马克思主义经典文艺思想的中国化当代化有较为明确清晰的理论线索和表达形式，当代中国马克思主义美学与文艺理论的发展与建设仍然离不开马克思主义经典文艺思想的深入阐释和理论发展。作为一个理论命题和研究课题，马克思主义经典文艺思想的中国化当代化有一定的理论论域和阐释范围，也应该确立基本的理论视野、阐释立场和实践取向。理论视野展现的是在社会文化语境和历史条件的发展变化中，如何全面把握马克思主义经典文艺思想的多种理论阐述方向，阐释立场回答的是如何在理论形态上把握和阐发马克思主义经典文艺思想的当代发展，实践取

① ［瑞典］克里斯蒂安·福克斯、［加］文森特·莫克斯主编：《马克思归来》（上），“传播驿站”工作坊译，李慎明主编，华东师范大学出版社、重庆出版社2017年版，第4页。

② ［德］马克思、恩格斯：《马克思恩格斯文集》第10卷，人民出版社2009年版，第691页。

向则需要思考马克思主义经典文艺思想在何种意义上展现对当代文艺批评实践的导引功能，这些问题是马克思主义经典文艺思想中国化当代化研究的应有之义。在不断回到马克思主义经典文艺思想的基本问题域的过程中，积极呼应当代中国文艺批评实践，努力凸显中国道路、中国经验、中国声音、中国问题，在原典阐释、问题介入与批评实践的融合中，展现马克思主义经典文艺思想中国化当代化研究的实践价值，是马克思主义经典文艺思想中国化当代化研究的最终目标。

一 马克思主义经典文艺思想中国化当代化研究的阐释立场与理论内涵

马克思主义经典文艺思想研究包含哪些内容，或者说哪些思想才算是马克思主义经典文艺思想，这本身就是一个重要的理论问题。自从马克思主义思想建立以来，在复杂的社会文化、政治现实以及理论观念的变革中，马克思主义思想中的“经典”成分与内容早已在多重阐释中产生了多种多样的理解，既有“复数的马克思主义”和“单数的马克思主义”之分，也有“幽灵论”的马克思主义（德里达）、“不作保证的马克思主义”（霍尔）、“想象的马克思主义”（雷蒙·阿隆）以及各种各样的“后马克思主义”（拉克劳、墨菲等），但也有学者明确提出不赞成“马克思身上仍然有效的东西是他的方法，而非任何实质性的理论命题”的理论观念。[①] 在这种理论纷争中，需要说明的是，马克思主义经典文艺思想中的“经典”既指向“本源”“源生”等理论问题，又区别于“传统”“左派”等传统解释，马克思主义经典文艺思想研究也不是固守传统，“经典”的研究并非拒绝发展和创化，

① ［美］乔恩·埃尔斯特：《理解马克思》，何怀远等译，中国人民大学出版社 2008 年版，第 3 页。

马克思主义经典文艺思想也绝非像有的理论家说的那样“模棱两可的和取之不尽的”①。在此之前的各种马克思主义美学理论，包括存在主义的马克思主义、精神分析的马克思主义、阿尔都塞的马克思主义等与马克思主义经典文艺思想的联系仍然紧密，这些理论思潮既不是按照第二国际、第三国际对马克思主义的理解进行阐述，也区别于苏联的马克思主义，所以，在马克思主义经典文艺思想研究方面，本身应该有一个阐释的立场，这个阐释的立场应该是从马克思主义理论的哲学基础、理论框架和思想精神出发，特别是从原典阐释的角度，重新厘清马克思主义经典文艺思想中国化当代化的基本理论内涵、理论形态与实践指向。马克思主义理论建立以来，马克思、恩格斯、列宁等理论家都在马克思主义经典文艺思想方面做出过重要贡献，可以说，马克思主义经典文艺思想目前的理论形态是马克思主义经典文艺思想家共同阐释的结果。马克思、恩格斯、列宁著作的各种版本的全集、文集、选集都应该在马克思主义经典文献研究的范围之内。在文艺思想方面，马克思、恩格斯《1844年经济学哲学手稿》《〈政治经济学批判〉导言》《〈政治经济学批判〉序言》《德意志意识形态》《关于费尔巴哈的提纲》《神圣家族》《资本论》《评亚历山大·劳克〈德国现代文学史讲义〉》《诗歌和散文中的德国社会主义》《致哈克奈斯》《致敏娜·考茨基》《共产党宣言》《路德维希·费尔巴哈和德国古典哲学的终结》和“人类学笔记”，以及马克思、恩格斯的各种通信，列宁、普列汉诺夫、毛泽东等人的经典文献著作，都在马克思主义经典文艺思想的理论体系、问题形式、美学精神及其理论形态方面有所展现。因而，马克思主义经典文艺思想的研究范围和内容既包括马克思、恩格斯等马克思主义经典作家的文艺思想，这些是马克思主义经

① ［法］雷蒙·阿隆：《想象的马克思主义》（导论），姜志辉译，上海译文出版社2012年版，第9页。

典文艺思想的原生形态；也包括在不同社会历史发展中，其他理论家延续和发展了的马克思主义文艺思想，即马克思主义经典文艺思想的衍生形态。在研究内容的选择上，以马克思主义经典文艺思想的原生文献为主，适当考虑当代马克思主义文艺理论发展中的衍生理论文学与理论形态。

在马克思主义理论上，何谓“经典”与“正统”，这是一个众说纷纭的问题。20世纪中期，德国社会民主主义理论家爱德华·伯恩斯坦曾就此问题提出质疑，也有学者提出，马克思甚至自己宣称“首先，我不是马克思主义者”，在20世纪，“成为和自称马克思主义者有许多矛盾的方式”。[①] 在著名的《历史与阶级意识》中，著名的西方马克思主义理论家匈牙利学者乔治·卢卡奇曾提出了“什么是正统马克思主义”[②]的概念，在卢卡奇看来，与20世纪30年代开始出现的各种西方马克思主义不同的是，那些所谓的“正统马克思主义”的研究仅仅限于历史唯物主义和辩证唯物主义理论框架中，“像对圣经那样进行学究式地”[③] 解释马克思的思想，在他看来，“正统马克思主义并不意味着无批判地接受马克思研究的结果。它不是对这个或那个论点的‘信仰’，也不是对某本‘圣’书的注解。恰恰相反，马克思主义的问题中的正统仅仅是指方法”。[④] 卢卡奇关于“正统马克思主义”的批判在很长一段时间具有代表性。但随着马克思主义理论的发展，特别是各种西方马克思主义理论思潮的出现，对所谓的马克思主义理论思潮的“正统”发展显然超出了卢卡奇的预期。大家发现，在马克思、恩格斯之后的时代，资本主义的社会现实不断地发生断裂性和结构性的变化，马克思主

① ［法］雷蒙·阿隆：《想象的马克思主义》，姜志辉译，上海译文出版社2012年版，第246页。

② ［匈］卢卡奇：《历史与阶级意识》，杜章智等译，商务印书馆1996年版，第47页。

③ ［匈］卢卡奇：《历史与阶级意识》，杜章智等译，商务印书馆1996年版，第47页。

④ ［匈］卢卡奇：《历史与阶级意识》，杜章智等译，商务印书馆1996年版，第47页。

义理论的历史语境和思想态势动荡波折，坚持所谓“正统马克思主义”研究已经不符合理论和社会发展的现实，当然更与马克思主义的理论精神相违背，有可能真的成了列宁所说的“就把马克思主义变成一种片面的、畸形的、僵死的东西，就会抽掉马克思主义的活的灵魂，就会破坏它的根本的理论基础”。[①] 随后，英国学者佩里·安德森证实了这种判断。佩里·安德森在20世纪70年代出版的《西方马克思主义探讨》一书中，描述了第二次世界大战以后的马克思主义理论形态的复杂变化，也提出了马克思主义经典文艺思想与各种新的马克思主义理论形态的区别，特别强调了在美学与文化研究中产生的各种形态的马克思主义理论。佩里·安德森所提出的问题恰恰是时下研究中不断提及的“国外马克思主义”“西方马克思主义”的理论内容。在理论形态上，西方马克思主义或国外马克思主义与马克思主义经典思想是什么关系，佩里·安德森等多位理论家都有阐释。佩里·安德森认为，西方马克思主义“在历史唯物主义发展内部，实际上已经形成了一个完全崭新的学术结构。在他们手里，马克思主义在某些批判性方面，已经成为一种与以往任何理论截然不同的理论”。[②] 佩里·安德森对马克思主义的“经典传统”也是有充分考虑的，在他看来，西方马克思主义理论的出现，除了二战后世界范围内的政治形势与国际环境的变化，也有理论本身的因素：“特别是第一次世界大战以前就在政治上已经成熟的整个这批理论家所特有的主题和关切的问题已经起了急剧的变化。”[③] 这种理论特点后来在阿尔都塞、马尔库塞、杰姆逊、伊格尔顿、齐泽克等理论家那里也有所表现，在他们的理论中，“经典”

① 《列宁专题文集：论马克思主义》，人民出版社2009年版，第157页。

② ［英］佩里·安德森：《西方马克思主义探讨》，高铦等译，人民出版社1981年版，第36页。

③ ［英］佩里·安德森：《西方马克思主义探讨》，高铦等译，人民出版社1981年版，第36页。

的东西融入的是马克思主义文艺理论在学理上的发展变化，他们的理论虽然不是就经典而阐释经典，但却没有离开经典阐释的基本问题，他们的理论研究方法和思想框架是所谓的“回到马克思”的真正的肇始，即所谓“回到马克思”，并非回到“经典”或“正统”，而是强调马克思主义文艺思想的“经典化”过程，通过“经典化”的过程，深入马克思主义经典文艺思想历史发展的理论纵深过程，从而呈现出不同的理论范式，这就是通常所说的在问题研究的层面上，自马克思入，从马克思出，但问题性本身的论域和范围却极为明显地扩大了。

辨析完马克思主义经典文艺思想的问题论域，接下来就是中国化的问题。在马克思主义经典文艺思想的“中国化”中，有几重关系需要厘定和考虑。首先是作为一种学科形态的“马克思主义中国化”，其次是作为一种理论命题的“马克思主义中国化”，最后是“马克思主义中国化”和“马克思主义经典文艺思想中国化”是什么联系。作为一个学科形态的马克思主义中国化，它是一个稳定的范畴，所指明确，马克思主义理论在中国不同历史阶段的选择、接受、融合、发展、阐释、创新的过程，是这种学科形态的马克思主义中国化研究的重点和内容。作为一个理论命题的马克思主义中国化，则偏重于理论层面和观念层面的认识，它的概念起点与创始是毛泽东。1938 年，在党的六届六中全会上，毛泽东作了题为《论新阶段》的报告，提出“马克思主义中国化”的概念，在报告中，毛泽东指出，没有抽象的马克思主义，只有具体的马克思主义，具体的马克思主义就是通过民族形式，把马克思主义应用到中国具体环境的具体斗争中去，而不是抽象地应用它。随后，在《毛泽东选集》的正式编纂中，将“马克思主义中国化”的具体内涵表述为“使马克思主义在中国具体化，使之在其每一表现中带着必须有的中国的特性，即是说，按照中国的特点去应用它”。[①] 毛泽东在当

① 《毛泽东选集》第 2 卷，人民出版社 2009 年版，第 534 页。

时强调马克思主义中国化的历史条件，他是从一个革命家和战略家的角度探究马克思主义的中国化问题，革命战略意义的思考和偏于意识形态方面考量的历史意义和价值非常重要，特别是通过马克思主义中国化的问题，提出中国革命和中国社会的发展道路，理论层面对现实把握的深度是可想而知的，而且，毛泽东还强调，这个“中国化”是有形式和美学意义的，“中国化”不完全是“在中国的发展”，而是有具体所指的理论创新，毛泽东强调：“洋八股必须废止，空洞抽象的调头必须少唱，教条主义必须休息，而代之以新鲜活泼的、为中国老百姓所喜闻乐见的中国作风和中国气派。”① 这与恩格斯、列宁等马克思主义经典理论家后来强调的作为一种行动的指南和方法的马克思主义，而不是作为教条的马克思主义，具有同样重要的理论价值和现实意义。

最后是马克思主义经典文艺思想的当代化研究问题。“当代化”的问题较为复杂。由于惯有的判断思维，“当代”很容易被理解成一个简单的时间概念，也自然有这样的疑问：哪个时间段才算“当代”？谁的“当代”？特别是就中国社会历史文化现实而言，“当代”的界定更加融合了意识形态与政治等其他多方面的因素，容易造成内涵判断的困难。在马克思主义经典文艺思想中国化当代化研究中，“当代”首先是一种历史语境的思考，马克思主义经典文艺思想的当代研究与当下的历史语境有关，但这个语境不是作为一种言语环境和语言因素的语境（Context），也不是重视文化差异的跨文化意义上的语境或语境文化（Context Culture），而是一种宽泛意义上的文化语境，是一个融合了社会、历史和文化背景因素的时代语境。在这个意义上，马克思主义经典文艺思想的当代化研究与以往马克思主义文艺理论与美学研究有不同的主题与内容，具体说，与卢卡奇的时代、阿尔都塞的时

① 《毛泽东选集》第2卷，人民出版社2009年版，第534页。

代、杰姆逊的时代、毛泽东的时代等所提出马克思主义文艺理论与美学研究具有不同的理论命题。这个“当代”同时涵盖了经典/演变、历史/当下、传统/现代、西方/中国的不同语境内涵，也蕴含着马克思主义文艺理论研究的不同的问题性。其次，“当代”不完全是一个时间概念，还是一个同时具有历时性和共时性的哲学概念，这个意义上的“当代”，不回避传统与经典，但强调在同时结合传统与经典的研究中，通过马克思主义文艺思想的原典阐释，切入当代的经验。在这个层面上，“当代”的理论内涵不仅仅指向的是中国或中国马克思主义文艺理论，还包括国外马克思主义文艺理论和美学研究的最新经验、理论形态、发展现实。最后，“当代”的问题，还包括历史进程的发展研究，是发展中的“当代”。在当代发展的理论视野内，马克思主义经典文艺思想研究展现出不同的理论范式，在批评实践的层面对中国马克思主义文艺批评研究提供了反思性研究的路径，这恰恰需要我们在面向具体问题与实践过程中做出深入理论探究与总结的内容，这既是面向当代，也是融入当代。

二 马克思主义经典文艺思想中国化当代化研究的历史视野与问题形式

马克思主义经典文艺思想中国化当代化研究并不是一个新的课题。在马克思主义文艺理论与美学研究的过程中，中国化当代化的问题时刻贯穿其中。从20世纪初期以来，陈独秀、李大钊、鲁迅、郭沫若、瞿秋白、冯雪峰、周扬、茅盾等中国大批知识分子和马克思主义理论家为推进马克思主义中国化做出了巨大贡献。在这个过程中，马克思主义经典文艺思想同中国文艺实践的关系也更加复杂，关于马克思主义经典文艺思想中国化研究的理论内涵的理解更加丰富，很多研究成果包含了社会历史、文化思想、革命政治以及现实思考等多种因素，即使是像毛泽东《在延安文艺座谈会上的讲话》这样的成果也面临着多重的理解和解读，毛泽东《讲话》中提出的“文艺大众化”“民族形式”“工农兵文艺”“文艺的二为方向”等，也不能从单一的理论视野加以解读。从我们对“当代”的阐释可以看出，马克思主义经典文艺思想的“中国化”过程与“当代化”研究也有着多重的复合叠加背景，可以说在20世纪初的马克思主义文艺理论研究中，就有它的“当代”，今天的马克思主义文艺理论研究也有今天的“当代”，两个“当代”，无论是研究内容还是研究对象，都不是截然分开的，这就意味着，在具体的研究过程中，马克思主义经典文艺思想中国化、当代化的研究要兼具历史视野和问题形式，历史视野面对的是“中国化”的当代发展，问题形式则突出的是“当代化”的中国经验。具体而言，在历史视野和问题形式交错思维中，马克思主义经典文艺思想中国化当代化的研究应该突出如下几方面的内容。

首先是马克思主义经典文艺思想的理论形态研究。马克思主义经典文艺思想研究离不开理论形态的总结和探究，马克思主义经典文艺思想的中国化当代化需要在理论形态上予以呈现。马克思主义文艺思想的理论形态存在着从经典到当代的发展历程，这主要是由于马克思的理论学说本身具有明显的发展性和开放性所决定的。在理论形态上，马克思主义不是凝固不变的机械形式，也不是简单地图解社会文化的教条观念，而是能够随着时代的发展而更新进步的思想体系。一方面，马克思主义思想诞生以后，得到了恩格斯、列宁等诸多理论家的不断探索与阐释，这些探索与阐释作为马克思主义理论的不同形态，对马克思主义理论观念做出了深入的理解与说明；另一方面，自19世纪后期开始，经过了现代西方资本主义社会文化、政治、经济与意识形态的深入变革，马克思主义思想观念也不断经受新的社会文化现实的挑战与洗礼，在新的文化语境与社会语境中，理论家们解读马克思的立场差异、观念差异与方法差异，不同程度地造成了对马克思主义思想的理论挪用或思想重构，从而发展了马克思主义文艺思想的理论形态。20 世纪以来，世界范围内的文学艺术发展与审美文化现实的剧变更新，更让马克思主义思想与现代文学艺术之间的关系变得更加多元与复杂，在国外，不同国家、不同地域的理论家面对各种新兴文化经验，在坚持与发展马克思主义文艺理论的同时，积极开展马克思主义与各种现代美学思潮的对话研究，形成了较为复杂多元的理论形态。这也使马克思主义经典文艺思想在从经典理论形态到当代理论形态的发展中，产生了复杂的理论问题与思想争辩，迫切需要在学理层面上给予深入的理论探究。

其次，要加强马克思主义经典文艺思想中国化与当代化的关系研究。自 20 世纪初期以来，马克思主义中国化一直是中国现代社会文化发展中的重要问题，也得到了研究者的重视，与马克思主义经典文艺思想中国化的研究相比，当代化的研究较为薄弱，这固然是由于当代化研究与现在的研究论述时空范围较近，有些问题难以及时展开，但更主要的，还是对马克思主义美学与文艺理论的当代化发展问题梳理或探究不够。在当代语境中，马克思主义理论的碎片化与幽灵化比较明显，总体性的概念受到质疑，马克思主义美学与文艺理论研究对现实问题的批判能力没有得到深入体现，从理论范式上看，当代存在着许多种类型的马克思主义，与马克思主义相关的新的理论思潮不断出现，这些理论思潮在哪些方面继承了马克思主义经典文艺思想的理论遗产？是否对马克思主义基本理论范式做出了历史与辩证的发展？是否创造性地赋予了马克思主义新的理论活力？这些问题需要我们认真反思和辨析。在面向这些问题的研究中，如何有效立足当代语境，做出真正“回归马克思的元问题研究”是一个焦点，也是难点。尽管卢卡奇等人早就反对那种对马克思主义做“经”和“圣”研究，但从知识谱系学的角度，回到马克思主义文艺理论的经典问题，在阅读经典文献的基础上，确立马克思主义文艺理论当代建构的哲学原则与理论视域，仍然是一个重要的问题。为此，笔者认为，以下几方面的研究仍然需要推动。

第一，是经典文献研究。需要进一步加强马克思主义经典文艺思想原典文献的整理爬梳与系统研究，努力在经典文献研究的基础上，对马克思主义经典文艺思想的基本问题、理论形态与理论范式问题做出深入探究，通过经典文本研读，原典文献导读，梳理好马克思主义经典文艺思想研究的典范理论形态及其思想内涵，然后再在理论发展的当代问题上发力探究。

第二，马克思主义经典文艺思想的哲学基础与批评阐释的深度融合研究更需加强。马克思主义文艺思想在本质上仍然是马克思主义哲学理论和思想体系中的一部分，在马克思主义经典文艺思想中国化与当代化研究中，既要强调马克思主义文艺思想的整体哲学观念和基本精神研究，也要有所侧重，重视马克思主义经典文艺思想的理论观念、基本范畴、理论形式及其表达内容的具体化问题，将哲学基础和理论观念层面的探究有效落实在艺术生产、文艺发展观、艺术主体论、艺术价值论以及美学本体论、美学的和史学的方法论、审美规律论等具体内容上，体现经典阐释、本体阐释和批评研究的结合，学理研究与问题意识的结合，宏观理论探讨与具体问题的结合，理论研究与批评实践的结合。

第三，理论对话研究要更充分。在马克思主义经典文艺思想中国化与当代化的关系问题上，本身存在着中国化与当代化的复杂联系。就中国语境而言是如此，就中西语境比较而言，则不可避免地涉及如何对待马克思主义经典文艺思想与现当代其他文艺思潮、美学思潮、文化思潮的理论对话，没有理论对话性的探究，容易将马克思、恩格斯等人的思想封闭在固有的理论体系和观念之内。而事实上，无论马克思、恩格斯以及他们以后的理论发展，都存在着与现当代其他文艺思潮的理论对话过程，同时也存在着马克思主义文艺思想内部理论观念和方法的对话，这个理论对话是马克思主义文艺思想能够有效深入当代艺术批评的观念，也是能够在当代文化思潮中展现重要影响的所在。

第四，中国问题与中国经验研究的当代化选择不可回避。如何确立马克思主义经典文艺思想中国化当代化研究的“中国维度”，这个“中国维度”不是“马克思主义文艺思想和美学思想在中国”，而是通过探究中国当代美学和文艺学研究的经验，展现马克思主义美学和文艺思想在中国问题和语境中展现出的特殊的理论形态，并且用这种理论形态与西方理论相互参证，以便在中国当代马克思主义美学和文艺学的理论范式研究方面做出有原创性的阐释。引入中国视角，重新回到美学的高度和史学的脉络，把握马克思主义经典文艺思想中国化当代化的理论进程，探索马克思主义经典文艺思想中国化当代化研究的历史经验、理论意义及其对当代文艺批评实践的指导意义，是发展中国当代马克思主义文艺理论和美学研究的必由之路。

第五，在马克思主义经典文艺思想中国化当代化研究中，还需要对国外马克思主义美学思想和理论进行系统的批判研究。对国外马克思主义美学，所谓“西马非马”“外马非马”的论争早已过去，在当代，我们对国外马克思主义美学的研究不能再局限于“是”或“非”的论争，需要的是对更复杂问题的辨析能力和解析能力。国外很多理论家的马克思主义情结有很复杂的表现，比如本雅明、阿尔都塞、萨特、海德格尔、巴赫金、大卫·哈维等，很难用“是”或“非”马克思主义来理解，他们在何种意义上走向马克思，这本身是一个重要的问题。即使是伊格尔顿、杰姆逊、托尼·本尼特以及当代激进的左翼理论家阿甘本、齐泽克、朗西埃、巴迪欧等，他们的马克思主义立场也需要辨析，当代为什么会有“非马克思社会主义者的马克思主义研究”，本身是一个重要的理论问题。当下，国外马克思主义美学和文艺理论研究发展迅速，马克思主义理论与西方左派、后殖民、后现代主义、生态文学、女性文学、消费文化等研究的融合趋势更加明显，马克思主义是从一个神圣家族到另一个神圣家族的发展态势，各种新的马克思主义研究的理论思想不胜枚举，理论发展可谓日新月异，当然，不乏混乱和矛盾，不排除有很多宣称是马克思主义的研究，“到头来却也是那些与马克思主义批判大相径庭的言论”①。

可以说，自马克思主义创建以来，国外学者对马克思主义基本理论范式与经典文艺思想的阐释，在当代达到了一个新的理论高峰，当然也在不断地提出新的理论问题。国外学者面对不同的社会历史文化语境，对马克思主义经典文艺思想进行阐释时，会因侧重点不同而表现出不同的理论倾向，有的形成了鲜明的理论范式，有的仍然在发展，当然更有一时之论。在这种情况下，不排除有些新的理论范式比较成熟，如英国马克思主义美学的文化唯物主义理论、德国法兰克福学派的文化批判研究、法国社会学中的马克思主义研究，使马克思主义经典文艺思想的基本问题和重要观念得到深化、拓展和重释，也不断增强马克思主义经典文艺思想对现实的解释把握能力。但在当代，我们也不能看到国外的“马克思研究”字样就笼统地视为马克思主义理论，而恰恰相反，随着时代的转变和文化语境的变化，一些新的理论思潮反而模糊或者冲淡了马克思主义思想，特别是在当代，社会文化经验表达的历史逻辑、表达机制、人类学基础、伦理功能均发生了复

① ［美］布鲁斯·罗宾斯：《全球化中的知识左派》，徐晓雯译，中国社会科学出版社 2000 年版，第 136 页。

杂变化，马克思主义的基本问题已经融入更加复杂的社会关系和社会现象之中。为应对这些挑战，我们需要对各种类型的马克思主义进行重新分辨，对国外学者阐释马克思主义经典文艺思想的基本理论形态进行总结和梳理，批判分析其不足和缺陷，借鉴其合理经验，在此基础上，拓展马克思主义经典文艺思想的问题域，从而为马克思主义经典文艺思想中国化、当代化研究提供充分的理论资源和建设资源。

三 马克思主义经典文艺思想中国化当代化研究的实践指向

2014 年 10 月，习近平在文艺工作座谈会上提出："要以马克思主义文艺理论为指导，继承创新中国古代文艺批评理论优秀遗产，批判借鉴现代西方文艺理论，打磨好批评这把'利器'，把好文艺批评的方向盘，运用历史的、人民的、艺术的、美学的观点评判和鉴赏作品，在艺术质量和水平上敢于实事求是，对各种不良文艺作品、现象、思潮敢于表明态度，在大是大非问题上敢于表明立场，倡导说真话、讲道理，营造开展文艺批评的良好氛围。"① 2018 年 5 月 4 日，在纪念马克思诞辰 200 周年大会上，习近平又强调："马克思主义为中国革命、建设、改革提供了强大思想武器，使中国这个古老的东方大国创造了人类历史上前所未有的发展奇迹。历史和人民选择马克思主义是完全正确的，中国共产党把马克思主义写在自己的旗帜上是完全正确的，坚持马克思主义基本原理同中国具体实际相结合、不断推进马克思主义中国化时代化是完全正确的!""我们要立足中国，面向现代化、面向世界、面向未来，巩固马克思主义在意识形态领域的指导地位，发展社会主义先进文化，加强社会主义精神文明建设，把社会主义核心

① 习近平:《在文艺工作座谈会上的讲话》(2014 年 10 月 15 日)，人民出版社 2015 年版，第 30 页。

价值观融入社会发展各方面，推动中华优秀传统文化创造性转化、创新性发展，不断提高人民思想觉悟、道德水平、文明素养，不断铸就中华文化新辉煌。"[①] 马克思主义经典文艺思想本身具有深刻的实践性，蕴含着丰富的实践智慧与思想活力，马克思主义经典文艺思想中国化、大众化研究不能缺失批评实践的维度，根据时代变化和实践发展，在强化经典文献研究，深化原典文献认识，总结马克思主义文艺批评实践经验的基础上，实现马克思主义经典文艺思想研究理论创新和实践创新的良性互动，是发展21世纪中国马克思主义文艺批评的重要任务，也是积极反思和构建中国当代马克思主义文艺理论体系的根本路径，在马克思主义经典文艺思想的批评实践研究方面，至少应该包括以下四个方面的工作。

其一，马克思主义经典文艺思想研究从根本上仍然要面对文学理论批评如何更有效地把握当代中国批评实践的问题，仍然需要面对"当代中国需要什么样的文艺批评"的问题。2016年11月30日，在中国文联十大、中国作协九大开幕式上的讲话中，习近平提出："一个时代有一个时代的文艺，一个时代有一个时代的精神。任何一个时代的经典文艺作品，都是那个时代社会生活和精神的写照，都具有那个时代的烙印和特征。任何一个时代的文艺，只有同国家和民族紧紧维系、休戚与共，才能发出振聋发聩的声音。"[②] 新时期以来，中国当代文艺理论在批评实践上取得了不少成绩，批判理论的研究也有长足的发展，在现实主义批评问题、悲剧问题、审美反映问题、内容和形式的关系问题等研究方面，体现出较为明显的理论进步，围绕反映论问题、人道主义问题、形象思维问题、马克思主义理论体系问题、马

---

① 习近平：《在纪念马克思诞辰200周年大会上的讲话》，《人民日报》2018年5月5日第2版。

② 习近平：《在中国文联十大、中国作协九大开幕式上的讲话》，《人民日报》2016年12月1日第2版。

克思《手稿》研究的几次较大范围的理论论争，包括美学大讨论、实践美学与后实践美学论争，都较为深入地涉及了马克思主义经典文艺思想的批评实践问题。但总体上看，当代马克思主义文艺批评实践仍然有不尽如人意之处，理论与学理上的概括性、批评实践的具体性与针对性，都需要进一步加强，在理论问题与批判实践的有效衔接上，马克思主义经典文艺思想如何有效把握批评实践的问题仍然没有得到很好的体现。比如，就现实主义批评而言，在中国当代文学批评中，从不缺乏现实主义文艺创作的土壤和现实主义的文学精神，这在不同时期都是积极弘扬的内容，马克思主义经典文艺思想中的典型化、文学与社会的关系等也是应用较多的理论，但就当代现实主义文学批评理论而言，真正体现中国当代理论话语范式的现实主义批评仍然不明显。马克思主义经典文艺思想的中国化、当代化包含了批评实践的思考，但这种思考不是马克思主义经典文艺思想在现实主义批评问题上的简单翻版，而是需要在全面把握中国当代文艺批评实践的现状与格局，在辨析中国当代文艺批评的成绩与不足的基础上，立足中国文艺现实，探索马克思主义经典文艺思想有效指导批评实践的方式；还需要从马克思主义经典文艺思想出发，把马克思主义文艺理论与中国文艺审美经验结合起来，在具体的文艺批评实践中辩证发展马克思主义经典文艺思想，凸显中国当代文艺批评对马克思主义经典文艺思想的吸收、转化与创造的成效。

其二，以马克思主义文艺理论为指导，继承创新中国古代文艺批评理论优秀遗产，有效继承、转化中国传统文论话语与民族审美精神，在继承弘扬中华优秀传统文化的过程中繁荣发展当代马克思主义文艺理论。在文艺工作座谈会上，习近平提出了坚守中华文化立场、传承中华文化基因，展现中华审美风范的要求，并强调：“传承中华文化，绝不是简单复古，也不是盲目排外，而是古为今用、洋为中用，辩证取舍、推陈出新，摒弃消极因素，继承积极思想，‘以古人之规矩，开自己之生面’，实现中华文化的创造性转化和创新性发展。”① 马克思主义经典文艺思想中国化、当代化研究不能忽视中华优秀传统文化的思想资源、理论资源与哲学智慧。“中华优秀传统文化”是一个比“中国古代文论”“中国古典美学”更深广的概念和范畴，它不但包含了文化语境和精神基因方面的内容，还有情感认同与经验认同的内核，是中外文明交流互鉴的重要途径，也是马克思主义文艺思想中国化当代化研究的重要内容。中华文明在5000多年的悠久历史和发展中，孕育了《诗经》《论语》《离骚》等一大批优秀传统文化资源，出现了先秦子学、两汉经学、魏晋玄学、隋唐佛学、宋明理学等一大批哲学美学文化思潮以及儒、释、道、墨、名、法、阴阳、农、杂、兵等各家理论学说，涌现出老子、孔子、庄子、孟子、荀子、韩非子、董仲舒、王充、何晏、王弼、韩愈、周敦颐、程颢、程颐、朱熹、李贽、黄宗羲、顾炎武、王夫之、康有为、梁启超等一大批思想家、理论家，中国哲学与文化中的哲学原典与思想，既是中华优秀传统文化的重要内容，同时也包含了很多具有普遍性理论特质和美学内涵的审美范畴、审美理想与美学观念。马克思主义经典文艺思想中国化、当代化研究的目标与任务之一是在马克思主义文艺理论指导下推动文艺实践，其中，立足中国文化语境，扎根中华审美风尚的变革过程，展现中华审美精神的当代魅力与功能，是不可或缺的研究路径与内容，这也是一个中华优秀传统文化与马克思主义经典文艺思想相互检视、化合、扬弃与创生的过程。

其三，在马克思主义经典文艺思想中国化当代化研究中，要以文艺的人民性为核心，强化文艺的根本价值研究，需要系统梳理探究人

---

① 习近平:《在文艺工作座谈会上的讲话》(2014年10月15日)，人民出版社2015年版，第26页。

民性话语的起源特征，在理论上凝练深化人民文艺的观念，展现马克思主义经典文艺思想研究的人民属性与人民情怀。文艺的人民性是马克思主义经典文艺思想的核心问题，文艺的人民性问题最早由俄国革命民主主义者别林斯基、杜勃罗留波夫等人提出，最初主要指文艺研究的民族性与民族化特征。马克思、恩格斯在《关于伊壁鸠鲁哲学的笔记》《第六届莱茵省议会的辩论》《共产党宣言》等文献中，从历史唯物主义出发，结合剩余价值理论、劳动、资本与阶级的分析，提出并奠定了人民性话语的思想和理论基础，确立了人民性话语的唯物主义内涵。马克思、恩格斯之后，列宁结合现实主义文艺实践，对文艺的人民性话语做出了进一步的改造、深化和发展，使之成为马克思主义经典文艺思想的重要范畴之一。中国当代文艺批评实践具有人民性话语的思想基因，更需要以人民性话语为核心，展现中国当代马克思主义文艺批评的核心价值。在文艺工作座谈会上，习近平指出："人民不是抽象的符号，而是一个一个具体的人，有血有肉，有情感，有爱恨，有理想，也有内心的冲突和挣扎。"[①] 当代中国文艺批评实践在贯彻和推动人民性话语的问题上，不仅需要在创作导向上坚持"人民需要文艺，文艺需要人民"的方向，更需要在文艺与现实的关系、文艺的情感指向、文艺的现实功能、文艺的评价标准、文艺的政治理性等多个维度上深化人民性话语的内涵，展现人民性话语融入批评理论的深度、广度、精度，将人民性问题的探究融入批评话语、批评伦理与批评价值之中，以人民性话语的塑造与提炼展现批评的力度和效力。

最后，马克思主义经典文艺思想中国化、当代化研究还是要在"当代化"研究上下功夫。当代化的研究是一个复杂的研究论域，很多问题都包含在内，比如，如何面向消费文化语境下的中国当代文艺

① 习近平：《在文艺工作座谈会上的讲话》（2014 年 10 月 15 日），人民出版社 2015 年版，第 17 页。

批评；如何把握当代文艺的视觉转向与视觉文化批评的新趋势；如何进一步关注新媒体时代文艺审美形态的变迁，把握网络文艺批评实践的新功能；如何有效批判、反思与深化中国当代的大众文化批评，等等，马克思主义经典文艺思想中国化当代化研究应该对这些问题有综合性的把握能力。在当代，马克思主义经典文艺思想的元问题与问题性可以说无处不在，但真正的难题是落实与解决的方式，这不仅让我们想起恩格斯晚年对马克思主义理论的一种总结。1890 年，恩格斯在给康拉德·施米特的信中曾说："对德国的许多青年著作家来说，'唯物主义'这个词大体上只是一个套语，他们把这个套语当做标签贴到各种事物上去，再不作进一步的研究，就是说，他们一把这个标签贴上去，就以为问题已经解决了。但是我们的历史观首先是进行研究工作的指南，并不是按照黑格尔学派的方式构造体系的杠杆。必须重新研究全部历史，必须详细研究各种社会形态的存在条件，然后设法从这些条件中找出相应的政治、司法、美学、哲学、宗教等等的观点。"① 在今天，所谓的"当代"研究，恩格斯的观念仍然很有启发性。当代的美学问题与批评研究，单靠贴上马克思主义美学的标签不但于事无补，而且有负面效应。当代社会和文化的发展，不但放大了当年马克思、恩格斯从事理论研究所面对的社会条件的复杂性，而且出现了很多他们当年无法想象的问题，在市场经济与资本主义的纵深发展中，很多理论家也不断地在回应马克思主义所面临的新问题，如布尔迪厄、齐泽克、朗西埃、巴迪欧、阿甘本等，这些新一代的马克思主义理论家，他们的理论对当代社会文化发展中的生产与消费、文化与资本、生命与想象、审美与政治等不断有新的阐释。在某种程度上，新一代的马克思主义理论家在认识文艺生产作为"非物质性劳动""智性劳动"方面有较为激进的认识，但在辩证反思当代文化经济、审美资本

① 《马克思恩格斯文集》第 10 卷，人民出版社 2009 年版，第 587 页。

与意识形态的复杂关系方面仍然需要更深刻的回到马克思主义经典文艺思想中。说白了，尽管从理论上说，当代的问题，当代的理论家有更直接的体验和把握，但真正的解决之道还不成熟，马克思、恩格斯强调的“在批判一个旧世界中发现新世界”的理论雄心和思想力量仍然需要强化，这也是当代马克思主义美学研究所面临的关键问题。

《审美意识形态》与伊格尔顿前期文论的理论价值

《批评与意识形态》是英国马克思主义文学批评家特里·伊格尔顿（Terry Eagleton）青年时期的代表性理论著作，像很多具有世界影响的学者一样，伊格尔顿的“青年之作”尤其显示出了其不凡的理论功底和哲学美学素养，为以后的文学批评理论研究奠定了重要的理论基础。从《批评与意识形态》可以看出伊格尔顿审美意识形态批评理论的研究特色，更可以与他以后的文学批评理论研究做对比性甚至矛盾性的阐释分析。《批评与意识形态》展现了伊格尔顿马克思主义文学批评与美学研究的理论构想，他以后的文学、批评和美学研究的选择、矛盾和缺陷等，都可以在这部“青年之作”中窥见一斑，然而，它的重要理论价值也一直在伊格尔顿接受研究中被忽视和简单化。当代中国文学批评中的“伊格尔顿接受研究”仍然有很多被动地遮蔽的内容，包括这部《批评与意识形态》。

英国学者特里·伊格尔顿是一位高产的理论家，理论著作丰富，理论思想复杂，他的理论研究既包括文学、批评、文化、美学方面的内容，同时还广泛涉及宗教、政治、伦理等方面。首先，从伊格尔顿研究在中国的状况来看，他绝对称得上是在中国学界产生显著影响的西方文学批评理论家之一。从20世纪70年代末开始，伊格尔顿的思想被引入中国，并开始在文学批评理论研究领域引起重视，四十多年过去了，不但伊格尔顿的大部分文学批评理论研究著作被译成中文①，而且至今中国大量的博士、硕士学位论文的选题仍然以伊格尔顿为研究对象，这点只要稍稍做一检索便可知晓，而且，每年的批评理论研究的论文中，关于伊格尔顿的研究论文均不在少数，这个研究的数量仍然在上升。对于一个西方文学理论家的域外（主要是中国）影响来说，这一点既体现出他的文学批评理论研究的重要性和思想接受的广泛性，但同时也暴露出伊格尔顿文学批评理论的中国接受研究的某些困惑或者说待整理研究的内容。比如就严格的意义来说，伊格尔顿的很多论著被引介到中国，但其影响仍然以文学理论层面居多，或按国内的学科划分，仍然是以文艺学的影响居多，少量的影响是比较文学与世界文学，国内文学研究的其他学科可以说对伊格尔顿反响平平，至少可以说他在中国的影响大但面不广，译著多而影响不深。其次，

---

① 目前学界已翻译的伊格尔顿著作的中译本有：《马克思主义与文学批评》，文宝译，人民文学出版社1980年版；《二十世纪西方文学理论》，伍晓明译，陕西师范大学出版社1987年版；《文学原理引论》，刘峰译，文化艺术出版社1987年版；《当代西方文学理论》，王逢振译，中国社会科学出版社1988年版；《历史中的政治、哲学、爱欲》，马海良译，中国社会科学出版社1999年版；《后现代主义的幻象》，华明译，商务印书馆2000年版；《审美意识形态》，王杰等译，广西师范大学出版社2001年版；《文化的观念》，方杰译，商务印书馆2003年版；《瓦尔特·本雅明或走向革命批评》，郭国良等译，译林出版社2005年版；《现象学，阐释学，接受理论——当代西方文艺理论》，王逢振译，凤凰传媒集团、江苏教育出版社2006年版；《理论之后》，商正译，商务印书馆2009年版；《生命的意义是爵士乐团》，方佳俊译，商周文化事业股份有限公司2009年版；《马克思为什么是对的》，李杨等译，新星出版社2011年版；《甜蜜的暴力：悲剧的观念》，方杰等译，南京大学出版社2017年版；《人生的意义》，朱新伟等译，译林出版社2012年版；《论邪恶》，林雅华译，湖南人民出版社2014年版；《异端人物》，刘超等译，江苏人民出版社2014年版；《批评家的任务》（伊格尔顿与马修·博蒙特的对话），王杰、贾洁译，北京大学出版社2014年版；《文学阅读指南》，范浩译，河南大学出版社2015年版；《文化与上帝之死》，宋政超译，河南大学出版社2016年版；《如何读诗》，陈太胜译，北京大学出版社2016年版；《文学事件》，阴志科译，河南大学出版社2017年版；《美学意识形态》（《审美意识形态》修订版），王杰等译，中央编译出版社2018年版；《批评的功能》，程佳译，河南大学出版社2018年版；《论文化》，张舒语译，中信出版社2018年版；《勃朗特姐妹——权力的神话》，高晓玲译，中信出版社2019年版。

从伊格尔顿著作的中国影响的内容和思想接受来看，最早是通过文学思想的引介开始的，伊格尔顿思想中的很多内容，如天主教思想与文学研究、精神分析批评与女性主义批评观念、美学与伦理思想、文化研究与社会批评理论等还需进一步深化。再次，伊格尔顿文学批评思想的批判研究不够，伊格尔顿文学批评思想有成体系的方面，但有些内容较为零散甚至凌乱，理论思想的偏颇和武断之论时有出现，还需要认真辩驳分析，不能光看伊格尔顿在哪方面提出了一两句闪光之论就认定他的思想有多么深邃。最后，伊格尔顿的批评理论研究跨度较大，内容复杂，基本上存在着从文学到美学到文化/政治/伦理/社会研究的轨迹，这个理论变化的轨迹一方面体现出他的文学批评理论观念的发展和拓展，另一方面也需要在对他的整体研究中发现其中的理论关联和矛盾之处。

值得一提的是，伊格尔顿最近几年的研究转向文学、批评和文化的普及性和精细阅读理论研究，他最新出版的《文学阅读指南》《如何读诗》《文学事件》与早期的《批评与意识形态》（1976）、《马克思主义与文学批评》（1976）、《文学理论：导论》（1983）构成了批评理论研究方面的一个重要的理论呼应，从文学、批评与美学的观念、体系和理论建构层面的研究走向更加具体和普及性的文学精细阅读、文学指南和文学事件性的研究。笔者认为，这是一个重要的理论变化，也是值得重视的一种现象，我们如果能够把伊格尔顿著作和思想中的那些貌似云山雾罩的文化问题、伦理问题、政治问题研究“剔除”或者“悬置”的话，可以发现，伊格尔顿的批评理论思想尽管有时左右游移、摇摆不定甚至立场不稳，但他的文论和批评理论研究仍然不失为一个较为稳定和长期关注的内容，在这个层面上，他在严格的意义上仍然是一个“批评理论家”。这也意味着，有时对一个西方学者的思想和论著的研究，不仅要看其理论著述原貌，还要看其思想发展过程、理论逻辑内容和思想构成要素，特别是要对其具体思想内容的逻辑发展细节做具体分析，这样或可展现其理论思想之精要或不足的部分，也能展现其具体影响。本文遵循这样的研究理路，先不多谈伊格尔顿文学批评理论的缺陷和不足，而是着重围绕伊格尔顿早期的理论著作《批评与意识形态》，试图贯穿起伊格尔顿文学批评理论思想发展的前后过程和理论问题思考的生成语境和表现立场，从而达到对其批评理论思想的整体解读的目的。

一　审美意识形态批评与伊格尔顿批评理论的整体思想观念

就严格的意义来看，目前中国学界所谈论与研究的文学理论在西方更多的是以“批评理论”（Critical Theory）的学术面目出现的，“批评理论”在西方学界指涉广泛、研究范围宏大，类似一些研究者说的是一种“大理论”（grand theory）[①]，20 世纪中期以后，西方文学和批评理论研究的专业性和学术性标准越来越规范，“批评理论”研究范围不断拓展，作为一种文学阐释分析的批评理论不断向文化研究拓展，出现了“批评理论”“文化化”的现象，这个现象在特里·伊格尔顿的身上表现得也比较明显。作为批评理论家，伊格尔顿最先从事的是文学批评和文学理论研究，包括马克思主义文学批评，但在之后，伊格尔顿的研究领域不断扩大，广泛涉及文化、美学、政治和伦理的内容，出现了托尼·本尼特所说的“与现在发展迅速的文学理论产业进行了更加开放（open - ended）和更富有成效的对话”[②] 的现象。托尼·本尼特的揶揄之辞是一种批评，暂且不论。但就伊格尔顿的文

① ［美］文森特·里奇：《当代文学批评：里奇文论精选》，王顺珠主编，北京大学出版社 2014 年版，第 217 页。

② ［英］托尼·本尼特：《文学之外》，强东红等译，人民出版社 2016 年版，第 31 页。

学批评理论研究来看，如果不揣狭隘之论的话，伊格尔顿本质上还是“批评理论家”，他对中国文论影响最大也最值得我们研究的也是他的批评理论，是他的文学和批评方面的思想。尽管他的很多思想如神学、天主教、伦理等也具有积极的价值，但在中国学界的影响来看，比起其文学思想仍然是“小众化”影响的学问，再如他的文化研究、“理论之后”等思想，其体系性和理论的启发性仍然不如他的文学批评理论。①

伊格尔顿文学批评理论研究最重要最核心的理论观念是审美意识形态批评。审美意识形态批评是一种固定的文学批评类型，还是一种文学批评的观念形式或是一种个人化的批评理论？这是包括伊格尔顿在内的西方马克思主义文学批评共同的问题。从理论上看，审美意识形态批评具有明显的社会批评的类型特征，是吸收了经典马克思主义批评的理论质素与批判精神，在充分强调既定社会语境与意识形态经验对文学批评话语的影响与建构中所展现出来的一种文学批评话语观念和理论模式。在文学批评的历史上，无论中国还是西方，传统文学社会学批评中都具有审美意识形态的话语质素，经典马克思主义文学批评对审美意识形态批评产生了积极的理论影响，具有理论先导和实践指引的作用。20 世纪 60 年代之后，各种西方马克思主义理论不断涌现，审美意识形态批评成为西方马克思主义充分彰显美学与文化关切的重要理论形式。西方马克思主义理论重视文化和美学研究，以一种“文化马克思主义”的理论形式对“那些它的前辈所忽视的经济、

---

① 比如他的引起较多关注的著作《理论之后》，从理论研究的内容来看在于对西方文化研究理论的评述分析，真正在思想和理论建构层面上的意义不是十分明显，他提出了“理论之后”的观念，指出了一种现象和一种关于文化理论的判断，严格意义上说这不是“理论”，也不是一种文学批评的思想。此前笔者的相关研究见《理论之后的批评旅途——伊格尔顿“理论之后”观念的文化解析与批判》，《文艺理论与批评》2010 年第 4 期；《理论的终结？——“后理论时代”的文学理论形态及其历史走向》，《文学评论》2011 年第 5 期；《文学研究走向“后理论时代”了吗——“理论之后”问题的反思与批判》，《社会科学家》2011 年第 9 期。

社会或政治的制度问题”[①] 予以重新解读和理论上的再生产，其中，文化、美学与意识形态的关系问题是他们介入资本主义社会文化结构分析、重新建构社会历史主体、表述变化了的历史经验的重要理论切入点。因此，在这个意义上，审美意识形态批评是西方马克思主义理论家充分考察西方发达资本主义社会文化经验，在批判分析发达资本主义社会发展、文化现状及思想格局过程中，深化传统的社会批评和经典马克思主义批评的理论、方法与观念之后所形成的一种批评理论范式。

审美意识形态批评有广义和狭义之分，狭义的审美意识形态批评特指对文学文化文本的意识形态语境的分析，强调从既定社会文化语境与意识形态现实中展现文学文本与社会文化的关系、作家创造的意识形态影响以及文学写作在意识形态方面的价值指向与内涵；广义的审美意识形态批评指向西方文学理论中各种类型的批评模式，如女性主义批评、后殖民主义批评、新历史主义批评、西方马克思主义文学批评、文化研究理论等，都带有明显的审美意识形态批评特色。西方文论与美学研究中带有审美意识形态批评色彩的理论流派和理论家众多，可以说，西方马克思主义美学中的所有理论流派和最重要的理论家，如法兰克福学派、英国文化研究学派、欧美大众文化研究学派、法国文化生产理论学派、欧洲马克思主义文化理论学派等，他们的理论研究都带有审美意识形态批评的色彩，在理论家层面，西方马克思主义理论的奠基者卢卡奇、葛兰西、卡尔·柯尔施等对审美意识形态批评理论发展起到了理论奠基的作用，霍克海默、阿多诺、本雅明、马尔库塞等德国法兰克福学派的理论家；理查德·霍加特、E. P. 汤普森、斯图亚特·霍尔、保罗·威利斯、安吉拉·麦克罗比等英国“伯

---

① ［英］佩里·安德森：《当代西方马克思主义》，余文烈译，东方出版社 1989 年版，第 18 页。

明翰文化研究学派”的理论家；法国路易·阿尔都塞、马舍雷等早期“阿尔都塞学派”理论家；美国的杰姆逊、法国的波德里亚以及当代西方马克思主义理论中最新锐的理论家如朗西埃、巴迪欧、齐泽克、奈格里等，他们的理论中都带有审美意识形态批评的典型特征。

审美意识形态批评包含但不限于上述的理论家。在西方马克思主义理论中，审美意识形态批评是一个包含广泛、内容复杂的“家族相似”的理论，这也让审美意识形态批评的内涵、边界及理论范围和个性显得难以厘定。综合来看，审美意识形态有如下特征。第一，审美意识形态批评吸收了马克思主义的理论成分，在理论模式上仍然是马克思主义的经济基础/上层建筑理论的批评实践应用和理论外化，具有马克思主义批评的整体理论特性，但在美学、艺术和文化的问题探究中“反身而出”，强调以审美、文化和艺术与意识形态的关系问题为核心，围绕文化、美学、艺术的意识形态属性问题充分介入当代社会文化结构和文化主体建构以及历史经验阐释过程，从而体现出文化、艺术、美学与意识形态的张力结构关系，并在结构性的文化阐释中展现马克思主义理论对当代社会与审美文化发展的解析能力和批判能力，因此，在经济基础/上层建筑的理论模式上强调的是一种“多元决定”(surdétermination)[①]。第二，审美意识形态批评在具体的批评实践中强调马克思主义理论视域内的文学生产特征，是马克思主义的艺术生产理论在批评、审美问题上的进一步深化或拓展，审美意识形态批评关注的基本问题不是文化、美学与艺术的意识形态属性的单一、静态的问题，而是在广阔的社会文化语境和意识形态经验中文化的生产与再生产经验和机制的问题，从而在生产的层面上强化和拓展了马克思主义经济基础/上层建筑理论模式中所包含的能动力量，体现出“生产”

① “多元决定”(surdétermination) 也有学者译为“超定”，见蓝江《症候与超定——对阿尔都塞 surdétermination 概念的重新解读》，《马克思主义与现实》2017 年第6期。

在基础性和上层建筑方面的双重功能，也是一种“生产”的叠加或叠合功能，这种叠合功能在充分关注当代社会文化生产的过程中，展现了美学、批评与社会生产的多元创造关系。第三，在研究方法上，审美意识形态批评具有马克思主义的社会分析和文化分析的方法特征，审美意识形态批评总体的研究方法还是马克思主义的“美学的和史学的”研究方法的延伸，在研究方法层面上具有跨学科特征，马克思主义的理论方法、社会学的方法、人类学的民族志的研究方法、政治阐释的方法、精神分析的研究方法，新历史主义的研究方法等与文学阐释分析的内在研究方法形成了一种综合的运用，产生了类似于杰姆逊提出的“认知图绘”、雷蒙·威廉斯的“文化与社会”“情感结构”研究、法兰克福学派的文化工业批判、英国文化研究学派的文化分析等研究方法，这些研究方法与马克思主义的基本理论观念有密切联系，但又不尽相同，更多的是融合当代文化经验分析，体现出一种鲜明的“理论的经验性”。

最后，审美意识形态批评具有马克思主义的文化政治阐释特征，在理论阐释的过程与目标上，审美意识形态批评展现的价值导向是文学与社会、审美与政治的多维考察，体现的是一种“美学政治学”的研究维度。美学政治学的研究并非追求实用的政治效果，体现的是文化、美学研究方面的政治阐释，在文学文本和审美现象研究中力图描述伊格尔顿所强调的“我们把社会生活整个组织起来的方式，以及这种方式所包含的权力关系”。[①] 但这个“权力关系”包含的信息却很复杂，正是在所谓的“权力关系”上，西方马克思主义美学中的审美意识形态批评在文学与哲学、审美与政治、性与个体无意识以及语言问题、性别问题、殖民问题等基础上拓展了传统马克思主义批

① ［英］特里·伊格尔顿：《现象学，阐释学，接受理论——当代西方文艺理论》，王逢振译，凤凰传媒集团、江苏教育出版社 2006 年版，第 190 页。

评的阶级性、政治性的观念，并在马克思主义与精神分析、马克思主义与存在主义、马克思主义与女权主义、马克思主义与殖民主义、马克思主义与后现代主义等多重理论对话观念的基础上深化了意识形态批评的政治阐释特性，使美学政治学理论阐释方向与价值更加突出。

在西方马克思主义美学中，特里·伊格尔顿毫无疑问是审美意识形态批评的倡导者，伊格尔顿的文学批评具有明显的审美意识形态批评的特征。从伊格尔顿文学批评的理论发展历程上看，我们大致可以把伊格尔顿的文学批评理论探索过程分为四个发展阶段，即审美意识形态批评、"革命批评"[①]、文化与后现代主义批评、"通识性普及性的马克思主义批评"，如果从他的理论研究著作的内容和批评导向上看，大致可以作如下划分：展现他的审美意识形态批评的主要著作大致是《勃朗特姐妹——权力的神话》《马克思主义与文学批评》《批评与意识形态》《文学理论：导论》《意识形态：导论》《审美意识形态》等；展现"革命批评"的主要有《批评的功能》《瓦尔特·本雅明或走向革命批评》等；展现"文化与后现代主义批评"的有《后现代主义的幻象》《文化的观念》《理论之后》《文化与上帝之死》《论文化》等；展现"通识性普及性的马克思主义批评"的有《文学阅读指南》《如何读诗》《文学事件》等[②]。伊格尔顿文学批评前期理论研究主要是"审美意识形态批评"阶段，这个理论阶段是伊格尔顿文学批评理论研究的关键时期，可以说也是奠定他的马克思主义文学批评家的理论身份的重要理论探索时期。伊格尔顿这一时期的审美意识形态批评对后来的文学批评理论研究具有重要的影响，他关于本雅明与"革命批

---

① 对伊格尔顿的"革命批评"的相关研究见段吉方《意识形态与审美话语——伊格尔顿文学批评理论研究》，人民文学出版社 2010 年版。

② 此种分类仅仅是就伊格尔顿理论著作中的"文学批评"类的文献研究而言的，他的悲剧研究、伦理美学与宗教研究等著作没有放在"文学批评"文献中予以讨论。

评”的有关观念、当代西方文学理论与“政治批评”的有关观念、马克思主义与精神分析批评的有关观念、形式主义与马克思主义批评的有关观念等都与审美意识形态批评的理论立场有密切的联系，有些理论观念是内在地相互衔接的。伊格尔顿在这一时期的审美意识形态批评还有个性鲜明的特征，是最能体现他的文学批评理论特色与风格的内容，比如他的《文学理论：导论》（1983）在明确提出“一切批评都是政治的”的这个观念之前，伊格尔顿做了一段铺叙：

> 估计世界上有60000多核弹头，许多比毁灭广岛的原子弹的威力大1000倍。这些武器在我们活着的时候使用的可能性正日益增大。这些武器的费用一年大约要5000亿美元，或者说一天要13亿美元。这个总数的5%——250亿美元——可以大幅度地、基本上缓和第三世界严重的贫困问题。[①]

这是伊格尔顿典型的审美意识形态批评的理论风格，社会、文化与政治的相关讯息的铺叙最终指向批评的政治阐释企图，当然，对这些理论观念的综合考察也更能揭示西方马克思主义美学中的审美意识形态批评的共有的特征。

二 《批评与意识形态》与伊格尔顿审美意识形态理论的建构

伊格尔顿前期理论探索中的审美意识形态批评主要体现在他的《批评与意识形态》（1976）中。这部著作是伊格尔顿的“青年之作”，

① ［英］特里·伊格尔顿：《现象学，阐释学，接受理论——当代西方文艺理论》，王逢振译，凤凰传媒集团、江苏教育出版社2006年版，第190页。

伊格尔顿曾说，《批评与意识形态》是“在一个深刻历史变迁的巅峰时期”[①]出版的，这本书面世于1976年，这一年，伊格尔顿出版了两部著作，一部是《批评与意识形态》，另一部则是作为《批评与意识形态》的“副产品”[②]的《马克思主义与文学批评》，现在看来，这两部作品都为伊格尔顿在审美意识形态批评上的理论建构起到了十分重要的作用。就在同一年，佩里·安德森出版了《西方马克思主义探讨》，S. S. 柏拉威尔出版了《马克思和世界文学》，第二年雷蒙·威廉斯则出版了他的著名的《马克思主义与文学》《美学与政治》。1976年，30多岁的特里·伊格尔顿在牛津大学刚刚开始他的马克思主义文学理论研究事业，从1969年开始，伊格尔顿在牛津做了一件十分重要的工作，他在牛津大学瓦德汉学院主持了一个“为期很长且颇负盛名”[③]的马克思主义的系列研讨班。像很多与马克思主义理论研究有关的重要学术团体和思想流派都曾通过这种非完全体制化、思想自由又颇具理论集中性的研讨班凝聚理论智慧一样，伊格尔顿主持的这个马克思主义研讨班在他当时以及以后的学术研究中发挥了积极影响，并为其时的《批评与意识形态》的写作奠定了基础。[④]《批评与意识形态》的写作还有一个重要的理论背景，那就是它写于20世纪70年代西方左派文化发展的复杂状况。20世纪70年代正是西方左派文化繁荣发展的时候，一方面，在承续了法国“五月风暴”后各种文化、社会与政治的持续波动影响之后，西方左派文化的激进主义色彩依然浓烈，各

---

① Terry Eagleton, *Criticism and Ideology—A Study in Marxist Literary Theory*, Introduction, London: Verso, 2006, p. 1.

② ［英］特里·伊格尔顿、马修·博蒙特：《批评家的任务》，王杰等译，北京大学出版社2014年版，第120页。

③ ［英］特里·伊格尔顿、马修·博蒙特：《批评家的任务》，王杰等译，北京大学出版社2014年版，第91页。

④ Terry Eagleton, *Criticism and Ideology—A Study in Marxist Literary Theory*, Introduction, London: Verso, 2006, p. 5.

种新的左派期刊、著作不断出现，左派文化在现实政治意识形态的新变化面前努力寻找“马克思主义思想中更加具体的唯物主义形式复苏”的理论方案，但另一方面，面对资本主义战后的工业繁荣，西方左派文化无论从社会生活的表层还是理论研究的选择上，常常出现“从左到右的可预见的摇摆”,[①]《批评与意识形态》充分展现了西方左派文化发展到20世纪70年代的这种整体理论格局的变化，并在颇具反讽和隐喻性特征的字里行间展现了伊格尔顿所追求的“超越文化结构和意识形态的限制”[②] 的理论期望与难题，典型地代表了西方学界“探讨马克思主义的场所逐渐从工会和政党转移到研究所和大学的院系”[③] 之后的某种学术重心的变化以及所带来的理论上的建构努力及其矛盾。

这样的社会语境的变化反映在理论上，就促使特里·伊格尔顿的《批评与意识形态》展现了一种十分显在的审美意识形态批评的特征。伊格尔顿试图将文学批评与意识形态、意识形态与历史、意识形态与文本的复杂关系的变化融入某种社会历史与文化语境，从而展现某种“批评意识形态的突变”，所以，在理论上，《批评与意识形态》在马克思主义审美意识形态理论建构上的努力首先体现在马克思主义批评的历史化分析与意识形态层面的美学化呈现的某种矛盾的方式。在伊格尔顿看来，马克思主义文学批评与历史的关系是一种“既有又无”的关系，用他的话说，批评既是一门“不谙世故的学科”，同时又是一门深入探究批评的历史本身的学科，向来不是什么“不谙世故”的学科。因为，一方面，批评的任务是将文本自然地呈现给我们，“一

① Terry Eagleton, *Criticism and Ideology—A Study in Marxist Literary Theory*, Introduction, London: Verso, 2006, p. 3.

② Terry Eagleton, *Criticism and Ideology—A Study in Marxist Literary Theory*, Introduction, London: Verso, 2006, p. 5.

③ ［英］佩里·安德森：《当代西方马克思主义》，余文烈译，东方出版社1989年版，第11页。

定不能允许自身与其居间的客体有一丝一毫的掺和；如此的混杂势必难逃欺世盗名之嫌”。[①] 但另一方面，“批评是有史可循的，而且并非只是批评实践的随机搭配而已。虽说文学是它的客体，却并非它的唯一出发点；批评的产生并不是针对文本的存在事实予以的自发反击，而是与其阐释客体的有机结合”。[②] 伊格尔顿由此探讨了随着批评意识形态范畴的变化所带来的马克思主义批评在理论上和观念上的变革，伊格尔顿将批评意识形态范畴的变化与马克思主义批评的内在理论观念变革结合起来，并由此深入考察了马克思主义批评在19世纪以来文学批评中所面临的局势，结合他一贯关注的英国《细察》杂志的研究以及考德威尔、雷蒙·威廉斯等在马克思主义批评上的努力及理论分歧，着重考察了雷蒙·威廉斯的《文化与社会》《漫长的革命》以及小说《第二代》，强化了批评意识形态范畴的变化与社会现实的关系，强调“‘批评的历史’只是一整套特定意识形态建构历史的一个方面，其中每一种形态在本质上都是紧密衔接，以使某些批评实践作为一种特殊的对其他层面有多元决定影响的范例而具有了特权。批评的历史这门学科就是研究文艺美学的这种多元决定的历史决定因素的科学”。[③]

《批评与意识形态》曾被称为“结构主义马克思主义的最后的标石”，是马克思主义采用后结构主义干预理论形态的“首批干预成果”[④]，所以，《批评与意识形态》在审美意识形态上最终呈现的理论

① Terry Eagleton, *Criticism and Ideology—A Study in Marxist Literary Theory*, Introduction, London: Verso, 2006, p. 11.

② Terry Eagleton, *Criticism and Ideology—A Study in Marxist Literary Theory*, Introduction, London: Verso, 2006, p. 17.

③ Terry Eagleton, *Criticism and Ideology—A Study in Marxist Literary Theory*, Introduction, London: Verso, 2006, pp. 20–21.

④ ［英］特里·伊格尔顿、马修·博蒙特：《批评家的任务》，王杰等译，北京大学出版社2014年版，第122页。

建构方案就是在阿尔都塞思想下提出“科学的马克思主义文学批评理论”。伊格尔顿曾深受法国学者路易·阿尔都塞的影响，在《批评与意识形态》中，伊格尔顿将这种理论影响以一种结构主义马克思主义批评的“文本科学”设想体现出来。尽管在后来的多个场合中，伊格尔顿都对他和阿尔都塞的复杂关系做出了阐释性的分析，甚至认为他的《批评与意识形态》是抱着对阿尔都塞思想的质疑性的态度完成的，但就《批评与意识形态》中所展现出来的“文本科学”的理论设想及其方案来看，阿尔都塞的痕迹是无法抹杀的。在《批评与意识形态》中，阿尔都塞的理论努力被伊格尔顿“批评式”地付诸实践，提出了一个以“生产”和“生产方式”的发展变化为核心的马克思主义唯物主义批评体系，在一般生产方式、文学生产方式、一般意识形态、作者意识形态、审美意识形态、文本六个范畴上建构了一套马克思主义文学理论体系。

伊格尔顿提出，以雷蒙·威廉斯为代表的马克思主义文艺理论尽管取得了一定的成绩，代表了唯物主义美学重要的源头，但存在着人文主义和唯心主义的缺憾，因此需要在艺术的“物质实践”层面将围绕文学文本开展的各种活动的“结构”“严格地确定下来”，而“批评的任务，正是分析这些文本结构生产的复杂的历史表述”。[①] 因此，在《批评与意识形态》中，一般生产方式、文学生产方式、一般意识形态、作者意识形态、审美意识形态、文本围绕“意识形态”“生产”两个核心范畴展开。这里面有五个层面的理论内容。第一，是一般生产方式与意识形态的关系，这是一个大的理论前提，强调的是作为特定物质生产力和生产关系结合的生产方式与一定主导的意识形态结构的关系。第二，是从一般生产方式到文学生产方式，这两个范畴既是文学批评的主导型基础，同时也构成了批评的生产前提。第三，是从一般

① Terry Eagleton, *Criticism and Ideology—A Study in Marxist Literary Theory*, Introduction, London: Verso, 2006, p. 44.

意识形态到作者意识形态，类似于一般生产方式到文学生产方式的关系。第四，是审美意识形态，这是伊格尔顿的这个理论体系中的核心内容，指的是"一般意识形态中特殊的审美领域，它接合了其他领域——伦理、宗教等等——处于最终由一般生产方式所决定的支配与从属的诸多关系之中"。[①] 第五，是文本。文本是其他五种范畴的核心，是文学生产与意识形态关系展开的聚焦点。伊格尔顿提出了一种所谓的"文本科学"，认为文本不是被动的产品，是其他范畴的"接合"，处于文学生产与意识形态关系中的决定位置。伊格尔顿以这种理论阐释方式提出了他的审美意识形态理论，其中最重要的理论创见是发展并推动了阿尔都塞的意识形态与文学生产理论在马克思主义文学批评实践层面上的实施和转化，阿尔都塞的意识形态与文学生产理论在 20 世纪 60 年代曾经在西方马克思主义理论中产生重要影响，他的学生马舍雷紧随其后，更加深入地推进了马克思主义文学生产论的发展，在英美文学批评中，当属伊格尔顿在《批评与意识形态》中的理论拓展最为集中，伊格尔顿的理论推动作用在于从文学生产的基础性和能动性的角度进一步强化了马克思主义文学批评的系统性和结构性，而他对审美意识形态的理论表述和阐发更为他后来的马克思主义文学批评发展打下了重要的理论基础。

三　审美意识形态批评与马克思主义美学的美学价值问题

用伊格尔顿自己的话说，《批评与意识形态》"是一个年轻人的写作——言辞谨慎、尽量简洁、带有少许高傲、处处彰显一定的自信"。[②]

---

① Terry Eagleton, *Criticism and Ideology—A Study in Marxist Literary Theory*, Introduction, London: Verso, 2006, p. 60.

② Terry Eagleton, *Criticism and Ideology—A Study in Marxist Literary Theory*, Introduction, London: Verso, 2006, p. 14.

这的确是一个年轻人的写作，但从整体来看，这部作品的理论价值和意义值得充分肯定。

首先，这部作品在马克思主义文学批评的理论体系建设上突出地将马克思主义的艺术生产理论与文学批评实践的具体应用结合起来，开创了马克思主义的唯物主义美学在生产研究方面的理论范本。马克思的艺术生产理论在整个西方马克思主义美学中是一种奠基性的理论观念，也是一种理论框架下的宏观批评理论，伊格尔顿在《批评与意识形态》中充分展现了这种宏观批评理论的应用策略，一般生产方式、文学生产方式、一般意识形态、作者意识形态、审美意识形态、文本六个范畴上理论关联研究为这种宏观批评理论的生产性应用打开了结构性的空间，也是一次重要的批评阐释的过程。

其次，在《批评与意识形态》中提出的审美意识形态的概念及其理论研究值得重视。审美意识形态这个概念及其贯穿的理论问题是马克思主义文学生产论在理论拓展和发展中不可忽视的概念。伊格尔顿强调了审美意识形态的结构性属性和特征，从作为从属类别的文学内部结构运作机制出发，探究了审美意识形态的多个"层次"构成——文学理论、批评活动、文学传统、体裁、惯例、修辞以及话语之间的结构关系，这其实是对文学与美学的基本理论研究的一种基本的理论思考，从中也可以见出审美意识形态理论应用于文学理论研究所打开的新的理论视域。审美意识形态包含了"历史→意识形态→文学文本"的平行关系，也包含了"历史意识形态/文本/生产"的内部结构关系，这对于理解和把握当代文学理论与美学发展的理论问题与现实问题都有积极的理论启发，也是西方马克思主义美学中的审美意识形态批评研究中没有进一步深化发展的内容。

最后，在《批评与意识形态》中，伊格尔顿在审美意识形态理论视野中强调了马克思主义文学批评的价值功能，认为"审美意识形态也包含了所谓的‘审美的意识形态’（ideology of the aesthetic）意指特定社会结构中美学本身的功能、意义和价值，而美学本身又是包含在一般意识形态之内的‘文化的意识形态’的一部分”。[①]《批评与意识形态》提出的马克思主义美学的美学价值问题，是伊格尔顿前期文论中一个重要的理论问题，也是伊格尔顿美学研究中的一个理论盲点。在现代理论中，传统的价值论美学在两个维度上展开，一个维度是社会和文化功能论意义上的价值论，是传统社会批评和马克思主义批评的路数，另一个维度是自形式主义美学兴起之后的形式美学路数，强调的是审美、形式、结构方面的理论创造价值。伊格尔顿在这两个维度之外提出了一种“审美意识形态价值论”，这种审美意识形态价值论在介入美学和文学批评的意识形态阐释过程中，更多的强调了马克思主义文学批评的文化功能和政治功能，是某种文化上的唯物主义解释，同样是在介入审美与意识形态之间的一种“美学政治学”方面的批判考察，这种批判考察具有西方马克思主义美学所置身的社会文化语境所带来的美学上的政治阐释传统，是一种作为美学阐释传统的价值思考。英国学者佩里·安德森曾经用“低沉的悲观主义”来形容这种传统，认为“其表现就是西方马克思主义对历史唯物主义主题领域中的种种创新——无论是萨特的匮乏逻辑理论、马尔库塞的社会单维观点、阿尔都塞强调的意识形态幻觉的持久性、本杰明对阉割历史的忧虑，还是葛兰西本人凄凉的斯多葛哲学，都有这种灰暗基调”。[②]可以说，这种“美学政治学”的阐释传统是西方马克思主义的文化政治语境转化所导致的批评和美学的政治化，与单纯的政治立场是有区别的，但也具有某种批评理论及批评家的个人价值观念的选择，

---

① Terry Eagleton, *Criticism and Ideology—A Study in Marxist Literary Theory*, Introduction, London: Verso, 2006, p. 60.

② ［英］佩里·安德森：《当代西方马克思主义》，余文烈译，东方出版社 1989 年版，第 13 页。

美学和批评研究融入美学与政治方面的价值考量，从而使美学和批评的理论观察点和思想的落脚点发生重要变化，如伊格尔顿有一段话是这样说的：

> 如果20世纪60年代的结束以1973—1974年间的国际石油危机为标志的话，那么所向披靡的阿尔图塞思想在20世纪70年代早期和中期的黄金岁月已经标志着一种不自知的政治崩塌的开始，那是某种马克思主义文化在西方的最后存在。遍及世界的民族解放的大潮也在这一时期结束，这些解放运动曾经给了国际资本主义一连串难以招架的重挫。几年之后，如日中天的阿尔图塞主义偏转了方向，一路走进了所谓的后马克思主义，而里根-撒切尔主义的冰冷时代也开始了。在愈益加重的经济压力之下，西方政权使劲朝右转，马克思主义便成了这场反动狂欢节的受害者。[①]

伊格尔顿的这个概括很典型，传达的理论和思想的信息也很丰富，当然，也极为符合某种批评话语中的“伊格尔顿风格”。20世纪60年代结束（暗指1968年法国“五月风暴”）、1973—1974年间的国际石油危机、阿尔都塞思想兴起和落潮、20世纪70年代的民族解放大潮、里根-撒切尔主义、“后马克思主义”，这些政治、社会和文化信息集合在一起，指向某种批评和文论的发展和变化。在《批评与意识形态》中，伊格尔顿对英国作家的批评考察与雷蒙·威廉斯在《文化与社会》中的考察类似，都是强调作家、批评与美学中的意识形态与政治方面的考量，并坚持这种考察是“马克思主义批评的合法成分”[②]，

① ［英］特里·伊格尔顿：《历史中的政治、哲学、爱欲》，马海良译，中国社会科学出版社1999年版，第103页。

② Terry Eagleton, *Criticism and Ideology—A Study in Marxist Literary Theory*, Introduction, London: Verso, 2006, p. 162.

可以说，这是对西方马克思主义文学批评所追求的“价值的科学”的一种有益的思想补充。

伊格尔顿的文论批评著作甚多，但从整体来看，真正能构成他的文论和批评思想的是《批评与意识形态》（1976）、《马克思主义与文学批评》（1976）、《文学理论：导论》（1983）、《瓦尔特·本雅明或走向革命批评》（1981）、《批评的功能》、《勃朗特姐妹——权力的神话》等。从整体上可以这样来判断，《批评与意识形态》（1976）与《马克思主义与文学批评》（1976）是奠定伊格尔顿作为“马克思主义文学批评家”的重要理论位置的著作。在《批评与意识形态》中形成的审美意识形态批评在某种程度上与《瓦尔特·本雅明或走向革命批评》所倡导的“革命批评”以及《文学理论：导论》所提出的“政治批评”有密切的理论联系，审美意识形态批评、“革命批评”、“政治批评”均是围绕文学与意识形态、审美与政治阐释的关系展开，所以杰姆逊所说的“马克思主义阐释学”其实是作为一种根源性的问题形式存在于西方马克思主义美学之中。所以，之所以提出伊格尔顿前期文论研究的理论价值问题，也是基于这样一种基本理论现实，伊格尔顿的《批评与意识形态》《马克思主义与文学批评》中的审美意识形态批评对他整个文学批评事业的影响是主要的，这倒不是否定他的《意识形态：导论》《审美意识形态》《后现代主义幻象》等各种文化研究时期的著作，而是从马克思主义批评的理论建构角度来考虑的。在20世纪80年代的《文学理论：导论》中，伊格尔顿的很多批评观念，如对形式主义的意识形态批评等，仍然承续《批评与意识形态》中的看法，在文学与意识形态的基本关系上，伊格尔顿坚持文学与意识形态的间离特性，重视本雅明、布莱希特等人的理论价值，而不是照搬阿尔都塞，这说明他对马克思主义文学理论的整体观念是有辩证考察思维的。

从《批评与意识形态》的理论价值来看，伊格尔顿真正做到了“不悔少作”。当然，任何所谓的理论建构研究都有它的缺陷，特别是以他的《批评与意识形态》为代表的前期文论，更在马克思主义批评的理论建构与实践中存在很多不足，托尼·本尼特等后来的理论家指出的较为明显。如本尼特认为，伊格尔顿的《批评与意识形态》通过把马克思的经济基础与上层建筑的理论模式转喻到“文学/历史—意识形态/生产”这个理论框架，通过文学与意识形态的关系模式来建立文学文本、意识形态与历史之间的意指（signification）循环并未有太多理论上的收获，“对于文学和历史之间关系的问题不能给予普遍性的解答，因为无法提出普遍性问题”。[①] 相比伊格尔顿，托尼·本尼特在马克思主义批评上的立场更趋于和缓与折中，当然没有伊格尔顿那种“科学化的马克思主义批评”的设想，他更倾向于在文学与历史所构成的“文化唯物主义的裂隙”中根植审美话语的政治和实践功能，而非伊格尔顿的那种指向较为明显的政治和意识形态的价值论立场，他强调“在马克思主义框架中，还有其他的思考批评功能的路径，而不是仅仅在它成功地建立了与工人大众的联系和促成了他们的革命意识的形成的程度上，来看到它的最终正确”。[②] 而且认为：“需要评估马克思主义话语在不同社会领域之中进行政治操作时所期望达到的多种多样的有效性和在场性。因而，重要的是认识到，除了一段短暂时期——例如俄国十月革命之后和德国的20世纪20年代——马克思主义关于文学（更普遍地讲关于美学）的论著对劳工运动的关注产生的影响是微不足道的。”[③] 当然

① ［英］托尼·本尼特：《文学之外》，强东红等译，人民出版社2016年版，第47页。

② ［英］托尼·本尼特：《文学之外》，强东红等译，人民出版社2016年版，第32页。

③ ［英］托尼·本尼特：《文学之外》，强东红等译，人民出版社2016年版，第32—33页。

对这个问题应该从更大的观察视野来看，毕竟理论资源、话语应用的语境以及批评的观念不尽相同，因而也无法用其他人的批评来衡量伊格尔顿的理论得失。无论如何，伊格尔顿的《批评与意识形态》仍然给我们提供了一个重要的马克思主义文学批评的理论参照。

思想的进路："五四"时期马克思主义经典文艺思想中国化的文本考察

"五四"时期是马克思主义经典文艺思想中国化的开端和起始，开端和起始预示了某种历史发动的产生，这种历史发动除了译介、传播层面上的具体表现之外，在思想进路方面的考察是不可忽视的一个方面，而要考察这些内容，首先要回到文本，回到马克思主义经典文艺思想中国化过程中究竟哪些文本、哪些理论与思想在中国产生了实质性的影响与作用。如果说译介、传播层面上的成绩是马克思主义经典文艺思想中国化的"条件化"和"催发性"的因素的话，那么，在深层次上，马克思主义经典文本的实质性接受与影响才是内在的思想融通和推动的核心。马克思主义经典文艺思想的文本不仅仅是译介与传播的媒介、对象，更是结果和标志，在文本的层面上，马克思主义经典理论与"五四"时期中国特殊的社会思想演进、文艺观念发展以及理论批评认识方面的深层关系更立体地展现出来；文本要素还展现了"五四"时期马克思主义经典文艺思想中国化历史发动的思想进路，这种思想进路是马克思主义经典文艺思想中国化的内在精神脉络。本文拟从文本考察层面探究"五四"时期马克思主义经典文艺思想中国化的内在发展，以期为马克思主义经典文艺思想中国化的文本研究、文学影响研究和理论促进研究提供一种参考的视角。

一 两种文本层次：经典文本与“研说文本”

“五四”时期是马克思主义经典文艺思想中国化的初始阶段，很多研究者称之为“早期传播”，这一时期，马克思主义和马克思主义经典文艺思想的传播是“初步”的，与后来的大范围的、系统性的马克思主义经典理论著述、观念的传播引用乃至当今成为一种主导性的社会文化思想有很大的差别，这是历史的事实，同时也是受历史条件限制和影响所致。任何思想的传播接受都会经历这一历史过程，更何况，马克思主义作为外来的理论思想，在当时中国社会特有的环境下，其被认同、接受和信任自然有一个复杂的过程，有特殊的路径与方式。[①] 但这个过程还是发生了。在多种条件的促发下，“五四”时期，马克思主义在中国的“早期传播”呈现出一定的繁荣态势，这种繁荣态势有多种表现，但最重要的还是基本的文本层面上的表现。所以，把握马克思主义经典文艺思想中国化的内在精神脉络首先离不开深入细致的文本考察，文本考察既是深入展现马克思主义经典文艺思想中国化历史发动的基本方式，更主要的是从经典文献和理论内容的层面上看，文本考察是探究“五四”时期马克思主义经典文艺思想中国化的传播内容与影响的重要途径。

“文本考察”顾名思义须先从文本开始。“五四”时期马克思主义经典文艺思想的传播都有哪些文本？这需要回到历史语境，从马克思主义经典文艺思想中国化的具体传播译介过程谈起。从文本层面看，

① 关于“五四”时期马克思主义经典文艺思想中国化传播的历史条件和历史图景的论述，此前笔者已经有所阐释，见段吉方《“五四”文学文化经验与马克思主义文艺理论中国化的历史图景》，《华南师范大学学报》2019 年第 3 期，本文是接着上述文章的理论脉络和观念进一步的内部阐发。

“五四”时期马克思主义经典文艺思想中国化过程中文本译介与传播有两个层次，一个是马克思、恩格斯等马克思主义经典作家的原典文献，可以称为“经典文本”。“五四”时期，完整译介的马克思主义经典文本主要有《共产党宣言》、《政治经济学批判》（第一分册）、《资本论》、《哲学的贫困》、《哥达纲领批判》、《德意志意识形态》、《费尔巴哈论》、《国家与革命》、《社会主义从空想到科学的发展》等。所译介的“经典文本”虽然不多，但意义重大。“五四”时期第一个被成功完整译介的马克思主义经典文本是《共产党宣言》，它在马克思主义中国化过程中的意义是标志性的，也是无可替代的。尽管早在20世纪初就已经有李提摩太、梁启超、马君武、朱执信等一批学人在不同的理论著述中提到《共产党宣言》《社会主义从空想到科学的发展》《资本论》等著作，但均是较为零散和片段的介绍，无论是从翻译的质量还是理论译介的水平，都很难在当时的马克思主义思想传播中起到实质鲜明的作用，直到1920年8月《共产党宣言》的完整出版，真正经典文本意义上的马克思主义理论著作才被中国接受。比如，从“五四”时期的思想论争来看，《共产党宣言》在马克思主义传播中影响广泛，可谓《共产党宣言》引发了一个马克思主义讨论的高潮，其中明确引述《共产党宣言》的文章就有顾兆熊的《马克思学说》、李大钊的《我的马克思主义观》、陈独秀的《马克思学说》、胡汉民的《唯物史观批评之批评》、李达的《马克思学说与中国》、施存统的《马克思的共产主义》、李汉俊的《研究马克思学说的必要及我们现在入手的方法》。李大钊、陈独秀、李达还较为深入完整地阐释了《共产党宣言》中马克思的唯物史观，成为“五四”时期马克思主义思想传播的重要引路人。至于《共产党宣言》的完整译介还影响了毛泽东、周恩来、朱德等一批中国共产党的领导人，则更显出它在中国建立马克思主义信仰中所起到的重要作用。

除了《共产党宣言》，"五四"时期获得较为完整译介的马克思主义经典文本还有《资本论》，其次是《〈政治经济学批判〉序言》《德意志意识形态》，在当时的条件下，这是十分难得的收获，也是难度较大的传播工作。特别是《资本论》的译介过程，历史跨度较长，产生的理论应用较早，同时产生的理论影响更是不可估量。《资本论》的发现与译介过程十分复杂，它的译介过程本身可以视为马克思主义经典文本在中国传播的一段"理论传奇"。按时间顺序，《资本论》译介传播过程挂一漏万地可做如下梳理：1903 年 2 月，马君武在《译书汇编》上发表《社会主义与进化论比较——附社会党巨子所著书记》，最早提到《资本论》，马君武主要分析论述社会主义思想，并与达尔文的进化论思想进行比较，其中在社会党巨子所著书系介绍中列举了马克思的部分著作，除了《资本论》，还有《共产党宣言》《英国工人状况》《政治经济学批判》；1906 年 1 月和 4 月，朱执信在《民报》第 2、3 号刊载《德意志社会革命家小传》，对马克思生平著述做小传，提及《资本论》；接着是李大钊，1918 年在《新青年》第 5 卷第 5 号（10 月 15 日）发表《庶民的胜利》《布尔什维主义的胜利》，1919 年在《新青年》第 6 卷第 5、6 号刊载《我的马克思主义观》，初步引介《资本论》，并介绍马克思的唯物史观、剩余价值学说；被称为"华南地区传播马克思主义的先驱""南杨北李"[①] 的杨匏安 1919 年 10 月在《广东中华新报》发表《社会主义》《马克斯主义》（称科学的社会主义），简要介绍分析了《资本论》《共产党宣言》中的有关思想。以上这些对《资本论》的翻译介绍仍然是初步的、零散的、真正开启《资本论》较为完整译介的是 1919 年"五四"之后的陈启修、郭大力、王亚南等，1919 年 6 月 2 日至 11 月 11 日北京《晨报》副刊"马克思研究"专栏共 138 次连续译

---

① 孙郁主编：《新文化运动史料丛编》，季水河编：《马克思主义传播卷》，人民文学出版社 2019 年版，第 577 页。

载柯祖基（考茨基）的《马氏资本论释义》，同年11月至次年6月，《建设》杂志也连载了《马克思资本解说》，1920年9月，商务印书馆以《马克思经济学说》为名出版。1930年，陈启修根据考茨基编的1928年版《资本论》翻译出版《资本论》；1932年9月至1936年6月，王思华、侯外庐合译《资本论》（第一卷上、中、下三册和第一卷合订本）在北京出版；1934年5月，商务印书馆出版了第一卷第一分册；1938年，郭大力和王亚南在上海读书生活出版社翻译出版《资本论》三卷全译本。至此，《资本论》完成了较为完整的译介过程。这个过程尽管跨越到"五四"后的30年代，但在"五四"期间，一批受马克思主义思想影响的学者翻译译介了《资本论》的第一卷第一分册，这对于当时马克思主义经典文艺思想的传播意义巨大。对马克思主义在中国的传播起到奠基作用的李大钊，他的《我的马克思主义观》主要就是通过对《资本论》的研究提出"马克思主义"的重要意义，他开篇就提到《资本论》，认为"拼上半生的工夫来研究马克思，也不过仅能就他已刊的著书中，把他反复陈述的主张得个要领，究不能算是完全了解'马克思主义'的"。[①] 胡汉民的《唯物史观批评之批评》引述了《资本论》第一卷附注、《资本论》第三卷中的《〈政治经济学批判〉序言》，并认为那是"马克斯唯物史观的纲领"[②]。可以说，"五四"时期，《资本论》《政治经济学批判导言》等著作中的马克思思想是继《共产党宣言》中的社会主义思想之后讨论马克思的唯物史观、经济学思想的重要文本，马克思主义经典文本《资本论》的译介也在当时马克思主义传播中起到了重要的作用。

有研究者提出，"五四"时期，"从《新青年》月刊上宣传马克思

① 李大钊：《我的马克思主义观》，见孙郁主编《新文化运动史料丛编》，季水河编《马克思主义传播卷》，人民文学出版社2019年版，第76页。

② 胡汉民：《唯物史观批评之批评》，见孙郁主编《新文化运动史料丛编》，季水河编《马克思主义传播卷》，人民文学出版社2019年版，第128页。

主义的诸多文章中，不难看出：真正传播马克思主义理论的文章实际上并不多，更多的是讨论马克思主义如何在中国进行运用，尤其是对其阶级斗争理论进行了全面论述，企图将其作为解决中国问题的工具”。[①] 但我们可以发现，《共产党宣言》《政治经济学批判（第一分册）》《资本论》《哲学的贫困》《哥达纲领批判》《德意志意识形态》《费尔巴哈论》《国家与革命》《社会主义从空想到科学的发展》等马克思经典著作的译介其实在“五四”时期马克思主义思想论争中起到了重要的推动作用，当时几乎所有的论争都围绕马克思的经典文本展开，尽管完整意义上的经典文本译介不多，但如果不是因为有了这些经典文本的译介，无论是马克思主义的传播还是新文化运动的整体状况就不是这个样子了。在“马克思研究号”创刊号上，李大钊说：

> 但自俄国革命以来，“马克思主义”几有风靡世界的势头，德、奥、匈诸国的社会革命相继而起，也都是奉“马克思主义”为正宗。“马克思主义”既然随着这世界的大变动，惹动了世人的注意，自然也招了很多的误解。我们对于“马克思主义”的研究，虽然极其贫弱，而自一九一八年马克思诞生百年纪念以来，各国学者研究他的兴味复活，批评介绍他的很多。我们把这些零碎的资料，稍加整理，乘本志出“马克思研究号”的机会，把他转介绍于读者，使这为世界改造原动的学说，在我们的思辨中，有点正确的解释，吾信这也不是绝无裨益的事。万一因为作者的知能谫陋，有误解马氏学说的地方，亲爱的读者肯赐以指正，那是作者所最希望的。[②]

---

① 周凯：《马克思主义在中国早期传播的主要特点》，《中共党史研究》2013 年第 4 期。

② 李大钊：《我的马克思主义观》，见孙郁主编《新文化运动史料丛编》，季水河编《马克思主义传播卷》，人民文学出版社 2019 年版，第 76—77 页。

因此，可以说，“五四”时期马克思主义经典文艺思想中国化就是伴随着“经典文本”的译介来进行的。

“五四”时期马克思主义经典文艺思想中国化过程中文本译介与传播的另一个层次是“解读文本”或“研说文本”。“解读文本”或“研说文本”是“经典文本”基础上的研讨、论争、讨论和论辩的结果。“解读文本”或“言说文本”仍然重要，它反映了当时社会的主要状况及其思想特征，是马克思主义与当时中国社会现实发生历史碰撞的产物和表现。“五四”时期在马克思主义经典文艺思想传播的过程中，发生过很多思想论争，著名的有胡适和李大钊的“问题与主义”之争、关于法国启蒙主义思潮的论争、关于进化论的论争以及工团主义和无政府主义的论争。《新青年》发表张东荪的《由内地旅行而得之又一教训》后，引发陈独秀、李大钊、李达、施存统、陈望道等人关于基尔特社会主义的论争，无政府主义者黄凌霜发表《马克思学说的批评》之后，也引发了很多的关注。在当时的思想条件下，马克思主义和其他一些社会文化思潮共同被引介到中国，在对马克思主义缺乏整体深刻理解的条件下，多种文化思潮的论争更进一步突出了马克思主义的吸引力和价值引导力量，当然这也是在马克思主义“经典文本”之上产生诸多“解读文本”和“研说文本”的重要原因。“解读文本”或“研说文本”的数量甚多，有研究者统计，单《新青年》在“五四”时期刊载马克思主义基本理论和译文的文章就有56篇，“内容几乎涉及了对马克思主义的基本理论和社会实践各方面的介绍”。[①] 这还不包括《新青年》之外传播译介马克思主义的著名的四大副刊:《晨报副刊》《觉悟》《学灯》《京报副刊》。关于马克思经典著作的译文和研究性文献数量巨大，这符合“五四”时期思想解放思潮的社会现实和中国对马克思主义理论的需求，也表明了“五四”时

① 周凯:《马克思主义在中国早期传播的主要特点》,《中共党史研究》2013年第4期。

期马克思主义经典文艺思想中国化具备了历史发动的条件和要素。“解读文本”或“研说文本”围绕“经典文本”展开，同样在“五四”时期思想论争中占据着重要的位置，也发挥了重要的作用，它进一步扩大了经典文本的影响，理论论争和思想争鸣持续时间也更久远，产生的理论影响也更加深入。

二　一段前奏和一个高潮:“研究性”传播的展开

“五四”前后马克思主义中国化过程中传播了哪些马克思主义理论观念？具体的理论层面上的推动如何？这是我们总结“五四”前后马克思主义中国化过程中的理论任务。理论总结的任务还是要回到文本和具体的理论内容上。“五四”前后马克思主义中国化首先有一段理论前奏并形成了一个高潮。

一段前奏指的是19世纪末20世纪初中国近代资产阶级思想家在引进传播马克思主义中的理论前奏。毛泽东在《新民主主义论》中就提出，“五四”之前，中国的新文化是“资产阶级领导的”，“属于世界资产阶级的资本主义的文化革命的一部分”①，作为一种外来的文化思潮，马克思以及马克思主义在中国近代资产阶级文化发展中引入中国，毫无疑问是中国近代资产阶级思想家们的一大贡献。但这个时期，中国近代资产阶级思想家对马克思以及马克思主义的认识还是初步的，无论是对马克思本人的了解，还是对马克思主义的理论认识，都有一定的模糊性。这主要表现在李提摩太、梁启超、朱执信、杨匏安等在“五四”前后对马克思主义的介绍中。英国人李提摩太和他的中国助手蔡尔康翻译的英国人颉德的《大同学》（1899年由广学会在国内出版）中对马克思的介绍共有三处。第一处是在“第一章　今世景象”

① 毛泽东:《新民主主义论》，见《毛泽东选集》第2卷，人民出版社1991年版，第698页。

中，颉德描摹西方文化的整体发展与变革大势，从中国最早的“讲生长变化之新学”，到《礼记》中的“大同”观念；从英国斯宾塞的进化论，到法国大革命，纵论欧洲百年来的社会变革思想，其中提到马克思，误认为是英国人，认为马克思是“百工领袖著名者”[①]，并引述马克思《资本论》中的一小段论述说明资本主义股份公司（纠股公司）的生产规律。第二处是“第三章　相争相进之理”，颉德论述世界“天生烝民，有物有则”的道理，更提出“联人成家、联家成国。千百载后，当更有联合国成一统天下一日，斯喜群之量交尽，而生人之理大全矣”。[②] 在世界万物相争相进之理下，颉德提到马克思的只一句，认为马克思是主张资本研究的。第三处是“第八章　今世养民策”，提出“养民之理”，“养民”即“社会主义”，这里把马克思称为“养民学者”，即社会主义学家，并且提到了恩格斯。《大同学》中对马克思的介绍带有西方传教士眼中的马克思的痕迹，更有明显的进化论思想在里面，但在进化论的思想语境中突出马克思，说明也有了理论上的进步。

《大同学》之后，梁启超、马君武、朱执信、杨匏安等对马克思的理解有了提升。1902 年 10 月在梁启超《新民丛报》第 18 号发表《进化论革命者颉德之学说》，在论述介绍颉德的进化论学说的时候提到马克思，原文称“麦喀士”，梁启超引用马克思的观点强调“今世学者，以科学破宗教，谓人类乃由下等动物变化而来，然其变化之律，以人类为极点乎，抑人类之上，更有他日进化论之一阶级乎，彼等无以应也”。[③] 梁启超认可进化论的学说，但不认可斯宾塞等人的生物学

---

① ［英］颉德：《大同学》，李提摩太、蔡尔康译，姚达兑校注，南方日报出版社 2018 年版，第 8 页。

② ［英］颉德：《大同学》，李提摩太、蔡尔康译，姚达兑校注，南方日报出版社 2018 年版，第 20 页。

③ 梁启超：《进化论革命者颉德之学说》，《饮冰室文集》第 5 册，中华书局 2015 年版，第 1111 页。

意义上的进化论观念，不赞成在中国具有进化论意义上的阶级观念。虽然梁启超是在论述颉德的进化论观念时提到马克思，但说明他彼时已经对马克思的社会主义观点有所了解了。马君武于 1903 年 2 月在《译书汇编》上发表《社会主义与进化论比较——附社会党巨子所著书记》，比较分析了达尔文、圣西门与社会主义思想的差异，初步对社会主义思想做出阐释分析，认为“社会主义者，即解民数问题之独一捷法也”。[①] 马君武对马克思的理论和思想没有做出过多分析，仅列出个别代表性著作。朱执信于 1906 年 1 月、4 月在《民报》第 2、3 号上刊发《德意志社会革命家小传》，介绍了马克思（原文称“马尔克”）、拉萨尔的思想，主要对马克思《共产党宣言》中的社会主义思想做出分析，认为马克思“言资本起源，不无过当，而以言今日资本，则无所不完也”。[②] 相关介绍不无片面之处，其中提及《资本论》也是一带而过。杨匏安在他的文章《社会主义》中对马克思主义的社会主义做出了初步的阐释，他的文章写于 1919 年 10 月，最初载《广东中华新报》，他认为马克思（杨文中称“马克斯”）的社会主义“能以学理为基础，故称学理的或科学的社会主义，于近世社会主义之中，尤占重要之地位”。[③] 但这种“学理”“科学”仍然是一种较为基本的描述。因此，从当时的传播情况来看，19 世纪末 20 世纪初中国近代资产阶级思想家在引进传播马克思主义中还没有形成较为广泛的研究思潮。这些引介马克思主义理论的文章还有一个共同的特点，那就是篇幅不长，对马克思及其相关著述的概括性、概述性的论述较为明显，是较为明显的“介绍性”传播，从这个层面上而言，这段马克思主义

① 马君武：《社会主义与进化论比较——附社会党巨子所著书记》，见莫世祥编《马君武集》，华中师范大学出版社 2011 年版，第 88 页。

② 朱执信：《德意志社会革命家小传》，见广东省哲学社会科学研究所历史研究室编《朱执信集（增订本）》（上），中华书局 2013 年版，第 18 页。

③ 杨匏安：《社会主义》，见孙郁主编《新文化运动史料丛编》，季水河编《马克思主义传播卷》，人民文学出版社 2019 年版，第 112 页。

理论引进传播的过程也可称为马克思主义经典文艺思想中国化过程中的“理论前奏”。称这一段时期的马克思主义理论传播为“理论前奏”并不是说它不重要，这段“理论前奏”恰恰是一个开启民智和思想启蒙的重要阶段。这段“理论前奏”打开了中国近现代思想史上马克思主义理论研究的窗口，这种理论窗口一旦打开，引发的是波涛汹涌的思想讨论的热潮。

一个高潮指的是“五四时期”李大钊在《新青年》上掀起的马克思主义理论传播的高潮。这个高潮持续的时间较长，大概从 1918 年 10 月李大钊在《新青年》第 5 卷第 5 号（15 日）发表《庶民的胜利》《布尔什维主义的胜利》两篇文章为肇始，一直到 1921 年以后的一段时间。这一时期马克思主义理论的引介与传播有了明显的变化。首先是传播主体有了改变，由中国近代资产阶级思想家变成了实质上已经接受了马克思理论影响的中国早期马克思主义理论家，如李大钊、陈望道、陈独秀、施存统、瞿秋白、茅盾、李达、恽代英等，他们身份有双重性，既是马克思主义理论的传播者，同时也是研究者和学问家，在《新民主主义论》中毛泽东对“五四”运动的革命意义有一个充分的评价，其中也评价到“五四”时期引领革命的知识分子，提出：

> 五四运动，在其开始，是共产主义的知识分子、革命的小资产阶级知识分子和资产阶级知识分子（他们是当时运动中的右翼）三部分人的统一战线的革命运动。它的弱点，就在只限于知识分子，没有工人农民参加。但发展到六三运动时，就不但是知识分子，而且有广大的无产阶级、小资产阶级和资产阶级参加，成了全国范围的革命运动了。五四运动所进行的文化革命则是彻底地反对封建文化的运动，自有中国历史以来，还没有过这样伟

大而彻底的文化革命。[①]

毛泽东的这个评价指出了当时知识分子的主体特征，实际上，像李大钊、陈望道、李达等，不仅仅是传播马克思主义更主要的是在传播的过程中接受了马克思主义，成为马克思主义者。马克思主义理论传播者的身份改变看似外在，但实质上是马克思主义理论传播和研究走向深入的标志。其次，论争激烈，“研究性”传播已经展开。理论传播的高潮与讨论和论争分不开，正是在讨论和论争中对马克思主义的理论研究才不断深化，在产生大量“研说文本”的同时也体现了一种“研究性”传播。“研究性”传播区别于“介绍性”传播有两点，一是有了马克思主义经典著作的较为完整的译本，讨论和研究有了更可靠的学理依据；二是有了研究性工作的展开，讨论和争辩是研究的过程，是研究的深化，研究性的工作超越了“介绍性”的传播，这为马克思主义理论的中国化提供了一种重要的思想引入条件，是使马克思主义中国化真正落到实处的过程，也是马克思主义中国化的真正实现的过程。

三　三条主线：在理论论争中的深入和探究

“五四”时期，在“五四”马克思主义传播的高潮阶段基本上是沿着“三条主线”进行，即马克思的“经济学思想”“唯物史观”“社会主义思想”，其中“社会主义思想”是总体的思想纲领，“唯物史观”“经济学思想”（也称“经济论”）是主要思想潮流。比如凌霜就把马克思的学说概括为三个部分：“（一）经济论，（二）唯物史观，（三）政策论。”[②] 李大

---

① 毛泽东：《新民主主义论》，见《毛泽东选集》第2卷，人民出版社1991年版，第700页。

② 黄凌霜：《马克思学说的批评》，见孙郁主编《新文化运动史料丛编》，季水河编《马克思主义传播卷》，人民文学出版社2019年版，第19页。

钊的《我的马克思主义观》也着重从马克思的经济学思想、唯物史观、社会主义理论、阶级斗争学说等方面展开。李达的《马克思还原》中提出："马克思社会主义是科学的，其重要原则有五：一、唯物史观；二、资本集中说；三、资本主义崩坏说；四、剩余价值说；五、阶级斗争说。"[①] 之所以有这三条主线，既与马克思主义理论译介传播中的主体内容有关，但更主要的是当时中国社会条件和理论条件的需要。

在"三条主线"的引导下，"五四"时期马克思主义中国化呈现出了一定的特点。

一是理论虽有偏差，但理论接受的渴望以及理论参照的意义明显。在当时，尽管对马克思思想的理解还有一定的偏差，还较为明显地存在着"唯经济"的思想缺陷，但学者们还是看到了马克思对现代资本主义制度的批判意义，并作为影响中国社会发展的重要参照。顾兆熊的《马克思学说》中对马克思等生平传记做出小结，对马克思的唯物史观、经济学说提出批评，认为："马克思等学说虽然包含很多错误，他在历史上的大意义，却是终古不能磨灭的。他的功效，就是对现代经济制度等批评。自经他的批评，然后中国现代社会制度里等弊病才暴露出来。"[②] 唯物史观的研究则充分表达了"五四"时期马克思主义中国化过程中对马克思的理论渴望，体现了一种迫切需要在基本哲学问题等层面上接受马克思主义等理论心理，也体现出马克思主义与当时中国社会解放思潮的理论联系。陈启修的《马克思的唯物史观与贞操问题》就将马克思的唯物史观与女子自觉等社会问题结合起来，认为"用唯物的历史观，来研究社会的科学，是极有兴味

① 李达：《马克思还原》，见孙郁主编《新文化运动史料丛编》，季水河编《马克思主义传播卷》，人民文学出版社 2019 年版，第 227 页。

② 顾兆熊：《马克思学说》，见孙郁主编《新文化运动史料丛编》，季水河编《马克思主义传播卷》，人民文学出版社 2019 年版，第 17 页。

的一件事"。[①] 李大钊的《唯物史观在现代史学上的价值》、李汉俊的《唯物史观底概要》、蒋侠僧（蒋光慈）的《唯物史观对于人类社会历史发展的解释》、邓中夏的《唯物史观大意》等都较为充分地认识到了马克思的唯物史观的历史意义，并拿来与进化论等历史上的其他思想进行比较分析，成为当时中国马克思主义理论研究中较早地在哲学理论层面上推动马克思主义理论中国化的内容。李大钊对马克思的唯物主义思想的理解和阐释更是他与胡适进行"问题与主义"论争的主要的哲学主张。马克思的社会主义思想的研究由于蕴含着革命论与斗争论等学说，更是当时中国社会发展中亟须破解和吸收的理论内容，所以关于社会主义的讨论众多，李达、杨匏安、恽代英、施存统、陈独秀、萧楚女、蒋光慈等都积极撰文讨论马克思的社会主义学说，特别是《新青年》发表张东荪的《由内地旅行而得之又一教训》后，更是引发了关于社会主义的激烈争论。张东荪、梁启超提出中国和欧洲具有不同的社会历史环境，特别是中国缺乏大规模的实业创造，大多数民众对社会主义缺乏基本理解，所以他在当时提出中国的主要社会任务和目标不是提倡社会主义而是发展实业，陈独秀、李大钊、李达、施存统、陈望道等人提出不同主张，强调中国当时的出路在于社会主义。陈独秀提出："宁可以少研究点马克思的学说，不可不多干马克思革命的运动！"[②] 李达认为梁启超等误解了社会主义，批评"世间不懂社会主义的人，把社会主义看作洪水猛兽一般，当这社会主义潮流澎湃而来的时候，这类人就大惊小怪，好像对于项城称帝、张勋复辟一样，纷纷议论顺逆等态度"。[③]

① 陈启修：《马克思的唯物史观与贞操问题》，见孙郁主编《新文化运动史料丛编》，季水河编《马克思主义传播卷》，人民文学出版社 2019 年版，第 30 页。

② 陈独秀：《马克思的两大精神》，见孙郁主编《新文化运动史料丛编》，季水河编《马克思主义传播卷》，人民文学出版社 2019 年版，第 386 页。

③ 李达：《讨论社会主义并质梁任公》，见孙郁主编《新文化运动史料丛编》，季水河编《马克思主义传播卷》，人民文学出版社 2019 年版，第 280 页。

论辩等火药味十足。张东荪对社会主义的质疑和否定引起了广泛的批评，但也使马克思的社会主义思想有了一个引入中国知识界和思想界的重要的思想口径，通过这个思想口径，马克思的理论观念与中国社会有了更深入的联系，也使马克思主义中国化有了实质性的接受过程。

二是马克思等经典文本的理论阐释获得深入。“五四”时期马克思主义中国化研究仍然没有脱离经典文本，主要是《资本论》《共产党宣言》《〈政治经济学批判〉序言》《哲学的贫困》等，但主要是《资本论》。可以说在“五四”时期马克思主义中国化过程中，关于《资本论》的理论接受占了绝大部分的比重。《资本论》是马克思最重要的理论著作，引起“五四”时期学者们的重视，也是理所应当，另外，马克思《资本论》中的有关理论内容与当时中国社会历史条件、理论条件和思想条件有较大层面上的契合，学者们纷纷从《资本论》中摘引相关理论观点作为马克思主义理论讨论的思想依据，更是顺理成章。“五四”时期，尽管马克思主义中国化过程中对马克思经典著作的接受和引用缺乏权威版本、系统版本和体系版本可用，但有关摘译、摘引和介绍始终没有脱离经典文本，没有脱离经典思想，马克思主义中国化仍然是在经典文本的理论阐释中发生的。

三是理论家们的个体理解重心有差别。“五四”时期，接受、译介、传播、讨论、研究马克思主义的理论家众多，作为特定社会思想解放潮流中的一分子，这些理论家的理解和阐释的重心也有明显的差异。虽然在理论的层面上，基本围绕“三条主线”展开，但在具体的理论研究中，研究重心和理论阐释的标准和力度等仍然有重要差别，这也是由于这些理论家理论背景和身份不同、理论诉求不同以及现实追求不同所导致的。目前来看，“五四”时期对马克思主义理论理解较为深入全面的仍然是李大钊的《我的马克思主义观》、李达《马克思还原》等少量文章。李大钊的《我的马克思主义观》已经体现了他较为完整的马克思主义观念。李大钊早年留学日本，后来又在北京大学图书馆任职，无论是研学经验还是思想视野，都是"五四"时期思想解放型知识分子的代表。李大钊还有一个重要的优势，那就是他对俄国革命的认识和理解对他的马克思主义观的形成有重要影响。他的《俄国革命之远近动因》(1917)、《俄国大革命之影响》(1917)、《俄罗斯文学与革命》(1918)、《俄国革命与文学家》(1918)、《法俄革命之比较观》(1918)对俄国革命、社会与文学艺术有较为集中的认识，认为"俄罗斯文学之特质，既与南欧各国之文学大异其趣，俄国社会亦不惯于文学中仅求慰安精神之法，如欧人之于小说者然，而视文学为社会的纲条，为解决可厌的生活问题之方法，故文学之于俄国社会，乃为社会的沉夜黑暗中之一线光辉，为自由之警钟，为革命之先声"。[①] 这种认识也为他接受马克思主义奠定了基础。

李大钊写过《庶民的胜利》(1918)、《布尔什维主义的胜利》(1918)、《马克思的历史哲学》等诸多文章，但在理论上对马克思主义理论阐释较为深入的还是《我的马克思主义观》一文。《我的马克思主义观》对马克思的经济学思想和欧洲其他经济学家如亚当·斯密、李嘉图、穆勒等人的思想进行了比较，指出马克思经济学思想的历史地位和价值，在马克思的唯物史观上也注意区分马克思的唯物史观的哲学历史根源，特别是马克思的唯物史观在马克思思想中的哲学奠基作用，其中对马克思的《资本论》《共产党宣言》《哲学的贫困》《〈政治经济学批判〉序言》等经典理论著作均做了一定程度的解析，提出"我们主张以人道主义改造人类精神，同时以社会主义改造经济组织。不改造经济组织，单求改造人类精神，必致没有效果。不改造人类精神，单等改造经济组织也怕不能成功。我们主张物心两面的改造，灵肉一

---

① 李大钊：《俄罗斯文学与革命》，见《李大钊全集》(修订本) 第2卷，人民出版社2013年版，第259页。

致的改造”。[①] 从整体上看，李大钊在《我的马克思主义观》中的理论观念已经较为深入全面，而且展现了自己的研究观点，他对马克思主义理论认识和思想解释在当时的社会历史条件下已经达到了一个很高的理论水平，其主要理论精髓的把握是准确的，理论整体性上的认识是到位的，尽管在人道主义等理论问题的认识上还带有那个时代的特点，但是作为早期的理论“播火者”，李大钊个人对马克思主义的理解和研究以及对“五四”时期马克思主义的“研究性”传播的意义是不容否定的。

另一篇“研究性”传播的代表性文章是李达的《马克思还原》。李达的《马克思还原》也是“五四”时期马克思主义中国化“研究性”传播的重要文献。从这篇文献来看，李达对马克思的理论研究已经到了较为深入的层次。在这篇文献中，李达对马克思的唯物史观和社会生产学说进行了较为充分的阐释，他结合俄国革命的经验和当时中国社会现实，对当时中国探讨和发展社会主义的问题表达了充分的肯定和自信，同时也大声疾呼“马克思还原”，“马克思还原”也就是强调马克思社会主义思想与当时中国社会发展现实的关系，我们可以看到，尽管“马克思主义的中国化”的正式提法要等到多年以后才由毛泽东正式表述出来，马克思主义理论在与中国社会现实相结合的过程中发展和推动中国马克思主义在后来才成为一种理论上的共识和经验，但在“五四”时期，李大钊、李达等中国早期马克思主义者正是在这种观念和思路上推动马克思主义中国化的。但值得一提的是，这个时期无论是李大钊还是李达，他们对马克思主义的“研究性”传播也不可避免地会存在缺点，如李达把马克思的资本理论理解成“资本集中”，把马克思的劳动观念在俄国的实践说成“劳动专政”[②]，以及

---

① 李大钊：《我的马克思主义观》，见孙郁主编《新文化运动史料丛编》，季水河编《马克思主义传播卷》，人民文学出版社 2019 年版，第 94 页。

② 李达：《马克思还原》，见孙郁主编《新文化运动史料丛编》，季水河编《马克思主义传播卷》，人民文学出版社 2019 年版，第 233 页。

过于强调马克思思想的预言性，这些都是较为简单机械地理解的表现。

四　一项标志以及一种持续的影响：文学的呼应与互动

“五四”时期，马克思主义思想中国化还有一项重要的传播标志和一种持续的影响，这两方面的因素都在马克思主义中国化过程中起到重要的作用，值得进一步阐释。

“一项标志”就是1920年8月陈望道翻译出版《共产党宣言》。这是自马克思主义引入中国后第一个完整意义上的马克思经典理论著作的翻译和译介。同时由于《共产党宣言》在马克思主义理论中的重要地位和标志性影响，它的完整译介对当时马克思主义中国化起到的作用同样是标志性的和划时代性的。1920年初，陈望道受邵力子、戴季陶邀请翻译《共产党宣言》，历经艰辛，1920年8月，由社会主义研究社作为“社会主义研究小丛书第一种”在上海出版第一版，“该书一经出版立即受到工人阶级和先进知识分子的热忱欢迎，反响极为强烈。初版仅印了千余本，很快就销售一空”。同年9月又重印一次，“第一次国内革命战争时期，单是平民书社就将此书重印了十次。到了1926年5月，已经是第十七版”。北伐革命战争时期，军中“人手一册”①。陈望道本身是“五四”时期马克思主义理论的积极引进者和推动者，“五四”前曾留学日本，1919年回国后曾任《新青年》编辑。《共产党宣言》的翻译标志着中国本土马克思主义理论研究有了基本的经典文本，改变了此前马克思主义理论研究仅靠摘引、介绍和评价的方式。《共产党宣言》的翻译出版在当时马克思主义理论研究中产生了较为实质性的理论推动，很多理论家是在它的启发下真正接受马克思主义的，据周作人回忆，鲁迅曾经称赞陈望道是切切实实地把马

① 以上引述见邓明以《陈望道传》，复旦大学出版社2005年版，第41—42页。

克思主义介绍到中国，“对中国做了一件好事”，“他是真正肯为大家着想的”①。毛泽东曾经明确表示他走上革命道路，曾受陈望道翻译的《共产党宣言》的影响。当然不仅仅是毛泽东，周恩来、邓小平等都曾表示深受其影响。陈望道翻译《共产党宣言》还有充分的舆论作用和党史意义，作为国内第一个马克思主义经典著作的翻译版本，不但对马克思主义传播意义巨大而且对中国共产党的建立以及中国革命的未来发展都具有重要的思想启示价值。

“一种持续性”的影响指的是“五四”时期马克思主义传播的一种持续性的理论影响和文化影响。由于“五四”时期思想解放和思想论争持续时间较长，所以就马克思主义理论传播来看，虽然起点是“五四”前后，但其持续的理论影响不仅仅限于“五四”。在“五四”运动结束后的很长一段时间，马克思主义的理论传播仍然在继续，特别是马克思主义经典文本的译介、马克思主义理论的研读以及研究，包括《资本论》的翻译、《共产党宣言》的翻译和研究都在持续，而且在马克思主义经典文本的译介中，关于马克思主义的理论论争以及思想讨论仍然在持续，这也可以看出，作为一个时代的结晶，“五四”时期马克思主义中国化是一种辉煌的历史记忆，同时更是一个时代的思想传承。

在这种思想传承中，文学呼应与脉动是马克思主义经典文艺思想中国化的重要标志和产物。“马克思主义中国化”和“马克思主义经典文艺思想的中国化”是一个问题的不同侧重。马克思主义经典文艺思想的中国化是马克思主义中国化的组成部分，同时也是一个重要的促发因素和生成因素。“五四”新文化运动缔造和推动了马克思主义中国化，而“五四”时期的“文艺先行”的力量及其持续性的影响则

① 余延石：《鲁迅和〈共产党宣言〉》，见鲁迅研究资料编辑部编《鲁迅研究资料》（1），文物出版社1976年版，第300页。

进一步体现了马克思主义经典文艺思想中国化的过程和内容，讨论马克思主义经典文艺思想的中国化不能脱离马克思主义中国化这个大的思想语境与理论传播的过程，同时，也不能忽略马克思主义经典文艺思想的中国化在社会、文化层面上对马克思主义中国化的深刻影响，二者是一种互为生成的关系。

由于"五四"时期中国特殊的社会历史文化语境，马克思主义经典文艺思想的引进和传播以及影响首先是在整体的马克思主义理论译介中生成的，单独和纯粹的马克思主义经典文艺思想方面的理论论著关注和引入还不是很明显，马克思主义的文艺思想的单独文本或个案文本还没有实现完整意义上的引介，但在"五四"时期马克思主义中国化过程中，文艺问题起到了理论前哨和思想先锋的作用。马克思主义在刚开始引入中国的过程中与文艺问题发生了密切的联系，很多积极引进马克思主义的理论家本身在文学艺术领域就有重要的贡献，也提出了鲜明的文艺问题的主张，所以，无论是"五四"时期还是在"五四"之后的20世纪20年代以及30年代的一段持续性的历史发展中，马克思主义理论都在文学层面上产生了深刻的呼应与脉动，文艺问题的研究、讨论、论辩与马克思主义引介、评价与应用处于一种水乳交融的过程，从而展现出马克思主义经典文艺思想中国化的发生、创构的意义。

"五四"时期同样是马克思主义经典文艺思想中国化历程的起点。与马克思主义中国化不同，马克思主义经典文艺思想中国化不完全开始于马克思主义经典文艺思想的理论著述的引介，而是在马克思主义的哲学理论著述的先行引介中，在复杂的社会历史语境下，受马克思主义理论的影响逐步实现的，它不是一个完全意义上的理论植入与旅行的过程，而是在马克思主义与文学的社会价值功能、文学的整体性质、文学话语的表达方式、文学创作与文学理论观念变革的过程中实现的，具体地说是在文学与社会的关系维度上，在马克思主义理论与“五四”文学、与文化经验的碰撞中历史地生成的。

与马克思主义中国化一样，“五四”时期马克思主义经典文艺思想的中国化也发生在中国的特殊思想、文化语境中，受时代与语境的影响，“五四”时期马克思主义经典文艺思想的中国化首先发生在马克思主义理论的引入、“五四”时期的思想启蒙和思想解放以及文学革古新变中文学的社会价值功能的强化过程中。“五四”时期的思想启蒙被历史铭记，同时刻写在中国新文学发展的历程中。“五四”时期的思想解放和思想启蒙以文学为先声，以文学为呐喊的口号和行动的旗帜，文学在这个波澜壮阔的时代扮演了时代先锋的角色。“五四”时期，马克思主义理论的引介是与“五四”新文学的发展同步发生的，马克思主义理论的引介为“五四”新文学的发生、发展提供了重要的思想助力与理论上的援手，与“五四”新文学的发生在思想上同频共振互为支援，构成了“五四”新文学发生发展的重要的理论力量。1917 年胡适发表《文学改良刍议》，开启“五四”文学革命的先声，充分展现“五四”新文学革古新变的意识，这种革古新变的意识构成了“五四”新文学的重要标志，也是内在的思想力量。“五四”新文学的革古新变不仅仅是形式的“新”、语言的“新”，更是时代的“新”，是文学与一个时代的革新相互呼应的结果，充满了对青春中国的呼唤、对社会变革的渴望、对时代奋进的追求，同时也进一步强化了文学的社会价值功能。1915 年陈独秀在《新青年》第 1 卷第 1 号创刊号发表《敬告青年》，提出“青年如初春，如朝日，如百卉之萌动，如利刃之新发于硎。人生最可宝贵之时期也。青年之于社会，犹新鲜活泼细胞之在人身”。① 1916 年李大钊在《新青年》第 2 卷第 1 号发表

① 陈独秀：《敬告青年》，见张宝明编《新青年》第四卷《社会教育卷》，河南大学出版社 2019 年版，第 3 页。

《青春》，提出“以青春之我，创建青春之家庭，青春之国家，青春之民族，青春之人类，青春之地球，青春之宇宙，资以乐其无涯之生”。[①]在《〈晨钟〉之使命》中更提出：“青年不死，即中华不亡，《晨钟》之声，即青年之舌，国家不可一日无青年，青年不可一日无觉醒”，[②]“由来新文明之诞生，必有新文艺为之先声”[③]。而文学是在融入这一大的时代变革语境，融入了社会、历史、伦理乃至政治方面的革新气息才展现出新的气象的。“五四”时期，马克思主义作为一种外来的、西方的文化思潮，同样为“五四”时期强调社会变革的革古新变提供了新的思想讯息和精神讯息，李大钊在《物质变动和道德变动》中就援引马克思的唯物史观说明物质与道德的关系，在《我的马克思主义观》中还批驳了其他人对马克思的批评，并用马克思的唯物史观批判达尔文的进化论。杨匏安提出：“自马克斯提倡其唯物的历史观以后，举凡社会的科学，皆顿改其面目。”[④]蔡和森在《马克思的学说与中国的无产阶级》中用马克思的社会主义学说分析当时中国无产阶级的特点，批评当时倡导中产阶级和空想的社会主义学说“任凭你们怎样把你们的理想学说绣得好看雕得好玩，总与无产阶级的生死问题不能接近，不过在资本家的花园里开得好看，在资本家的翰园内供他的御用罢了”。[⑤]李达在《马克思学说与中国》中也尝试用马克思的学说改造社会，并对马克思的社会革命理论做出分析，甚至提出“马克思学说之在中国，已是由介绍的时期而进到实行的时

① 李大钊:《青春》，见《李大钊全集》(修订本)第1卷，人民出版社2013年版，第318页。

② 李大钊:《〈晨钟〉之使命》，见《李大钊全集》(修订本)第1卷，人民出版社2013年版，第329页。

③ 李大钊:《〈晨钟〉之使命》，见《李大钊全集》(修订本)第1卷，人民出版社2013年版，第331页。

④ 杨匏安:《社会主义》，见孙郁主编《新文化运动史料丛编》，季水河编《马克思主义传播卷》，人民文学出版社2019年版，第117页。

⑤ 蔡和森:《马克思的学说与中国的无产阶级》，见孙郁主编《新文化运动史料丛编》，季水河编《马克思主义传播卷》，人民文学出版社2019年版，第339页。

期了”。[①]

“五四”新文学的发生与《新青年》杂志以及一批文学革命主将的倡导分不开，而《新青年》以及这批革命主将同时也是马克思主义理论的主要引介者。王晓明在《一份杂志和一个“社团”——重识“五·四”文学传统》中提出：“如果没有《新青年》杂志，没有文学研究会和它的机关刊物《小说月报》，‘五·四’新文学的诞生还会是现在这个样子吗？”[②] 正是在《新青年》等杂志的倡导下，陈独秀写下了《文学与革命》、李大钊写下了《〈晨钟〉之使命》等著作。从他们当时发表的文章的思想表述来看，当时马克思主义与“五四”文学的关系还不是十分明显，马克思主义在文学理论与文学研究中的一些具体观念还没有成为当时文学的主流思潮，这说明马克思主义在社会、文化层面上的影响超过了文学，这也是符合文学事实发展的规律的，但当时，马克思主义思想中的唯物史观、社会主义思想、资本主义社会的经济批判与“五四”时期在社会思想方面的追求是统一的，马克思主义理论中的阶级观念、革命学说以及社会变革理论也与“五四”时期的时代特征有可发生思想关联的地方，这些理论因素又不可避免地影响到文学。“五四”时期一批先进的思想家纷纷援引马克思的理论作为探究社会变革的参照，这与他们在文学上所提出的时代变革诉求和启蒙呼声有着思想上的同源性，也是“五四”时期马克思主义中国化与“五四”新文学的发生具有内在思想关联的地方。在这种内在的思想关联中，马克思主义理论的引介对“五四”时期的文学影响才可能在一种关联语境中由深层走向显现。

从时间上看，“五四”新文学的发生与创造期同时也是马克思主

---

① 李达：《马克思学说与中国》，见孙郁主编《新文化运动史料丛编》，季水河编《马克思主义传播卷》，人民文学出版社 2019 年版，第 430 页。

② 王晓明：《一份杂志和一个“社团”——重识“五·四”文学传统》，《上海文学》1993 年第 4 期。

义经典文艺思想中国化发生的时期。"五四"新文学根植在社会和时代语境中，马克思主义理论恰恰在社会和时代文化层面展现出重要影响，二者的思想呼应使"五四"时期文学的整体性质发生了变化，这对马克思主义经典文艺思想的中国化起到了推动作用。"五四"新文学在强调革古新变的过程中更主张积极介入和改变社会，文学的社会性政治性明显增强。毛泽东说："十月革命一声炮响，给我们送来了马克思列宁主义。十月革命帮助了全世界的也帮助了中国的先进分子，用无产阶级的宇宙观作为观察国家命运的工具，重新考虑自己的问题。"[①]"五四"时期，马克思主义的传入离不开俄国"十月革命"的影响，但同时，俄国"十月革命"对中国的影响也包含着一种"'十月革命'文学"的影响。"五四"时期，中国先进知识分子对马克思主义理论的引介、对"十月革命"经验介绍的同时也积极介绍俄国的革命文学。1920 年《新青年》杂志开辟"俄罗斯研究"专栏，"介绍苏俄社会主义实践的文章就多达 40 篇"[②]，其中多篇专论俄国革命文学，李大钊 1916 年在《晨钟报》上发表文章《介绍哲人托尔斯泰》，认为"托氏人格之崇高，气魄之雄厚，足以兹世青年之泰斗",[③] 1917 年在《甲寅》日刊发表《俄国革命之远因近因》，1918 年发表《俄罗斯文学与革命》《俄国革命与文学家》，对俄国诗人普希金、莱蒙托夫、雷列耶夫、赫尔岑等一大批俄国革命诗人进行介绍，认为文学之于俄国社会"为自由之警钟，为革命之先声"[④]。对俄国文学经验的总结，不但对当时的文学社团如文学研究会、创造社的发展起到了标识文学

---

① 毛泽东：《论人民民主专政》，见《毛泽东选集》第 4 卷，人民出版社 1991 年版，第 1471 页。

② 周凯：《马克思主义在中国早期传播的主要特点》，《中共党史研究》2013 年第 4 期。

③ 李大钊：《介绍哲人托尔斯泰》，见《李大钊全集》（修订本）第 1 卷，人民出版社 2013 年版，第 342 页。

④ 李大钊：《俄罗斯文学与革命》，见《李大钊全集》（修订本）第 2 卷，人民出版社 2013 年版，第 259 页。

主张的作用，也进一步强化了"五四"时期文学的社会性、革命性，使文学的社会性质更加突出。

"五四"新文化运动与马克思主义理论的引入、俄国革命同期发生，马克思主义理论的引入、俄国"'十月革命'文学"经验与"五四"文学之间的内在思想影响，是在马克思主义中国化过程中进一步凸显"马克思主义文艺理论中国化"的重要契机。在马克思主义与俄国革命文学经验的影响下，马克思主义文艺理论的中国化进程开始，马克思主义经典文艺思想中有关文学的社会性、现实主义文学创作原则、文学的意识形态性、文学与现实的关系等带有马克思主义话语特征的文学观念都在"五四"时期以及"五四"之后有所展现，这也是中国马克思主义文艺观的形成和建立的表现。"五四"时期特别是在中国马克思主义文艺观的建立期，"五四"新文学的话语表达方式也发生了变化。有学者提出，以《新青年》杂志为核心，"五四"文学话语方式中就包含马克思主义话语，认为"《新青年》的思想话语主要是包括启蒙话语、民族国家话语，无论是个人话语、科学话语、国民性话语还是马克思主义话语、无政府主义话语都可以包含在启蒙和救亡的道路上所寻找的方法"。[①] 但是，在"五四"时期，马克思主义话语显然已经可以作为一种独立的文学话语而产生影响。比如，当时的现实主义文学创作与批评已经初见成效。李大钊、陈独秀在"五四"时期积极倡导"写实主义"文学，并产生持续影响。"五四"之后的20世纪20年代关于俄苏现实主义文学的引介再次达到高潮，周作人于1921年在《新青年》第八卷上发表《文学上的俄国与中国》，通过对俄国近代文学的描述，提出俄国文学的特色"是社会的，人生的"。[②] 他还通

① 李静：《〈新青年〉杂志话语研究》，天津大学出版社2010年版，第65页。

② 周作人：《文学上的俄国与中国》，见张宝明编《新青年》第三卷《语言文学卷》，河南大学出版社2019年版，第374页。

过中俄两国情形的比较，提出中国还没有新兴文学，“俄国好像一个穷苦的少年，他所经过的许多患难，反养成他的坚忍与奋斗，与对于光明的希望。中国是一个落魄的老人，他一生里饱受了人世的艰辛，到后来更没有能够享受幸福的经历余留在他的身内，于是他不复相信也不情愿将来会有幸福到来；而且觉得从前的苦痛还是他真实的唯一的所有，反比别的更可爱了”。① 在茅盾等人的努力下，《中国青年》《小说月报》也积极引介俄苏现实主义文学与现实主义理论，有学者统计，1921 年 9 月《小说月报》第 12 卷开辟名为“俄国文学研究”的号外，由沈雁冰编撰，“是最为集中，也是第一次关于俄国文学的介绍专集。此号外共刊载论文 20 篇、译丛 17 题，共 29 篇作品附录 4 篇，插画 4 幅，并俄国文学家艺术家摄影 11 帧。所译作品中有高尔基的《高原夜话》和《鹫》，分别由沈泽民、胡根天译。另有《赤色的诗歌》和《赤色小说三篇》。主要译者是郑振铎、耿济之、陈望道、沈雁冰、周建人、鲁迅、郭绍虞、沈泽民、张闻天、夏丏尊、王统照、瞿秋白、陈大悲、周作人等”。② 除了理论层面上的介绍，“五四”前后，现实主义创作与现实主义理论研究也有了一定的发展，俄苏现实主义理论如列宁论托尔斯泰、列宁论文艺政策被引入中国，产生了一批现实主义文学创作代表性的作品如诗集《战鼓》《哀中国》《女神》，小说《少年飘泊者》《鸭绿江上》等，邓中夏、恽代英、萧楚女、沈泽民等积极宣传工人运动，他们共同推动了马克思主义文艺观念对文学的深层影响，“他们有世界的眼光，感知人类文学的发展，求证于苏联、欧洲、日本的探索动向，异口同声振聋发聩地喊出：无产阶级文学”。③ 此外，郑振铎翻译的高尔基的《文学与现在的俄罗

① 周作人：《文学上的俄国与中国》，见张宝明编《新青年》第三卷《语言文学卷》，河南大学出版社 2019 年版，第 376 页。

② 孔海珠：《“文总”与左翼文化运动》，上海人民出版社 2016 年版，第 2 页。

③ 孔海珠：《“文总”与左翼文化运动》，上海人民出版社 2016 年版，第 2 页。

斯》、郭沫若翻译了河上肇的《社会组织与社会革命》，瞿秋白对俄苏文艺经验与文学观念的引入等后来的文学观念与创作也都有中国马克思主义文艺理论的印记，为中国现代文学中的“革命文学”的提倡与论争提供了理论上的条件；包括后来出版的马克思主义艺术论译著《科学的艺术论丛书》等，这些理论观念的发生虽然晚于“五四”，但没有脱离“五四”马克思主义中国化的进程，客观上带动和加速了马克思主义经典文艺思想中国化的进程，马克思主义经典文艺思想中国化也在“五四”之后有了鲜明的理论回响。

论林焕平对马克思主义文艺理论中国化的理论探索

在马克思主义文艺理论中国化的研究历程中，著名的“左联”作家、马克思主义文艺理论家林焕平的理论研究是值得总结和重视的。林焕平从事马克思主义文艺理论研究较早，从“左联”时期就积极介入马克思主义文艺理论中国化的理论研究，著述丰富，涉及领域广泛。从“左联”时期开始一直到20世纪90年代，林焕平撰写了大量的文艺评论、时政评论，出版了大量译著和多部马克思主义文艺理论研究方面的专著与教材，在马克思主义文艺理论中国化的理论探索中留下了坚实的理论足迹。林焕平的马克思主义文艺中国化研究极为集中地体现在以下几个时期：20世纪30年代，以《抗战文艺评论集》（1939）为代表，较为集中地探究文学反映、文学与社会的关系等马克思主义文艺理论的基础问题；20世纪40—50年代，以《活的文学》（1940）、《文学论教程》（1945）、《文艺的欣赏》（1948）、《文学概论（初稿）》（1957）为代表，在现实主义文艺批判、文学典型论以及马克思主义文艺理论体系建设上提出了重要的理论观念，特别是他的《文学概论（初稿）》（1957），是20世纪50年代以来新中国文艺理论研究中较早的文艺理论研究方面的成果；20世纪80年代以后，出版《文学概论新编》(1986)，同时在《改革开放与文艺发展》(1997) 等著作中积极批判反思各种西方现代文艺思潮。林焕平在马克思主义文艺理论中国化研究中，不断将马克思主义文艺理论引入中国文艺理论与批评的具体过程，在探索具有中国化特色的马克思主义文论与批评实践方面做出了积极的贡献。

一 文艺本质：从反映论到审美性

受特殊社会文化语境的影响，中国马克思主义文艺理论中国化的历程从“五四”时期发动，到了20世纪三四十年代已经形成了较为集中的理论发展态势，这一时期，马克思主义在中国的“传播”和“接受”开始呈现出理论上的创造性和整合性，“革命文学”论争、“左翼”文学发展为马克思主义文艺理论中国化在理论层面上进一步深化理论观念准备了条件，鲁迅、冯雪峰等“左联”作家的唯物史观研究进一步为马克思主义文艺理论中国化奠定了理论基础。“五四”前后，马克思主义文艺理论中国化的“外来路径”影响在中国本土已经开始催生一批重要的马克思主义文艺理论家，林焕平的马克思主义文艺理论研究就始于这一时期。林焕平的马克思主义文艺理论研究在理论上也是基于“取道日本”的理论路径，1930年，林焕平加入“左联”，翌年加入中国共产党，1933年，征得“左联”党组同意赴日本留学，同年12月，任“左联”东京支盟书记，创办并出版了“左联”东京支盟机关刊物《东流》、《杂文》(后改名《质文》) 和《新诗歌》，1937年5月回国。在此期间，他受俄苏马克思主义理论家普列汉诺夫、高尔基和日本左翼文艺理论家藏原惟人、江口涣、高冲阳造、森山启等人的影响，并致力于马克思主义文论中国化的理论实践。

20世纪30年代，林焕平曾翻译了一批日本早期马克思主义文艺理论家的著作，如高冲阳造的《艺术学》、森山启的《社会主义的现实主义论》《马克思主义艺术观》，这些理论译著为中国早期马克思主义文艺理论研究吸收外来理论影响进而实现理论上的发展起到了重要的作用，至今仍然具有重要的理论史料意义。就文艺理论的基本观念来看，马克思主义文艺理论中国化研究在此时仍然没有走出反映论的理论框架，这一点也是当时马克思主义文艺理论中国化研究的一个普遍性的理论倾向，但通过反映论的具体问题探索也可以见出马克思主义文艺理论中国化在马克思主义基本哲学理论研究上的变革轨迹，这在林焕平的理论研究中也很明显。作于20世纪40年代的《活的文学》（1940）是林焕平较早的文艺理论与批评研究著作，在这部著作中，他肯定了文艺的现实物质基础，提出文学是对现实生活的反映，认为"艺术文学作品里所表现的是社会生活，换句话说，艺术文学是社会生活的反映"。[①] 可以看出林焕平是在经典马克思主义的反映论哲学原理上看待文艺问题的，这一主导性的理论观念贯穿在他的整个抗战文艺研究中。20世纪40年代，文学界对抗战文学也有不同的看法，有鲁迅和茅盾那样坚持现实主义的作家，也存在新月派诗人的个人唯心主义的主张，还有某些逃避社会现实的作品，梁实秋甚至极端地提出"文艺与抗战无关"的观点，因而遭到了国统区文艺界的批评。林焕平积极关注当时文艺界的这些观念，他强调抗战文学应该描写"抗日救国"的中国社会现实，指出在全民抗战的关键时期，文艺应该有介入现实的现实主义态度和追求。这些观念反映了林焕平在当时对文艺批评的基本理论态度，同时也是那个时期建立的文艺观对他以后的文学理论研究产生了重要的影响。

20世纪40年代，林焕平坚持的反映论的文艺观念在他关于文学的世界观与创作方法的研究中有着深入的影响。在反映论的基础上，

---

① 林焕平：《活的文学》，万叶书店1947年版，第21页。

林焕平的文艺理论与批评形成了世界观与创作方法辩证统一的认识，这是他对马克思主义文艺理论中国化理论研究所提出的一大理论贡献，也是具体的马克思主义文艺理论主张。林焕平提出，世界观决定创作方法，创作方法可以发展世界观，二者是辩证统一的，世界观和创作方法都是在实践中产生的意识形态。在他看来，世界观的复杂性与创作方法的能动性在具体的作家身上也有复杂的反映，世界观与创作方法之间并不是直接的对应关系，而是以艺术实践为中介的能动创造关系，“世界观在指导艺术实践的过程中给予创作方法以指导，创作方法在从事艺术实践的过程中反作用于世界观”。[①] 在《抗战文艺评论集》（1939）中，他指出作家对社会现实的认识问题就是世界观的问题，在《活的文学》（1940）中又分别对世界观与创作方法进行探讨，强调“越是正确的世界观，越能使艺术家反映更多的客观的真理”，[②]作家应该选择现实主义的创作方法，作家应像高尔基、茅盾、曹禺等作家一样，树立正确的唯物主义的世界观。林焕平的抗战文学研究是他的马克思主义文艺理论研究中的重要内容，他在反映论的哲学基础上建立的文艺观念在抗战文学论争中突出地以世界观与方法论的问题表现出来。如果坚持反映论观念是包括林焕平在内的当时一些理论家都具有的理论观念的话，那么，在关于抗战文学论争中林焕平坚持的文学的现实特征在当时无疑对文艺本质问题的揭示具有重要的理论意义，他所谓的“活的文学”的价值也在于此。

林焕平的反映论思想不可避免地也带有马克思主义文艺理论中国化过程中在反映论美学思想应用中的某些固有缺陷，如他认为巴尔扎克的伟大在于“他在《人间喜剧》里把他的时代的全体像反映在镜子

---

① 林焕平：《文学概论新编》，广东教育出版社 1986 年版，第 299 页。

② 林焕平：《活的文学》，万叶书店 1947 年版，第 59—60 页。

里一样地非常清楚地反映了出来”,[①] 这种“镜子”说的应用体现了他以反映论哲学原理来阐释文艺问题的简单化倾向，未能充分注意到文艺作为社会意识形态的特殊性，这也是马克思主义文艺理论中国化过程中的普遍性问题，体现了特有历史时期马克思主义文艺理论中国化研究在理论层面上需要深化发展的方面。但这种理论的特殊性也是不断完善的，随着时代的发展，林焕平也在不断纠正和发展自己的思想，特别是在改革开放后，随着对马克思主义文艺理论的深入理解，他认识到文学反映社会现实生活的复杂性和能动性，认为文艺来源于生活，“艺术家不能不知道生活。他必须也只能从现实，从生活里去摄取自己的形象”。[②] 这和他以往应用的“镜子”说已经有了理论上的变化，他认识到了作家世界观的复杂性以及作家的世界观和生活之间的复杂关系，特别强调引入艺术实践作为世界观与创作方法之间相互作用的媒介，可以说在马克思主义文艺理论中国化研究中有理论的推动作用。特别是在80年代的历史语境下，他的文艺理论思想进一步向能动反映论靠近，此时，蔡仪已经主张“文学以形象反映生活”,[③] 而李泽厚认为情感比形象更重要，认为情感是艺术的生命,[④] 童庆炳等理论家也已经提出文学是对社会生活的审美的反映,[⑤] 林焕平在此时也开始坚持文艺本质是再现认识性、表现感情性、审美性和形象性的有机统一的观点，并提出最重要的是审美性，认为“艺术作品在一定意义上就是作者审美意识的物化，而不仅仅是生活美的简单反映”。[⑥] 这说明他摒弃了机械反映论的观点，展现了反映论思想向文艺审美性的发展过程，他的这种理论认识是符合马克思主义文艺理论中国化的整体理论

① 林焕平:《文学与生活》,《林焕平作品选》，漓江出版社1988年版，第191页。
② 林焕平:《文学与生活》,《林焕平作品选》，漓江出版社1988年版，第191页。
③ 蔡仪:《文学概论》，人民文学出版社1979年版，第17页。
④ 李泽厚:《美学论集》，上海文艺出版社1980年版，第563页。
⑤ 童庆炳:《文学概论》（上），红旗出版社1984年版，第47页。
⑥ 林焕平:《文学概论新编》，广东教育出版社1986年版，第22页。

发展实际的。

二 现实主义文艺批评的理论探索

现实主义文艺批评是马克思主义文艺理论的核心内容，在马克思主义文艺理论中国化的过程中，中国马克思主义文艺理论研究在很长时间是集中在现实主义文艺理论研究层面上的，马克思、恩格斯关于现实主义文艺批评的经典文本也构成了马克思主义文艺理论的核心主张，是一种特殊的马克思主义文艺理论中国化的成果。在马克思主义文艺理论中国化的过程中，马克思、恩格斯关于现实主义的重要论述是由苏联传入中国，产生了马克思主义文艺理论中国化过程中的重要的“车别杜”现象。现实主义作为一个西方文学概念被引入中国，不仅契合了中国传统文论中的“文以载道”精神，同时在与中国特定的历史语境相结合中，其基本范畴与命题更产生出重要的理论价值。林焕平在他的马克思主义文艺理论中国化研究中，很大层面上也是在现实主义文艺理论批评上下功夫的，林焕平的马克思主义现实主义文艺批评探索展现出如下几方面的特征与成就。首先是现实主义文艺批评的方法论意识研究。在林焕平的现实主义文艺批评中，关于现实主义的方法论研究始终是核心，现实主义文艺批评方法研究构成了他的马克思主义文艺理论中国化研究的重要的理论内容。他从马克思主义辩证唯物主义的认识论出发，肯定现实主义批评方法的价值，但并不否定浪漫主义，在对现实主义批评方法上，他强调现实主义和浪漫主义在相互联系中的区别，这说明他对浪漫主义的认识也由早期的片面否定逐渐转向客观理性的肯定。他以杜甫、李白和《梁山伯与祝英台》为例分析说明，“在文学史上，现实主义和浪漫主义往往是密切地胶结在一起的”。[①] 在 80 年代，他在现实主义

① 林焕平:《文学概论(初稿)》,《林焕平作品选》,漓江出版社 1988 年版，第 268 页。

与浪漫主义的认识进一步深化，提出："由于浪漫主义和现实主义是对立统一的客观现实运动的两个相联系的方面——理想和现实的反映，所以它们在反映一个方面的时候，往往包含着另一方面的因素。因此，百分之百的纯粹的现实主义或浪漫主义的作家和作品都是不存在的。"①他以浪漫主义作家雨果的《悲惨世界》和现实主义作家关汉卿的《窦娥冤》为例，分析了两部作品中既有现实主义的因素又有浪漫主义的色彩。

其次是典型理论的中国化阐释。典型理论的形成在西方有着久远的发展历程，它更是马克思主义现实主义文论中的一个重要理论范畴。早期，林焕平受俄苏马克思主义典型理论影响，重视典型的普遍性，结合中国特定社会现实，将典型环境中国化，较早分析了典型环境与典型性格的关系；但他将典型人物的普遍性扩大化泛化到题材、情感、诗歌、散文、小说、戏剧等方面，并将典型片面等同于典型的普遍性；在20世纪五六十年代，他在典型理论的中国化阐释中过度介入了中国政治意识形态话语，把阶级斗争作为典型环境，提出阶级性格是人物个性的基础，性格典型就是阶级典型；在改革开放之后，他对典型理论做了更为全面的合理阐释。30年代早期，林焕平以马克思主义唯物主义为基础，受高尔基现实主义文艺理论的影响，强调社会生活是文学典型的来源，文学典型应真实地表现社会生活的本质，"艺术家必须把生活的真实，把它的本质，通过有典型意义的形象表现出来。他不是用处理概括诸种现象的一般抽象的法则，他的方法应该是处理从个体的对象或现象，即是处理从直接生活里取出来的现象，然后把最类似的现象在形象的感性形式上去把握而且描写出来"。② 这里的典型创作过程已暗含了典型人物的普遍性与特殊性，而且强调了典型的普

① 林焕平：《文学概论新编》，广东教育出版社1986年版，第288页。

② 林焕平：《文学与生活》，《林焕平作品选》，漓江出版社1988年版，第191页。

遍性。尤其是抗战时期，典型人物的普遍性能引起大众的广泛认可，这能更好地实现文艺的社会功能，他多次引用高尔基《我的文学修养》中“抽象化”和“具体化”的方法，希望塑造出具有普遍性的典型人物，“典型就是文学作品里的人物，他不是普通的个人，……而是许多人的集合体”，[①] 同时，他对典型环境进行中国化阐释，指出抗战救国是当时中国最典型的现实，希望作家“用具体的形象把这现实中底各种各样的典型具体化出来”。[②] 文艺是对现实的反映，是“典型的现实里的典型的性格表现”，[③] 较早论述了典型环境与典型性格的关系。在之后的文艺批评实践中，他虽明确提出典型人物具有个性和共同性，但过分强调典型人物的共同性（普遍性），将其扩大化、泛化到题材、情感、诗歌、散文、小说、戏剧等方面，甚至将典型的普遍性等同于典型，“典型性，可以说就是普遍性的集中表现”。[④] 而且，将小说塑造“典型环境中的典型人物”的特征扩大化到散文、书信，甚至宣传文字，典型理论的泛化在一定程度上减弱了其在文学批评实践中的价值。在20世纪五六十年代，受阶级斗争扩大化的影响，他对典型理论的阐释过度介入了中国政治意识形态话语，用阶级性综合了当时阶级论与个性论这两种对立的典型理论，将典型环境解读为阶级斗争，提出“阶级特征和阶级性格正是人物发展为有个性的基础”。[⑤] 将性格典型转换为阶级典型，导致典型理论的内涵过度政治化。改革开放后，他提出典型性是独特性、个别性与普遍性、概括性的有机统一；而且典型人物与典型环境相互作用，互为存在条件。

最后是强调马克思主义文艺理论中的内容与形式的辩证统一关系。

---

① 林焕平：《活的文学》，万叶书店1947年版，第90—91页。

② 林焕平：《活的文学》，万叶书店1947年版，第90页。

③ 林焕平：《抗战文艺评论集》，《林焕平作品选》，漓江出版社1988年版，第3页。

④ 林焕平：《文学论教程》，香港前进书局1950年版，第89页。

⑤ 林焕平：《文学概论（初稿）》，《林焕平作品选》，漓江出版社1988年版，第226页。

马克思在《致斐·拉萨尔》（1859）中提出了文学创作的“莎士比亚化”原则，反对“席勒式”的错误倾向，恩格斯也曾在《致敏·考茨基》（1885）中提出，文学作品中的倾向是从人物或情节自然流露，而不应该特别指出来。马克思主义经典作家的这些观点传入中国后，形成了思想内容与艺术形式相统一的现实主义创作原则之一。林焕平在坚持这一原则的基础上，结合中国特殊历史语境进行马克思主义文艺理论批评实践。在全民抗战时期，他指出抗战文艺应该有特殊的内容，因此，抗战文艺要求有适合的艺术形式，如报告文学、速写、街头剧、播音剧、短剧、诗歌等，在抗战时期是最为常用的艺术形式，当然，也不能因为处于抗战的紧急时期，作家的创作就可以不去精致推敲而趋于粗疏。因为“内容规定形式，同时形式也不断地给内容以反响。即是，艺术的价值，常以内容的高尚为决定因素，然而，完美的形式，又足以使它的价值提高”。[①] 改革开放后，他以形式与内容相统一的原则对形式主义美学进行辩证的批评，他肯定了艺术作品的形式的价值，因为“没有形式，就不成其为艺术作品。但形式是内容的形式，离开内容，无所谓形式。内容，也是形式的内容。没有形式，内容便无从寄托”。[②]

三　文艺功能论与文艺的“人民性”研究

在林焕平的马克思主义文艺研究中，文艺功能论是一个重要的研究内容。在特殊的文化语境下，文艺功能问题容易被简化成文艺的阶级性、文艺的意识形态性，并与马克思主义文艺理论批评观念简单做理论上的对接，从而导致马克思主义文艺理论中国化在特殊文化语境

① 林焕平：《活的文学》，万叶书店 1947 年版，第 48 页。

② 林焕平：《略谈近年来我国文坛上的西方思潮》，《文艺理论研究》1990 年第 2 期。

下被置于“革命论”“武器论”的理论观念形式之中。在这方面，林焕平对文艺功能问题的看法也有这样的理论特征，这种理论特性在林焕平不同时期的文学理论观念中都有存在。在抗战时期的特殊语境中，他提出，“文艺家的笔杆就是兵家的枪杆。它也是击退日本帝国主义疯狂侵略的有力武器之一”。[①] 抗战文艺的目的是宣传、鼓动、教育和组织民众，将全民训练成长久抗战的战斗员，“作品如不是直接间接地有补益于全民长期抗战，就根本谈不上艺术”。[②] 他批判了当时描写慰劳和救济伤兵难民的“差不多主义”的创作倾向。在解放战争时期，他从文艺的阶级斗争功能出发，通过分析美国小说家斯坦贝克的小说《愤怒的葡萄》，指出作者以收容所来解决现实问题的方法，其实是作者源于美国知识阶层的理想的深度不够，因为作家创作的文学作品都是带有自身阶层的性质，“文学是社会生活的反映。没有超社会的文学。在阶级社会里，因为生活是阶级的生活，所以又没有超阶级的文学”。[③] 他赞扬高尔基的小说《母亲》，因为它用文学的形式展示了通过革命斗争解决社会现实问题的方式。很显然，在文艺的功能问题上，林焕平的“革命论”“武器论”的色彩仍然很明显，他强调文学应该与政治紧密相连，因为“艺术家，作家，摆脱不掉社会阶层的关系；摆脱不掉政治的关系”。[④] 这可以说是马克思主义文艺理论中国化过程中中国文艺理论在发展初期的一种普遍的现象，即在文艺的意识形态性上仍然偏于文艺的政治性的阐释，甚至在中华人民共和国成立后的一段时期，受阶级斗争扩大化的影响，林焕平依然坚持“文学为政治服务”的观点，说明他对文艺的政治（阶级）斗争的社会功能并没有结合中国社会历史现实而及时做出回应。但在有些时候，他

① 林焕平：《抗战文艺评论集》，《林焕平作品选》，漓江出版社 1988 年版，第 3 页。
② 林焕平：《抗战文艺评论集》，《林焕平作品选》，漓江出版社 1988 年版，第 9 页。
③ 林焕平：《文学论教程》，香港前进书局 1950 年版，第 13 页。
④ 林焕平：《活的文学》，万叶书店 1947 年版，第 24 页。

的理论观点也留有余地，他与当时瞿秋白将文艺作为政治“留声机”的观点不同，他还是希望以文艺的方式实现文艺为阶级（政治）斗争服务的社会功能，认为“艺术文学作品不是政论，不是抽象的直接的评论社会生活和政治斗争，而是借具体的形象，表现典型环境中的典型的人物性格。通过这性格描写，去反映客观的现实，客观的真理，而达到其政治的任务”。[①] 这说明他的理论观念还是有辩证的成分在里面。

在文艺功能问题上，关于文艺的阶级性的阐释及其变化是林焕平马克思主义文艺理论研究的重要内容，从中也可以看出中国马克思主义文艺理论在建设和发展初期所处的理论状况。在林焕平的马克思主义文艺理论中，1986 年出版的《文学概论新编》是一部代表性的研究成果，这部教材没有被纳入“统编教材”，但由于林焕平特殊的身份以及在马克思主义文艺理论中国化过程中较早地从事文艺理论教材编写，他的教材编写仍然在马克思主义文艺理论中国化理论探讨的范围中，在这部教材中，在体系上仍然是马克思主义的反映论的理论模式，在这个理论模式上，他对文艺的人民性、阶级性、人性问题进行专章论述，与同时期众多的文学理论教材一样，依然体现了文学理论受政治性话语影响的特征。在 1980 年出版的以群的《文学的基本原理》（修订本）和 1981 年出版的蔡仪的《文学概论》中都有对文学的阶级属性的分析，以群在《文学的基本原理》中提出“阶级性是阶级社会中的文学的根本属性”,[②] 强调“文学为一定阶级的利益服务，集中地表现在为一定阶级的政治服务”。[③] 蔡仪也提出：“文学为政治服务，也就是为阶级斗争服务。”[④] 这些理论观念作为一个时代的文学理论观念的某些共同的思想倾向在林焕平的马克思主义文艺理论研究中也有

① 林焕平：《活的文学》，万叶书店 1947 年版，第 28 页。
② 以群：《文学的基本原理》（修订本），上海文艺出版社 1980 年版，第 93 页。
③ 以群：《文学的基本原理》（修订本），上海文艺出版社 1980 年版，第 101 页。
④ 蔡仪：《文学概论》，人民文学出版社 1979 年版，第 50 页。

较为明显的表现，这在某种程度上也极大地影响了他的马克思主义文艺理论中国化研究的理论实践导向，即仍然在文艺是意识形态性上看待理论的现实功能问题。但毕竟这部教材的出版已经到了 20 世纪 80 年代中后期了，这时候整个马克思主义文艺理论观念已经有了很大的改变，所以在理论观念上也已经有了不同之处，在文学的阶级性问题上，林焕平认为阶级社会的文学都具有一定的阶级性，文学的阶级性的表现是复杂的，他看待文学的阶级性，提出要运用历史唯物主义，对不同作家的不同作品进行具体分析，不能把阶级分析方法和阶级斗争理论当作固定不变的公式而乱扣乱套，并对文艺的人民性、人性、阶级性之间的关系结合时代语境进行了阐释，“总起说来，在阶级产生以前和阶级消灭以后，人民性就是人性。而在阶级社会中，文学的人民性则是指真实地反映了一定历史时期的社会生活，表现了人民群众的利益、愿望和要求，对于社会发展起着推动的进步作用，在作品中具有一定的艺术性”。[①]

《文学概论新编》典型体现了林焕平对文艺的功能问题的认识，在革命的特殊历史时期，林焕平主张文艺成为革命的“武器”，为阶级（政治）斗争服务，明显带有那个时候语境的痕迹，但忽视了文艺的其他功能，特别是中华人民共和国成立后受阶级斗争扩大化的影响，他对文艺社会功能的认识并没有结合中国社会历史现实进行思考。林焕平理论观念的变化是在改革开放后，林焕平的文艺功能改变了“革命论”“武器论”的观念，开始探索文艺的人民性问题。文艺的人民性问题是马克思主义文艺理论中的重要理论问题，马克思、恩格斯在《关于伊壁鸠鲁哲学的笔记》《第六届莱茵省议会的辩论》《共产党宣言》等文献中都曾有所涉及，俄国革命民主主义者别林斯基、杜勃罗留波夫等人也做出过阐释，最初主要是指文艺研究的民族性与民族化

① 林焕平：《文学概论新编》，广东教育出版社 1986 年版，第 98 页。

特征等，从理论上看，马克思主义文艺理论的人民性问题经过了一定的理论发展，人民性的问题不是孤立的，而是与马克思主义文艺理论的其他命题直接相关，最主要的就是文艺的政治性和阶级性，这也是马克思主义文艺理论中国化历程中的重要理论发展。改革开放后，邓小平同志《在中国文学艺术工作者第四次代表大会上的祝辞》（1979）中指出："一切进步文艺工作者的艺术生命，就在于他们同人民之间的血肉联系。忘记、忽略或是割断这种联系，艺术生命就会枯竭。人民需要艺术，艺术更需要人民。"① 这一观点也启发了林焕平关于文艺的人民性问题的讨论。在《正确处理好文艺与政治的关系》一文中他运用了马克思历史唯物主义的基本原理，分析了文艺与政治的关系。他认为文艺与政治彼此独立又紧密相连，文艺不从属于政治，但也离不开政治，坚持党的文艺"双百"方针和"二为"方向，纠正了革命战争时期提出的"文艺为政治服务"的狭隘性，同时也纠正了"为艺术而艺术"的片面性，在《文艺为社会主义服务》一文中，他指出，长期以来的文艺实践证明，文艺为政治服务的口号，和文艺从属于政治的口号一样，被某些对文艺规律理解不清的同志利用为打棍子、对文艺横加干涉的理论根据。当前是建设四个现代化的历史时期，是全党的工作重点转移到社会主义建设上来的历史时期，同时，中国的社会阶级结构已经发生了根本的变化，阶级斗争已经不是我国社会目前的主要矛盾了，"根据我肤浅的认识，我认为提文艺为建设四个现代化服务，为社会主义服务，或提为最广大人民群众服务较好"。② 林焕平此时期关于文艺的人民性问题的论述，其实是中国改革开放之后关于文学的人民性内涵的研究思潮下的思考和探索，他的这一观点丰富

① 邓小平：《在中国文学艺术工作者第四次代表大会上的祝辞》，中共中央文献编辑委员会编《邓小平文选》（1975—1982），人民出版社 1983 年版，第 183 页。

② 林焕平：《文艺为社会主义服务》，《文艺研究》1980 年第 3 期。

了自己的马克思主义文艺理论的人民性内涵，林焕平先生关于文艺的人民性内涵探究，是将中国的特殊国情与马克思主义文艺理论相结合，不断地丰富了自己的马克思主义文艺理论。

四　对现代文艺思潮的批评

改革开放后，面对涌现出的众多现代文艺思潮，林焕平始终坚持马克思主义文艺理论观念，以马克思主义辩证唯物主义和历史唯物主义为批评原则，对现代主义、唯“主体”论、“向内转”思潮、多元化思潮等众多文艺思潮进行中肯的评价与分析，对现代文艺思潮的批判构成了林焕平晚年文艺理论研究的组成部分，同时也对他的文艺理论观念的深化和拓展起到了重要的作用。林焕平关于现代文艺思潮的批评主要体现在以下几个方面。

其一，是对西方现代主义的批评。在 20 世纪 80 年代，西方现代派艺术传入我国后，当时文坛上出现了“现代主义将成为中国文艺的发展方向和未来”以及“现代主义必将取代现实主义”的观点，对此，林焕平对现代主义与现实主义在内容与形式方面进行了对比分析，他肯定了如意识流、幻觉、直觉、潜意识等现代派艺术的价值，认为这些理论思潮对人的心理境界的深层发掘，开拓出了传统文学描写的新领域，并深刻地认识到“文艺必须在继承民族传统，吸收其他民族文艺精华并使之民族化的基础上发展”，[①] 但他提倡用新的民族形式反映富有中国特色的社会主义内容，而不是盲目崇拜一些西方现代文艺思潮，简单套用西方的文艺创作模式，他指出了西方现代派艺术存在着艺术技巧上的优势，但认为西方现代派文学思潮将文学的内容缩小到自我感情的表现，脱离客观现实，甚至主张表现自我感情中的“阴

① 林焕平、袁鼎生：《略论现实主义和现代主义》，《文艺理论研究》1983 年第 4 期。

暗一角”，有些现代派艺术还宣扬颓废没落、悲观失望、疯狂色情的心理，追求形式主义而随意出新、制奇、造怪，在直觉、潜意识促使下形成朦胧、晦涩、怪诞的特点，因而需要认真辨别分析。

其二，是对“向内转”与“唯主体论”文学思潮的批评。20 世纪 80 年代中期以来，文学研究“向内转”的呼声不断增强，这也是吸收西方当代文艺思潮的结果，强调文学的内在的精神价值和审美价值，而忽略文学的社会与文化功能，同时，文学主体性研究得到了很多人的认同，对此，林焕平认为，虽然“向内转”文学的出现弥补了文艺反映论长久以来忽视文艺自身特殊性的历史局限，但其提倡的“三淡”（淡化时代、淡化思想、淡化性格）、“三无”（无情节、无人物、无主题）的观点实质上就是现代派文学翻版，他以古今中外的文学经典为例，指出“任何文学，总是有主题的，主题是属于内容的范畴，因而又总是带有思想性时代性和政治性的”。[①] 在他看来，文学主体性理论主张对人的内心世界描写的同时，片面夸大了文学的主体性和自主性，忽视了客观现实对人的影响，因此明显存在不足，在《片面性与全面性的辩证法》（1986）、《再谈片面性与全面性》（1987）等文章中，他指出，“主体论”的实质就是精神主体决定论，他指出姚雪垠、刘再复关于礼教和诗教摧残束缚个性从而影响文学发展的观点，虽有合理性但具有片面性，因为，他们忽略了那种“反摧残”“反束缚”的斗争也促进了文学的发展，没有看到二者的对立统一，他辩证地评价了“唯主体论”、文学的“向内转”方向，同时提出“我们的真正的、优秀的传统，是既重视客观世界的描写，也重视内心世界的描写。是在主观和客观统一、相互渗透中去描写”。[②]

其三，对多元化思潮的批评。自 20 世纪 80 年代中后期以来，随

① 林焕平：《略谈近年来我国文坛上的西方思潮》，《文艺理论研究》1990 年第 2 期。

② 林焕平：《关于“内向”、“向内转”、“主体论”的思考》，《南方文坛》1988 年第 3 期。

着众多西方思潮的涌入，关于文化多元化的讨论不断出现，这种现象引发了林焕平的关注。他从语义学角度分析了“元”字的含义，认为“元”意为“首也”“长也”，引申到学术思想上，是指那些系统的、重大影响的思想潮流；他从社会史的角度提出，人类的每一个社会历史阶段都有主要的、占统治地位的社会思潮，这就是主流，也叫作主旋律；而从文艺思想史、哲学史的角度看，凡是有自己的理论体系和哲学基础的各种思想流派都是自由存在和发展的，是可以形成“多元并立”“多元共生”“多元竞争”的现象的，但不存在“平等共存”“平权多元”甚至是“无主流”的现象，各种思想流派和主流思想是在矛盾与统一中发展的，而主流始终是矛盾的主要方面，因而他指出，文化多元化的提法不确切，正确的说法应该是文化多样化，同时，他指出多样化与多元化有本质区别，多样化是指艺术样式（即文学艺术在体裁、形式、技巧、表现手法等方面）的多种多样，“艺术样式，历来就是多种多样，各有所好，各取所需”。[①] 反对文化多元化并不是否定文学的多样化，而是要围绕主旋律，发展多样化，弘扬主旋律。这使我们想到，20 世纪以来，面对文化多元化的文化主张，很多学者也主张用“文化多样性”代替“文化多元化”，这说明林焕平多年前的理论探索还是有预见性的。

林焕平指出：“哲学上的错误，也并不能决定采用了这种哲学的某些观点而形成的一种文学流派的错误。”[②] 这也体现出了他的马克思主义文艺理论中国化研究中的某些学术态度和理论姿态。从 20 世纪 30 年代开始，一直到新千年的 21 世纪来临，林焕平的马克思主义文艺理论研究可以说贯穿了马克思主义文艺理论中国化的整个过程，他

① 林焕平：《论多元与主流——兼谈哲学多元化》，《社会科学家》1989 年第 3 期。

② 林焕平、刘海东：《〈夜读偶记〉初探——关于形式美、主观心理描写、现代派、现代派与现实主义的关系》，《学术论坛》1987 年第 2 期。

的反映论文艺观、现实主义文艺批评、文艺功能论与人民性观念以及对现代文艺思潮的批判性研究都是马克思主义文艺理论中国化研究过程的重要理论问题。他的反映论文艺观对观察思考马克思主义文艺理论在中国化过程中哲学基础及理论思想的变迁具有积极的参照意义，他的现实主义与典型理论对中国现代以来的现实主义文艺批评理论范式的建立起到了重要的推动作用，他较早地在马克思主义文艺理论研究范围内触及了马克思主义文艺理论的人民性问题，对当代马克思主义文艺理论的人民性范畴的理论深化和实践指向具有重要的启发，他对现代文艺思潮的批评的某些观点至今来看仍然是恰当恳切的意见。马克思主义文艺理论中国化的历史过程是复杂的，其中涉及哲学理论观念的变化和思想立场的变迁，既有时代语境因素，也有社会文化因素，更有理论发展内部思想更迭的因素，这些因素在林焕平的身上都有较为明显的表现，其中展现出的理论意义价值值得我们进一步的探讨分析。

后　记

时光荏苒，岁月如梭，今年已是我在华南师范大学工作的第 17 个年头了。十七年来，感谢广州这座城市的包容和我所在的工作单位华南师范大学的接纳与培育，让我能够较为顺遂从容地完成手上的工作，包括这部即将出版的小书。

在我写下这些文字的时候，广州正在经受“新冠肺炎”疫情的局部冲击，各种专业、严谨的疫情防控措施，让这座城市的生活节奏发生了一定的变化，也让生活在这座城市中的人们感受到了一定的危机与不便。媒体适时地在宣传这座城市的担当和努力，也不时穿插关于这座城市的各种“烟火气”的报道，多少让人们在紧张之中获得了一定的慰藉。这座城市之外，特别是远在千里的亲人们则更加担心，好在这座城市性格中特有的乐观、务实，让我有了很多安慰亲情之忧的淡定和坦然。

没有任何一种情感能像亲情这般长期有效，今年，这份长情之感则让我体会得更加深刻。少小离家，乡音已改，鬓发亦衰，让我彻底地从一个北方佬变成了南方客，不知不觉已人到中年，“归来仍是少年”，这么纯真的愿望恐怕只适合在当下的“毕业季”作为赠赐年轻学子的美好寄语了。

尽管此前已有几部专著问世，但在书写后记的此刻仍然让我充满了各种感念，有欣喜之悦，也有感恩之情，更有记载之意。这次也不例外。即将结集出版的这部小书，是在课堂、书房、工作室等付出的无数宝贵光阴的沉淀和思考，尽管它不甚完美。

选取"'西方'如何作为方法"作为这部小书的题目，是经过一番深入思考的。多年来置身文学理论研究，不免有些感慨与心得，这部小书所收入的内容，就是这种感慨的一次阶段性的体现。这部小书的内容围绕"方法""西方""当代文论"等问题展开，其中核心之一是作为参照的西方文论的话语反思问题，也可以说是方法研究的一种延展和深入。在关于文学理论研究中，方法是一个需要不断追问和深化的问题。在中国当代文学理论研究中，有过"方法论"的集中讨论，甚至至今这种方法论研究的思想余绪犹在。尽管"老三论"的方法探究已成历史，"新三论"所掀起的理论高潮也渐渐远去，但现代西方各种文学理论研究方法在学界的风起云涌，仍然会让刚刚步入文学理论研究领域的年轻学子获得各种理论滋养。在我本人的学术成长的道路上，就有过较为集中地接受这种方法论洗礼的过程，在求学与为学的过程中，我曾经像很多同龄人一样，对各种现代西方文学理论研究方法充满了崇拜，曾遍寻各种关于文学理论研究方法的著作，很希望能从各种新潮理论中获得一劳永逸的破解理论难题的法门，追新逐潮的心态不断滋生。好在在几个关键的学习阶段，能有师长们耳提面命及时提点，能够让我及时走出那种方法"工具化"的思维僵化形式，对当代西方各种新兴文化思潮，在较为深入地学习把握的基础上实现"远距离"阅读阐释。

现在看来，这是一段十分难忘的经历，同时也是一份满满的收获。首先，借助于方法论著作的研读，让我对文艺学学科特性与学科定位有了更加清晰的认识。一直到今天，可以说，"何谓理论"与"理论何为”的问题仍然不时会在学界引起争论，各种精彩纷呈的理论观念不时出现，充满各种理论启发，但在启发之余，不免会让人陷入更大的困惑，特别是对于初学者而言，文学理论研究的“入门难”是一个普遍的问题。入门难，进门之后更难，关键在于对理论本身的认识充满各种理解。在这个过程中，方法本身的研究不一定会解决所有的理论难题，但可以在各种理论方法的探究中，磨炼关于理论学习的耐性，通过方法的孔径了解文艺学这门理论学科的特性与规律。其次，方法论的学习与研究是把握各种理论发展脉络和思想线索的重要途径。方法的问题，不胜枚举，有多少种理论，就有多少种方法，每一种方法的背后都有十分复杂的理论思潮演进的历史，在文学理论研究中，方法与思潮、观念、思想有高度同一性，方法在理论的前台，思想在方法的背后，方法论的学习与研究是进入理论内部的有效方式。最后，方法论的学习与研究，会对很多具体的文学问题有更深层次的把握。文艺学研究的问题性错综复杂，方法问题的消化和理解，会提高具体问题研究的效率与水准。当然，这个过程也是因人而异的。

这样说来，未免有些老气横秋，这或许是从事文学理论相关研究的一个通病；又不免有些泛泛之感，毕竟我的这部小书还不是一部严格意义上的方法论研究著作。我非常希望待学术积累达到一定程度时，能够写出一部严格意义上的方法论研究的著作，但很显然，这个任务现阶段是完成不了的。但有关文艺学研究方法问题的思考，的确是肺腑之言，因而，我由衷感谢在我求学为学道路上给我提供各种方法论研究启迪的师长们。俗话说“师傅领进门，修行在个人”，宋代严羽也曾有言，学诗“入门须正，立志须高”。如果说，在我以往的研究中有些业绩的话，那离不开我的师傅们从一开始就引导我走向了一条理论研究的正途，在入门的训练上取法得当。

再说到关于“西方文论反思与中国当代文论研究”，这又是一个很宽泛的研究领域，特别是谈到当代文论研究，由于当代的研究与时代关系紧密，自然有其理论研究的必要与价值；但同时，当代文论研究不可避免地受到各种限制，因为理论研究需要时间的沉淀，更需要实践的检验，在这个层面上，当代文论研究要想有所更新与进步，要付出更多的努力。但当代文学理论研究与批评实践的关系问题的确是文艺学研究的重要问题，在这个层面上，当代文论研究既需要回望传统，更需要贴近现实；需要探讨中国的理论与问题，更有必要批判借鉴国外的文学理论方法与观念，传统与现代、中国与西方，这是影响当代文论研究的视野与资源。在以往的研究中，我的一部分思考就是在这样一个维度上展开的，也想在这方面展现出某些方法探究的意愿和努力，尽管在这个过程中充满了艰辛，所幸一直以来得到了学界师长和各位朋友的支持，特别是本书中的内容曾在各个刊物上刊发，借现在结集出版之际，向各位师友的奖掖支持，表示由衷的感谢！特别是中国社会科学出版社郭晓鸿女士，在她的鼎力支持下，这部小书才能够与大家见面。

“文章千古事，得失寸心知。”在当下，选择学术研究，注定就选择了孤寂与辛劳。所幸身边仍有三五同道，在学术研究的道路上负笈前行之际，一场球、一次长跑、一次酒聚，大大缓解了学术生活的枯燥与乏味。在未来的日子里，希望我们永远同在同行，让我们共同守候，愿时光流处，人间静好；人生所到，岁月悠然！

段吉方

2021 年 6 月于广州